남편을 기억하는 법

남편을 기억하는 법 · 2

1판 1쇄 찍음 2020년 3월 19일
1판 1쇄 펴냄 2020년 3월 26일

지은이 | 설하린
펴낸이 | 고운숙
펴낸곳 | 봄 미디어

기획 · 편집 | 김민지, 김지우
표지 디자인 | 우물

출판등록 | 2014년 08월 25일 (제387-2014-000040호)
주소 | 경기도 부천시 길주로 64, 1303(굿모닝 오피스텔)
영업부 | 070-5015-0818 편집부 | 070-5015-0817 팩스 | 032-712-2815
E-mail | bommedia@naver.com
소식창 | http://blog.naver.com/bommedia

값 9,000원

ISBN 979-11-5810-907-3 04810
      979-11-5810-905-9 04810(세트)

※파본은 구입하신 서점에서 교환하여 드립니다.

남편을 기억하는 법

2 설하린 장편 소설

11화

그날의 진실

　남은 짐을 챙겨 그들이 향한 곳은 외곽에 위치한 어느 호텔이었다. 당장 묵을 곳이 필요했지만 서준을 피해야 했기에 선택할 수 있는 최선책이었다.

　"날이 밝는 대로 다시 이동하셔야 합니다."

　"알았어."

　"움직이실 수 있겠습니까."

　에릭이 하윤을 조심스럽게 부축했다. 생각을 정리하고 감정을 소비하는 데에 모든 에너지를 다 써 버린 그녀는 거의 탈진 직전의 상태였다. 걸음을 떼는 것조차 버겁게 느껴졌다.

　방문이 열림과 동시에 그녀가 힘없이 축 늘어졌다. 에릭은 아무 말도 하지 않은 채 하윤의 신발을 조심스러운 손길로 벗겨 가지런히 놓아 주었다. 그녀는 눈물에 젖은 종잇조각은 여전히 손에 꼭 쥐고 있었다.

　"정말, 내가 그랬을까."

현실을 받아들이기 힘든 듯한 모습이었다.

"정말 고의로 그랬던 걸까."

머릿속엔 온통 그 생각뿐이었다.

사랑하는 사람의 어머니였는데 대체 왜 그랬던 걸까.

제 몸을 어루만지는 그 손길이 괜히 낯설게 느껴졌다. 내 안에 또 다른 누군가가 살고 있는 것 같다는 생각이 들었다. 기억을 완전히 되찾지 못한 상태에서 그런 진실과 마주하게 된다는 건 너무나도 가혹한 일이었다.

힘겹게 몸을 일으킨 하윤이 커튼을 친 후 창밖을 바라보았다. 창문 사이로 영롱하게 들어오는 달빛이 지나치게 찬란했다.

"난 그 사람을 진심으로 사랑했어."

"충분히 이해합니다."

하윤의 어깨가 가냘프게 떨렸다.

"이해한다고? 날?"

하윤의 입가에 시린 조소가 비쳤다. 떨리는 몸을 애써 진정시키며 뒤를 돈 그녀가 에릭과 시선을 마주했다. 저를 내려다보는 그 눈빛에 안타까움이 보였다.

"나는, 난."

"……."

"그냥 살인자일 뿐이야. 어떤 이유가 있었건 어떤 사연이 있었건 결론적으론 그 사람의 어머니를 죽음으로 내몬, 그냥 살인자일 뿐이라고."

"……."

"그런 날 이해해?"

격양된 어조가 점점 흐느낌으로 변해 갔다. 차라리 생각했던 대로 유연이 자신을 죽음으로 내몰았다면 얼마나 좋았을까. 그랬다면 적어도 그 사람에게 느끼던 두려움을 사랑으로 극복할 기회라도 있지 않았을까. 정말 만약에라도 그런 상황이었다면 그 사람과의 새 시작을 기대해 볼 수 있었을 텐데.

"전부 다…… 끝났어."

자신을 올려다보는 하윤의 눈망울이 점점 초점을 잃어 갔다.

"이제 두 번 다시 그 사람에게 못 돌아가."

만지면 바스러질 것 같은 눈물이 아슬아슬하게 떨어졌다. 너무 뒤늦게 깨달아 버린 감정은 야속하게도 사그라질 기미조차 보이질 않았다.

조금만 더 빨리 서준에 대한 제 마음을 솔직하게 알아차렸다면. 기억을 잃었다는 신이 주신 마지막 도피처 속에서 아무것도 생각하지 않고 서준과 사랑할 수 있었을 텐데 말이다.

"강서준한테 내가 제일 못된 사람이라는 거 아는데."

기회가 주어졌을 땐 왜 깨닫지 못했던 사랑이 뒤늦게 감당할 수 없을 만큼 커져 버린 걸까.

"그런데도 그 사람이 보고 싶어."

왜 이제야 깨닫게 된 걸까.

"나 너무 이기적인 거지."

슬픔에 잠긴 목소리는 한 줄기 희망을 찾아 간절하게 외쳤다. 되돌릴 수 없을 만큼 너무 멀리 와 버린 것 같다는 생각에 한없이 착잡했다.

"기록에 의하면 사모님의 사고가 났던 곳은 외진 산길이었습니다. 주변에 어떤 인가도 없었으니, 그 안에선 얼마든지 변수가 생길 수 있었을 겁니다. 단정 짓지 마세요."

그가 단호한 음성으로 하윤을 붙잡았다. 더 이상 자신의 기억이 아닌 다른 왜곡된 무언가에 의해 흔들리지도, 자신을 깎아내리지도 말라는 굳은 메시지였다.

하윤은 그의 부축을 받아 침대로 이동했다. 일단은 앞으로 어떻게 해야 할지 생각하려면 좀 쉬어야 했다.

"내일 해 뜨는 대로 출발할 거니까 일단은 좀 주무세요. 안정이 필요한 상태입니다."

"그래야겠어."

이미 모든 에너지를 탕진한 하윤 역시 별말 없이 이불 속으로 파고들어 갔다. 베개에 눈물 자국이 한껏 묻어났다. 침대에 누운 그녀를 확인한 에릭은 그곳에서 조금 떨어진 소파에 자리했다.

해는 어느덧 어둠을 뚫고 조금씩 세상 밖으로 나오고 있었지만 하윤은 뜬눈으로 밤을 지새워야 했다. 잠이 들기 위해 부단한 노력을 했지만 그마저도 쉽지 않았다.

"잠이 안 오시나 봅니다."

하윤이 계속해서 몸을 뒤척이는 걸 본 에릭이 나직이 말했다. 좀처럼 잠이 오지 않는 건 에릭 역시 마찬가지였다.

"넌 왜 안 자고……."

"저도 잠이 오지 않습니다."

"그랬구나."

하윤의 모습에서 시연의 얼굴이 겹쳐 보였다. 시연이 하늘로 떠나기 전, 그녀 역시 이런 모습이었다. 한껏 시들어 버린 꽃잎처럼 얼굴엔 그 어떤 희망도 담겨 있질 않았다. 손을 대면 바스러져 흔적도 없이 사라질 것 같은 모습이었다.

"넌 네 사람을 잃었을 때의 기분이 어땠어?"

하윤이 나지막하게 물었다. 시연을 잃었을 때 기분이란 어떻게 말로 형용할 수가 없었다. 처음엔 믿기지 않았고 그다음엔 끝없는 죄책감이 밀려왔다. 하루하루 아침에 눈을 뜰 때마다 말로 할 수 없는 고통에 몸부림쳤다. 하루에 열두 번도 더 시연을 따라갈까 고민했었다. 그 모든 것들을 겪고 난 뒤에야 비로소 진실을 알아내고 말겠다는 이유로 겨우 이성을 찾았다.

"그 사람도 날 잃으면 그런 기분일까……."

하윤이 떨리는 목소리로 나지막하게 중얼거렸다. 살짝 열린 문틈 사이론 벌써 아침을 여는 햇빛이 들어오고 있었다. 힘겹게 몸을 일으킨 하윤이 나갈 채비를 했다.

"확실합니까?"

놀란 듯 서준의 동공이 세차게 흔들렸다. 회사에 도착하기 전, 남은 장소들을 몇 군데 들러 보다가 결국 또 한 번 허탕을 치고 회사로 돌아온 그였다. 집무실에서 남은 업무를 처리하고 있던 그때 현석에게서 한 통의 전화가 걸려 왔다.

—예. 홍원빌딩 엘리베이터 CCTV에서 해당 날짜 아가씨의 모습을 발견했습니다. 그런데…….

"제가 지금 당장 그쪽으로 가겠습니다."

현석의 말이 채 끝나기도 전에 전화를 끊은 서준이 거친 손놀림으로 의자에 걸려 있던 재킷을 낚아챘다. 문을 열고 나서는 발걸음이 꽤나 다급했다.

자신이 출장을 가고 난 뒤 자리를 비웠던 4주 동안 대체 하윤에게 어떤 일이 있었는지 알 수 있는 중요한 실마리였다.

주차되어 있던 차를 빼 온 서준이 강하게 액셀을 밟았다. 빠르게 달려온 탓에 목적지까지는 금방 도착할 수 있었다.

"최 비서님!"

건물 뒤편에 세워 둔 현석의 차를 발견한 서준이 곧장 그에게로 달려왔다.

"확실하게 확인한 겁니까?"

"그렇습니다만……."

현석이 제 휴대폰으로 전송해 놓은 CCTV 영상을 보여 주며 대답했다.

"심지어 한 번이 아니더군요. 3월 20일에 처음 방문한 모습이 찍혀 있고, 다음은 3월 31일. 그리고 마지막으로 방문한 건 4월 5일입니다."

4월 5일이라면 그 처참한 교통사고가 일어나기 일주일 전이었다. 화면을 넘기던 서준의 손길이 멈칫했다. 이내 화면을 바라보는 그의 동공이 세차게 흔들렸다.

"대체 왜……."

마지막 방문으로 추정되는 날짜의 화면에 담긴 하윤은 힘없는 모습으로 서 있다가 불현듯 고개를 푹 숙였다. 혼자 떠안고 가기엔 너무도 큰 아픔이었던 걸까. 엘리베이터 안에 홀로 서 있는 그 작은 체구가 너무도 가엾게 느껴져 마음이 아팠다.

떨리는 목소리를 가다듬으며 최대한 이성적으로 현석을 바라보았다.

"일단 올라가 봅시다. 건물에 방문한 모든 날짜에 전부 다 같은 층수에 내리는데 해당 건물이 뭐 하는 곳인지는 확인했습니까?"

"저 그게……."

현석이 선뜻 대답하지 못하고 망설였다.

"해당 층수에 들어서 있는 상가는 H 산부인과 딱 하나입니다."

그가 쉽사리 대답하지 못한 이유가 있었다. 서준은 그 대답에 세상이 무너지는 것 같은 충격에 아무런 말도 할 수 없었다.

"이사님께서도 아시다시피 원칙적으로 병원 기록은 당사자 동의 없이는 구하기가 힘들고……."

"아니, 대체 산부인과는 왜……."

불길한 직감이 머릿속을 스치고 지나갔다.

제대로 할 수 없었던 식사. 다른 누군가와 함께할 때면 가차 없이 다 게워 내던 모습.

그리고 하윤의 손목에 선명하게 남아 있던 흉터.

좀처럼 풀리지 않던 그 흉터의 근원이 서준의 척추를 서늘하게 훑고 지나갔다.

"아닐…… 겁니다."

서준이 불안한 마음을 억누르며 싸늘한 음성으로 입을 열었다.

"직접 가서 확인해 봐야겠습니다."

"……."

그 어떤 대답도 섣부르게 꺼낼 수가 없었기에 현석은 그저 침묵했다. 하윤이 정기적으로 검진을 받으러 다녔던 산부인과 가 신혼집에서 그리 멀지 않은 곳에 있다는 사실은 알고 있었 다. 외진 골목길에 위치한 허름한 건물, 그리고 그 안에 위치 한 H 산부인과.

"어서 오세요."

문을 열고 들어서자, 문 입구에 달린 종이 낮게 진동하며 울려 퍼졌다. 훤칠한 키의 남성 두 명이 들어서자 조금은 당황 한 듯 데스크에 앉아 있던 간호사가 어색하게 웃으며 그들을 바라보았다.

"일행분 오시면 접수 받을게요. 앉아 계세요."

작은 규모의 산부인과였다. 내부가 조용했고 대기 중인 환 자도 없었다.

"죄송하지만 확인해야 할 게 있어서 왔습니다."

"어떤 확인이요?"

"작년 3월 20일, 31일 그리고 4월 5일에 방문한 민하윤 환 자의 진료 기록을 좀 확인해 보고 싶어서요."

"……네?"

진료 기록을 묻는 서준의 모습에 간호사가 당황한 듯 미간 을 찌푸렸다. 제 귀를 의심하는 모습이었다.

"죄송합니다만 저희 병원은 당사자의 동의 없이는 진료 기 록을 공개해 드릴 수가 없습니다."

"알고 있습니다만, 꼭…… 꼭 확인해야 합니다."

애타는 마음에 목소리 끝이 갈라졌다. 멀쩡해 보이는 외관과는 달리 어딘가 불안정해 보이는 서준의 모습에 간호사는 당황한 듯 눈치를 보며 얘기했다.

"자, 잠시만 기다리세요."

곧장 안으로 들어간 그녀가 진료실 문을 열고 들어가 원장을 불렀다.

"원장님!"

손님이 없어서 책장을 정리하고 있던 강 원장이 고개를 돌리며 대답했다.

"응. 무슨 일이야."

"그게…… 웬 남자가 와서는 진료 기록을 확인해 보고 싶다고 하는데요."

"뭐라고? 진료 기록을?"

"네. 근데 어딘가가 좀 이상해 보여서요."

겁먹은 듯 조심스럽게 얘기했다. 간호사의 말에 강 원장은 진료실에서 나와 데스크로 향했다. 데스크가 있는 대기실 중앙에 서 있는 건 훤칠한 체구의 남성이었다.

"어?"

서준의 얼굴을 확인한 강 원장이 적잖이 놀란 기색을 보였다. 서준 역시도 그녀의 얼굴을 보고는 고개를 갸웃거렸다.

"결혼식 이후로 처음 뵙네요."

"아……."

그제야 결혼식에서 만났던 하윤의 지인이라는 것을 알아챘다.

"안 그래도 걱정 많이 했거든요. 전화를 걸어도 연락처가 바뀌었는지 하윤이랑 연락도 안 되고, 영 소식이 없어서요."

그녀가 조심스럽게 입을 열었다.

✤　　✤　　✤

산부인과를 나오는 서준의 발걸음이 꽤나 무거워 보였다. 아니 무거울 뿐이랴. 그가 황량한 복도에 놓여 있는 의자에 몸을 맡기며 털썩 주저앉았다. 서준이 힘없이 고개를 떨어뜨렸다.

"이거…… 하윤이가 나중에 자기나 자기 남편이 돌아왔을 때 꼭 돌려 달라고 했던 거예요."

강 원장의 목소리가 귓가에 맴돌았다.

"처음 저를 찾아왔을 때 남편에겐 이야기했냐고 물었더니 출장 때문에 해외에 있다고…… 돌아오면 얼굴 마주하고 얘기하고 싶다고 하더라고요."

전화로 얘기할 수 있었지만 특별한 일이니만큼 꼭 얼굴을 마주하고 얘기하고 싶었다. 아이를 갖고 싶어 했던 하윤인지라 임신을 계획하고 노력하던 시기였다. 준비된 시기에 찾아온 축복인 만큼 더할 나위 없이 행복했다.

"처음 임신 소식을 안 건 다른 병원이라고 하더라고요. 집 근처에 있던 병원을 다니다가, 제 병원에서 준비를 하고 싶었나 봐요."

강 원장의 조심스러운 목소리가 서준의 심장을 날카롭게 후볐다.

"그런데 처음 병원에 방문했을 때 밝았던 모습과는 달리 그다음에 올 땐 어딘가 엄청 불안해 보이더군요. 그리고 마지막으로 방문했을 땐…… 안타깝게도 유산한 상태였고요. 그런데 갑자기 이 초음파 사진을 제게 맡기고 사라졌습니다. 조만간 꼭 다시 와서 찾아가겠다면서."

강 원장 역시도 의문이 남는 행동이었다. 임신 초기에 유산을 하는 일은 빈번했다. 하지만 초음파 사진을 산부인과에 맡기고 가는 사람은 없었기 때문이다. 무언가에 쫓기듯 초조해하던 하윤의 모습을 회상하던 강 원장 역시도 걱정 어린 눈빛을 보였다.

떠나보낸 아이를 가슴속에 묻기 위해 찾으러 오지 않는 건 아닐까 생각했다. 사진을 쥐고 있는 서준의 손이 바르르 떨려 왔다. 그 위로 애처로운 눈물 한 방울이 툭, 떨어졌다.

"……하아."

거친 숨소리가 눈물과 함께 섞여 나왔다. 조금도 예상하지 못했었다. 애절한 흐느낌이 처량하게 복도를 가득 메웠다.

왜 몰랐을까. 하윤과 임신을 계획했던 순간부터 그녀에게 선물할 생각으로 저택을 지었다. 하지만 정작 그녀의 임신과 유산, 그 어느 것도 알아채지 못했다.

"그 모든 걸…… 당신 혼자 감당하게 했구나, 내가."

처절한 목소리가 눈물에 뭉개져 새어 나왔다. 초음파 사진을 쥐고 있는 손이 힘없이 툭, 떨어졌다. 고개를 푹 숙인 서준의 모습 위로 감당할 수 없는 슬픔과 죄책감이 한껏 느껴졌다. 차마 그 사진을 더는 보고 있을 수가 없어 주머니에 넣으며 힘겹게 몸을 일으켰다.

"걸을 수 있으시겠습니까."

모든 상황을 지켜보고 있던 현석이 무거운 마음으로 입을 열었다.

"……."

대답이 없었다. 고통스러운 침묵은 계속되었다. 지금 이 순간, 하윤이 너무나도 간절했다. 당장이라도 그녀를 으스러질 듯 꼭 안아 주고 싶었다.

"하윤이한테 가야겠어요, 지금 당장."

서준이 떨리는 목소리를 애써 가다듬었다.

✛　　　✛　　　✛

1년 전. 병원에서 나와 집으로 돌아가는 하윤의 발걸음이 평소보다 몇 배는 가벼웠다.

단언컨대 오늘은 그녀의 인생에서 가장 행복한 날이었다.

"축하드려요. 임신입니다."

"……이, 임신이요?"

"네. 현재 임신 3주 차예요. 되게 일찍 찾아오셨네요."

의사의 말에 하윤의 눈이 동그랗게 떠졌다. 종종 이곳, 산부인과에서 검진을 받았지만 임신을 예상하고 찾은 건 아니었다. 이렇게나 아기가 빨리 찾아올 줄은 몰랐다.

"생리가 늦어졌는데도 예상하지 못하셨어요?"

"아……. 가끔 피곤하거나 몸이 지쳐 있을 때면 늦어지는 경우가 많았거든요. 근래에 몸이 안 좋은 게 당연할 정도로 일이 많아서 그런가 보다 했어요."

"혹시 몰라서 검사해 보기를 잘했네요. 오늘 남편분과 파티라도 하셔야겠어요. 엄청 좋아하실 것 같은데."

의사가 함박웃음을 지으며 얘기했다. 기분 좋은 소식에 하윤은 놀란 마음 반, 설레는 마음 반이었다.

"아쉽지만 남편이 지금 출장 중이라서요."

"아, 정말요? 이 좋은 소식을 빨리 알려드려야 할 텐데요."

출장을 간 지 고작 이틀밖에 안 됐을 때였다. 하윤은 임신 사실을 이틀만 더 빨리 알아차렸다면 얼마나 좋았을까 싶은 마음이 들었다. 그래도 아이가 생겼다는 좋은 소식을 듣게 되어서일까. 그녀의 입가에 그려진 미소가 좀처럼 사라질 줄을 몰랐다.

가벼운 발걸음을 옮기던 그때, 때마침 서준에게서 전화가 왔다.

"응, 서준 씨."

—뭐 하고 있었어?

"안 그래도 전화하려던 참이었어요."

—목소리가 왜 이렇게 밝아. 나 없다고 너무 좋아하는 거 아니야?

자신이 한국에 있을 때보다도 밝아진 하윤의 목소리에 서준이 너스레를 떨며 괜히 서운함을 내비쳤다. 미국 시각으로 아침 7시가 넘었으니, 아마 한국은 저녁 8시가 조금 넘었을 것이다.

"그럴 리가. 당신 오는 날만 손꼽아서 기다리고 있는데."

—확실한 거지? 저녁은 먹었고?

"집 가고 있는 중이야. 가서 챙겨 먹으려고."

—이제 집엘 가? 왜 이렇게 늦게 끝났어.

"그게 실은……."

하윤은 산부인과에 들렀다 오는 길이라고 얘기할까 하다가 아직은 때가 아닌 것 같아 말끝을 흐렸다. 2세를 계획 중이던 그들에게 하윤의 임신은 더할 나위 없이 기쁜 소식이었다. 그래서 전화보다는 얼굴을 마주하고 직접 얘기해 주고 싶었다.

—응?

"요즘 일이 바빠서 조금 늦게 끝났어."

아무렇지 않게 말을 바꾸며 얘기했다. 임신 소식을 듣고 기뻐할 서준을 상상하니 그의 귀국일이 기다려졌다.

—너무 무리하지 말고. 옆에 못 있어 줘서 미안해. 그 큰 집에 당신 혼자 있게 하고.

"아냐. 당신이 왜 미안해요. 일 때문에 간 건데."

—그래도 한창 좋을 때인데 갑자기 4주나 일정이 잡혀서 말이야.

"한국 와서 떨어져 있던 시간만큼 더 잘해 주면 되지."

하윤이 잔잔한 미소와 함께 대답했다.

그때, 그녀의 뒤로 낯선 발소리가 들려 왔다. 휴대폰을 쥔 채로 뒤를 돌아봤으나 뒤엔 아무도 없었다. 이상한 느낌에 하윤이 고개를 갸웃거렸다.

—한국 가면 당분간은 당신한테만 붙어 있을 생각이야.

　전화기 너머로 서준의 목소리가 희미하게 들렸다.

　"응? 다시 얘기해 줘요. 못 들었어."

　—뭐야. 이제 내 전화에 집중도 안 해 주는 거야? 너무하네.

　"아, 아니야. 그런 게 아니라…… 잠깐 뭐 좀 확인하느라고."

　아무렇지 않은 듯 대답했지만 다시금 들려오는 발소리에 휴대폰을 쥐고 있던 손에 힘이 들어갔다. 아까부터 자꾸만 누군가가 제 뒤를 밟고 있다는 느낌을 떨쳐 낼 수가 없었다. 분명 제 발걸음에 맞춰 상대도 걸음을 옮기는 듯했다. 또 한 번, 빠르게 걸음을 멈춘 하윤이 뒤를 돌아보았다.

　역시나 고요한 정적만이 거리 위에 내려앉아 있을 뿐이다.

　"기분 탓이야. 괜히 그러지 말자……."

　하윤이 마음을 다잡듯 중얼거렸다.

　—하윤아. 괜찮아? 무슨 일 있어?

　"응? 아냐. 어쨌든 당신 시차 적응 잘하고 얼른 돌아와. 혼자 집에서 외로우니까."

　—알겠어. 나 없는 동안 어디 아프지 말고. 또 전화할게.

　"알았어요. 사랑해."

　서준에게 괜한 걱정을 끼치고 싶지 않아 부러 아무렇지 않은 척 전화를 끊었다. 묘한 불안감이 자꾸만 하윤의 뒤를 스쳤지만, 그녀는 애써 무시하며 빠르게 걸음을 옮겼다.

　꺼림칙한 기분은 일주일 동안이나 계속됐다. 밤마다 그녀를 괴롭히는 의문의 존재에 하윤은 날이 갈수록 신경이 곤두서

야위어 가고 있었다.

"하윤 씨. 괜찮은 거야?"

그녀를 지켜보던 동료가 걱정스러운 얼굴로 물었다.

"감기 기운이 조금 있어서요."

"이 시기에 감기까지 도져서 어떻게 해."

"괜찮아요."

엎친 데 덮친 격으로 임신한 몸 상태에 감기까지 도졌다. 미열이 있었지만 약을 먹을 수가 없어 억지로 버티는 중이었다. 불안정한 정신 상태에 몸도 쉬이 낫질 않는 듯했다.

"일은 다 끝났어?"

"네. 이것만 정리하면 다 끝나요."

"그래. 나 먼저 밑에 내려가 있을게."

"알겠어요. 저도 금방 내려갈게요."

수리를 맡겼던 차를 아직 찾아오지 않았다. 평소 같았으면 버스를 타고 걸어갔을 것이다. 하지만 계속되는 누군가의 미행에 오늘은 도저히 안 될 것 같아 동료에게 집까지 데려다 달라고 부탁했다.

게다가 그녀는 홑몸이 아니었다. 배 속에 너무도 소중한 생명이 자라나고 있질 않던가. 임신 초기였지만 사소한 위험조차 전부 피하고 싶었다.

남은 서류를 정리한 하윤이 가방을 챙겨서 1층으로 내려갔다. 건물 앞으로 나가자, 미리 주차장에서 나온 동료의 차가 그녀를 기다리고 있었다.

"어머! 땀나는 것 좀 봐. 열나는 거 아냐?"

조수석에 올라탄 그녀를 보며 다시 한번 되물었다.

"미열이 좀 있는데 약 먹을 정도는 아니에요. 얼른 가요."

괜찮다며 대충 둘러댔다.

"그렇게 몸이 안 좋으면 좀 쉬어. 괜히 하윤 씨가 그 사건 변호 맡겠다고 나서서 대표님 눈초리가 장난이 아니지. 애꿎은 일까지 전부 다 하윤 씨한테 떠넘기려고 하고."

그래. 어쩌면 이 모든 불행의 시작은 그때부터였을지도 모른다. 그 사건을 맡겠다고 하던 순간부터.

"무리하지 말고 정 힘들면 못 하겠다고 해."

"그냥 일이 많은 와중에 몸살 기운까지 도져서 그래요. 그리고 대표님이 그렇게 나올 거라는 거, 몰랐던 것도 아니고요."

"그래도 이게 무슨 꼴이야. 사람부터 살고 봐야지."

하윤은 일주일째 알 수 없는 배후가 제 곁을 맴돈다는 사실은 얘기하지 않았다. 동료는 그저 그녀가 과로로 인해 몸살을 앓는다고 생각했다.

"오늘 데려다주셔서 감사해요."

"차는 언제쯤 찾아오게?"

"시간이 조금 걸린대요."

"그럼 당분간은 내가 집 갈 때 데려다줄게."

"아이, 안 그러셔도 돼요."

오늘이야 어쩔 수 없었다 치지만, 집이 가까운 것도 아닌지라 하윤은 동료의 호의가 부담스러웠다. 하지만 막상 아파트 앞에 도착하니, 어둠이 깔린 사위에 잠시 갈등이 일었다.

"정말 죄송한데…… 그럼 차 수리 다 될 때까지만 부탁드려도 될까요?"

"그럼. 뭐 별거라고. 부담 갖지 말고 그렇게 해."

안전벨트를 푸르던 하윤이 동료를 향해 연신 고맙다고 얘기하며 차에서 내렸다. 집 앞에서 내렸지만 건물 안으로 들어서는 그 순간에도 두려움이 자꾸만 엄습해 왔다.

"……후우."

긴장된 몸을 풀어 보려 심호흡을 했다. 엘리베이터에 올라서는 순간까지 몇 번이고 사방을 두리번거렸다. 하윤은 문을 닫은 뒤에 15층을 꾹 눌렀다. 1층, 2층, 3층……, 13층, 14층. 그리고 마침내 15층. 엘리베이터의 문이 열리고 집 앞에 선 하윤은 비밀번호를 누르려 손을 뻗었다. 바로 그때, 문 앞에 끼워진 작은 종이에 하윤이 시선을 돌렸다.

"이게…… 뭐지?"

조심스럽게 문 사이에 끼워져 있던 종이를 꺼내 들었다.

"……!"

놀란 나머지, 그녀의 동공이 세차게 흔들렸다. 충격으로 손에 힘이 빠지면서 바닥에 종이를 떨어트리고 말았다.

"이, 이게 대체……."

누군가가 혈흔으로 쓴 협박 편지였다. 새빨간 색으로 새겨진 한 글자, 한 글자에 하윤이 갑작스레 올라오는 구토감에 헛구역질을 했다.

"우, 우읍!"

다치고 싶지 않으면 번호를 포기해.

카드에 적힌 내용이었다.

✝　　✤　　✝

　서준의 다급한 심정을 알기에 액셀을 밟고 있는 현석 역시
속도를 높였다. 저녁에 외식을 하기로 했던 오늘, 가장 행복해
도 모자랄 날에 서준은 상상도 하지 못할 슬픔과 잔인한 진실
을 떠안게 되었다.

　하윤을 보면 눈물이 날 것 같았다. 그럼 그녀가 당황하며
왜 우냐고 묻겠지. 그럼 그 상황에서 난…… 뭐라고 대답해 주
어야 하는 걸까.

　손에 든 초음파 사진을 만져 보는 게 그가 할 수 있는 전부
였다. 빛도 못 보고 떠난 제 아이를, 홀로 가슴에 묻어야 했던
하윤의 마음을 뒤늦게 알게 된 자신이 미치도록 원망스러웠
다.

　"……하아."

　사진을 내려다보던 서준이 애써 흔들리는 마음을 진정시키
려 깊게 호흡을 가다듬었다.

　"최 비서님께서 그럴 리는 없겠지만 하윤이에겐 평생 모르
는 일로 남겨 두었으면 합니다."

　한 번 겪었던 고통을 두 번 겪게 할 이유는 없었다. 게다가
유산이라는 아픔을 겪었던 하윤이 어떤 선택을 했었는지 너무
도 잘 알지 않던가. 그 힘든 시기에 곁에 있어 주지 못했던 저
자신을 후회했다.

　"저 역시도 같은 생각입니다. 아가씨께서 기억을 되찾으신
다면 모를까, 당연히 그전엔 모르는 척해야 하는 게 맞는 일이

고요."

걱정하지 말라는 듯 대답하는 현석의 모습에 서준이 시선을
돌리며 입을 열었다.

"조금만…… 더 빨리 가 주세요."

"알겠습니다."

다행히도 출퇴근 시간이 아닌지라 도로 위는 한적했다. 그
럼에도 충분히 위험할 만한 속도로 움직이고 있었다. 서둘러
차를 움직인 덕에 금방 저택에 도착했다. 여느 때와 다르게 집
으로 걸어 올라가는 발걸음이 그렇게 무겁고 두려울 수가 없
었다.

"이, 이사님!"

하지만 서준을 반기는 건 당황한 모습의 메이드와 경호원이
었다. 그들이 한데 모여 있는 모습에 심상치 않음을 느낀 서준
이 날카로운 얼굴로 물었다.

"무슨 일 있습니까?"

"그게……."

서준이 미간을 구기며 물었다.

"왜 다들 나와 있습니까. 하윤인 방에 있는 겁니까?"

메이드가 섣불리 대답하지 못하고 망설였다. 불길한 예감이
그의 온몸을 에워쌌다. 이상하게 저택 내부가 조용했다.

미간을 구겼던 서준이 입술을 잘근 깨물며 발걸음을 옮겼
다. 그들의 침실과 연결되어 있는 하윤의 서재 방문을 조심스
럽게 열었다.

끼이익.

"……!"

방 안에는 싸늘한 공기만이 남아 있었다. 서준의 눈동자가 세차게 흔들렸다. 마치 애초에 존재하지 않았던 것처럼 그녀의 모든 흔적이 사라지고 없었다. 하윤뿐만 아니라 그녀를 추억할 만한 모든 것들이 감쪽같이 사라졌다.

서준이 놀란 마음을 진정시키려 애썼다. 뒤따라온 현석조차도 눈앞에 펼쳐진 광경에 상당히 놀란 듯했다. 고요한 방 안의 정적이 서준의 심장을 후벼 팠다.

"찾으세요."

그의 낮은 목소리가 미세하게 떨려 왔다. 무서울 정도로 낮은 목소리였다.

"전 세계를 뒤져서라도."

"……."

"모든 방법과 수단을 동원해서 하윤일 찾으세요. 지금 이 순간부터 제 허락 없이 독단적으로 행동하셔도 좋습니다. 그러니 무슨 수를 써서라도 데려오세요."

떨리던 목소리가 점차 이성을 되찾아 갔다. 서준의 세상이 무너졌다.

그렇게 3일이 지났다. 시간은 야속하게도 그들을 기다려 주지 않았다. 여전히 에릭과는 연락이 닿지 않았고, 직원들의 갖은 노력에도 그들의 행방은 찾을 수가 없었다. 기약 없는 기다림이 계속됐다.

"식사는 하셔야 합니다."

현석이 걱정 어린 얼굴로 서재 방에 들어섰다.

"이사님께서 무너지신다면 아가씨 역시 찾을 수가 없을 겁니다."

조심스럽게 말을 건넸지만 서준에겐 들리지 않았다.

벌써 3일째 아무것도 입에 대지 않은 그였다. 며칠 새 눈에 띄게 야윈 서준은 얼굴에 핏기가 없었다.

"에릭에게선 아직 아무런 연락도 없는 겁니까."

"그렇습니다만……그 친구와 함께 있는 이상 아가씨가 적어도 위험할 일은 없을 겁니다."

어쭙잖은 위로는 독이 된다지만 그래도 하윤이 안전할 거라는 말은 전해야 했다.

"식사는 여기에 두고 가겠습니다."

현석은 대답 없는 서준을 뒤로 하고 차려온 상을 내려놓고 나왔다. 꿈을 꾸는 것만 같았다. 좀처럼 하윤이 사라졌다는 사실이 믿기지 않았다. 서준은 자꾸만 떨리는 손을 멈추려 손톱으로 살갗을 꾹 짓눌렀다. 피가 마르는 듯한 기분이었다.

"대체 어딜 간 거야."

깍지 낀 손 위로 얼굴을 파묻었다. 서준의 얼굴 아래로 어두운 그림자가 한껏 드리웠다.

"갑자기, 대체 왜……."

그의 목소리가 절망으로 인해 갈라졌다. 분명 이유가 있을 거라 생각했다. 3일 전, 아침까지만 해도 다를 게 없었다. 저녁에 함께 나가자는 말에 다정하게 대답해 주던 하윤의 모습이 아직도 선명하게 남아 있지 않던가.

그랬던 여자가 아무런 이유도 없이 날 떠날 리 없어.

음식이 가득 차려진 상을 보니 매일을 자신의 공간에서 홀로 식사하던 하윤의 모습이 그려졌다. 조심스럽게 몸을 일으킨 서준이 커다란 책장과 몸을 마주했다. 그곳엔 다양한 서적들과 더불어 하윤과 함께 찍은 사진들이 담긴 앨범이 있었다.

한 장, 한 장 넘기는 손길이 서준의 마음을 대변했다. 조심스럽게 그 사이에 초음파 사진을 끼워 넣었다. 환하게 웃고 있는 하윤의 모습과 그 작은 생명이 깃든 사진을 나란히 바라보았다.

"……당신을 두 번 잃을 수는 없어."

갈라진 목소리로 낮게 중얼거렸다. 그 두 장의 사진을 부드럽게 문지르던 서준이 돌연 미간을 찌푸렸다.

"설마."

순간, 불안한 예감이 척추를 서늘하게 훑고 지나갔다. 떨리는 손길로 책장을 샅샅이 살피던 그가 우뚝 멈춰선 건 가장 끝에 있는 작은 책자 위에서였다. 조심스럽게 그 책을 펼쳤다.

쿵. 심장이 내려앉았다. 작은 책자 속에서 한 부분이 찢겨져 나간 흔적이 보였다. 그 부분에 손을 뻗은 서준의 손길이 파르르 떨렸다.

"……전부 다."

서준의 발아래로 그 책자가 쿵, 하고 떨어졌다.

"다, 알아 버렸구나."

떨리는 목소리로 천천히 발음했다. 그때, 비로소 이 서재의 변화가 눈에 들어왔다. 한쪽 벽에 걸어 두었던 액자가 사라진 채였다. 하윤이 이전에 서준의 얼굴을 그렸던 그림을 잘 코팅해 액자에 끼워 둔 것이었다.

거친 숨을 내쉬던 서준이 곧장 저택을 빠져나갔다.

✟　　✢　　✟

　한적한 외곽 지역에 위치한 성 베네딕도회 왜관 수도원.

　저택에서 떠난 뒤로, 3일이란 시간이 흘렀다. 그 시간 동안 무엇도 입에 대지 않은 탓일까. 하윤의 붉었던 입술은 시든 장미처럼 메말라 있었다.

　첫째 날은 눈물로 밤을 지새우고, 둘째 날은 복잡한 상념으로 하루를 보냈다. 그리고 난 뒤에 그녀가 비로소 선택한 곳이 바로 이 수도원이었다.

　"혼자서 들어가실 수 있겠습니까."

　에릭이 걱정 어린 눈빛으로 하윤을 부축했다. 3일째 제대로 된 식사 한번 하지 않은 그녀를 알기에 걱정이 앞섰다.

　"괜찮으니까, 이러지 않아도 돼."

　그의 손길을 밀어내며 제 두 다리로 똑바로 섰다. 크고 웅장한 건축물 외관이 보는 이들의 시선을 사로잡았다. 건물의 겉면엔 지나온 세월을 증명하듯 오랜 흔적들이 남아 있었다.

　"지금은 나 혼자 있고 싶어."

　"안 됩니다. 3일 동안 아무것도 드시지 않은 탓에 기력이 많이 떨어진 상태입니다. 이렇게 다니다간 언제, 어디서 쓰러지셔도 이상하지 않습니다."

　에릭이 그녀의 팔을 붙잡았다. 교통사고의 가해자가 자신이라는 걸 알게 된 하윤의 심정은 충분히 이해했다. 하윤에게서 그 사실을 듣고 너무도 놀랐으니 말이다.

　"아니. 쓰러지지 않아."

　창백한 입술을 잘근 깨물며 에릭과 시선을 마주했다.

"그러니까 제발, 그냥 내버려 둬."

감당하기 힘든 고통이 하윤의 얼굴을 스치고 지나갔다. 그녀의 팔을 붙잡고 있던 손에 스르륵, 힘이 빠져나갔다.

"하아……."

에릭이 깊게 한숨을 내쉬었다. 하윤은 조심스러운 발걸음으로 수도원 앞 광장을 가로질렀다. 주차된 차 옆에 서 있던 에릭은 그저 그녀의 모습을 지켜보고 있을 뿐이었다.

"수도원이라……."

이전에 저택에서 하윤과 나눴던 대화들이 떠올랐다.

"구원? 그런 건 세상에 없어."

"네 눈에 비치는 증오심은 어떻게 설명할 거지?"

새하얀 손으로 제 얼굴을 쓰다듬으며 그녀가 했던 말이었다. 에릭에 눈에 비치는 증오심이 신의 존재에 대한 반증이라며 말이다. 그런 하윤이 왜 이곳 수도원에 왔는지 알 길이 없었다. 수도원 안으로 들어가는 하윤의 뒷모습을 보면서 에릭은 말없이 담배에 불을 붙였다.

치지직, 소리와 함께 담뱃잎이 타들어 갔다. 작은 불꽃을 일구며 검게 타들어 가는 종이가 꼭 그의 마음을 대변하는 것 같았다.

"결국 잔인한 현실을 외면하고자 종교를 찾은 게 아닐까."

혼잣말을 중얼거리는 에릭의 얼굴 위로 서글픔이 번졌다.

수도원 본당 내부엔 수도사들이 앉을 수 있는 의자가 마련

되어 있었다. 중앙에 놓인 십자가와 마리아 조각상을 중심으로 양옆엔 화려하게 빛나는 스테인드글라스가 온 창문을 이루고 있었다. 이곳에서 예배를 드리는 많은 사람들은 저마다 사연이 있는 듯 보였다.

미사가 진행되고 있던 성전 구석에 하윤이 자리를 잡고 앉았다. 그녀의 머리엔 순백색의 미사포가 씌워져 있었다. 주머니 속에서 낡은 종잇조각을 꺼내 손에 쥐었다.

"신은……."

존재했다.

하윤은 세례를 받은 천주교 신자였다. 하지만 안타깝게도 기억을 잃은 뒤 신을 향한 그녀의 믿음은 불신으로 변질했다. 신이 존재한다면 저를 이렇게 가엾게 두진 않았을 거라며, 그 존재를 부정했던 건 제게 주어진 시련과 고통 속에서 벗어나고 싶다는 일종의 발악이었다.

결국 자신은 간사한 인간일 뿐이라는 게 증명됐다. 세상이 제게 시련을 준다고 한들 신을 원망하면 안 되는 거였으니.

왜 신은 그녀를 고통 속에서 구원해 주지 않았을까. 맞잡은 손 위로 감은 두 눈이 파르르 떨려 왔다. 순백의 미사포를 쓰고 회개 기도를 드리는 하윤의 모습은 마치 수도원에 내려온 고결한 천사 같았다.

미사포만큼이나 투명한 피부 위로 가녀린 눈물들이 반짝이며 떨어지기 시작했다. 가냘프게 떨어지는 눈물들이 스테인드글라스를 통해 새어 들어오는 햇빛에 반사되어 마치 매끄러운 진주알처럼 빛났다. 그 눈물은 타락한 자신의 영혼을 구원해 달라는 간절한 외침이었다.

하윤은 진심을 다해 회개하고 또 기도했다. 그 들리지 않는 간절한 목소리가 하늘에 닿길 바라며 천천히 눈을 떴다.

"······베르다."

그 순간. 심장이 쿵, 하고 내려앉았다. 눈을 뜨니 제 이름을 부르는 감미로운 목소리가 귓가에 감겼다. 제 앞에 보이진 않았지만 뒤에서 들려오는 그 음성은 하윤에게 내려진 한 줄기 빛과 같았다. 그건 이 가엾은 영혼에겐 신의 음성과 마찬가지였다.

"일어나."

기도하던 하윤이 눈을 뜨자 그녀를 바라보고 있던 서준이 나직이 입을 열었다. 기적처럼 서준의 얼굴을 마주한 하윤의 눈자위에 뽀얀 눈물이 그득히 차올랐다.

베르다(Verda). 하윤의 세례명이었다.

서준의 묵직하고 낮은 음성이 가슴에 날아와 콕, 박혔다. 심장이 아려 왔다. 히브리서 11장. 하윤은 빗물에 젖은 노트에 서준이 직접 자필로 남긴 성경 구절을 손에 쥐고 있었다. 그가 종잇조각을 쥐고 있던 하윤의 손목을 붙잡았다. 그리고 그녀의 손을 펴 종잇조각을 가져갔다. 저 몰래 가져간 그것을.

서준이 사고 후에도 망설임 없이 하윤을 선택할 수 있었던 건, 그녀를 향한 사랑이 온전한 믿음을 만들어 냈기 때문이다.

"당신이 어디에 있든."

그의 깊은 눈동자가 하윤을 깊숙이 옭아맸다.

"난 당신이 있는 곳에 함께할 거야."

미사포 사이로 보이는 하윤의 맑은 눈망울이 제게 와 닿았다. 그 시선이 가슴 시리도록 아프게 다가온 건 처음이었다.

서준은 스스로에 대한 두려움으로 떨고 있는 하윤과 시선을 마주했다. 성전 안의 사람들은 제각기 소리를 내어 기도를 드리고 있었다. 그러나 그들에게 사람들의 처절한 외침은 들리지 않았다. 마치 온 세상이 음소거가 된 것처럼, 고요함만이 그들을 감쌌다. 그 정적 가운데 서로의 시선이 한껏 애절하게 뒤엉켰다.

　"내가 믿는 건 당신 하나야. 그러니까 도망치지 마."

　혼란스러운 하윤의 마음을 알고 있다는 듯, 굳건한 서준의 목소리가 그녀를 다잡았다.

　"아니."

　서준이 커다란 손으로 그녀의 가녀린 어깨를 붙잡았다.

　"제발…… 떠나지 마."

　이내 단호했던 목소리가 흔들리며 애절한 울음이 묻어 나왔다.

　"난 두 번 다시 당신한테 돌아갈 수 없어요."

　하윤은 자신을 붙잡는 서준을 애써 밀어내며 성전을 나왔다. 차갑게 돌아섰지만, 차오른 눈물은 멈출 줄을 모르고 하염없이 흘러내렸다.

　왜 몰랐을까. 그가 술에 취한 어느 날, 제게 사다 줬던 목화의 꽃말이 '어머니의 사랑'이었다는 걸.

　하윤을 뒤따라 나온 서준이 다급하게 그녀를 붙잡았다. 그들은 커다란 마리아 조각상 앞에서 서로를 마주했다.

　"나한텐 너만 있으면 돼. 남들이 뭐라고 말하든, 상황이 어떻든 내가 보고 믿는 건 너 하나야. 이제껏 늘 그래 왔듯이."

　"서준 씨, 이건 우리 둘만의 문제가 아니에요. 내가 당신의 어머니를……."

"상관없어."

하윤의 말을 가로챈 서준이 떨리는 눈빛으로 그녀를 바라보았다. 감당할 수 없을 만큼 감정이 차올랐기 때문일까. 간신히 내뱉는 그의 음성 사이로 거친 숨소리가 함께 새어 나왔다.

"뭐가 어떻게 되었든 간에 상관없어."

굳은 의지였다. 그 어떤 상황에서도 하윤을 제 곁에 두겠다는 의지. 서준의 사랑은 그 깊이를 감당할 수 없을 만큼 깊었고 또 컸다.

"두 번 다시 당신을 혼자 둘 수 없어."

그는 3일 동안 제 손에서 놓지 않았던 한 장의 흑백 사진을 떠올렸다. 빛도 보지 못하고 떠나 버린 그 작은 생명을, 또한 모든 걸 홀로 감당해야 했던 하윤을.

"나한텐 그 모든 게 이미 지나간 과거일 뿐이야."

애타는 심정으로 자신을 향해 얘기하는 서준을 보며 하윤은 목이 타는 듯한 고통을 느꼈다. 하윤 역시 이 순간 간절하게 그를 원했다. 그렇기에 더욱더 서준에게로 갈 수가 없었다.

"……아뇨."

감정을 억누르며 간신히 입을 열었다.

"당신도 그 과거를 잊지 못하잖아요."

"……."

"여전히 그 일 때문에 힘들고 괴롭잖아요."

기억을 잃어버린 하윤 때문에 그날의 일을 그저 가슴속에 묻어야만 했다. 하늘로 간 어머니도, 변해 버린 하윤도 전부 다 서준이 홀로 감당해야 할 몫이었다.

"당신이 왜 사고에 대한 진실을 숨겼었는지, 왜 종종 날 바라보는 눈빛이 그렇게도 차가웠는지…… 그 모든 이유를 이제야 알게 됐는데, 내가 어떻게 당신한테 돌아갈 수 있겠어요."

떨리는 목소리로 그를 향해 말했다.

"어떻게 그래요. 당신이 날 볼 때마다 그때의 일이 떠올라 괴로울 거라는 걸 뻔히 아는데."

사랑했기에 돌아갈 수 없었다.

"더는 괴로워하는 당신 모습을 볼 자신이 없어요."

애써 차갑게 말하며 하윤이 몸을 돌렸다. 더 이상 그와 시선을 마주하고 있을 자신이 없었기 때문이다. 흐르는 눈물을 닦을 새도 없이 빠르게 발걸음을 옮겼다.

"……하아."

서준이 거친 숨을 토해 냈다. 멀어져 가는 하윤의 뒷모습을 멍하니 바라보았다. 그녀가 또 한 번 제 곁을 떠나갔다. 이대로 보내면 안 되는데, 그녀를 붙잡아야 하는데 발걸음이 쉽게 떨어지지 않는 건 무슨 이유에서일까.

움직여야 했다. 이렇게 그녀를 놓아줄 수는 없었다.

하윤이 그렇게 몇 발자국 더 옮기려던 때였다.

"……흐읏."

하윤의 손목을 붙잡은 서준이 그대로 그녀를 끌어안았다. 가녀린 몸을 부서질 듯 안은 서준의 몸이 그녀를 잃고 싶지 않아, 두려움으로 덜덜 떨리고 있었다. 그는 제 몸에 각인을 새기듯 하윤을 품에 안았다.

"마지막…… 부탁이야."

하윤의 어깨에 얼굴을 파묻은 서준이 반쯤 잠긴 목소리로 애타게 입을 열었다.

"……윽."

갑자기 날카롭고도 서늘한 고통이 척추에서부터 하윤의 온몸을 훑고 지나갔다. 이내 머리가 깨질 듯한 고통이 이어졌다. 무언가가 제 몸을 억누르듯 점차 숨이 가빠지며 괴로웠다.

"아……!"

머릿속에 수많은 사람들의 목소리가 메아리처럼 울려 퍼졌다.

"이따가 또 전화할게. 사랑해."

"변호사님. 제발 한 번만…… 한 번만, 한 번만 도와주세요."

"어떻게 말을 꺼내야 할지 몰라 고민을 많이 했어요. 스트레스로 인해 태아 염색체에 이상이 생긴 것 같아요. 정말 안타깝게도…… 유산이네요."

그 작은 목소리들이 한데 모여 괴로운 소음을 만들어 냈다. 조각난 기억들이 한 번에 몰려와 하윤의 심장을 날카롭게 찔러 댔다.

"……으, 으윽."

애써 부여잡고 있던 마지막 끈을 결국 놓치고야 말았다.

"하, 하윤아!"

놀란 서준이 의식을 잃은 하윤을 다급한 목소리로 불렀다.

감고 있던 눈꺼풀을 슬며시 들어 올렸다. 온몸에 기력이 빠져나간 듯 일어날 힘조차 없었다. 여전히 누워 있는 채로 천천히 고개를 돌렸다.

낯익은 침실, 그러나 너무도 다른 느낌. 시선을 아래로 떨어트렸다. 제 손을 꼭 붙잡은 채 침대 위에 기대어 눈을 감고 있는 서준의 얼굴이 보였다. 아니, 남편의 얼굴이 보였다.

"으읏……."

하윤이 천천히, 조심스럽게 상체를 일으켰다. 순간적으로 어지러움으로 인해 눈앞에 암전이 일었으나 이내 가라앉았다. 손을 들어 천천히 뒤집었다. 손목에 남은 흉터를 본 그녀의 동공이 세차게 흔들렸다. 잊고 있었던 모든 기억의 조각들이 제자리로 돌아왔다.

"……하아."

하윤은 떨리는 마음을 진정시키기 위해 애써 호흡을 가다듬듯 긴 숨을 내뱉었다. 마음의 무게를 한껏 실은 그녀의 숨이 허공으로 길게 흩어졌다. 조심스럽게 팔을 뻗어 서준의 뺨을 어루만졌다. 손끝에 따뜻한 온기가 느껴졌다. 잊고 있었던 기억 속에서 매일같이 느꼈던 그 온기가 또 한 번 제 피부에 닿았다. 부드럽게 그의 뺨을 쓸어내렸다.

"……당신."

그 손길에 서준이 감았던 눈을 천천히 뜨며 그녀를 불렀다. 그가 제 뺨에 닿아 있는 하윤의 손목을 붙잡았다.

"언제 일어났어. 몸은? 몸은 좀 괜찮아?"

놀란 얼굴로 하윤을 향해 입을 열었다. 하윤이 일어나길 기다리다가 그 역시도 피곤했던 탓에 잠시 선잠이 들었던 듯했다. 아무리 체력이 좋다고 할지라도 몇 날 며칠을 제대로 자지도, 먹지도 못한 사람이 멀쩡할 리가 없었다.

"왜 여기서 이렇게 자고 있어요."

하윤은 피곤함이 한껏 서려 있는 서준을 안타까운 얼굴로 바라보았다. 느릿하게 발음하는 목소리가 조금 떨려 왔다.

"당신이 언제 일어날지 모르니까. 몸은 괜찮은 거야? 의사 말로는 면역력이 저하된 상태에서 갑작스럽게 충격을……."

서준의 말이 채 끝나기도 전에 하윤이 그의 품에 와락 안겼다. 그 모습에 서준은 적잖이 놀란 듯 말까지 더듬었다.

"왜, 왜 그래. 당신, 무슨 악몽이라도 꿨어?"

놀란 마음에 다급한 목소리로 물었다. 하윤의 얼굴을 살피기 위해 어깨를 붙잡고 그녀를 떼어내려 했으나, 그럴수록 제 품으로 더욱 강하게 파고들었다.

"……조금만."

떨리는 목소리가 잇새를 통해 새어 나왔다. 서준의 품에 고개를 파묻은 하윤의 눈가가 조금씩 눈물로 젖어 들어갔다.

"조금만 더……."

미처 말을 다 끝맺지 못했다.

얼마나 그리워했던 품이던가. 아이를 잃은 슬픔을 홀로 감당해야만 했을 때, 얼마나 애타게 서준의 존재를 갈망했는지 모른다. 그 힘든 시간을 함께 나눌 수 있는 제 사람이 곁에 있었더라면 적어도 이런 극단적인 선택은 하지 않았을 텐데 말이다.

"하윤아."

불안한 예감이 서준을 훑고 지나갔다.

"설마……."

말없이 제 품에서 흐느끼는 하윤을 보던 서준이 불안한 듯 그녀의 어깨를 붙잡았다. 품에서 떨어진 하윤이 힘없이 고개를 푹 떨어뜨렸다. 남은 건 서준의 가슴팍에 얼룩진 눈물 자국뿐이었다.

몇 시간 전까지만 해도 저를 밀어내던 하윤이었는데 이젠 제 품에 안겨 하염없이 울고 있었다. 그러니까, 그 말은.

"……기억이 돌아왔구나."

돌아오는 대답은 없었다. 고요한 정적만이 방 안을 에워쌌다. 고통스러운 침묵이 맴도는 가운데, 서글픈 울음만 조용히 들려올 뿐이었다.

12화

회상

1년 전, 그날. 하윤은 하루가 다르게 야위어 갔다.

며칠 사이에 벌써 몇 킬로그램이 빠졌는지 모른다. 날이 갈수록 안색이 창백해졌다. 희망을 잃어버린 사람처럼 낯빛이 어두웠다.

병원에선 몸 상태가 좋지 않으니, 당분간은 각별히 주의하라고 했지만 계속되는 스토킹과 협박엔 어쩔 도리가 없었다.

"변호사님. 도대체 그게 무슨 말씀……."

"죄송하지만 더 이상 드릴 말씀이 없습니다."

하윤이 핏기가 사라진 입술을 잘근 깨물며 대답했다. 시연이 당황한 듯 망연자실한 얼굴로 그녀를 바라보았다. 하루아침에 입장을 바꾼 하윤이 원망스러울 것이다.

"변호사님도 힘드실 거라는 거 이해해요. 그렇지만 이건 정말 아니잖아요."

"……죄송하다는 말밖엔 드릴 수가 없습니다."

"저 정말 변호사님 없으면 가망이 없어요."

"저도 시연 씨를 볼 면목이 없어요."

"변호사님은 제가 범인이 아니라는 거 잘 알고 계시잖아요. 제발 한 번만 다시 생각……."

"너무 죄송하지만, 저도 더 이상은……."

시연의 말을 가로채며 떨리는 목소리로 입을 열었다. 뜨겁게 진동하는 목울대를 가라앉히려 거친 숨을 한 번 토해 냈다. 가쁜 호흡이 그녀의 심정을 대변했다.

"더 이상은 못 하겠어요."

힘겹게 얘기했다. 부르튼 보랏빛 입술이 죄책감으로 달싹였다. 하지만 더는 이 무모한 일에 끼어들 수가 없었다.

"매일 밤 누군가가 나를 지켜보고 있는 것 같다는 느낌을 받아요. 계속해서 내 뒤를 쫓고, 알 수 없는 협박 전화와 메시지가 쉴 새 없이 나를 괴롭혀요."

하윤의 눈가에 투명한 액체가 차올랐다. 그녀가 힘없이 고개를 떨어뜨렸다. 목울대에 고통스러운 압박감이 느껴졌다.

"계속해서, 계속해서…… 제 곁을 맴돌고 있더라고요."

떨리는 목소리로 계속해서 말을 이어 갔다.

"변호사 민하윤만 생각한다면 난 두려울 게 없어요. 근데……."

그녀는 혼자가 아니었다. 그토록 강했던 하윤이 속절없이 무너졌던 건 그녀가 홑몸이 아니었기 때문이다.

"이제 나에겐 지켜야 할 게 생겼어요."

자신이 지켜야 할 소중한 생명이 제 배 속에 자리 잡고 있었다.

너무도 소중했기에, 그 존재는 하윤을 한없이 나약하게 만들었다.

"변호사님, 제발 한 번만……."

"정말 미안……해요."

입술을 짓누르며 애써 대답한 하윤은 제게 매달리는 시연을 두고서 차갑게 돌아섰다.

칠흑 같은 어둠이 하늘을 뒤덮었다. 하윤은 집으로 돌아가는 길이 유난히 길게 느껴졌다.

제게 매달리던 시연을 차갑게 밀어냈던 탓일까. 그녀의 절망 가득한 얼굴이 자꾸만 눈앞에 아른거렸다. 무거운 죄책감이 그녀를 지독하게도 괴롭혔다.

"이제 신경 쓰지 말자. 다 끝난 일이야."

하윤은 그 사건에 관여하고 싶지 않았다. 지금 이 순간은, 배 속에 있는 아이와 그 아이를 품고 있는 제 몸만 신경 쓰고 싶었다.

"곧 서준 씨도 한국에 오니까……."

떨리는 마음을 가다듬으려 심호흡을 했다. 서준이 오면 모든 게 제자리로 돌아가고 안정을 되찾을 수 있을 거라고 믿었다.

"전부 다 괜찮아질 거야. 예전처럼 아무렇지 않게 살아갈 수 있어."

그렇게 마음을 다잡으며 발걸음을 옮겼다. 기분 탓인지 평소처럼 하윤을 괴롭히던 발소리가 오늘은 들리지 않았다. 어쩌면, 어디선가 자신을 지켜보다 오늘 변호를 거부했다는 사실을 알고 사라진 게 아닐까. 오늘따라 유독 집으로 향하는 길이 조용했다.

하윤은 조심스럽게 휴대폰을 꺼내 들어 서준의 번호를 눌렀다.

─전화를 받지 않아, 소리샘으로······

"바쁜가. 전화를 안 받네."

조용한 건 비단 제 뒤뿐만이 아니었다. 무슨 일이 있는 건지 연락이 닿지 않는 서준 탓에 휴대폰 역시도 조용했다.

복잡한 심정을 조금이라도 털어놓고 싶어 전화를 했지만 좀처럼 그는 전화를 받지 않았다. 그렇게 천천히 집으로 향하던 길이었다.

"읏."

사방이 어둑한 가운데, 불현듯 강렬한 라이트가 하윤의 시야를 가득 채웠다.

눈이 부셔 앞이 제대로 보이지 않는 탓에 하윤은 미간을 찌푸리며 눈을 질끈 감았다. 의문의 차는 라이트를 켠 채 속도를 높여 하윤에게로 질주했다.

"꺄악!"

끼이이익! 시멘트 바닥과 충돌하는 바퀴 소리가 고막을 뚫을 듯이 강타했다.

미처 피할 새도 없이 빠른 속도로 달려온 차는 하윤의 앞에서 우뚝 멈춰 섰다. 하마터면 그대로 차에 치일 뻔했다. 직접적으로 부딪치진 않았지만 뒷걸음질 치던 하윤은 그만 뒤로 넘어지고 말았다.

"······으읏."

순간적으로 아랫배에 강한 통증이 일었다. 눈앞에서 멈춘 차는 여전히 강한 라이트를 뿜어내며, 하윤의 시야를 차단했다.

"하아."

강한 통증에 말도 못 한 채 가쁘게 숨을 내쉬었다. 잠시 그렇게 그녀의 앞에 멈춰 있던 차는 이내 빠른 속도로 후진을 하며 그곳을 빠져나갔다.

"대체 누가……."

미처 끝맺지 못한 말이 강한 두려움으로 얼룩졌다. 누군가 의도적으로 그녀를 향해 질주했던 게 틀림없었다.

"어떻게 말을 꺼내야 할지 몰라 고민을 많이 했어요. 스트레스로 인해 태아 염색체에 이상이 생긴 것 같아요. 정말 안타깝게도…… 유산이네요."

그날 밤, 하혈을 했던 하윤은 애써 부정하던 현실을 강 원장의 목소리를 듣고서야 받아들일 수 있었다.

제 속옷을 물들인 새빨간 피를 보고도 아닐 거라 생각했다. 아니길 바랐는데, 결국 작고도 여렸던 아기는 너무도 일찍 하윤을 떠났다.

산부인과에서 나온 하윤은 멍한 얼굴로 근처에 위치한 어느 빵집에 들렀다.

한 걸음, 느릿하게 움직일 때마다 그녀의 다리가 심정을 대변하듯 조금씩 떨려왔다. 말로 표현할 수 없는 무거운 감정이 그녀의 심장을 옥죄었다.

"초는 몇 개 드릴까요?"

점원의 목소리에도 그녀는 묵묵부답이었다.

"저기요? 손님?"

"……."

"그럼 큰 초로 한 개 넣어 드리겠습니다."

하윤은 그저 초점 없는 눈망울로 대답 없이 서 있었다. 그녀를 조심스럽게 바라보던 점원이 작게 말하며 계산을 마쳤다.

"왜 저러지?"

"몰라. 눈에 초점이 없어 보여. 물어도 대답도 없고."

"괜히 상대하지 마. 불똥 튈라."

가게를 나서자, 그녀를 두고 수군대는 목소리가 낮게 울렸다.

하윤은 구입한 작은 케이크를 들고선 천천히 집으로 향했다. 문을 열고 들어서니, 서늘한 기운이 온몸을 에워쌌다. 차가운 공기가 피부에 닿으니 마주한 현실이 더욱 참담하게 느껴졌다.

불도 켜지 않은 채로 어두운 방 안에 선 하윤이 조심스럽게 케이크를 꺼냈다.

"아가야……."

떨리는 손길로 중앙에 초를 꽂았다. 어두운 가운데 촛불이 켜지니, 바닥에 쓸쓸한 그림자가 일었다.

"세상의 찬란한 빛 한 번 보여 주지 못했는데."

앉아 있던 하윤이 제 다리를 감싸 안으며 몸을 웅크렸다.

"이 손길로 그 작은 눈 한 번, 코 한 번……. 입술 한 번 어루만져 주지도 못했는데."

떨리던 목소리가 점차 눈물로 젖어 들어갔다. 심장이 타들어 갈 듯한 고통이 느껴졌다.

"아직 그 사람한테 말도 못 해 줬는데……."

미처 끝맺지 못한 말을 눈물로 삼키며 힘없이 고개를 떨어뜨렸다. 그렇게 어두운 방 안에서 홀로 그 슬픔을 감당해야만 했다. 애처로운 흐느낌이 한동안 계속되었다.

시간이 얼마나 흘렀을까.

하윤은 제대로 떠지지도 않는 눈을 비비며 겨우 몸을 일으켰다. 뼈가 부서질 듯한 고통이 일었지만 움직임을 멈추지 않았다.

조심스럽게 부엌으로 발걸음을 옮긴 하윤이 무언가에 홀린 듯 손을 뻗었다.

싱크대 한구석에 꽂혀 있던 날카로운 칼을 천천히 손에 쥐었다.

잠시 뒤 새빨간 혈흔과 함께 그녀가 바닥에 쓰러졌다. 미처 다 감기지 못한 눈꺼풀 사이로 한줄기 눈물이 흘렀다.

✝   ✠   ✝

서준의 품에 안겨 한참을 울었다. 그가 빨갛게 부어 버린 하윤의 눈가를 애정 어린 손길로 부드럽게 쓸어내렸다.

"처음엔 그냥 당신 얼굴 직접 보면서 임신 사실을 알려 주고 싶어서, 그래서 말하지 않았어요."

반쯤 잠긴 목소리가 먹먹하게 귓가를 울렸다.

"근데 그렇게 협박 편지를 받고 계속해서 스토킹에 시달리니까 필사적으로 숨기게 되더군요. 내가 아이를 가졌다는 사실을."

그 고통스러웠던 시간을 고스란히 기억해 냈다. 서준이 얼마나 보고 싶었는지, 그리웠던 그의 품에서 얼마나 울었는지 온몸에 힘이 없었다.

"어떻게 해서든 숨기고 싶어서 로펌에도 알리지 않았어요. 어디에선가 계속해서 날 주시하고 있을 거라 생각했거든요."

서준은 베개 위에 기대어 누워 있는 하윤의 위로 이불을 끌어올려 주었다.

"내가 임신했다는 걸 알면 그걸 약점으로 이용할 테니까요."

"잘했어. 당신 선택이 옳았던 거야."

"모든 게 다 무서웠어요. 내가 괜한 짓을 한 건 아닐까 두려웠거든요."

책임질 능력도 없으면서 같잖은 정의감으로 더 큰 피해를 준 건 아닐까.

모든 게 다 제 탓인 것만 같았다. 혹여 죄책감이라도 느낄까 봐 그가 하윤을 다독였다.

"거기까지가 내 마지막 기억이에요. 어떻게 의식을 차렸고, 또 다음 날 어떻게 차를 끌고 그 길을 나섰는지는 기억나지 않아요. 어쩌다가 사고가 났는지 구체적인 정황은 아무것도……."

돌아온 기억조차 완벽하지 않았기에 하윤이 괴로운 듯 미간을 찌푸렸다.

"한 가지 확실한 건, 그 사건과 어머님이 관련이 있었다는 거예요."

아이를 잃은 슬픔이 채 아물기도 전에 흥진 손목을 이끌고 도로에 올라섰다.

무슨 정신이었는지 모른다. 다만, 확실한 건 그런 상태로라도 서준의 어머니인 한유연 여사를 꼭 만나야 했다는 것이다. 그만큼 중요한 이유가 존재했을 것이다.

"그렇지만 난 정말⋯⋯."

"알아. 당신이 고의로 사고를 냈을 리는 없다는 거."

하윤이 가엾게 몸을 떨었다. 그 모습을 본 서준이 커다란 손으로 그녀의 뺨을 부드럽게 감쌌다.

"난 알아."

침대에 나란히 기대어 저를 올려다보는 그 눈망울에 또 한 번 눈물이 한가득 맺혔다. 툭, 치면 떨어질 것 같은 자태였다.

"우리가 사랑했던 시간들⋯⋯. 그 모든 순간들이 증거이자 믿음이야."

서준이 자필로 적어 내려갔던 구절은 참담한 현실에서 버티고자 하는 몸부림이었다.

어떠한 상황에서도 제 아내인 하윤의 손을 놓지 않기 위해 버텼던 것처럼.

"그러니 자책하지 마."

"당신을 볼 면목이 없어요. 당신의 어머니도, 그리고 우리의 아이도 전부 다."

선명했던 흉터가 하윤의 목숨을 앗아 가지 못했던 건, 손목을 긋는 그 순간에 힘이 빠졌기 때문이다.

그리고 그 이유는 홀로 남겨질 서준에 대한 기억 때문이었다. 제 삶에 대한 1퍼센트의 미련은 오로지 서준의 몫이었다.

"당신 탓이 아니야."

"정말 내 아이 하나 지키지 못했다는 게……."

"하윤아."

어린 하윤의 목소리를 가로채며 단호하게 입을 열었다.

"그날의 일은 절대 네 잘못이 아니야."

아직 다 마르지 않은 눈물 자국에 입을 맞췄다. 얼마나 울었는지 서준의 입술이 닿은 부위가 뜨거웠다.

"나도 그 순간에 당신 곁에 있어 주지 못한 내 스스로가 미치도록 원망스럽고, 후회가 돼. 그날 출장을 가지 않았더라면 적어도 당신을 그 고통 속에 혼자 두지 않았을 테니까."

아이를 지키지 못했다는 죄책감에 손목을 그었을 하윤을 떠올리니 가슴 한편이 찢어질 듯 아려 왔다.

"아이는 언제든 우리에게 또 찾아와 줄 거야."

그 모든 순간에 그녀와 함께 있어 주지 못했다는 사실에 또한 번 마음이 아팠다.

하윤의 이마와 콧대, 그리고 입술을 타고 내려와 천천히 입을 맞췄다.

"더 좋은 순간에, 더 찬란한 모습으로 우리에게 와 줄 거야."

한 줄기 빛이 되어 버린 아이는 이제 마음속 깊이 묻어 둬야 했다. 훗날에 찾아올 또 다른 축복을 위해서라도 잠시 묻어야만 했다.

"아무런 고통도, 근심도 없는 곳으로 떠났을 거야. 그러니까 이제 그 일은 그만 잊자."

그 입맞춤에 하윤의 흐느낌이 점차 멎어 갔다.

"가슴에 묻고 새로 시작하는 거야."

서준이 부드럽게 그녀의 턱을 잡아 올렸다. 새하얀 피부 위로 투명한 눈물이 흘러내렸다. 어쩌면 지금껏 겪었던 시간보다 더 험난하고 아픈 일로 가득할 수도 있었다.

하지만 한 가지는 확실했다.

"내가 지켜야 할 건 당신이고."

"……."

"우리가 함께 밝혀내야 할 건 당신을 다치게 한 사건의 배후들이야."

하윤이 로펌을 퇴사하기 전 변호를 거부했던 그 사건, 어머니인 유연과의 관계. 그게 그들이 앞으로 부딪쳐야 할 난관들이었다.

"어떤 상황에서도 당신 곁에 있겠다고 약속할게."

그녀를 진정시키듯 단호한 목소리로 얘기했다.

"죽음이 우릴 갈라놓는 그 순간까지도 당신을 존중하고 사랑하겠다고."

서로의 시선이 뜨겁게 얽혔다. 엇갈린 시간만큼이나 서로가 간절했다.

서준이 조심스럽게 그녀에게 입을 맞췄다. 더 이상 그녀를 울게 할 순 없었다.

평소와는 한껏 달라진 공기가 저택 안을 가득 메웠다.

저택에서 일을 하던 메이드와 경호원들은 모두 다 저택을 떠났다. 섭섭지 않은 액수의 돈과 함께 이곳에서의 일도 끝이 난 것이다.

"서약서에 적힌 내용은 전부 다 지켜 주셔야 합니다. 이곳에서 보고 들었던 그 모든 것들은 죽을 때까지 입 밖에 내지 않고 가슴속에 묻어 주시길 바랍니다. 그리고 진심으로 그동안 고생 많으셨습니다."

일반적인 메이드나 경호원들의 수익이라고 볼 수 없을 수준의 금액이었다.

보고 들은 모든 것을 입 밖으로 발설하지 않는다는 조건을 이행하는 대신, 그에 보상해 주는 대가였다.

"원하신다면 언제든 회사로 돌아오실 수 있습니다. 어디서 뭘 하시든 응원하겠습니다."

서준은 그 말을 마지막으로 직원들을 배웅했다. 하나, 둘씩 정리해 나가야 했다. 갑작스러운 사고로 엉켜 버린 모든 것들을 이젠 제자리로 돌려놔야 했다.

저택에서 함께 생활했던 직원들이 사라지고 나니 넓은 저택이 더욱 크고 휑하게 느껴졌다. 씁쓸한 마음을 뒤로하고 서준은 부엌으로 향했다. 아직 잠들어 있는 하윤을 위해 직접 아침을 만들기 위해서였다.

"이사님. 회장님께서 전화를……."

서준이 앞치마를 매기가 무섭게 현석이 조심스럽게 입을 열었다.

"최 비서님. 신경 쓰지 마시고 전원 꺼 두세요."

"예?"

"받을 때까지 계속 전화를 할 분입니다. 아버지 입장에선 제게 마지막 기회를 주신 건데 화가 나신 것도 당연하고요."

말은 그렇게 하면서도 전혀 신경 쓰지 않는다는 듯 서준은 현석과 시선을 마주하지 않은 채 요리에 집중했다.

하윤과의 일로 중국에 가지 않았다.

그 덕에 민준은 자신이 원했던 대로 일정에 참석했지만 강 회장은 마지막 기회조차 걷어차 버린 서준에게 굉장히 화가 나 있는 상태였다.

"그럼 말씀대로 전원 꺼 두겠습니다."

짧게 고개를 끄덕이는 것으로 대답을 대신한 서준은 다시 요리에 집중했다.

제대로 먹지 못하는 하윤을 위해 싱싱한 전복을 하나하나 손질해 죽을 만들었다. 기력을 회복하는 게 급선무였다.

한참을 그렇게 요리에 집중하고 있을 그때, 잠에서 깨어난 하윤이 천천히 계단을 내려왔다.

요리에 한껏 집중하고 있는 서준의 뒷모습을 잠시 동안 말 없이 바라보았다. 기대고 싶었고, 아무 생각 없이 그에게 안기고 싶었다.

"……어리광은 여기까지야."

그의 뒷모습을 바라보며 하윤이 자조적인 목소리로 낮게 중얼거렸다.

"아기를 위해서도, 남편을 위해서도."

입술을 잘근 깨물며 흔들리는 마음을 다잡았다. 그렇게 다짐하듯 중얼거린 하윤이 머리를 쓸어 넘기며 부엌으로 향했다. 어제와는 사뭇 다른 분위기였다.

서준에게 다가간 하윤이 조심스럽게 그의 허리를 껴안았다. 갑작스러운 백허그에 놀란 서준이 당황하며 고개를 들었다.

"언제 일어났어? 다 되면 깨우려고 했는데."

"아침은 천천히 먹어도 되는데 왜 벌써 준비해요."

제 허리에 감겨 있는 하윤의 손을 풀고는 몸을 돌렸다. 시선을 마주하며 그녀의 상태를 살폈다. 실신할 듯 울었던 모습에 걱정이 앞섰기 때문이다.

기억이 되돌아온 이상 매 순간, 괴로울 거라는 걸 잘 알고 있었다.

"왜 그렇게 봐요?"

하지만 그녀는 어제와는 사뭇 달랐다. 목소리도 눈빛도……. 그리고 분위기까지도.

"이렇게 예쁜 얼굴 처음 보나."

작게 어깨를 으쓱해 보인 하윤이 도도한 목소리로 말했다. 잠시 당황한 서준은 시선을 떼지 못하고 그녀를 물끄러미 내려다보았다.

"아무리 그래도 그렇지. 이렇게 한눈팔면 다 눌어붙어요."

하윤이 서준의 커다란 손을 잡아 국자 위에 올려놓았다. 그제야 정신을 차린 서준이 마무리를 하기 시작했다.

하룻밤 사이에 너무도 달라진 모습이었다. 그녀와 처음 만났을 때처럼, 도도하고 당찬.

"앉아 있어. 거의 다 됐으니까."

서준의 말에 고개를 끄덕인 하윤이 식탁 위에 그릇과 수저를 놓았다.

언제나 사람들로 북적였던 1층이 조용하니 괜히 더 어색한 느낌이 들었다.

"다들, 잘 배웅해 줬어요?"

"응. 아침에."

"이곳에서 그 사람들이랑 참 많이 부딪쳤었는데 막상 이렇게 되니까 아쉽네요."

인사 한번 못 해 보고 헤어진 게 아쉽다는 생각이 들었다. 처음엔 그들이 저택에서 자신을 감시한다는 생각에 거리를 두고 경계했던 게 사실이지만 그래도 매일같이 얼굴을 보던 사람들이 한순간에 사라졌으니 허전한 마음이 드는 게 당연했다.

"아무래도 그렇지. 처음부터 둘만 지내는 거랑은 다르니까."

"그래도 금방 적응되겠죠?"

"그럼. 거의 다 됐으니까 앉아 있어. 가져다줄게."

식탁 위에 앉은 하윤은 앞치마를 두른 서준을 지그시 바라보았다. 문득 그가 두른 앞치마에 관한 추억이 떠올랐는지 하윤은 옅게 미소 지었다.

"생각해 보니까 그 앞치마, 우리 신혼여행 가서 샀던 거네요."

"이거? 아, 맞아. 당신이 꼭 사고 싶다고 그랬던 거지."

"우리 둘 다 집에 붙어 있을 시간도 없는데 무슨 앞치마를 꼭 사야 한다고 그랬는지……."

"그래도 나한테 꽤 잘 어울리지 않나."

동의한다는 듯 하윤의 입매가 예쁘게 휘었다. 적막했던 저택 안에 그녀의 웃음소리가 환하게 울려 퍼졌다.

곧이어 먹음직스러운 전복죽이 완성되고 서준은 그녀의 그
릇에 정성스럽게 담아 주었다.

"얼른 먹어. 뭐라도 먹어야 기운이 나지."

한 숟갈 떠 그녀의 손에 쥐어 주었다. 손길 하나하나에 애
정이 가득 묻어났다.

"당신이 해 준 거라서 안 그래도 맛있게 먹으려고 했어요."

서준을 보며 한입 가득 입에 넣었다. 문득문득 차오르는 감
정에 목울대가 뜨거워졌지만 애써 무시하며 그가 만들어 준
전복죽을 삼켰다.

도란도란 이야기를 나누며 식사를 하고 있을 때였다.

"여보."

무언가 중요한 할 말이 있는지 서준과 시선을 마주하며 하
윤이 입을 열었다.

사고 이후로 한 번도 그에게 '여보'라는 말은 해 본 적이 없
었기에 서준의 눈이 놀란 듯 커다래졌다.

"오해하지 말고 들어 줬으면 해요."

"편하게 얘기해."

"모든 게 제자리로 돌아갈 때까지 이 저택에선 나와서 지냈
으면 좋겠어요."

많은 일들이 있었던 곳이었지만 근본적으로 이 저택은 훗날
아이가 생기면 함께 살기로 했던 곳이지 않던가. 그걸 알고 나
니 더는 여기에 머물 수가 없었다.

"그러지 않으려고 해도 자꾸만 생각날 거고…… 그럼 난 자
꾸 흔들리게 될 테니까요."

이제는 하늘의 별이 된 아이를 최대한 묻어 보려 애썼다.

서준을 향해 조심스럽게 얘기했다. 서준에게 있어 모든 일에 대한 선택은 하윤의 의사가 우선이었다. 그렇기에 천천히 고개를 끄덕였다.

"그리고 앞으로는 이곳저곳 많이 움직이게 될 텐데 여긴 너무 외진 곳에 있기도 하고요."

구태여 이유를 덧붙였다. 서준이 자신과 아이를 위해 만들어 준 저택이었기에 그곳을 떠나서 지낸다는 게 마음에 걸렸기 때문이다.

"어떤 상황에서도 당신의 결정을 존중해. 당신이 안전하기만 하다면."

"그렇게 말해 줘서 고마워요. 그리고 한 가지 더 있는데……."

편히 말하라는 듯 또 한 번 고개를 끄덕였다.

"아버님을 좀 뵈었으면 해요."

그녀의 잇새를 통해 튀어나온 말은 예상 밖이었다. 서준이 미간을 좁히며 그녀를 바라보았다.

"언제까지 당신의 가족들을 피할 수는 없으니까요."

언젠가 한 번은 부딪쳐야 했다. 하윤의 눈빛 속에 두려움이나 슬픔은 없었다.

"이건 내가 감당해야 할 몫이잖아요."

강하고, 당찼던 그녀만이 남아 있을 뿐.

"당신은 지금까지 해 준 것만으로도 충분해요."

"서두르지 않아도 돼."

천천히 가도 된다는 듯 서준이 그녀의 손을 따뜻하게 붙잡았다.

그러나 하윤은 더 이상 시간을 낭비할 수 없었다. 잃어버린 기억 탓에 시간을 낭비한 게 자그마치 1년이었으니까.

"얼른 먹어요. 당신도."

제게 고정된 서준의 시선을 또렷하게 응시하던 하윤이 그의 손에 수저를 쥐여 주었다.

✤　　✤　　✤

일주일이란 시간이 지났다. 많은 것들이 달라져 있었다. 서준이 신뢰할 수 있는 인원으로 추려 하윤의 곁에 붙여 두었던 팀은 해산되었고 그녀의 거처 역시 옮기게 되었다.

어찌 됐든 사고 직전 하윤이 사건의 배후로부터 목숨을 위협당했었다는 사실을 알게 된 이상, 그녀를 혼자 둘 수는 없었기 때문이다. 그런 서준이 선택한 곳은 바로 제 호텔이었다.

"가장 안전하다고 생각한 곳이 여기라니……."

짐을 정리하던 하윤이 옅게 미소 지었다.

딩동. 초인종 소리에 하윤이 고개를 들었다. 조심스럽게 문을 여니, 그곳엔 다부진 체격을 가진 한 남자가 서 있었다.

"오랜만이네? 한 일주일만이던가."

에릭이었다.

"예. 그렇습니다."

"그래. 들어와."

하윤을 향해 손을 내밀고 있는 이 남자는 못 본 사이에 조금 더 단단해져 있었다. 그 역시도 더 이상 저택에서 지낼 이유는 없었기에 직원들과 함께 저택을 떠난 상태였다.

"거처를 옮기셨다는 얘기는 최 비서님을 통해 전해 들었습니다."

"모든 사건이 다 정리되면, 그때 돌아가고 싶더라고."

일주일 만에 재회한 그들 사이엔 조금은 어색한 기운이 흘렀다.

"새로운 마음으로, 온전히 그 사람과 나만 생각할 수 있을 때."

"잘 생각하셨습니다."

"솔직하게 말하자면 널 어떻게 대해야 할지 모르겠어."

진심이 느껴지는 목소리였다. 하윤과 함께했던 모든 사람들이 그녀의 곁을 떠났지만 에릭은 여전히 그녀의 경호원으로 남기를 자처했다.

"이전과 달라진 건 없습니다. 달라진 게 있다면 이젠 당신과 함께 찾아내야 할 답이 더욱 확실해졌다는 것뿐일 테니까요."

"네가 군이 내 경호를 자처해야 할 이유는 없어."

"똑같은 악몽을 반복하고 싶지 않을 뿐입니다."

"악몽이라니?"

정확한 대답을 요구하듯 다시금 되물었다.

"더 이상 누군가 다치지 않기를 바랄 뿐입니다. 아가씨께서 사건을 맡았을 당시에 혼자가 아니었다면 시연이도, 아가씨도…… 그리고 그 어린 생명이 다치는 일은 없었을 테니까요."

하윤의 기억에 의해 모든 진실을 알게 된 에릭이 조심스럽게 제 진심을 전했다.

그녀가 시연에게 지켜야 할 것이 있어 포기할 수밖에 없다는 말을 전했을 때, 하윤에게 무슨 일이 있었던 건지 어느 정도 예상은 했었다.

그러나 막상 하윤이 수도원에서 충격으로 인해 쓰러지는 모습을 보자 그 역시도 적잖이 놀랄 수밖에 없었다.

어린 생명이라는 말에 잠시 하윤의 눈동자에 미세한 떨림이 일었다.

"내가 너였다면 두고두고 날 원망했을 거야."

"전 그렇게 생각하지 않습니다."

"어쨌든 시연 씨는 지금 우리 곁에 없으니까."

"각자의 위치에서 할 수 있는 최선의 선택을 했을 뿐이라고 생각합니다."

호텔 방 거실에 마련된 테이블에 서로를 마주하며 앉았다. 수도원에서 정신을 잃은 이후, 에릭과는 첫 재회였다. 뒤늦게 서준을 통해 시연이 제 아이처럼 하늘의 별이 되었다는 사실을 전해 들었다.

"제가 시연이를 잃은 것처럼 당신도 소중한 존재를 잃었으니까요."

같은 아픔을 지녔기에 서로의 무게를 조금은 이해할 수 있었다.

"정말 죄를 지어 벌을 받아야 할 사람들은 아직 그 어떤 대가도 치르지 않았잖습니까. 그 사람들을 찾아낼 겁니다."

그렇기에 그저 시연의 연인이었던 '에릭'이라는 사람이 아닌, 하윤의 경호원으로서 있고 싶었다.

무고한 사람들이 다치는 것을 지켜만 볼 수는 없었다. 에릭의 말에 잠시 침묵하던 하윤이 깊게 숨을 고르며 입을 열었다.

"내가 어떻게 버티고 서 있는지 모르겠어."

되찾은 기억, 그리고 자신에게 일어났던 비극. 홀로 감당하기엔 너무도 힘든 일이었지만 그럼에도 이렇게 버티고 서 있는 스스로가 믿기지 않았다.

"그 사람 앞에선 한없이 강해지는데 네 앞에선 한없이 약해지게 돼."

고개를 뒤로 젖힌 하윤이 허공을 멍하니 응시했다.

"문득문득 스쳐 지나가는 기억들이 너무도 고통스럽지만 그 사람의 앞에선 티를 낼 수가 없어. 이젠 내가 그 사람을 지켜 줄 차례니까."

서준을 사랑하기에, 그에게 하지 못했던 말을 에릭에게는 털어놓을 수 있었다. 서준과 함께 있을 때면 아무렇지 않게 행동했지만 그렇다고 해서 정말 아무렇지 않은 건 아니었다.

"마주한 현실이 고통스럽다고 눈물로 지새고 있기에는."

"……."

"시간이 너무 많이 흘러 버렸어."

더는 약해져서는 안 된다. 강해져야만 했다. 그러기로 마음을 먹었다.

"그러니까 경호원으로 남기로 한 이상, 책임지고 날 지켜 줘."

어쩌면 이기적인 목소리였지만 그날의 진실을 밝혀낼 때까지는 그래야 했다. 미안한 감정 따위는 조금 뒤로 미뤄야 했다.

"이기적이라고 생각해도…… 어쩔 수 없어."

"그럴 겁니다. 어딘가에 살아 존재할 그 사람들에게 죗값을 치르게 할 때까지."

"그래."

모든 일이 끝나고 나면 얼굴 정도는 보고 지낼 수 있는 친구로 남길 바랐다.

세연이 제게 말했던 그 '친구'의 존재.

"가자."

하윤이 조심스럽게 몸을 일으켰다. 이젠 직접 움직여야 할 때였다.

앞으로 하윤의 발걸음이 닿을 수많은 곳들 중, 가장 먼저 향한 곳은 서준의 본가, 욱진의 집이었다.

거대한 저택 내부에 싸늘한 분위기가 내려앉았다. 하윤은 떨리는 마음으로 발걸음을 옮겼다.

"여기가 어디라고 직접 찾아오는 거지."

낮은 음성이 차갑게 내리꽂혔다. 얼굴을 마주하고 싶지 않았던 건지 욱진은 고개를 돌리지 않은 채 입을 열었다. 그의 뒷모습을 바라보던 하윤이 조심스럽게 입술을 달싹였다.

"절 만나고 싶지 않으셨을 텐데, 이렇게 만남을 허락해 주신 것…… 감사드려요."

차마 아버님이라는 말은 떨어지질 않았다. 사랑하는 아내를 잃고, 또 아들을 잃고. 그 모든 일을 자초한 하윤이었기에 얼마나 자신을 원망할지 알고 있었다. 그런 욱진의 가슴에 구태여 불을 지피고 싶지는 않았다.

"감히 허락이라는 말을 입에 올리는 게 우습구나."

"알고 계실지 모르겠지만 사고 이후 저는 최근까지 모든 기억을 잃어 아무것도 알지 못한 채 지냈습니다."

욱진의 서늘한 목소리를 뒤로하고 다시 침착하게 입을 열었다.

"그러던 중에 정말 우연히……."

긴장된 마음을 대변하듯 하윤의 입술 끝이 가냘프게 떨렸다.

"며칠 전, 충격으로 쓰러지면서 기억을 되찾았지만…… 그역시도 사고 당일의 기억을 전부 포함하고 있진 않았고요."

긴장감으로 인해 목소리가 조금 떨려 왔다. 얼굴이 보이지 않으니 욱진이 지금 이 순간 어떤 표정으로, 어떤 모습으로 자신을 바라보고 있는 건지 알 수가 없었다.

"회장님께서 절 원망하신다는 거, 잘 알고 있습니다."

"그걸 안다면 네가 이렇게 날 찾아와 그날의 일을 들쑤실 순 없을……."

"아이가."

묵직한 욱진의 목소리를 가르며 하윤이 목소리를 냈다.

"제게 아이가 있었습니다."

"아이라니……?"

"서준 씨의 아이입니다. 회장님의…… 손주 말입니다."

등을 돌리고 있던 욱진의 얼굴에 미세한 떨림이 일었다. '아이'라는 말에 등골이 서늘하게 곤두서는 기분이 들었다.

아슬아슬하게 서 있던 하윤이 털썩 무릎을 꿇었다. 그 소리에 욱진이 천천히 몸을 돌렸다. 그의 시선 아래 무릎을 꿇고 있는 하윤이 가득 담겼다. 그녀는 애처롭게 온몸을 덜덜 떨고 있었다.

"······그 아이를 사고 직전에 하늘로 떠나보냈습니다."

그녀의 말에 놀란 듯 욱진이 미간을 좁혔다. 임신 사실도, 유산 사실도 전부 처음 듣는 이야기였기 때문이었다.

"사고 직전에 제가 마지막으로 변호를 맡았던 사건이 있었습니다. 변호를 준비하는 동안 사건과 관련된 배후들에게 지속적인 협박과 미행을 당했습니다."

하윤이 조심스럽게 그때의 상황을 설명했다.

"유앤미 측과 어떤 로비가 오갔었는지는 알 수 없으나, 상부에서 손을 떼라는 지시가 내려왔던 사건이었습니다. 아무도 나서지 않던 사건이었기에 제가 상부의 지시를 어기고 변호를 자처했습니다."

그녀가 차오르는 감정을 가라앉히기 위해 잠시 호흡을 가다듬었다. 손끝에 경련이 일었다. 떨고 있다는 걸 감추기 위해 주먹을 꽉 쥐어, 제 살갗을 꾹 짓눌렀다.

"유산 역시도 그 스트레스로 인한 것이었고, 그날 제가 사모님을 만나러 길에 올랐던 것도 그 사건과 관련이 있습니다."

욱진의 표정이 일그러졌다. 무거운 침묵이 내려앉았다. 섣불리 말을 꺼낼 수 없었기에 그저 하윤의 얘기를 잠자코 듣고 있을 뿐이었다.

"그래서, 저는 제 기억에 의존하지 않은 채 직접 사건의 진실을, 그 사고의 이유를 밝혀낼까 합니다."

하윤은 여전히 고개를 숙인 채로 진심을 전했다.

"면목이 없다는 걸 알지만 그럼에도 불구하고 조금만 더······ 기다려 주셨으면 합니다."

그간 국내 최고의 기업을 운영하며 수많은 사람들을 만나온 욱진이었다. 그렇기에 그녀의 목소리에 진심이 묻어 있다는 것쯤은 알 수 있었다.

하윤의 말을 들을수록 마음이 착잡했다. 그 역시도 이런 상황이 안타까웠기 때문이다.

게다가 유연이 어떠한 사건과 얽혀 있다는 얘기는 욱진 역시 처음 접하는 사실이었다. 복잡한 심경을 대변하듯 그의 미간에 잡힌 주름은 좀처럼 풀어지지 않았다.

"그러니까 네 말은……."

욱진이 천천히 입을 열었다.

"내 아내가 죽음을 맞게 된 그 사고에 관해서 아직 밝혀지지 않은 것들이 더 남아 있다는 말인 거냐."

아들과의 사이를 멀어지게 만든 것도 모자라, 소중했던 아내까지 앗아 간 하윤을 두 번 다시 보고 싶지는 않았지만, 만일 정말 그날의 사고에 다른 누군가가 얽혀 있는 것이라면 밝혀내야 한다고 생각했다.

"그렇습니다."

떨리는 목소리로 조심스럽게 대답했다. 그리고 그 순간이었다.

"……!"

다급하게 뛰어온 서준이 잔뜩 흐트러진 모습으로 방 앞에 우뚝 멈춰 섰다. 무릎을 꿇은 채 욱진과 마주하고 있는 하윤의 모습을 바라보며 거친 숨을 몰아 내쉬었다.

30분 전. 평소와 다를 것 없이 업무를 보고 있던 서준이 진동하는 휴대폰에 고개를 돌렸다. 에릭으로부터 온 메시지였다.

〈아가씨께서 이사님의 본가로 회장님을 만나러 가셨습니다.〉

고민을 거듭하던 에릭이 혹시나 하윤에게 무슨 일이 생길까 싶은 마음에 서준에게 연락을 남겨 둔 것이다. 메시지를 확인한 서준의 동공이 짙게 흔들렸다. 곧장 겉옷을 챙겨 들어 본가로 차를 몰았다.

"제발……."

욱진의 성격을 누구보다 잘 알았기에 마음이 초조했다.

"제발 아무 일도 없길."

괜한 화살이 하윤에게 향할까 두려운 마음이 들었다. 사고에 관한 진실을 알게 된 것만으로도 그녀가 충분히 힘들어할 걸 알았기 때문이다. 그런 그녀에게 마음의 짐을 더해 주고 싶진 않았다. 불안한 마음을 안고 저택 안으로 뛰어 들어왔다. 그리고 하윤의 목소리를 듣곤 발걸음을 멈추었다.

"제게 아이가 있었습니다."

그녀의 음성에 심장이 뜨겁게 진동했다. 입 밖에 꺼내고 싶지 않은 그날의 일을, 욱진의 앞에서 담담히 얘기하는 하윤의 모습에 가슴이 아릿했다.

그렇게 잠시 하윤의 뒷모습을 바라보던 서준이 이내 방 안으로 들어섰다.

"내가 왜 네 말을 믿고 기다려 줘야 하는 거지."

서준과 눈이 마주친 욱진이 그를 바라보며 차가운 목소리로 얘기했다.

"네 사정이 그렇다고 해서 그게 내가 널 믿어줄 만한 이유가 되지는 않는다. 너도 알다시피 사고 직전 내 아내와 네 사이에 다툼이 있었다는 게 밝혀졌으니."

거친 숨을 토해 내는 서준의 시선이 짙게 떨려 왔다. 예상했던 대로 욱진의 싸늘한 반응에, 그의 심장이 쿵 내려앉았다.

"제가 그 사람을……."

그러나 강 회장의 냉기 어린 목소리에도 하윤은 굴하지 않고, 단호한 얼굴로 입을 열었다.

"사랑하기 때문입니다."

서준의 떨리는 시선이 무릎을 꿇고 있는 하윤에게로 향했다. 욱진 역시 많은 감정이 담긴 눈빛으로 그녀를 내려다보았다.

"다른 이유는 없습니다."

"……."

"그 사람을 너무도 사랑해서 모든 진실을 밝혀내고 떳떳한 모습으로 곁에 있고자 합니다. 그리고 그게…… 제가 회장님을 뵙기 위해 이곳에 찾아온 이유입니다."

결백을 통해 세상 밖으로 한 걸음 나아가야만 했다.

그간 자신의 이름으로 치열하게 살아왔던 날들을, 또한 서준과 함께 뜨겁게 사랑했던 날들을 살인이라는 치욕스러운 죄악으로 더럽히고 싶지 않았다.

단호하지만 진심이 느껴지는 그녀의 말에 욱진이 말없이 하윤을 내려다보았다.

방 안에 서늘한 침묵이 내려앉았다. 대답이 없는 욱진에 서준은 하윤에게로 가까이 다가섰다. 제 아버지에게 무릎을 꿇고 있는 모습에 마음이 아팠다.

"민하윤."

나지막한 목소리로 그녀를 불렀다.

"그만 일어나."

그러고는 조심스럽게 하윤의 어깨를 잡아 일으켰다.

"서준 씨……?"

언제 왔는지 모를 서준의 모습에 놀란 듯 하윤의 목소리가 떨렸다. 마주한 시선이 뜨겁게 일렁였다.

"이렇게까지 할 필요 없어."

욱진에게선 그 어떤 대답도 없을 거라고 확신했다. 그를 설득시킬 수 없다고 생각했기에 하윤을 데리고 나갈 생각이었다.

"……그래, 좋다."

그 순간이었다. 욱진이 굳게 다물고 있던 입을 열었다.

"네가 정말 내 아들을 진심으로 사랑하고, 그래서 내 아내를 죽였을 리가 없다고 확신한다면."

마치 호랑이를 연상케 하는 형형한 눈빛이 진득하게 두 사람을 바라보았다.

"책임지고 밝혀내."

예상치 못했던 욱진의 말에 서준의 눈망울이 세차게 요동쳤다.

"어떤 사건으로 얽혔고, 사고의 이면에 어떤 일들이 있었는지. 하나도 빠짐없이 샅샅이 밝혀내도록 해."

단호한 목소리였다.

"그게 모두가 살아갈 수 있는 유일한 길일 테니."

그 말을 끝으로 욱진은 흠, 군기침을 내뱉고는 방을 나섰다.

✢　　　✢　　　✢

　서준은 하윤의 어깨를 감싸 안고 조심스럽게 일으켰다. 아버지와의 만남이 이렇게 갑작스럽게 이루어질 줄은 몰랐던 터라 서준 역시도 당황스러운 듯했다.

　"나한테 얘기를 했어야지."

　마당에 놓인 작은 벤치에 자리하며 나지막하게 얘기했다. 아버지를 만나고 싶다고 얘기했던 게 불과 일주일 전이었다. 설마 하윤이 제게 얘기도 없이 무턱대고 본가로 욱진을 만나러 갈 줄은 몰랐다.

　"걱정하지 마요. 나 정말 괜찮으니까."

　괜찮다는 말에도 하윤이 걱정되는 건지 서준이 조심스럽게 그녀의 안색을 살폈다. 지긋하게 시선을 내리깔았다.

　"이렇게까지 하지 않아도 돼."

　서준의 시선이 부드럽게 하윤을 훑어 내려갔다.

　"어떤 상황에서도 나한텐 당신이 우선이야."

　과거 사이가 서먹했던 유연과는 달리, 욱진은 하윤을 꽤나 아꼈었다. 아무리 사이가 가깝다고 한들 친부모의 빈자리를 채울 수는 없겠지만 그럼에도 욱진은 최선을 다해 그녀를 제 친딸처럼 진심으로 대했다.

　그 마음을 하윤 역시도 잘 알고 있었다. 그랬기에 물러서고 싶지 않았다. 어떻게 해서든 결백을 통해 증명하고 싶었다.

　"아버님이 날 얼마나 아껴 주셨는지 당신도 알잖아요."

　"그렇지만……."

"내가 그때 잘못된 선택을 할 수밖에 없었던 건."

하윤이 걱정 어린 서준의 목소리를 가르며 단호하게 입을 열었다. 조심스럽게 손을 올려 서준의 옷매무새를 단정하게 어루만졌다.

"그 모든 게 처음 겪는 일이었기 때문이에요. 당신이 없는 사이에 갑작스럽게 난 우리 사이, 한 생명의 보호자가 되었으니까요."

아이를 원했지만 막상 마주한 현실에선 나약하기 그지없었다. 부모가 되는 일은 결코 쉬운 게 아니었기 때문이다.

"유앤미에 입사해 변호사로 일하면서 끔찍한 사건들을 정말 많이 보고 겪었어요. 그런 협박쯤은 아무것도 아니었는데……."

"홑몸이 아니었잖아."

당신 탓이 아니라며 위로하는 듯한 목소리였다.

"맞아요."

또렷한 눈빛으로 서준을 응시했다.

"그래서 난 지금 무서울 게 없어요. 당신이 내 옆에 있는 한."

이제는 그녀가, 그를 지켜 줄 차례였다. 그날의 사고로 서준은 어머니를 잃고 아버지에게서 버림받고 또한 지난 1년 동안 자신마저 잃지 않았던가.

"두 번 다시 당신을 떠나는 일은 없을 거예요."

서준이 제게 선을 긋고 싸늘한 모습을 보였던 게, 그 두려움을 감추기 위한 가면이었다는 걸 왜 몰랐을까.

아직도 문득문득 그의 눈빛 속에서 두려움이 보였다. 혹시

라도 죄책감에 하윤이 제 곁을 떠나진 않을까, 하는 그런 마음
에서 비롯된. 그 눈빛을 볼 때마다 가슴이 아렸다.

"우리가 조금만 더 서로에게 솔직했다면……."

바람에 흐트러진 서준의 머리칼을 부드럽게 쓰다듬으며 말
했다. 다정한 손길로 그를 어루만졌다.

"이렇게 멀리 돌아오는 일은 없었을 텐데."

그런 하윤을 지그시 내려다보던 그가 조심스럽게 그녀의 손
목을 붙잡았다.

"아니. 조금이라도 더 늦었다면 당신을 영영 잃었을 거야."

"……."

"그렇게 생각하는 지금도 마치 심장이 내려앉는 기분이군."

서준이 뜨겁게 하윤을 응시했다. 혼란스러워하는 그녀를 홀
로 방에 둔 채 마음을 닫아 버리고 '쇼윈도'라는 단어를 차갑
게 입에 올렸었다. 조금만 천천히 그녀에게 다가갔다면 오랜
시간 엇갈렸을 리는 없었을 텐데 말이다.

"당신과 처음 입을 맞췄을 때, 이상하게 마음이 복잡했어
요."

"그때로 돌아간다면 절대 그렇게 못되게 굴지 않았을 거
야."

잔혹한 현실이 애증이란 감정을 만들어 냈다. 그렇게 잃어
버린 기억 속에서 서로를 향한 불신이 쌓여 갔고, 그 과정에서
서로가 서로를 밀어냈다.

서준은 강압적으로 하윤을 가둬 두었고 하윤은 그런 서준을
늘 차갑게 바라보았다.

"그러니까 하윤아."

다시 한번 나지막하게 그녀를 불렀다.

"되찾은 진실이 널 괴롭게 한다면…… 그땐 주저하지 말고 나한테 기대 줬으면 좋겠어."

따뜻하게 감싸 안은 그녀의 손을 들어 조심스럽게 입을 맞췄다. 손등에 닿은 부드러운 그의 입술이 따뜻하게 체온을 물들였다.

"어디 안 가고 여기 있을게. 늘 같은 자리에."

커다란 손으로 그녀의 손을 꽉 잡았다. 절대 놓치지 않을 것처럼.

"그러니까 언제든지 내 뒤에 숨어도 돼."

"알았어요. 힘들면 당신한테 기댈게요."

하윤은 맞잡은 그 손길에 온기를 더했다. 유난히 햇살이 따스했다. 그 따스한 햇살이 비추는 길을 따라 그들은 천천히, 발걸음을 옮겼다.

오랜 시간을 엇갈려 돌아온 만큼, 이젠 손을 맞잡고 죄를 지은 사람들을 벌할 때였다.

✤　　✤　　✤

하윤은 에릭과 함께 서준의 집무실로 발걸음을 옮겼다. 서준과 현석, 그리고 에릭과 하윤까지. 네 사람 모두, 한데 모인 건 이번이 처음이었다.

"이렇게 모이니 감회가 새롭습니다."

그들 중 가장 먼저 입을 연 건 다름 아닌 현석이었다.

"저 역시도 그렇습니다."

아무래도 그 가운데 가장 이질감을 느끼는 사람은 에릭일 것이다. 에릭은 유현그룹의 경호원으로 들어왔던 자신이 이 자리에 있는 지금 이 순간이 낯설게만 느껴졌다.

"앞으로 이 자리에서 보고 듣고 나누는 이야기들은 이 안에 서만 유지될 겁니다. 절대 외부로 발설하는 일이 없도록 유의 해 주세요."

서준의 낮은 음성에 모두가 일제히 고개를 끄덕였다.

현석이 커다란 화이트보드를 가져와 그 위에 여러 가지 자 료들을 붙이기 시작했다. 보드 맨 앞에 '증인 신청'이란 글자 가 쓰여 있는 종이를 보니 하윤의 심장이 미친 듯이 뛰기 시작 했다.

마치 변호사로 일하던 그때 그 시절로 돌아간 듯한 기분이 들었다.

"사건 피해자의 이름은 기유민. 37세 여성으로 평소에 과 대망상증을 앓고 있던 것으로 밝혀졌습니다. 당시 복부에 7회 이상의 자상으로 인한 과다출혈로 사망하게 되었습니다. 사건 현장에선 피해자의 혈흔 외엔 범인을 증명할 만한 그 어떤 머 리카락이나 혈흔, 그리고 지문 같은 것들은 하나도 발견되지 않았습니다."

진범은 상당히 교묘하고 똑똑한 사람이었다.

"이에 따라 당시 쓰러져 있던 기유민 씨를 최초로 발견한 박시연 씨가 용의 선상에 오르게 됩니다. 하지만 박시연 씨가 범인이란 증거는 턱없이 부족했고, 그렇게 사건이 수면 아래 로 가라앉는가 싶더니 그때 즈음 사건 현장을 목격했다는 증 인이 나타났습니다."

현석이 손가락으로 '증인 신청' 서류를 가리키며 계속해서 말을 이어 갔다.

"당시 목격자 신분으로 증언을 했던 주현강 씨는 다들 알고 계신 대로 재판 현장에서 증언을 번복했습니다. 처음 진술을 했을 때는 키가 큰 단발의 여성이 범인이라고 말하더니 재판 현장에선 콕, 집어서 키가 크지도 머리가 단발이지도 않은 정 반대의 박시연 씨를 가리키며 범인이라고 증언을 했죠."

소파에 앉아 있던 에릭의 눈가가 파르르 떨렸다. 아무리 시간이 많이 흘렀다고 한들, 그날의 고통과 기억을 어떻게 잊을 수 있겠는가.

"현재 주현강 씨의 소재는 한국에 없는 걸로 파악됐습니다. 재판이 있고 얼마 지나지 않아 온 가족이 함께 외국으로 출국한 기록이 있더군요."

"출국이요?"

서준이 현석을 응시하며 다시금 되물었다.

"예. 그리고 차명 계좌로 거액이 입금된 내역을 확인했습니다."

소파에 기대어 다리를 꼬고 앉아 있던 하윤이 몸을 앞으로 일으키며 말했다. 손가락 사이에 끼워진 볼펜은 유려한 곡선을 그리며 빙그르르 돌아가고 있었다.

"모든 이해관계엔 돈이 얽히는 법이죠."

앉아 있던 하윤이 조심스럽게 몸을 일으켰다. 보드 앞으로 걸어가는 걸음걸이에선 변호사 시절의 포스가 고스란히 느껴졌다.

"제가 기억하는 건 그 재판이 있기 전 진범을 바꿔치기 하라는 상부의 지시가 있었다는 겁니다. 상부에서 의도적으로 박시연 씨의 변호를 못 하게 막았습니다. 제가 대표님의 당부를 거부하고 시연 씨 변호를 하겠다고 나선 뒤부터 로펌 내에서 의도적인 괴롭힘이 계속됐습니다."

사사로운 일까지 전부 다 그녀의 몫이 되어 버렸다. 하윤은 임신 초기의 몸으로 그 일을 전부 다 처리했다. 과로로 인해 면역력이 저하되어 몸살까지 났으나 차마 약을 복용할 수도 없었다.

"또한 사건과 관련 있는 배후에게 계속해서 미행을 당하고 협박 메시지를 받았고요."

과거를 떠올리던 하윤이 괴로움에 미간을 찌푸렸다.

"그럼 일단 유동철 대표를 만나 봐야겠네요."

"제가 먼저 접촉해 보겠습니다."

굳건한 목소리로 대답하는 에릭을 보며 그가 고개를 끄덕였다.

"자세히 기억은 안 나지만 사건과 관련해서 사모님을 꼭 만나야 할 일이 있어 차를 몰고 내려갔던 거 같아요. 분명 사건에 관한 일이었는데……."

"사고 직전 어머니의 통화 기록을 확인한 결과, 어머니와 가장 마지막으로 통화를 했던 게 하윤이었습니다."

하윤의 말이 채 다 끝나기도 전에 서준의 울림 있는 목소리가 치고 들어왔다.

그는 여전히 소파에 기대어 앉아 있는 상태였다. 서준이 하윤과 시선을 또렷하게 마주했다.

"그리고 하윤인 그 후로 저에게 전화 한 통을 더 했고요."

서준은 정말 하윤이 고의적으로 유연을 다치게 할 생각이었다면 굳이 제게 전화를 했을 리가 없다고 생각했다.

"어머니는 지방에서 열렸던 자선 행사에 참여할 예정이었습니다."

"그렇다면 사모님께서 정말 유앤미 로펌과 연관이 있었을 수도 있다는 뜻이겠네요."

서준의 말에 현석이 그를 보며 다시 정리하듯 읊었다.

"일단 가능한 것부터 시도해야겠네요. 유동철 대표를 만나보는 것 말입니다."

자료를 한데 탁, 정리하며 현석이 모두와 시선을 마주했다. 사건에 점차 가까워지고 있었다.

✛   ✤   ✛

에릭과 현석은 먼저 집무실을 떠났다. 서준과 하윤만이 남은 공간에는 전과는 사뭇 다른 공기가 감돌고 있었다.

"유동철 대표가 날 만나 줄지 모르겠어요."

"뒤가 구리다면 좀처럼 만나 주려고 하지 않겠지. 그래서 에릭을 앞세우는 거고."

유현그룹의 경호원일 뿐인 에릭을 로펌 대표가 알 리 없었기 때문이다.

"기유민 씨 재판이 있고 난 뒤에 얼마 안 돼서 대표직에서 물러났다고 하던데……. 근황을 모르는데 거처를 알아낼 수 있을까요?"

"대한민국에서 사람 하나 찾는 것쯤이야."

"영악한 사람이에요."

"어떻게 해서든 찾아낼 거야. 당신의 일이니까 더더욱."

서준이 단호한 목소리로 대답했다. 법조계에 몸을 담그고 있는 사람이 누군가의 사주를 받고 사건을 조작한다는 건 있을 수 없는 일이었다.

"성치 않은 몸으로 고생했을 거 생각하면 아직도……."

감정을 억누르기 위해 서준이 깊게 호흡을 가다듬었다.

"아직도 화가 나."

사건에 직접적으로 관련이 있지는 않았다 하더라도 한 로펌의 대표가 사건 조작을 강요하고, 이를 빌미로 직원에게 과다한 업무를 지시했다는 게 말이나 되는 일인가.

"나 이제 정말 괜찮아요. 보다시피 건강하고요."

저택에서 심신 안정에만 집중해 줬으면 좋겠다고 차갑게 얘기했던 서준이지만, 그 덕에 하윤이 체력적으로 많이 좋아진 것도 사실이었다.

불현듯 몸을 일으킨 서준이 그녀의 옆으로 다가와 소파 모서리에 걸터앉았다.

"왜 이리로 와요?"

"그러니까 말이야. 이제 일해야 되는데."

기어코 직접 호텔까지 바래다주겠다는 서준 때문에 그의 업무가 끝날 때까지 기다리기로 한 하윤이다. 그런데 어찌 된 일인지 그는 서둘러 업무를 시작하기는커녕 그저 하윤을 바라보고 있을 뿐이었다.

"안 그래도 아버님께서 당신한테 실망하셨을 텐데 만회하려는 정성이라도 보여야죠. 이렇게 자만하면 되겠어요?"

몸을 일으킨 하윤이 그의 집무실을 조심스럽게 훑어보았다. 그 불운의 사고로 그가 이곳에 발령받았다는 걸 알기에 마음이 아팠지만 그런 감정은 내색하지 않았다.

"당신이 아직 날 잘 모르나 본데."

서준이 입가를 부드럽게 말아 올렸다.

"이래 봬도 나, 능력 있는 남자야."

장난기 가득한 얼굴로 그가 여유를 부렸다. 그런 서준의 모습에 하윤이 그에게로 시선을 고정시켰다. 힘든 시기임에도 불구하고 그와 있으면 웃음이 났다. 시답잖은 농담에 작게 미소를 지어 보였다.

"고마워요. 매번 날 웃게 해 줘서."

따뜻한 목소리로 대답을 하고는 천천히 둘러보기 시작했다. 예전에 그녀가 종종 들렀던 집무실과 딱히 다를 게 없었다.

그러던 차에 책상 위에 놓인 낯익은 목걸이가 눈에 들어왔다. 자신도 갖고 있는 것이었기 때문이다. 하윤이 주머니 속에서 조심스럽게 그 목걸이를 꺼냈다.

"당신도…… 아직 갖고 있었네요."

두 개의 목걸이를 조심스럽게 들어 보였다. 서로 엮인 줄이 손가락 사이사이로 흘러내려 빛나고 있었다.

"당신이야말로 버린 줄 알았는데."

"차고 다니진 않았지만 늘 몸에 지니고 다녔어요. 이상하게 그러고 싶었거든요."

저택에서 깨어난 후에 자신의 방에 올려준 짐 속에서 이 목걸이를 처음 보았다. 왜 이 목걸이가 제 짐 속에 있었는지, 기억이 없으니 알 도리가 없었지만 그냥 가지고 있으면 두려움이 조금 사라지곤 했다.

"어떠한 상황 속에서도 이 목걸이가 당신을 지켜 줄 거라고 했었지."

서준이 목걸이가 들린 하윤의 손을 부드럽게 쥐었다. 믿음의 증표, 백년해로를 약속하며 나눠 가졌던 것이었다. 한 번도 직접 하고 다니는 걸 본 적이 없어서 버린 줄로만 알았는데 자신이 늘 가지고 다녔던 목걸이를 하윤 역시도 지니고 다녔다니 감회가 새로웠다.

"결론적으로는 당신 말대로 이 목걸이가 정말 날 지켜 줬네요."

이전에 에릭이 제게 줬던 그 붉은 목걸이를 보란 듯이 차고 다녔던 것도 바로 이것 때문이었다. 서준이 싫어할 걸 알고 일부러 그를 자극하기 위함이었다.

하윤을 물끄러미 바라보던 서준이 불현듯 그녀를 제 방향으로 돌려 세웠다.

"응?"

영문을 모르겠다는 듯 하윤이 두 눈을 깜빡였다.

"왜…… 그래요?"

그녀의 물음에 아무런 대답이 없던 서준이 불현듯 그녀를 꽉 끌어안았다.

갑작스러운 포옹에 당황한 하윤이 그를 안지도 못한 채 어색하게 서 있었다. 그는 그녀의 존재를 온몸으로 확인하려는 듯 강한 힘으로 껴안았다.

"그냥. 매 순간 확인하고 싶어서."

당신이 내 옆에 있다는 걸. 내 옆에서 이렇게 살아 숨 쉬고 있다는 걸.

"잠깐만⋯⋯ 이러고 있자."

잔잔한 그 목소리에 서준의 진심이 전해졌는지 하윤이 말없이 그의 등을 토닥였다. 잠시 적막이 흐르고 안겨 있던 하윤이 서준의 어깨를 밀어내며 그와 시선을 마주했다.

"왜 밀어내."

"애정 표현도 좋은데 이제 일해야죠."

"그건 내가 알아서 해."

"안 돼요. 나 잠시 화장실 다녀올 테니까 일하고 있어요."

단호하게 말한 하윤이 그렇게 서준의 집무실을 나섰다.

✠   ⚜   ✠

연애할 적엔 종종 오곤 했던 곳이었지만 지금은 뭐가 어디에 있었는지 건물 구조가 낯설게만 느껴졌다. 몇 걸음 가지 않아 그녀의 시야에 한 화장실 팻말이 들어왔다.

곧장 그곳으로 간 하윤은 문 앞에서 잠시 멈칫했다. VIP 전용 화장실이라는 건지 화장실 문 앞에 카드를 찍는 기계가 설치되어 있었다.

"아, 맞다⋯⋯."

그제야 화장실이 분리되어 있었던 게 생각이 났다.

화장실이 다 똑같은 화장실이지. 직원용 화장실과 임원용 화장실에 차별을 두는 시스템에 하윤은 헛웃음이 났다.

"그때나 지금이나 이건 이해가 안 가."

하는 수 없이 다른 화장실을 찾으려 발을 떼려는 그때.

"아가씨, 직원 화장실 찾는감?"

푸근한 인상을 한 경비원이 그녀에게로 다가왔다. 정중하게 인사한 하윤이 입을 열었다.

"네. 임직원 화장실이 따로 분리되어 있는 걸 잠시 깜빡해 서요. 실례지만 직원용 화장실은 어디에 있는지 알 수 있을까 요?"

"저 반대쪽으로 쭉 가다가 보이는 코너 돌면 있어. 나도 이 회사에서 근무한 지 한참 됐는데 말이여 가끔 보면 까먹는 당께."

"아, 그렇군요. 감사합니다."

고개 숙여 인사한 하윤이 반대쪽으로 향하려던 찰나였다. 경비원이 다시 한번 그녀를 붙잡아 세웠다. 아까와는 다르게 예리한 눈초리가 그녀에게 닿아 있었다. 당황한 하윤이 경비 원의 눈치를 보았다.

"근데 어디서 많이 본 아가씨 같은디…… 으디서 봤을까 나?"

"……네?"

"이제야 기억이 났네! 그 강서준 이사님하고 결혼한 변호사 아가씨 아니여?"

그렇기에 지금 이 상황이 당황스러웠던 하윤은 애써 미소를 지어 보였다.

"한동안 안 보여서 얼매나 걱정들 많이 혔는디. 그때 그 일 은 고마웠어."

"네? 어떤 일을 말씀하시는지……."

"아, 왜 있잖여. 접때 아가씨가 나 곤란한 상황일 때 구해 줬잖아. 한유연 사모님 물건 훔쳐 갔다는 누명 썼을 때 말이여. 아무도 나서지 않았는데, 아가씨가 나서 줘서 을매나 고마웠는지 모른당께."

경비원의 말에 하윤의 눈매가 날카롭게 휘었다. 잠시 생각에 잠겼다.

침묵 속에서 그때의 일을 떠올리려고 애쓰던 하윤이 불현듯 생각이 난 건지 두 눈을 동그랗게 떴다.

"아! 이제야 기억났어요. 그때 그 경비원분이셨군요. 잘 지내셨어요?"

이전에 작은 트러블이 있었다. 사내에서 유연의 물건이 없어졌는데 그 범인으로 이 경비원이 지목된 적이 있었기 때문이다.

그리고 그 시각 다른 곳에 있었던 경비원의 모습을 하윤이 목격하면서 그의 알리바이를 입증해 주었다.

"아가씨가 도와준 덕에 잘 지냈지. 난 그날 아가씨 아니었으면 회사에서 잘렸을 거여."

"아니에요. 마땅히 해야 할 일을 했을 뿐인데요 뭐. 다른 분이 목격하셨어도 그렇게 했을 거고요."

"어이구, 모르는 소리 말어! 만약 그날 누명을 벗지 못했으면 회사에서 잘리는 건 고사하고 아주 난리가 났을 거여."

경비원이 무심코 흘린 말에 하윤이 호기심을 드러냈다. 화장실에 가야 했지만 대화를 나누느라 새까맣게 잊은 지 오래였다.

"젊은 아가씨가 기억력이 안 좋구먼. 을매나 악독하고 불같은 분이셨는데……. 물론 지금은 참 안타깝게 됐지만 그땐 너무 스트레스였다고."

유연이 차가운 성격이라는 건 너무도 잘 알고 있었다. 자수성가하여 변호사라는 직업을 얻은 것 말고는 볼 것이 없다며 하윤에게도 냉랭하게 대하곤 했으니 말이다.

"저희 어머님께서 직원들에게 그런 성격이신 줄은 몰랐어요."

"아가씨야 며느리니까 예뻐했겠지만 직원들 사이에서는 쉬쉬하면서 얼마나 말이 많았다고. 아주 갑……, 아니다. 내가 무슨 말을 하는 거여. 아무튼 화장실은 저쪽이닝께 가 봐! 나도 이제 일하러 가야 쓰겄어."

"아, 네. 바쁘실 텐데 감사합니다."

서둘러 계단을 빠져나가는 경비원을 뒤로하고 하윤도 화장실 쪽으로 발걸음을 옮겼다. 유연이 차갑고 냉철한 성격이라는 건 알고 있었지만 직원들에게 그렇게 못되게 굴었다는 것은 처음 듣는 얘기였다. 직원들 사이에서는 암암리에 말이 많았던 듯했다.

"뭘까……."

땅을 보며 걷던 하윤이 나지막하게 중얼거렸다.

띠링.

테라스를 지나고 있을 때 즈음, 옆에 있던 엘리베이터 문이 열렸다.

바닥을 보며 걷고 있던 하윤이 미처 누가 내렸는지도 모르고 있던 그때였다. 엘리베이터에서 내린 누군가와 어깨를 부딪쳤다.

"……읏."

그 순간, 코를 통해 훅 들어온 향수 냄새가 하윤의 사고를 느릿하게 만들었다. 귓가엔 아무런 소리도 들리지 않은 채 삐, 거리는 이명만이 맴돌 뿐이었다.

교통사고가 났던 그 순간의 장면이 조각조각 흩어져 머릿속을 스치고 지나갔다.

또각. 또각. 또각.

사고 당시에 들었던 그 구두 소리. 그리고 향수 냄새. 피를 흘리며 쓰러져 있던 자신을 두고 떠났던 그 남자. 흐릿한 시야 사이로 보였던 그 남자.

피비린내를 뚫고 느껴졌던 향수 냄새가 또 한 번 하윤의 후각을 자극했다. 당황스러운 마음을 억누르며 천천히 고개를 들었다. 심장이 터질 듯이 요동쳤다.

"……!"

그 남자가 바로 제 앞에 서 있었다.

13화

그 남자

"어? 제수씨?"

"……!"

눈앞의 남자는 다름 아닌 민준이었다.

"제수씨가 어떻게 여기에……?"

다리에 힘이 풀려 쓰러지기 일보 직전인 하윤을 본 민준은 미처 말을 잇지도 못한 채 놀란 얼굴로 그녀에게 다가왔다. 그러고는 갑작스러운 상황에 당황한 듯 하윤을 부축했다.

이내 정신을 차리고 올곧게 바로 선 하윤이 충격이 가시지 않은 얼굴로 민준을 올려다보았다.

민준에게서 나는 짙고도 특이한 향수 냄새가 그녀의 오감을 마비시켰다.

코끝에 닿은 낯설면서도 익숙한 그의 향기는 그녀의 모든 신경 세포 하나하나를 자극했다.

그와 동시에 필름을 빠르게 감는 듯 사고 당시의 기억이 머릿속을 스쳐 지나갔다.

왜 유연을 만나러 가야 했는지, 그리고…….

사고 현장에 자신을 두고 떠났던 한 남자가 있었다는 사실 까지 전부 다.

"괜찮아요?"

"네? 아……. 잠시 빈혈기가 돌았나 봐요."

놀란 나머지 민준의 손길이 닿은 부위가 파르르 떨렸다.

잃었던 기억의 조각을 되찾은 몸은 본능적으로 그를 거부하 고 있었다. 자연스럽게 올라오는 거부 반응에 하윤은 제 이마 를 짚으며 미간을 찌푸렸다.

지금 제게 닥친 모든 것들이 당황스러웠다.

사고 당시에 자신이 애타게 불렀던 남자가 이제야 기억이 났다.

쓰러져 가는 자신을 두고 발걸음을 돌렸던 그 남자.

그 남자가 바로 민준이었다는 사실에 하윤은 굉장히 혼란스 러웠다.

"그동안 잘 지냈어요?"

"네. 아주버님도 잘 지내셨죠?"

"사고 이후로 안 보여서 걱정 많이 했는데. 여기서 이렇게 다 만나게 되네요."

민준은 애써 티를 내려 하지 않고 있었지만, 하윤이 회사에 직접 찾아왔다는 사실에 내심 놀란 눈치였다.

"한동안 건강 회복하는 데에 집중하느라, 집에서만 지냈어 요."

"그때 사고는 정말 유감이에요. 제수씨도 그 일 때문에 마음 추스르느라 힘들었죠?"

두 사람 사이에 묘한 기운이 맴돌았다.

하윤은 지금까지 그저 민준이 서준과 배다른 형제였기에 두 사람의 사이가 그리 좋지 않다는 것만 알고 있었다.

워낙 서준이 평소 그에 대한 언급 자체를 꺼렸기에 그녀 역시 자세한 사연은 알지 못했던 것이다.

"저보다는 그 사람이 마음고생을 많이 했죠. 아버님도 그렇고, 아주버님도······."

"누가 뭐라고 해도 전 제수씨 믿습니다. 그 일은 그저 운이 나빠 일어난 사고일 뿐, 그 이상도 이하도 아니니까요."

민준이 더없이 나긋한 목소리로 하윤을 위로했다. 불운의 사고일 뿐이라는 그의 목소리를 들으니 양팔에 소름이 오소소 돋았다.

이유야 어찌 됐든 사고 현장에서 쓰러져 있는 유연과 자신을 보았음에도 싸늘한 얼굴로 발걸음을 옮기지 않았던가.

"제수씨도 몸 회복하느라 고생 많으셨을 텐데 너무 마음에 담아 두지 말아요. 이제 새 출발 해야죠."

새 출발.

태어나 처음으로 '새 출발'이라는 단어가 무섭게 느껴졌다. 자꾸만 고개를 내밀려고 하는 두려움을 겨우 죽인 채 옅게 미소를 지어 보인 하윤이 고맙다는 듯 그를 향해 작게 고개를 끄덕였다.

"사장님. 이제 출발하셔야 합니다."

때마침 민준을 찾으러 온 비서가 그를 부르며 모습을 드러냈다. 아무래도 바쁜 일정이 있는 모양이었다.

"오랜만에 만났는데 어쩌죠? 약속이 있어서 이만 가 봐야겠네요."

"괜찮습니다. 바쁘신 것 같은데 얼른 가 보세요."

"반가웠어요. 그럼 다음에 서준이랑 같이 기회 될 때 또 봅시다. 먼저 가 볼게요."

하윤이 작게 묵례를 해 보였다.

그렇게 그녀는 비서와 함께 자리를 뜨는 민준의 뒷모습을 한참 동안이나 멍하니 바라보았다.

기억을 잃기 전. 그와는 좋지도, 그렇다고 해서 나쁜 것도 없는 관계였다.

민준과 가까이 지내는 걸 서준이 눈에 훤히 보이게 싫어했기에 굳이 다가가지 않았을 뿐이다.

"이상해. 아무 이유도 없이 그곳에 있었을 리는 없고."

고개를 갸웃거리며 입을 열었다.

"쓰러져 있는 날 보고도 그냥 지나쳤다는 건……."

밀려드는 의구심에 하윤의 미간이 좁혀졌다.

뻔히 그 사고 현장에서 자신과 유연을 두고 발걸음을 돌렸던 민준이 아무렇지 않게 제게 말을 붙이는 모습에 헛웃음이 났다.

"냄새가 나네."

기유민 살인 사건과 제 교통사고에 얽힌 인물들이 이게 전부가 아닐 것 같다는 생각이 들었다.

"냄새? 무슨 냄새가 나."

"어, 엄마야!"

제 손을 부드럽게 감싸 안는 손길에 하윤이 소스라치게 놀란 반응을 보였다.

그 모습을 본 서준이 귀엽다는 듯 옅게 미소 지었다.

"무슨 생각을 골똘히 했기에 이렇게 놀라?"

"갑자기 훅, 들어오니까 놀랐잖아요. 근데 기다리지 않고 왜 내려왔어요?"

"화장실 간 지 한참이 됐는데 올 기미가 안 보여서. 혹시 길이라도 잃었나 하고."

그새를 못 참고 하윤을 찾으러 나왔다.

당장 눈앞에 없으면 무슨 일이라도 생겼을까 싶은 마음이 앞서곤 했다.

앞으로 몇 달간은 계속해서 이렇게 행동할 것 같다는 생각이 들었다.

"부담스러워도 이해해 줘."

서준이 민망한 듯 머뭇거리며 말했다.

"머릿속이 온통 당신으로 가득하니까."

아쉽다는 듯 입술을 달싹였다.

"미안해요. 금방 올라가려고 했는데…… 잠시 아주버님을 만나서요."

"형을?"

그의 얼굴이 단번에 일그러졌다. 민준의 이름만 들어도 불쾌해하는 서준이었다.

하지만 하윤은 두 사람 사이에 어떤 일이 있었는지 자세한 내막은 알지 못했다. 서준의 반응을 본 하윤이 조심스럽게 입을 열었다.

"당신한테 한 가지 묻고 싶은 게 있어요."

"응? 뭔데?"

"예전부터 궁금했는데, 왜 그렇게까지 아주버님을 싫어하는 거예요?"

"아……."

혹시라도 곤란한 질문이 될까, 그의 눈치를 살폈다.

"형이랑 내가 처음부터 사이가 안 좋았던 건 아니었어."

"그럼요?"

"음. 어느 순간부터 조금씩 어긋나기 시작했지."

하윤의 궁금해하는 눈초리를 본 서준이 조심스럽게 이야기를 꺼내기 시작했다.

✝   ✢   ✝

어린 시절, 부모님의 사랑을 듬뿍 받고 자란 서준은 똑똑하고 영리한 아이였다.

유치원에 들어가기도 전에 한글을 뗀 그는 시간이 지날수록 영특함을 톡톡히 드러냈다. 이제 막 초등학교에 입학했음에도 고학년과 견주어도 부족함이 없을 정도였다.

"우리 서준이는 커서 뭐가 되려고 이렇게 똑똑할까?"

"저는 커서 우주 과학자가 될 거예요!"

"허허. 이 녀석, 누굴 닮아 이리도 똑 부러질까."

강욱진 회장에게 그런 서준은 가장 큰 자랑거리였다. 대외적인 행사에 다닐 때마다 민준보다는 서준을 데리고 다니는 경우가 많았다. 서자라는 흠을 가려 주기 위해 서준을 열심히 교육시켰고, 훗날 제 회사를 물려주기 위한 후계자로서 그를 키웠다.

단 하나, 민준의 존재를 간과한 채 말이다. 서준이 점점 더 사랑을 받고 빛날수록 민준은 점점 더 조용해졌고, 어둠 속으로 가라앉았다.

"형! 나, 형 방에서 책 읽어도 돼?"

"……마음대로 해."

그리고 평소와 다를 것 없던 어느 날, 민준의 방에서 과학책을 읽고 싶었던 서준은 그에게 허락을 맡은 뒤 가만히 앉아 책을 읽고 있었다.

집중력이 뛰어난 탓에 서준은 한 번 자리에 앉으면 두세 시간 동안은 꿈쩍도 하지 않았다.

"……."

한참 책에 푹 빠져 읽고 있었을 때쯤, 그의 뒷모습을 빤히 바라보고 있던 민준이 불안정한 눈빛으로 제 이복동생을 바라보았다.

서준의 뒷모습을 바라보는 눈빛이 심상치 않았다.

분노와 원망, 그리고 씁쓸함. 거기에 더해 살기까지. 여러 감정이 뒤섞인 눈빛이었다.

그렇게 바라보던 것도 잠시, 이내 무언가를 결심한 듯 민준은 작은 손으로 뒤에 놓여 있던 의자를 집어 들었다. 그리고 천천히 서준에게로 다가갔다.

"……."

한 발자국, 또 한 발자국 그에게로 가까워질 때마다 민준의 눈빛 속에 또 다른 자아가 일렁였다. 마침내 손에 든 의자로 서준을 그대로 내리쳤다.

일이 벌어진 건 정말 순식간이었다.

병원에 다녀온 서준은 찢어진 부위를 꿰매고 거즈를 댄 채, 집으로 돌아왔다.

"이게 대체 어떻게 된 일이니."

유연의 얼굴에 근심이 가득했다. 속상한 마음이 가득 묻어나는 목소리였다.

"잠깐 앉아 보거라."

유연을 뒤로하고 욱진이 낮은 음성으로 서준을 불렀다. 거실에 있는 유연과 민준을 뒤로하고, 욱진은 서준을 데리고 서재 방으로 들어섰다. 문이 닫히고, 내부에 무거운 기운이 내려앉았다.

"내가 마지막으로 널 봤을 땐 분명 민준이 방에서 책을 읽고 있었다. 그런데 어떻게 갑자기 이런 상처를 입게 된 거지."

서준이 대답 없이 침묵했다.

"솔직하게 말해 봐."

"실은……."

욱진의 집요한 눈빛이 서준에게 닿았다. 책을 읽으러 갔다던 서준에게 이런 상처가 나 있으니 그로서는 민준을 의심할 수밖에 없었다.

어렵게 입술을 뗀 서준이 고개를 돌려 거실을 바라보았다.

반쯤 내려와 있는 블라인드 아래로 이곳을 바라보고 있는 민준의 모습이 보였다. 제가 벌인 일이 밝혀질까 두려운 듯, 연신 입술을 깨물었다.

"어서 얘기해 봐."

"책을 읽다가 공놀이를 하고 싶어서 지하 창고에 내려갔는데, 거기서 발을 헛디디는 바람에 넘어졌어요."

"……계단에서 넘어졌다고?"

"형이랑 공놀이를 하려고 했거든요."

욱진은 그가 한 번 책을 손에 잡으면 서너 시간은 진득하게 앉아 있는 아이라는 걸 잘 알았다.

"확실한 거니?"

"네. 급하게 내려가다가 발을 헛디뎌서 모서리에 부딪쳤어요. 그러면서 찢어진 거예요."

어렸던 서준은 형이 부모님께 혼나는 걸 원치 않아 하얀 거짓말을 했다.

민준이 의도적으로 제게 의자를 던졌다는 걸 알면 집안이 한바탕 난리가 날 테니까.

"죄송해요. 앞으로 조심할게요."

덤덤한 목소리로 욱진에게 둘러댔다. 그러나 민준에겐 그 거짓말이 어떤 독보다 강하게 다가왔다.

아. 괴롭혀도 되는 거구나.

동생을 괴롭혀도 그 누구도 날 혼내지 않는구나.

나는, 마음대로 할 수 있는 거구나.

어린 마음에 순수한 배려로 시작된 새하얀 거짓말.

그게 이 모든 악몽의 시작이었다.

서준의 이야기를 조용히 듣고 있던 하윤이 놀란 마음에 두 손으로 입을 틀어막았다. 충격으로 인해 그녀의 손이 파르르,

떨려 왔다.

"그 뒤로 형의 폭력은 점점 심해졌고 나아질 기미가 안 보였어."

"뭐라고요? 말도 안 돼. 어떻게 그럴 수가……."

"점점 더 교묘하고 잔인해졌지. 나중엔 당연한 일인 듯 하루 일과 중 하나처럼 형한테 맞기 일쑤였어."

"그래도 자기 동생이잖아요. 어떻게 그렇게 잔인하게 동생을……!"

엄연한 가정 폭력이었다. 하윤이 속상한 마음에 입술을 잘근 깨물었다.

어린 나이에 형의 폭력에 시달렸을 서준을 생각하니 마음이 아팠다.

"어머님이나 아버님께 도움을 요청해 볼 생각은 안 했어요?"

"그땐 부모님께 그 사실을 말씀드리면 뭔가 큰일이 날 것만 같았어. 그냥 나만 잠시 아프고 말면 되는 거라 생각했으니까."

그건 착각이었다. 민준의 폭력은 날이 갈수록 심해졌고 어딘가 모르게 불안정해 보이는 모습을 한 그는 좀처럼 멈추는 법을 몰랐다.

"한 번 그렇게 엇나간 형은 돌아오지 않았어."

"그럼 그때를 시작으로 지금의 관계가 계속됐다는 말이에요?"

"응. 그때부터 지금까지 쭉."

입술을 잘근 깨문 하윤이 잠시 생각에 잠겼다.

설마 서준을 극도로 증오하는 마음에서 그날 사고 현장에서 죽어 가던 저를 두고 돌아선 것은 아닐까 싶은 마음이 들었다. 기억 속에 선명히 남았다.

애타게 살려 달라고 애원하는 저를 두고 단호하게 돌아서는 그 모습이.

"아무리 당신에 대한 질투심이 삐뚤어진 마음을 낳았다고 해도 그건 엄연한 가정 폭력이에요. 어린 나이에 그걸 혼자 견뎠을 당신을 생각하니……."

"그런 얼굴, 하지 않아도 돼. 당신 속상하라고 한 얘기는 아니니까."

"혼자서 얼마나 힘들었겠어요."

속상한 마음을 대변하듯 하윤의 얼굴이 금세 어두워졌다. 그런 그녀를 도리어 위로하듯 서준이 잔잔하게 미소 지었다.

"시간이 많이 지났잖아. 이젠 나도 그때 일로 더 이상 상처 받지 않을 거고."

"그런 상처가 있을 줄은 몰랐어요. 알았다면 당신한테 묻지 않았을 텐데……."

"괜찮아. 당신도 내가 얘기할 때까지 충분히 기다려 줬잖아."

혹여 하윤이 제게 미안해할까 그녀를 따뜻하게 다독였다. 그러나 서준의 다독임에도 하윤의 굳은 얼굴은 좀처럼 펴지지 않았다.

"나 정말 괜찮은데 계속 그런 얼굴 할 거야?"

"네? 아, 미안해요."

머릿속이 복잡했다. 사고 현장에서 민준을 보았다는 언제

해야 할지 망설여졌기 때문이다. 고민의 고민을 거듭하던 하윤이 조심스럽게 입을 열었다.

"사실……."

"응. 얘기해."

그러나 얘기를 하려는 순간 말문이 턱 막혔다. 적어도 오늘은 아니라는 생각이 들었다.

앞으로 에릭, 그리고 현석과 다 함께 수도 없이 사건에 대해서 얘기할 텐데 적어도 단둘이 있을 때만큼은 사건에 대한 건 생각하고 싶지 않았기 때문이었다.

"사실 나 배고파요. 엄청 많이."

"뭐?"

예상치도 못한 대답에 서준이 웃음을 터트렸다.

"미안해. 일한다고 당신 밥때도 놓치게 만들었네."

"미안하면 우리 얼른 맛있는 거 먹으러 가요."

"알았어. 세상에서 제일 맛있는 거 먹으러 가자."

시계를 확인한 서준이 곧장 하윤의 허리를 감싸 안으며 웃어 보였다. 그의 웃음 뒤로 하윤의 복잡한 심정이 비췄으나 그녀는 애써 속마음을 감추며 발걸음을 재촉했다.

✠   ✢   ✠

다음 날. 하윤은 에릭과 함께 유동철을 만나기 위해 움직였다.

그가 있는 곳은 정말 그야말로 완전 산속에 있는 마을이었다. 차로 이동한다고 해도 꽤 시간이 걸렸고 중간중간 비포장

도로가 많아 험악한 길이 대부분이었다.

"케이블 방송 기자 신분으로, 은퇴한 유앤미 전 대표의 삶을 엿보고 싶다는 명목하에 취재를 요구했습니다. 처음엔 조금 망설이는 듯하더니, 대표님 이름으로 된 자서전을 내고 싶다는 말에 흔쾌히 승낙했습니다."

운전을 하고 있던 에릭이 쉴 새 없이 상황을 보고했다.

"부와 권력을 거머쥐었으니 이젠 명예라 이건가."

산세가 험악한 지역이라 차가 계속해서 덜컹거렸지만 하윤은 편한 모습으로 의자에 기대어 앉았다.

"로펌 대표를 다시 만나는 게 무섭거나 떨리진 않으십니까."

"네 눈엔 내가 그래 보여?"

"너무 서두르는 건 아닌가 하는 생각이 듭니다."

에릭의 말에 하윤이 눕다시피 기대고 있던 의자를 앞으로 일으켜 세웠다.

기억이 돌아왔으니 당시에 로펌 대표에게도 괴롭힘을 받던 감정이 고스란히 남아 있을 텐데 말이다.

"그 인간이 무서웠다면 애초에 손 떼라고 했을 때 변호를 자처하진 않았을 거야."

그녀의 날카로운 시선이 차창에 닿았다.

살인자. 변호사로 일하며 많은 흉악범들과 마주해 왔지만, 그 단어가 제게도 칼을 겨눌 수 있다는 걸 처음 알았다.

"그날 교통사고가 나고 사모님이 돌아가셨을 때, 그이의 가족들은 날 살인자라며 손가락질했겠지."

에릭은 잠자코 그녀의 이야기를 들었다.

"그러면서도 의식 불명으로 사경을 헤매던 나를 밤새도록 간호하던 그 사람은 무슨 생각을 하고 있었을까."

하윤이 손가락 사이에 걸친 목걸이 줄을 아슬아슬하게 흔들었다.

"내가 죽도록 미웠을까?"

차가 흔들리는 만큼 십자가 펜던트도 덩달아 좌우로 흔들렸다. 금방이라도 땅에 떨어질 것 같았지만 아슬아슬한 상태로 그녀의 손가락 사이에 비스듬히 걸쳐 있었다.

"내가 이 상황에서 확신할 수 있는 건."

딱 하나였다.

"이유가 있었을 거라는 점이야."

"어떤 이유 말씀이십니까."

십자가 펜던트를 부드럽게 감싸 쥔 하윤은 제 주머니 속에 목걸이를 넣었다.

"내가 고의로 사모님을 다치게 했을 리는 없다는 말이지."

확신에 찬 목소리가 에릭의 귓가에 닿았다.

단순히 현실을 회피하는 데에서 나오는 음성이 아니었다. 그건 제가 가진 결백을 증명해 낼 수 있는 그런 믿음과 확신이었다.

"차에 결함이 있었거나 혹은 불가피한 상황이 만들어졌거나…… 이런 이유가 있었을 거야. 그랬다고 한들, 내 죄가 사라지는 건 아니지만 적어도 고의범이란 누명은 벗을 수 있을 테니까."

"……."

"너도 시연 씨도, 그리고 그 사람도 이제껏 고통 속에 살았잖아. 모든 열쇠는 내가 쥐고 있는 셈인데 단순히 감당하기 힘든 현실이라고 해서 일을 무를 수는 없어. 나 때문에 모두가 힘든 건······."

제 바지 주머니에 들어 있는 그 십자가가 자신을 굳게 지켜 줄 거라고 믿고 있었다.

"더 이상 보고 싶지 않아."

하윤의 눈동자가 날카롭게 빛났다. 산골 지역인 게 무심할 정도로 유동철의 집은 그야말로 으리으리하게 꾸며져 있었다. 공사를 할 적에 왜 주민들의 원성을 샀는지 단번에 이해가 갈 정도였다.

그의 집과 조금 떨어진 곳에 차를 세운 그들은 조심스럽게 내렸다. 번화한 곳이 아니라 그런지 작은 소리도 넓고 크게 울려 퍼지는 것만 같았다.

"잊으시면 안 됩니다. 두 번."

에릭이 걸어가는 하윤을 향해 당부하듯 일렀다. 하윤의 목엔 이전에 그가 선물했던 붉은색 루비가 중앙에 박혀 있는 목걸이가 걸려 있었다.

오늘 처음 안 사실인데, 루비 아랫부분에 동그랗게 튀어나온 부분을 두 번 누르면 에릭의 휴대전화로 곧장 신호가 온다고 한다. 일종의 호신용인 셈이다. 어쩌면 에릭은 그때부터 모든 상황이 이렇게 흘러갈 거라는 걸 알고 있었던 것일지도 모르겠다.

"걱정하지 마. 안 까먹을 테니까."

호기로운 얼굴로 입을 연 하윤은 차 옆에서 대기하고 있는 에릭을 뒤로하고 유동철의 저택으로 발걸음을 옮겼다. 굳이 경호원까지 동원해서 찾아왔다는 사실을 알게 되면 뒤에서 또 어떤 일을 벌일지 몰랐기 때문에 일단은 하윤 혼자서 움직였다.

여름인지라 매미 울음소리가 시원하게 귓가를 때리고 있었다. 한적한 시골이니 더더욱 그랬다.

딩동.

문 앞에 선 하윤이 조심스럽게 초인종을 눌렀다. 아무런 인기척이 없어 조금 뒤에 한 번 더 누르자, 안에서 '잠시만요'라고 말하는 한 여성의 목소리가 들려왔다. 잠시 뒤 문이 열렸다.

"어머, 안녕하세요."

슬립 위에 얇은 로프를 걸치고 나온 중년의 여성은 하윤의 얼굴을 보곤 반가운 기색을 내비쳤다. 하윤의 머릿속이 빠르게 돌아갔다.

만약 유동철의 부인이었다면 하윤의 얼굴을 몰랐을 리 없으니 저런 반응을 보일 수 없었다. 그녀의 얼굴을 본 순간 놀랐거나 굳었어야 했다.

"취재하러 오신다던 그 기자님. 맞으시죠? 어서 들어오세요."

여자의 말을 듣는 순간 더더욱 확신했다. 이 여자가 내연녀라는 걸.

"이 사람이 잠시 낚시터에 나가서요. 곧 들어올 시간 됐으니, 조금만 기다리시면 될 거예요."

"아, 서두르지 않으셔도 괜찮습니다."

정중하게 대답한 하윤은 집 내부를 빠르게 스캔하기 시작했다. 딱히 특별하다고 할 것들은 없었지만 왠지 모르게 기분 나쁜 기운이 가득한 공간이었다.

주방으로 향한 여자는 무언가 달그락거리더니 차와 다과를 내어 왔다.

"이런 거 준비 안 하셔도 괜찮아요."

"에이, 기자님께서 기다리고 계신데 이 정도는 대접해야죠."

"대표님께서는 언제쯤 오실지요?"

"연락했으니 이제 금방 들어올 거예요."

시간이 흘러갈수록 긴장감이 온몸을 에워쌌다. 한껏 수축된 근육들을 풀어 보려 여자가 내온 차를 조심스럽게 한 모금 들이켰다.

조금 더 지난 뒤, 밖에서 요란한 소리가 들리더니 누군가 문을 여는 소리가 들렸다.

문을 연 남자는 낚싯대를 한쪽에 놓곤 신발을 벗었다. 나이에 비해 꽤 정정한 편이었으나 그럼에도 곳곳에 희끗희끗 돋아난 새치는 지난 세월을 여과 없이 보여 주고 있었다.

"여보. 여기 취재한다던 기자님 오셨어요."

"아, 죄송합니다. 제가 잠시 낚시터에 갔……."

몸에 서린 물기들을 대충 털어내며 고개를 든 유동철은 소파에 떡하니 앉아 있는 하윤의 얼굴을 보곤 상당히 놀란 듯 경직되었다.

남은 차를 마저 들이켠 하윤은 찻잔을 내려놓은 후 그와 진득하게 시선을 마주했다.

"오랜만이네요."

하윤이 느릿한 말투로 인사를 건넸다. 유동철은 그녀의 목소리가 귓가에 닿을 때마다 팔뚝에 오소소 소름이 돋는 게 느껴졌다.

"정확하게 말하자면 한…… 1년 만인가?"

당황한 듯 아무 말도 하지 못했다. 처음 연락을 받았을 때까지만 해도 그저 제 업적에 관해 관심이 많은 당찬 기자이겠거니 했다. 뒤통수가 뻐근한 기분이었다.

"대표님께 여쭙고 싶은 게 산더미인데…… 여기서 할까요, 아니면 따로 장소를 옮길까요?"

"따로 장소를 옮길 게 뭐 있겠나? 그냥 여기서 하도록 하죠. 아, 당신은 시내에 가서 좋은 빵을 좀 사 와. 이 친구가 S 제과점 빵을 그렇게 좋아하거든."

이 저택에서 S 제과점이 있는 시내로 나가려면 족히 차를 타고 30분 정도는 더 가야 했다. 왕복이면 한 시간인데 그 거리를 알기에 여자가 눈을 동그랗게 뜨며 되물었다.

"시간이 좀 걸릴 텐데, 괜찮겠어요?"

"보아하니 얘기가 길어질 것 같아서 말이야."

유동철이 하윤의 눈을 똑바로 응시하며 말했다. 마음에 걸리는 구석이 있었지만 어쨌든 그 집 빵을 좋아한다니 손님에게 그 정도 예의는 갖추고 싶었다. 여자는 곧장 차 키를 챙겨 들어 나갈 채비를 했다.

둘만 남은 집 내부엔 상당히 어색한 기운이 맴돌았다. 제 기억이 온전치 않다는 걸 들키지 않은 채 지난날 그들 간에 있었던 얘기들을 알아내려면 표정 관리를 잘해야 했다.

"그동안 잘 지내셨나 봐요? 안색이 상당히 좋으시네요."

그 어색한 적막을 먼저 깬 건 하윤이었다. 우려와는 달리 그녀는 자연스러운 목소리로 이야기를 시작했다.

"내게서 뭘 알아내고 싶어서 찾아온 게지? 그때 일은 다 끝났으니 너랑 내가 마주칠 일은 없다고 생각하는데."

"글쎄요. 다 끝났다고 생각하는 건 아마 대표님만의 생각이 아닐까 싶은데."

둘만 남게 되자 제 본색을 드러내는 듯 유동철이 잔뜩 날이 선 말투로 얘기했다.

"다 끝난 재판에 대해 다시 얘기하자는 건 쓸데없는 시간 낭비라고 생각해."

"박시연 씨가 자살로 생을 마감한 건 알고 계시나요?"

"왜 모르겠어. 솔직히 너도 걔가 자살하지만 않았어도 그냥 없던 셈 치고 계속해서 로펌에 근무했을 거잖아. 내 말이 틀렸나?"

감정이 고조된 듯 목소리가 점점 커졌다. 하윤이 찾아온 사실만으로도 불편함을 느끼는 듯했다. 불편함이라기보단 정체모를 두려움이었다.

"게다가 한유연이 그 여자도! 결국은 벌을 받아 사고로 죽었잖아. 그랬으면 된 거 아니야? 왜 지난 일을 가지고 날 찾아와 들쑤시고 다니는 거야!"

하윤이 떨리는 마음을 부여잡고 유동철을 올려다보았다. 상당히 날카로운 눈빛이었다.

입을 열려는 순간 목울대가 한 번 심하게 울렸지만 애써 억눌렀다.

"사모님께서 돌아가신 게 자신이 저지른 일에 대한 마땅한 죗값을 치른 거다?"

유동철을 향해 조소 섞인 목소리로 되물었다.

"그 여자가 시작하지만 않았어도 모든 일은 일어나지 않았어! 네 말대로 박시연이가 죽은 것도 재판이 조작된 것도 다 그 여자 탓이라고!"

"......."

"넌 그 여자가 정말 사고로 죽은 거라고 생각해?"

하윤에게까지 고스란히 느껴지는 그 두려움은 제 발을 저린 데에서, 그러니까 죄책감으로부터 파생된 것이었다.

유동철은 유연이 교통사고를 당한 게 우연히 일어난 일이 아니라, 재판과 관련해 피해를 입은 누군가가 사주를 한 것이라고 확신하고 있었다.

그러니 그가 이 산골짜기까지 들어와서 사는 게 어쩌면 그럴듯하게 느껴졌다. 만약 그렇다면 다음 타깃은 자신이 될 테니까 말이다.

"입만 다물고 살면 아무 일 없을 거야. 너도, 나도."

마치 너와 난 한통속이라고 말하는 것 같은 유동철의 모습에 하윤은 깊은 불쾌감을 느꼈다.

잠시 앉은 채로 그를 빤히 쳐다보던 하윤이 이내 몸을 일으켰다. 늙어 있는 모습이 참 우습게 느껴졌다.

"사모님께서 진범을 감추기 위해 재판을 조작하라고 사주했다고 해도 그 제안을 받아들이고 지시를 내렸던 건 당신의 의지였어요."

"......."

"그 대가로 당신 아들을 대표 자리에 앉힐 수 있게 도와주 겠다고 했잖아요."

유동철의 얼굴이 삽시간에 굳어졌다.

"알고 있었어요. 우연히 당신이 누군가와 통화를 하는 걸 듣게 됐거든요."

유지철이 여론도 좋지 않고 로펌 내에서도 지지자가 별로 없는 인물이란 건 누구나 다 알고 있는 사실이었다.

"부족한 아들 앞길을 트이게 하는 데엔 제격이라고 생각했 겠지. 유현그룹 사모님이면 그 정도 입김을 불어줄 수 있는 사 람이었으니까."

제 생각을 확신하듯 읊으며 유동철에게 한 걸음 더 가까이 다가갔다. 그에게선 담배 냄새와 낚시터 특유의 비릿한 물 냄 새가 섞여서 풍겨 나왔다.

"너라고 뭐 다를 것 같아? 너도 결국은 변호를 포기했잖 아!"

정곡을 찌르는 날카로운 목소리에 하윤의 손이 미세하게 떨 렸다.

"어차피 네가 법정에서 변호를 했다고 하더라도 재판이 정 상적으로 흘러갈 가능성은 없었어. 그런 상황에서 난 네게 생 각할 기회를 준 것뿐이야."

당시 재판장에서 하윤의 존재는 아주 미미했다.

"그리고 한유연, 그 여자가 이제껏 했던 일이 다 까발려지 면 그 피해는 고스란히 그 아들인 강서준이 입게 될 거였다 고."

유동철이 입가에 비릿한 조소를 띄었다.

"······."

"무슨 말인지 알겠어? 결국 네가 한유연의 며느리인 이상, 너와 그 여자는 한통속이란 뜻이지."

그가 식탁 유리판을 쾅, 하고 내리쳤다. 집에 둘뿐이라는 사실에 잠시 주춤한 그녀가 목에 걸려 있는 붉은색 루비 펜던트를 손으로 조심스럽게 쓰다듬었다.

"이제 와서 정의로운 척 연기하지 마."

"······."

"박시연이는 이미 죽었고 산 사람은 마저 살아가야지. 안 그래?"

소름 끼치리만큼 무표정한 얼굴이었다. 그런 유동철을 바라보던 하윤이 불현듯 길게 웨이브 진 머리를 손으로 한 번 쓰윽, 넘겼다.

고개를 든 그녀의 얼굴엔 언제 그랬냐는 듯 비릿한 미소가 걸려 있었다. 상당히 아름답고 관능적인 미소였지만 그 안에 숨겨진 저의가 무서웠다.

"다행이네요."

입꼬리를 말아 올린 하윤이 몸을 돌려 다시금 소파로 향해 걸어갔다. 한 걸음, 한 걸음 내디딜 때마다 유동철은 온몸에 오소소 소름이 돋았다.

소파에 앉은 하윤이 탁자 위에 놓여 있던 차를 들었다. 여전히 찻잔에선 모락모락 김이 나고 있었다. 조심스럽게 한 모금 들이켠 그녀가 입을 열었다.

"당신이 무슨 생각을 하고 살고 있을까, 궁금했거든요."

"······."

"죄책감에 몸부림치고 있을까. 아니면 편하게 잘 먹고 잘 살고 있을까."

탁자 위에 잔을 내려놓았다.

"다행히 멍청하진 않은 것 같아 보기 좋네요."

"그럼 그렇지? 난 또 네가 이제라도 일을 돌려놓자고 할까 봐 당황했네."

비로소 한시름 놓겠다는 듯 유동철이 입고 있던 점퍼를 벗었다. 의자에 대충 걸쳐 놓은 그는 담배를 태우려는 듯 주머니에서 담배를 꺼냈다.

치지직, 소리와 함께 담뱃잎이 타들어 가는 것을 본 하윤이 입을 열었다.

"살인범은 지금쯤 뭘 하고 살고 있을까 궁금하네요."

"모르긴 몰라도 한유연 그 여자가 엄청 아끼는 사람이었으니 잘 먹고 잘 살고 있을 거야."

"……그럴까요?"

깊게 빨아들인 담배가 그의 잇새를 통해 자욱한 연기를 뿜어 댔다. 사방이 허연 연기로 가득했다.

"너도 조심해."

낮은 목소리로 경고하듯 하윤을 보며 단단히 일렀다. 그 목소리에 앉아 있던 하윤이 팔짱을 낀 채로 유동철을 올려다보았다.

"우리도 한유연이처럼 사라지는 거 한순간이야."

그 사고 현장에 있던 장본인으로서 그저 우스울 뿐이었다. 남은 차를 마저 들이켠 하윤은 몸을 일으켰다. 빵을 사러 나간 여자는 아직 돌아오지 않았지만 용건을 끝낸 이상, 그녀가 더 이상 이곳에 머무를 이유는 없었다.

"먼저 일어나 볼게요. 그 젊은 여자분 오시면 말씀 좀 잘 전해 주세요."

"……."

"재미있게 이야기하다 간다고."

유동철을 향해 의미심장한 웃음을 지어 보인 하윤은 유유자적하게 걸어 나왔다.

✛ ⚜ ✛

차에 올라탄 하윤은 저를 향한 에릭의 집요한 시선에 못 이겨 고개를 돌렸다.

"운전에 집중해야 하지 않겠어? 그러다 사고라도 나면 어쩌려고."

이 험한 산길에서 앞만 보고 운전해도 모자랄 판이었다. 말은 그렇게 내뱉었지만 하윤은 그가 어떤 이유로 그러는지 잘 알고 있었다.

"유동철이랑 무슨 얘길 나눴는지 궁금한 거지?"

"단서가 될 만한 이야기들을 찾으셨는지 알고 싶습니다."

하윤이 묘한 얼굴로 창밖을 응시했다. 사건의 진범과 유연이 어떠한 관계로 엮여 있는 걸까.

머릿속이 복잡했다. 좀처럼 풀리지 않는 실마리가 답답할 뿐이다.

"참 신기하지."

이어질 얘기를 기다리는 듯 에릭은 대답 없이 운전에 집중했다.

"모든 사건이 조금씩만 빗겨 나갔더라면 이런 최악의 상황은 면할 수 있지 않았을까 싶기도 해."

"하늘이 무심하다고 생각하십니까."

"아니. 나약한 날 원망하는 거야."

모든 사건의 시작은 결국 그녀가 맡았던 '기유민 살인 사건'으로부터 비롯된 일이었다.

그 사건을 맡겠다고 나서지 않았더라면 적어도 제 아이는 지킬 수 있었을까.

살인 사건과 어딘가 미심쩍은 교통사고, 그리고 그 가운데 별이 된 제 아이.

"모든 일들이 하나로 연결돼 있어. 동일 선상에 놓여 있는데……, 한 가지 의문점이 있단 말이지."

"어떤 걸 말씀하시는 겁니까."

"강민준."

"……예?"

사건과 무관하다고 생각했던 인물의 이름이 갑작스레 튀어나오자 당황한 에릭이 되물었다.

하윤이 가느다란 손가락으로 차창을 탁탁, 두드렸다. 깊은 생각에 잠길 때면 자연스럽게 나오는 습관이었다.

"아주버님이 마음에 걸려."

"강민준 사장님 말씀이십니까?"

"응."

덩달아 에릭의 얼굴에도 그늘이 드리웠다. 생각을 정리하려는 듯 잠시 침묵하던 하윤이 천천히 입을 열었다.

"아직 얘기하지 못한 게 있어."

"어떤 것 말씀입니까?"

"분명…… 사고 현장에 나와 어머님 말고도 다른 누군가가 있었거든. 의식을 잃어 가는 순간에 그 사람에게 살려 달라고 애원했는데, 무슨 이유에서인지 죽어 가는 날 두고 그냥 떠났지."

차마 서준에게 꺼내지 못했던 이야기를 조심스럽게 털어놓았다.

"그저 지나가던 낯선 사람인지, 아니면 내게 원한이 있는 사람인지. 아무것도 기억나지 않았어. 그런데 얼마 전, 그자가 누구였는지 알게 되었지."

"예? 대체 누가……."

"바로 아주버님이었어."

"그게 정말입니까?"

"응. 그 사실이 자꾸 마음에 걸려."

에릭이 기가 찬다는 듯 거친 탄식을 내뱉었다. 아무리 우연한 기회로 그곳을 지나쳤다고 해도 죽어 가는 사람을 그냥 두고 떠났다는 건 있을 수 없는 일이었다. 생판 모르는 사이도 아니었으니. 무엇보다.

"강민준 사장님이 사고를 목격했더라면, 아가씨뿐만 아니라 돌아가신 한유연 여사 역시 분명히 목격했을 겁니다."

감정이 격양된 음성이었다.

"그런데 어째서 그냥 지나칠 수가 있다는 겁니까? 아무리 친어머니가 아니라고 하지만 그건……!"

"진정해."

흥분한 듯 목소리를 높이는 에릭에게 차분히 타일렀다. 민준의 비도덕적인 행동을 가지고 가타부타할 때가 아니었다. 중요한 건 그가 '왜' 그곳에 있었냐는 것이다. 논점을 바로잡으며 하윤이 단호한 목소리로 입을 열었다.

"가능성은 크게 두 가지야."

"……."

"첫 번째는, 정말 우연히 그곳을 지나치게 됐는데 단순히 나와 어머님을 구하고 싶지 않았을 가능성."

유연과 하윤은 '서준'이란 존재로 엮여 있지 않던가.

제 자리를 위협하고 자신에게 가장 큰 해가 되리라 판단한 서준의 사람들이었다. 우연한 사고로 인해서 그냥 사라졌으면 좋겠다고 바랐을 수도 있다.

"하지만 사고가 나던 시각에 사장님께서 '우연히' 그 도로를 지나고 계셨을 가능성은 지극히 낮습니다."

"아니."

하윤이 고개를 돌려 에릭과 시선을 마주했다.

"아주버님이 그 도로에 있었을 가능성은 정확히 0에 수렴해."

확신에 찬 듯한 목소리였다.

외딴 시골에서 열렸던 자선 행사. 한가하지 않은 민준이, 굳이 갈 이유가 없는 그 먼 거리를 우연히 지나고 있을 리는 없었다.

"그러니까 그 말은, 곧 두 번째 가능성과 이어져."

"……."

"강민준이 이 사고에 직접적으로 개입돼 있다는 얘기지."

민준의 이름 석 자를 또렷하게 발음했다. 그녀의 머릿속에 민준의 얼굴이 그득히 들어섰다.

어린 시절, 어느 순간부터 서준에게 폭력을 행사했던 이유가 뭐였을까. 단순히 아버지의 기대와 사랑을 앗아 간 탓이었을까.

어린아이가 '의자'라는 도구를 사용해 누군가에게 폭력을 사용한다는 건 단순한 질투심에서 비롯되었다고 볼 수 없었다.

"……그래서 나는 그런 생각을 해 봤어."

두 형제에 관한 이야기를 늘어놓던 하윤이 입술을 잘근 깨물었다.

"난 강민준에게 목적을 이뤄 줄 도구가 아니었을까."

어렸던 그가 의자를 들어 서준을 내리쳤던 것처럼. 그렇게 미웠던 서준을 아프게 할 수 있었던 것처럼.

"어머님, 한유연 여사를 죽이기 위해 꼭 필요했던 도구."

그날의 사고를 이용해 유연을 죽이려던 건 아니었을까.

심상이 쿵 내려앉았다. 에릭이 놀란 눈빛으로 그녀를 바라보았다.

"네게 부탁할 게 있어."

"말씀하십시오."

"당분간 강민준 쪽에 붙어. 그가 어딜 가고, 누굴 만나고, 뭘 하는지 감시해서 빠짐없이 다 내게 보고해 줘."

알겠다는 듯 에릭이 고개를 끄덕였다.

✝   ✤   ✝

호텔에 도착한 하윤이 룸에 막 들어왔을 때였다. 서준에게서 곧 도착한다는 연락이 왔다. 옷을 갈아입고 로비로 내려가자 서준이 한걸음에 달려왔다.

"이 시간에 여긴 어쩐 일이에요?"

"걱정도 되고, 보고 싶기도 하고."

유동철을 만나러 간 하윤이 여간 걱정되는 게 아니었기 때문이다.

"당신 이러다 진짜 회사에서 쫓겨날까 봐, 난 그게 걱정이네."

못 말린다는 듯 하윤이 고개를 내저었다. 잠시 그 모습을 지그시 바라보던 서준이 이내 그녀의 손목을 잡아끌었다.

"가자."

"어디를요?"

"저녁 먹으려고, 레스토랑 예약했어."

조금 늦었지만 지금이라도 그때 가지 못했던 레스토랑에 함께 가고 싶었다.

하윤과 부부가 되기로 약속했던 그날, 함께 도란도란 이야기를 나누었던 그곳에서 말이다.

잠시 후, 차를 타고 이동한 그들은 예약해 놓았다던 분위기 좋은 레스토랑에 도착했다.

"여기 진짜 오랜만이다."

"당신이 좋아할 것 같았어. 그날 함께 오고 싶었는데 조금 늦어 버렸네."

"아무렴 어때요. 지금 이렇게 같이 왔으면 됐지."

창가 쪽에 자리를 잡고 앉은 그들은 직원이 가져다준 메뉴판을 천천히 들여다보기 시작했다.

메뉴판을 내려놓은 서준이 곧이어 직원에게 주문을 하기 시작했다. 제 것까지 알아서 주문하는 서준의 모습을 보며 직원이 시야에서 사라지자 하윤이 입을 열었다.

"뭐야. 왜 나한텐 묻지도 않고 시켜요?"

"당신이 자주 먹던 거니까 입에 잘 맞을 거야."

엷게 웃으며 대답했다. 서준의 미소에 하윤은 심장 한편이 간질거리는 게 느껴졌다.

"와인 마실래?"

"음……."

간단하게 마시는 것 정도야 상관없다고 생각한 하윤이 고개를 끄덕거렸다.

"좋아요."

곧이어 적절하게 구워진 스테이크와 서준이 주문했던 레드 와인이 테이블 위에 세팅되었다. 맑은 소리를 내며 잔에 채워진 와인이 부드럽게 일렁였다.

"유동철한테서는 뭐 좀 얻어 냈어?"

와인의 잔향을 느끼던 서준이 부드럽게 입을 열었다.

"아뇨. 유동철도 진범에 대한 건 모르는 눈치였어요. 어쨌든 어머님께서 사건을 조작하라는 사주를 하셨으니, 어머님과 연관이 있는 인물이 아니었을까 하는 것밖에는."

"아직도 모르겠어. 대체 어머니가 왜 그 일에 손을 대신 건지."

"그게 앞으로 우리가 알아내야 할 것들 중 하나겠죠."

유연이 대체 '어떤' 이유로 사건에 개입하게 된 것인지. 잠시 서준의 얼굴을 살피며 입술을 달싹이던 하윤이 조심스럽게 목소리를 냈다.

"묻고 싶은 게 하나 있는데."

"뭐길래 내 눈치를 봐? 편하게 물어봐."

"당신은…… 괜찮은지 묻고 싶어서요."

하윤이 애정 어린 시선으로 그를 바라보며 말했다. 모든 것들이 뒤엉켜 버린 지금, 그가 자신만큼이나 힘들 것이라는 걸 잘 알고 있었기 때문이다.

"어쨌든 어머니잖아요. 내가 선하다 믿었던 사람이 그렇지 않다는 걸 알게 되었을 때의 배신감과 충격은……."

대외적으로 유연이 어떤 인물이든 서준의 친모인 건 변하지 않는 사실이었다.

"감히 상상할 수도 없을 만큼 클 테니까요."

자신을 낳아 준 어머니가, 누군가에게 악인이라는 사실을 좀처럼 받아들이기 힘들 거라고 생각했다.

"당신이 견뎌 준 거에 비하면 아무것도 아닌걸."

들고 있던 잔을 내려놓으며 서준이 그녀와 시선을 마주했다.

"나를 향한 죄책감, 그리고 당신 스스로를 향한 두려움……."

서준이 그녀의 손을 부드럽게 감싸 안았다. 그의 뜨거운 체온이 살갗을 통해 고스란히 전해졌다.

"그 모든 걸 다 딛고 지금 내 곁에 있는 거잖아. 감정적인 부분 다 배제하고 이성적으로 사건만 바라보는 게 쉽지 않은 일이라는 거, 알아."

그랬기에 그녀가 용기 낸 만큼 저 역시도 이성을 되찾아야 한다고 생각했다. 흔들리지 말아야 했다.

"걱정하지 마."

서준의 굳건한 목소리에 하윤의 눈가에 잠시 진동이 일었다.

"그리고 궁금한 게 한 가지 더 있는데."

와인으로 목을 축인 서준이 그녀의 말을 기다리는 듯 잠자코 입술을 달싹였다.

"그때, 당신이 그랬잖아요. 아주버님 방에서 책을 읽고 있던 당신을 아주버님이 처음 의자로 내리쳤다고."

"그랬지."

"바닥으로 내팽개쳐진 의자는 망가졌을 텐데……."

서준에겐 예상치 못한 질문이었다. 그 일에 관해서 다시 이야기를 꺼낼 줄은 몰랐거니와 의자에 대해서는 더더욱 별생각이 없었기 때문이다.

"그 후에 의자는 어떻게 됐어요?"

"고급 원목으로 제작된 의자였어. 나무 본연의 결이 잘 드러나 미적인 가치가 높았지만 그만큼 약하기도 했지. 부딪치면서 의자의 한쪽 다리가 부서졌지만, 형은 의자를 버리지 않았어."

하윤의 예리한 눈빛이 가늘어졌다.

"오히려 방 한편에 계속 놔두었지."

의자로서의 가치는 잃었지만, 무슨 이유에서인지 민준은 그 의자를 제 방에 보란 듯이 놔두었다. 거처를 옮길 때에도 꼭 챙기곤 했다.

"아마 지금도 가지고 있을지 몰라."

"그렇군요."

"근데 그건 왜 묻는 거지?"

이유를 모르겠다는 듯 서준이 의아한 눈빛으로 그녀를 바라보았다.

민준에게 있어 제가 그 의자 같은 존재였다면, 목적을 이룬 후엔 도구를 어떻게 처리할 것인지 궁금했기 때문이다.

"당신이 의자를 볼 때면 그때 기억이 떠올라 트라우마로 남을 수도 있고, 아주버님도 그 일에 대한 죄책감을 느끼지 않았을까 싶어서요."

사색에 잠긴 듯한 얼굴로 그의 이야기를 듣던 하윤이 그럴듯한 이유를 대며 입술을 벌렸다.

"오래전 이야기야. 게다가 형이 죄책감을 느꼈다면 거기서 멈췄겠지."

뭐든지 시작이 어려운 법이다. 민준 역시 마찬가지였다. 폭력의 강도도, 주기도, 날이 갈수록 더해졌다.

"그리고 나 역시 그때의 일이 트라우마로 남을 만큼 나약하지 않아."

"알아요. 당신은 강한 사람이라는 거."

"알아준다니 고맙네."

나긋한 미소와 함께 서준이 대답했다. 그의 손을 천천히 감싸 안은 하윤이 다정하게 목소릴 냈다.

"모든 일이 다 해결되고 나면, 우리 진짜 홀가분한 마음으로 다시 와요."

추억 가득한 이 레스토랑에 다시 올 것을 약속하며, 그녀가 서준의 앞으로 잔을 들어 보였다.

한창 이런저런 얘기를 나누고 있을 때 즈음, 직원이 사이드 메뉴인 관자 요리를 들고 다가왔다.

"사이드 메뉴 나왔습니다."

서빙을 하는 직원은 오늘이 첫 출근인 건지 조금 긴장한 모습이었다.

어딘가 모르게 불안하다고 생각하던 그때였다.

쨍그랑!

날카로운 굉음과 함께 그릇이 산산이 조각났다. 그와 동시에 하윤의 옷에 소스가 잔뜩 튀었다. 하필이면 흰옷을 입고 있었던 탓에 자국이 유독 도드라져 보였다.

"어, 어떡해……! 죄송합니다. 금방 치워 드리겠습니다!"

당황한 직원이 붉어진 얼굴로 바닥에 깨진 조각들을 성급하게 주웠다.

유리 조각인지라 손에 상처가 나기 쉬울 텐데 그런 건 안중에도 없다는 듯 정신없이 그릇들을 치웠다. 그 순간, 맨손으로 유리 조각들을 거침없이 줍는 직원의 손목을 탁, 잡아 저지하며 서준이 말했다.

"가서 장갑 가져오셔서 제대로 치우세요. 맨손으로 함부로 집으면 손에 상처 납니다."

"네? 아, 아 네. 감사합니다."

단호한 그의 목소리에 잠시 멈칫한 직원이 서둘러 발걸음을 옮겼다.

직원을 돌려보낸 뒤에야 굽히고 있던 무릎을 펴 몸을 일으키는 서준이었다. 매무새를 정돈하는 서준을 보며 하윤이 못마땅하다는 듯 삐뚜름한 시선을 보냈다.

"……왜 그렇게 보는 거지."

날카로운 시선을 느낀 서준이 머뭇거리며 입을 열었다.

"나한텐 에릭이랑 몇 마디 말한 것 가지고 그렇게 눈치를 주더니."

"뭐?"

"누구는 처음 보는 여자 손목을 덥석 잡네? 무릎까지 꿇고 말이야."

와인 잔을 빙그르르 돌리는 모양새가 다분히 마음에 안 드는 모양이었다. 하윤의 앙칼진 시선이 그에게 닿았다.

"굳이 피 봐서 좋을 건 없잖아."

"괜한 오지랖이라는 생각은 안 들고요?"

"그거 질투하는 거야, 지금?"

나지막하게 웃어 보인 서준이 자리에 앉지 않은 채 물수건을 들어 그녀의 흰 치마에 난 얼룩을 조심스럽게 문질렀다.

손이 움직일 때마다 하윤이 몸을 움찔하는 게 눈에 보였다.

흰색 치마 위로 물이 닿자 얇은 재질이 금세 투명해졌다. 젖은 치마를 사이에 두고 제 허벅지를 부드럽게 문지르는 서준의 단단한 손이 상당히 야릇하게 다가왔다.

그 손길 하나하나에 일일이 반응하는 제 몸이 원망스러울 뿐이었다.

"그렇게 움찔거리니까 하고 싶잖아."

지나치게 솔직한 목소리였다. 서준의 기다란 손가락이 그녀의 치마 위를 부드럽게 노닐었다. 여유로움이 느껴지는 손길에 하윤은 근육이 경직되듯 온몸이 빳빳해졌다.

젖은 치마를 타고 부드럽게 미끄러지는 손가락의 움직임이 지나치게 관능적이었다.

테이블 위엔 아직 저녁 식사와 와인이 남아 있었다. 하지만 서준에게 더 이상 인내심은 없었다.

"스테이크 말고."

고개를 들어 하윤과 진득한 시선을 마주했다.

"다른 게 먹고 싶어졌어."

부딪친 시선에서 뜨거운 감각이 일었다. 뜨거운 시선이 허공에서 진득하게 얽혔다.

한껏 경직된 근육, 그리고 그 안에 날뛰듯 움직이는 세포들.

"지금 당장."

남은 허기를 달래고 싶었다.

곧장 호텔로 향한 서준은 꽤나 성급한 발걸음으로 하윤과 함께 침실로 향했다.

그 심리를 대변하듯 평소보다 훨씬 더 차분하지 못한 움직임을 보였다. 어떤 상황에서도 늘 이성적인 면모를 보여 주던 모습과는 사뭇 달랐다.

"으음, 뭐가 그렇게 급하실까."

그런 서준을 놀리기라도 하는 듯 하윤이 입꼬리를 한껏 말아 올린 채 느릿하게 목소리를 내었다. 그냥 넘어가고 싶지 않았기 때문이다.

제가 떡하니 보고 있는 앞에서 처음 본 여자의 손목을 덜컥, 잡는 매너 없는 행동을 그냥 눈감아 줄 아량은 없다는 얘기였다.

그래서 부러 몸 곳곳을 훑고 지나가는 서준의 뜨거운 입술을 밀어냈다.

"왜지."

그런 행동을 이해할 수 없다는 듯 서준이 낮은 목소리로 입을 열었다. 하윤의 눈망울을 빤히 응시하는 그의 모습이 상당히 단호했다.

"짚고 넘어갈 건 짚고 넘어가자는 게 내 방식이라."

"……뭐?"

"아내 앞에서 다른 여자 손목을 덜컥 잡는 게 영 마음에 걸려서."

그녀의 잇새로 나온 '아내' 라는 말에 서준이 감회가 새롭다는 듯 흥미로운 미소를 지었다.

직원의 손목을 낚아챈 것에 대해 이리도 강렬한 질투를 보일 줄은 몰랐다. 하윤이 누군가를 질투한다는 건 참으로 오랜만이었다.

"내 모습이 떠올라서 그랬어."

잠시 나지막하게 웃고 있던 서준이 입을 열었다.

"저택에서 눈을 뜬 지 얼마 안 됐을 때, 당신이 던진 꽃병을 치우는 건 내 몫이었으니까."

매일같이 깨진 유리 조각을 치우는 건 그의 몫이었고 한껏 날이 선 하윤을 보며 늘 뜨거운 목울대를 진정시켜야만 했다.

하윤에게 건넸던 한 송이의 목화.

'어머니의 사랑'이라는 꽃말을 지닌 목화 한 송이는 유연과 하윤 사이에서 갈등하던 서준의 혼란과 자책감, 그리고 고통을 고스란히 담고 있었다.

"그게 다른 여자의 손목을 잡을 이유가 될 순 없을 텐데."

순식간에 하윤이 서준의 위로 올라섰다. 그녀의 허리가 매끄러운 곡선을 그리며 유려하게 휘었다. 가슴팍 위를 부드럽게 쓰다듬던 손이 우뚝 멈춰 섰다.

"앞으로도 계속 그럴 거란 얘기예요?"

"……그건 절대 아니지."

한쪽으로 넘긴 머리가 그녀의 목선을 타고 찰랑거렸다. 서준은 제 위에 올라탄 하윤의 허리를 강하게 감싸 쥐었다. 어떠한 강한 충격에도 흔들리지 않을 만큼 단단히.

관능적인 자태로 저를 내려다보는 그 눈빛이 좋았다. 오랫동안 제 시야에 담아 두고 싶은 모습이었다.

아직 가슴 깊은 곳에서부터 차오르는 짙은 욕망의 갈증은 가시지 않았지만 그 모습을 보고 있는 것만으로도 좋았다.

"우린 지금 남들과 다를 거 없는 결혼 생활을 하는 거예요."

서준의 가슴팍 위에서 손가락을 까딱거리던 하윤이 불현듯 단호한 목소리를 냈다.

그간 있었던 일들 때문에 너무 안일하게 생각하는 건 아닌가 하는 느낌이 들었다.

"그동안은 내 기억이 온전치 않아서 우리 관계가 모호했던 거, 인정해요. 나도 당신을 자극하기 위한 못된 행동 많이 했고."

그러나 지금은 아니다.

"이젠 예전처럼 온전한 '부부' 사이가 되었는데, 서로 조심해야 하지 않겠어요?"

그건 일종의 경고였다.

"그러니 이혼당하기 싫으면 잘하라는 건가?"

"쉽게 말해 그런 뜻인 거죠."

하윤의 대답이 끝나기가 무섭게 서준은 그녀의 팔을 잡아끌어 내렸다.

순식간에 갑과 을이 뒤바뀌었다.

흰 목선 옆으로 서준의 단단한 팔 근육이 우뚝 솟아났다. 제 품에 그녀를 가둔 서준은 그제야 만족스럽다는 듯한 미소를 지었다.

"나 차게?"

"당신 하는 거 봐서."

도도한 하윤의 대답이 마음에 들지 않은 듯 서준이 진득하게 입술을 맞췄다.

그녀의 향기로 입안이 가득 차는 순간이었다.

한껏 차올랐던 갈증이 조금은 가시는 듯했지만 더욱더 깊은 숨결을 갈구하는 듯 서준이 계속해서 그녀에게로 파고들었다.

잇새로 터져 나오는 뜨거운 숨결을 뒤로하고 하윤이 그와 눈을 맞췄다.

지금 이 눈빛과 체향을 오롯이 자신만이 느끼고 싶었다. 지금 이 순간에도, 그리고 앞으로도.

누구에게도 양보하고 싶지 않다는 욕구가 일었다.

"앞으로 내가 서운할 행동, 하지 말아요."

그녀가 가쁜 숨을 참으며 말했다. 서준의 대답은 남은 입맞춤으로 대신했다.

아슬아슬하게 걸쳐져 있던 하윤의 옷이 서준의 거친 손길에 의해 흐트러졌다.

입술과 입술이 닿으며 나는 질척한 마찰음이 두 사람 사이를 에워쌌다.

그건 곧 서준의 남은 이성이 끊어지는 소리였다.

14화

끝과 끝

다음 날. 여름을 맞고 있다는 걸 증명하듯 푸르른 하늘 아래 열기로 데워진 공기가 텁텁하게 흩어졌다.

"이제 슬슬 더워지려나 봐요."

"그러게. 여름은 질색이야. 사계절 중에 가장 짧았으면 좋겠어."

"왜요? 난 여름 나쁘지 않은데."

"당신은 더위를 별로 안 타서 그래."

하윤의 어깨에 새겨진 붉은 멍울을 본 서준은 그녀의 옷을 추슬러 주며 대답했다. 그들은 이른 시간부터 서준의 본가로 향했다. 오랜 시간 본가 차고에 묵혀 두었던 하윤의 차를 확인하기 위해서였다. 사고 당일, 그녀가 직접 몰았던 차였다.

"아버님께서 반대하시진 않으셨어요?"

"차를 꺼내는 것 말인가?"

"네. 아버님께서 어떤 심정으로 제 차를 보관해 왔는지 당신도 잘 알잖아요."

유연을 죽음의 길로 몰아넣었던 그 차를, 폐차시키지 않고 차고에 보관해 둔 건 그 상황에서 욱진이 할 수 있는 최선의 선택이었을 것이다.

마주할 '진실'이 두려웠기 때문이다. 사랑하는 제 가족들이 망가지는 모습을 차마 볼 수 없었기에 그저 가슴속에 묻어 두는 게 최선이었을 것이다.

"당신이 아버지를 찾아갔던 날, 그날 진심을 느끼셨나 봐. 하루빨리 사건이 해결되길 바라고 계셔."

걱정하지 말라는 듯 서준이 그녀의 어깨를 다정하게 다독였다. 본가에 도착하니, 미리 연락을 해 두었던 자동차 전문가가 그들을 반갑게 맞이했다.

"미리 연락받았습니다. 사고가 났던 차량을 상세히 보고 싶다고요."

"예. 이쪽으로 오세요."

지하 차고에 방치하듯 두었던 차체에는 먼지가 수북하게 쌓인 상태였다. 형태를 알아볼 수 없게 찌그러진 앞 범퍼, 그리고 산산이 조각난 유리들. 1년 만에 다시 본 차는 사고 당시 흔적을 고스란히 간직하고 있었다. 전문가와 함께 차를 낱낱이 살펴보던 하윤은 머리가 아픈 듯 종종 인상을 찌푸렸다.

"괜찮아?"

그 모습을 본 서준이 걱정 어린 목소리로 하윤에게 다가갔다.

"응. 괜찮아요."

먼지가 한껏 서린 트렁크 부분을 조심스럽게 손가락으로 훑던 하윤이 연신 미간을 찌푸렸던 건 아리송한 기억 하나가 그녀를 괴롭혔기 때문이다.

"사고가 꽤 크게 났었나 봐요. 시동이 걸리나 한 번 확인해 보겠습니다."

차 키를 받아 든 전문가가 조심스레 시동을 걸었다. 그가 여러 센서들을 만져 보던 찰나, 자동차의 헤드라이트가 켜졌다. 자동차의 앞부분을 살피고 있던 하윤이 갑작스레 켜진 불빛에 놀란 듯 눈을 찌푸리며 인상을 썼다.

"아……!"

"아이고, 놀라셨구나. 죄송합니다. 이게 바로 켜지는 바람에."

"괜찮아요. 신경 쓰지 마세요."

제 각막을 파고드는 새하얀 빛에 하윤은 순간, 알 수 없는 형상을 보았다. 사고 당시에도 보았던 형상이었다. 분명, 그 정체에 놀라 저도 모르게 핸들을 거칠게 꺾었던 기억이 떠올랐다.

"왜 그래. 머리 아파?"

"아뇨. 그게 아니라……."

차 뒤에 서 있던 서준이 놀라 그녀를 부축했다. 형체의 정체가 확실히 기억나지 않아 골치가 아픈 듯 그녀가 미간을 찌푸렸다.

"사고 직전, 무언가에 놀랐던 거 같은데 잘 기억이 안 나요."

"뭔가를 보고?"

"네."

고개를 갸웃거리던 하윤이 차를 향해 시선을 돌렸다. 그렇게 한참을 살피며 조사하던 중, 유심히 보던 전문가가 굽혔던 허리를 펴며 입을 열었다.

"보고 받았던 대로 차에는 그 어떤 결함도 없습니다. 다만, 한 가지 조금 이상한 점이 있어요."

모두의 이목이 한순간에 남자에게로 집중됐다. 앞부분 하단 범퍼엔 그날의 사고를 고스란히 증명하는 자국이 남아 있었다. 부서지고 찌그러진 범퍼는 더 이상 손을 댈 수 없을 만큼 손상되어 있었다. 상당히 넓은 범위가 찌그러져 있는 상태였다. 게다가 말라비틀어져 짙게 굳어진 혈흔까지 묻어 있었다.

"여기 보시면 하단 범퍼가 찌그러져 있는데, 사고 현장을 되짚어 보자면 이 부분은 아마 유현그룹 한유연 사모님이 부딪친 자리라고 볼 수 있습니다."

천천히 브리핑하는 남자의 말을 서준은 생각보다 담담한 얼굴로 듣고 있었다. 손으로 짚어낸, 그 자리가 유연이 부딪쳤던 자리였다.

"그런데 여기 보시면 아래에 한 부분이 더 있어요."

남자는 아랫부분을 가리키며 미간을 좁혔다.

"그냥 볼 땐 차가 쾅! 하고 한 번 부딪히면서 넓게 충격이 와 닿았다고 생각할 수도 있겠지만, 제가 볼 땐 이건 다른 충돌에 의한 흔적입니다. 범위도 윗부분보다 훨씬 작고 충격을 받은 정도도 훨씬 미미해요."

사뭇 진지해진 얼굴로 손동작을 더해 가며 얘기하는 남자의 말에 서준의 미간이 일그러졌다. 남자는 잠시 말을 멈춘 뒤, 곧이어 입을 열었다.

"제 생각엔 아마 사람보단 부피가 작은 어떤 동물이 아닐까 싶습니다. 사고가 난 지역이 인적이 드물고 깊은 산 속에 났던 도로라는 것을 고려했을 때, 그리 이상한 일도 아니고요."

심장이 쿵, 하고 내려앉는 기분이었다.

"동물……이요?"

설마 제가 봤던 그 새하얀 형체가 동물이었을까. 사경을 헤맬 만큼 큰 사고였던 그날의 기억을 마주하는 것도 괴로운데, 이 모든 일들이 작은 동물에서부터 시작됐다는 건 너무나도 허무했다.

"게다가 여기 보시면 아래쪽에 묻어 있는 혈흔이 조금 더 부패되었어요. DNA 검사를 해 보면 금방 알 수 있는 사실이었는데, 왜 사고 당시에 바로 대조해 보지 않았는지 조금 의문이 드네요."

의아하다는 듯 남자가 입술을 달싹였다.

"주위에 산들이 있었다는 걸 가정해 보면 아무래도 야생 동물이 튀어나왔을 가능성이 큽니다. 사이즈는…… 대형견 크기 정도로 보시면 될 것 같습니다."

하윤이 입술을 잘근 깨물었다. 깨문 입술 사이로 피가 새어나왔다. 비릿한 맛이 입안에 감돌았지만 전혀 신경 쓰지 않았다. 남자의 말을 들을수록 눈앞에 사고 현장이 자연스레 떠올랐기 때문이다.

"잘 달리던 찰나에 무언가를 보고 놀랐던 기억이 있어요. 설마 그게 동물이었을 거라곤 생각도 못 했는데……."

줄곧 침묵을 유지하던 하윤이 한참 뒤에야 목소릴 냈다.

"그럼 사고의 원인이 더더욱 확실하게 좁혀지겠네요."

생각이 복잡해지는 듯 하윤이 미간을 찌푸렸다. 상황을 대강 정리한 남자는 다시 한번 사고 경위를 정리했다.

그가 그려 놓은 시나리오를 천천히 눈으로 훑어 내려갔다.

그의 생각은 이러했다. 갑작스레 튀어나온 야생 동물을 피해 핸들을 꺾은 하윤이 그 앞에 있던 유연을 차로 쳤을 가능성이 크다는 것이다.

두 번의 큰 충돌, 그리고 각기 다른 두 개의 혈흔. 모든 걸 조합해 봤을 때 상황과 가장 들어맞았다.

"제가 드릴 수 있는 도움은 여기까지입니다."

남자는 파일 사이에 자신이 그렸던 사건 현장이 담긴 종잇장을 끼워 넣은 후 닫았다. 브리핑을 마친 남자가 파일을 챙겨 들자 서준이 고개를 들었다.

"작성하신 계약서는 잘 보관하고 있겠습니다. 어떠한 내용도 외부로 발설하지 않겠다는 조항을 잊지 않으셨으면 좋겠습니다. 약속했던 금액은 예정된 날짜에 지급될 겁니다."

서준이 단호한 목소리로 얘기하자 고개를 숙여 정중하게 인사한 남자는 곧장 자리를 떠났다. 그제야 서준이 긴장 풀린 한숨을 내쉬었다.

"감당하기 힘들더라도 제때 수사를 해야 했어."

"아버님께선 당신이 무너지는 모습을 보고 싶지 않으셨겠죠. 사고 현장에 내가 있었던 건 명백한 사실이니까요."

"그런 말은 입에 담지 마."

서준이 단호한 눈빛으로 그녀를 내려다보았다. 더 이상 죄책감에 얽매이지 말라는 뜻이었다. 하윤이 고의로 사고로 냈을 리가 없다는 건, 그녀 스스로도 알고 있었고 서준 역시 믿고 있었다.

"만일 모든 게 밝혀지고 내가 고의로 그런 게 아니라는 사실이 드러난다면, 아버님께 용서받을 수 있을까요."

서준의 어머니이기도 했지만 그전에 욱진의 아내였다. 사랑하는 사람을 한순간에 허망하게 잃은 그 심정을 어떻게 다 헤아릴 수 있을까 싶었다.

"그런 건 신경 쓰지 마."

서준이 하윤의 눈가를 부드럽게 쓰다듬었다. 붉게 물든 눈가를 보니 그녀가 받는 스트레스가 고스란히 느껴졌다.

"당신이 신경 써야 할 건 나 하나야. 어제처럼 내가 다른 여자 몸에 손을 댄 거라든지 그런 거 말이야."

하윤의 기분을 달래 주기 위해 일부러 장난 섞인 목소리로 입을 열었다.

"그런 건 얼마든지 혼나 주지."

그건 진심이었다.

"아주 가혹해도 돼."

서준이 입가에 잔잔한 호선을 그렸다. 그러나 여전히 풀리지 않은 의문점은 남아 있었다.

"한 가지 맹점이 있어. 전문가의 말대로 당신이 갑작스럽게 튀어나온 야생 동물이 사고의 원인이었다면, 그 동물은 대체 어디로 증발했냐는 거지."

사고 현장에서 발견된 건 유연과 하윤, 딱 둘 뿐이었다. 그외 발견된 것은 없었다.

"운이 좋아 죽지 않고 숨이 붙어 있었다고 하더라도 불가능한 일이야. 혼자의 힘으로 사고 현장을 벗어나는 건."

그제야 민준의 존재가 떠올랐다. 사고 현장에 함께 있었던 인물, 여전히 풀리지 않은 의문의 해답을 쥐고 있을 그가. 이제는 털어놔야 한다고 생각했다.

"사실 그날······."

서준과 또렷하게 시선을 마주했다.

"희미한 발자국 소리를 들었어요."

살려 달라고 애원하던 그녀를 외면했던 남자.

"그리고 그날 맡았던 향수 냄새를 며칠 전 다시 마주하게 됐어요."

"······뭐?"

서준의 눈썹 끝이 분노로 떨려왔다.

"당신의 형, 강민준이요."

심장이 쿵, 내려앉았다.

✝　　　✤　　　✝

오후 3시. 본가에서 출발한 서준은 곧장 하윤과 함께 회사로 향했다. 서준은 오는 내내 좀처럼 입을 열지 않았다.

"잠깐만, 나 좀 봐요."

보다 못한 하윤이 1층 엘리베이터 앞에서 그의 손목을 붙잡았다. 반동에 의해 서준이 몸을 돌리자, 서로의 시선이 뜨겁게 얽혀들었다.

"응."

"괜찮아요?"

아무래도 감정을 추스르기 어렵겠지. 하윤은 말로 다 표현

할 수 없는 분노를 그저 침묵으로 삭히는 그의 모습이 애처롭
게 느껴졌다.

"당신을 볼 면목이 없어."

답은 하나였다. 유연의 사고 현장에 있었던 목격자이자, 하
윤의 살려 달라는 애원을 무시한 민준. 그리고 범퍼에 남은 두
개의 혈흔과 현장에서 사라진 동물의 흔적. 사고는 처음부터
민준에 의해 계획되고 조작됐을 가능성이 농후했다.

"그 어떤 이유라고 해도 절대 용서할 수 없어. 설령 사고에
개입한 게 아니더라도, 현장에서 어머니와 당신을 보고도 그
냥 지나쳤다는 건……!"

분노와 원망으로 목울대가 뜨겁게 진동했다. 가까스로 감정
을 억누른 서준이 천천히 입술을 뗐다.

"지금 당장 확인해야겠어."

그가 싸늘한 얼굴로 엘리베이터에 몸을 실었다.

집무실에 도착한 서준은 곧장 넥타이를 느슨하게 풀었다.
이내 에릭과 현석까지 도착하자, 블라인드를 내렸다.

"본가에서 사고 차량을 다시 한번 조사해 본 결과, 어머니
를 들이받기 전 다른 무언가와 앞서 충돌했을 가능성이 크다
고 합니다. 충돌 부위와 면적으로 보아 전문가는 야생 동물로
추측했고요."

그의 입에서 평소와는 사뭇 다른, 성급한 목소리가 흘러나
오자 현석이 그런 서준을 빤히 응시했다.

"여기서 중요한 건."

그가 깍지 낀 손을 무릎 위에 얹으며 말했다. 눈빛은 그 어
느 때보다 단호했고, 목소리는 확신에 차 있었다.

"사고 현장에서 동물의 사체를 비롯한 그 어떤 흔적도 없었다는 겁니다."

"……!"

에릭의 눈빛이 세차게 흔들렸다. 사고 현장에 민준이 있었다는 걸 알고 있었기에 그 사라진 동물을 처리한 게 누구였을지 뻔히 짐작되었기 때문이었다.

"그 말씀은 누군가가 의도적으로 사건 현장에서 동물 사체만 처리했다는 겁니까?"

현석의 낯빛이 당혹감으로 물들었다.

"그런 셈이죠. 설령 죽지 않고 숨이 붙어 있었다 하더라도 그 정도의 상해를 입고 스스로 일어나 현장을 벗어났을 가능성은 지극히 적습니다."

서준이 단호한 목소리로 말을 덧붙였다. 사고 현장을 지나가던 누군가가 동물의 사체만 처리했다는 건 죽어 가는 유연과 하윤을 보고도 그냥 지나쳤다는 것 아니던가.

"그리고 한 가지 더."

서준이 등받이에 등을 기대며 깊게 한숨을 내쉬었다.

"사건 현장에 강민준이 있었다는 사실이 밝혀졌고요."

"그게 무슨……."

당황한 현석을 뒤로하고 에릭이 놀란 듯 하윤의 눈치를 살폈다. 그녀로부터 서준에게 모든 사실을 털어놓았다는 얘기를 듣지 못했기 때문이다. 하윤은 괜찮다는 듯 에릭에게 작게 고개를 끄덕여 보였다.

"그럼 강민준 사장님께서 의도적으로……."

이 모든 얘기를 처음 듣는 현석은 당황스러운 얼굴로 말끝을 뭉갰다. 아무리 제멋대로인 민준이라 할지라도 이건 상식 밖의 행동이었다.

"아주버님이 사고 현장에 있었다는 건, 그저 제 기억에 기반한 이야기일 뿐이에요. 그리고 직접적인 증거가 아닌 이상, 제 기억은 아무런 효력이 없기도 하고요."

차량에 블랙박스가 탑재되어 있지 않았던 탓에 민준이 사고 현장에 있었다는 걸 입증할 만한 증거가 없었다. 유일한 증거라곤 하윤의 기억뿐인데, 그건 실질적인 효력이 없지 않던가.

네 사람 사이에 잠시 무거운 침묵이 맴돌았다.

"분명 시행착오를 최소화하기 위해 예행연습이 필요했을 겁니다."

그 적막을 가르고 서준이 조심스럽게 입을 열었다. 깍지 낀 손이 그의 무릎 위에 사뿐히 내려앉았다.

"동물을 이용해서 사고를 유발한다는 게 아무래도 쉬운 일이 아닐 테니까요. 각도가 조금 어긋나거나, 타이밍이 살짝 뒤틀리는 등 작은 변수에도 모든 게 수포로 돌아갔을 겁니다."

"어떤 동물인지는 몰라도 어느 정도 훈련이 가능한, 사람을 잘 따르는 동물이었을 거고요."

동의한다는 듯 에릭이 말을 덧붙였다. 이런저런 얘기가 오고 가는 와중에 하윤은 상념에 빠진 듯했다. 그녀는 조금의 미동도 없이 생각에 골몰했다.

무슨 생각을 하는 걸까. 그 표정을 본 서준이 조심스럽게 그녀의 손등을 문질렀다.

"무슨 생각을 그렇게 해."

"과연 그 동물을 데려다가 어떻게 했을까 싶어서요."

상념에 빠져 있던 하윤이 조심스럽게 입술을 뗐다.

"당신이 전에 그랬잖아요. 그 의자, 한쪽 다리가 부러져 못 쓰게 됐음에도 버리지 않았다고, 오히려 보란 듯이 방 한구석에 뒀다고 했잖아요."

"그랬지. 근데 그게 왜?"

"그게 자꾸 마음에 걸려요. 그 동물이 죽었든 죽지 않았든, 아직 그 사람 수중에 있을 것 같다는 생각이 들거든요."

하윤이 무언가를 가늠하듯 두 눈을 가늘게 떠 보였다. 어린 시절, 자신이 도구로 사용했던 무언가를 버리지 않고 간직했던 걸 보면 이번에도 똑같은 행동을 취했을 가능성이 컸기 때문이다.

"만일 그 동물을 찾을 수만 있다면 증거는 충분할 겁니다. 차량에 묻어 있던 부패된 혈흔과 DNA를 대조해 보면 쉽게 알 수 있으니까요."

그녀의 주장이 일리가 있다는 듯 현석이 말을 덧붙였다. 그렇다면 민준의 거처를 확인해 보는 게 급선무였다. 잠시 고민하는 듯하던 서준이 검지로 테이블을 툭툭 두드리며 고개를 끄덕였다.

"강민준의 거처를 조사할 수 있는 명분이 생긴다면 참 좋을 텐데……"

"애초에 보관 장소가 사장님의 저택이었다면 더더욱 철저하게 관리를 하실 겁니다."

현석의 말에 수긍한다는 듯 그가 다시 한번 고개를 끄덕였다. 게다가 민준이 난데없이 제집에 오겠다는 그들을 넋 놓고 바라볼 리는 없었다.

"당분간 강민준을 계속해서 주시해야 할 것 같은데."

"제가 뒤를 밟아 보겠습니다."

"강민준 소유로 돼 있는 별장이 총 세 군데가 있어. 일단 그곳부터 확인해 보도록 하지."

"알겠습니다."

애써 무거운 마음을 감추며 서준이 에릭을 향해 말했다.

✛　　　✤　　　✛

다음 날, 뜨겁게 내리쬐는 햇볕에 하윤이 인상을 찌푸렸다. 피부가 타는 게 싫어 살갗이 드러나지 않은 옷을 입은 대신 땀방울이 맺힌 피부 위로 옷이 들러붙는 게 영 불쾌했다.

하윤은 이른 시간부터 서준의 집무실로 향하는 중이었다. 사고 이전, 매일 아침 로펌에 출근하던 것처럼 이젠 그의 집무실로 향하는 게 일상이 되었다.

때마침 가방 속에서 울리는 진동 소리에 휴대폰을 꺼내 들었다. 액정을 확인해 보니 서준으로부터 온 전화였다.

"응."

―혼자 오고 있다며. 데리러 가려고 했는데.

"괜찮아요. 당신, 그거 과잉보호예요. 내가 무슨 어린애도 아니고. 에릭은 가고 있대요?"

―응. 뭐라도 좀 찾아야 할 텐데.

"너무 조급해하지 말아요. 얼른 갈 테니까 기다리고 있어요."

―알겠어. 얼른 와.

하윤의 입가에 어렴풋한 미소가 번졌다. 더운 열기만큼이나 따뜻한 목소리였다. 사건 현장에 민준이 있었다는 사실을 들은 서준이 감정적으로 행동하진 않을까, 많이 걱정했지만 다행히도 서준은 제 페이스를 되찾았다. 적어도 하윤과 있을 땐 제 감정을 드러내지 않았다.

"금방 가니까 걱정 안 해도 돼. 이따 연락할게요."

전화를 끊은 하윤은 제 얼굴을 강렬하게 비추는 햇볕을 비스듬한 시선으로 올려다보았다. 뜨거운 열기에 가만히 서 있기만 해도 이마에 땀이 맺혔다. 순식간에 여름이 된 듯했다.

"이럴 줄 알았으면 그냥 데리러 오라고 할 걸 그랬나."

그녀의 잇새로 후회 어린 목소리가 새어 나왔다.

"……응?"

인상을 찌푸린 채 신호를 기다리고 있던 하윤의 시선이 어딘가에 닿았다. 신호등 뒤로 마련된 작은 공원을 둘러싸고 있는 작은 풀숲에서 미세한 소리가 들려왔기 때문이다.

"야아아옹."

작은 울음소리였다. 소리의 근원을 찾아 걸음을 옮겨 조금 더 가까이 풀숲에 다가갔다. 몸을 숙이고 양손으로 풀숲 사이를 파헤쳐 보니 그 안에 몸을 잔뜩 웅크린 채 떨고 있는 고양이 한 마리를 발견할 수 있었다.

"야아아옹……."

다리를 다친 건지 뒷다리가 피범벅이었다. 당황한 하윤이 이 상황에 어떻게 해야 할지 몰라 발을 동동 굴렀다.

"어려 보이는데, 새끼 고양이인가."

처절한 울음소리는 저를 도와달라는 신호였는지, 고양이는 덜덜 떨면서도 다친 다리로 절뚝이며 기어와 하윤의 손에 머리를 비벼 댔다. 이대로 두고 간다면 얼마 버티지 못할 게 분명했다. 다친 걸 뻔히 알면서도 모른 척할 수도 없는 노릇이었다.

"아……, 어떡하지."

잠시 고민하던 하윤은 조심스럽게 고양이를 안아 들었다. 주변을 둘러보니, 마침 건널목 너머 줄을 지어 선 상가 건물들 사이에 동물병원 간판이 보였다.

"착하지, 조금만 참자."

살면서 동물을 키워 본 적이 없었기에 조금은 어설펐지만 그래도 애정 어린 손길로 고양이를 안은 채 걸음을 옮겼다.

건널목을 건넌 후 동물병원으로 들어서기까지 사람들의 호기심 어린 시선들이 그녀에게 닿았지만 아랑곳하지 않았다. 그런 건 아무래도 상관없었다. 이 작은 생명을 도울 수만 있다면. 건물 안으로 들어서니 시원한 에어컨 바람이 그녀를 맞이했다.

"안녕하세……. 어머!"

카운터에 서 있던 수의사가 인사를 건네려던 찰나, 하윤의 품에 안긴 고양이의 상태를 보곤 깜짝 놀라 다가왔다.

"위상 상태가 상당히 안 좋은데, 혹시 보호자님 되실까요?"

"아뇨. 그런 건 아니고……. 오던 길에 공원에서 울고 있는 걸 발견했어요."

"그러시구나. 일단 소독부터 해야 하니까 이쪽에 앉아 계세요."

배드에 누운 고양이는 괴로운 듯 거칠게 숨을 내뱉고 있었다. 고통이 꽤나 극심한 모양인지 겨우 내뱉는 울음소리가 애처로웠다. 맞은편 의자에 앉아 있던 하윤은 손을 씻기 위해 작은 세면대로 향했다. 하윤의 뒤로 수의사의 말소리가 들려왔다.

"음. 다행히 골절은 아닌 것 같네요. 살갗이 찢어진 상처가 제법 깊긴 하지만, 다행히 일찍 발견되어서 며칠 입원 치료만 받으면 금방 아물겠어요."

"그렇다면 다행이네요. 아, 그리고 제가 임시 보호를 할 수 있는 상황이 아니라서요. 죄송하지만 이곳에 부탁해도 될까요?"

"그럼요. 여기 간단한 서류 하나만 작성해 주시면 돼요. 아, 그리고 이걸로 닦으세요."

어쨌든 길고양이인지라 세균이 많다며 수의사가 세정제를 건네었다. 손에 묻은 피와 먼지들을 닦을 때였다. 문 쪽에서 종소리가 들려왔다.

"네. 잠시만요."

수의사는 고양이에게 진통제처럼 보이는 주사를 놓고는 카운터로 향했다. 자주 오는 손님이었는지 약품을 꺼내며 친근한 어투로 물었다.

"요즘도 꾸준히 운동시키고 계시죠?"

"그럼요. 근데 자꾸만 안 하려고 해서 큰일이에요."

그때, 귀에 익은 목소리가 하윤의 심장을 관통했다.

"그래도 근육을 다시 제대로 쓰려면 어쩔 수 없어요. 사람이든 동물이든, 교통사고도 사고지만 그 후에 재활 치료가 정말 중요하거든요."

'교통사고'라는 말에 하윤의 심장이 요동치듯 쿵쿵, 뛰었다. 세면대에 서린 물기 위로 하윤의 손이 천천히 미끄러졌다. 안쪽에 칸막이 겸 설치된 커튼 뒤로 몸을 돌린 하윤이 커튼 너머로 들리는 대화에 귀를 기울였다.

이 타이밍에 동물병원에서 민준을 만났다는 건 참으로 흥미로운 일이 아닐 수 없었다.

"정기적으로 다녀갔다는 건……."

하윤의 머릿속이 빠르게 돌아가기 시작했다. 수의사는 민준에게 필요한 약을 건네고는 다음 달 정기 검진 약속을 잡아 주었다. 점차적으로 운동의 양을 늘려가는 게 중요하다는 말을 들은 민준은 계산을 한 뒤 곧장 병원을 빠져나갔다.

곧장 병원을 나온 하윤은 민준의 차가 떠나는 방향을 확인하며 급하게 택시를 잡아탔다.

"기사님. 죄송한데, 앞에 저 차 좀 따라가 주세요."

"아이구, 젊은 처자가 왜 그런 짓을 해?"

"사정이 있어서요. 부탁드립니다."

"요즘 그런 거 아주 논란거리야. 쉽게 생각할 일이 아니라고."

"두 배로 계산해 드리겠습니다. 한 번만 부탁드릴게요."

"아니, 돈이 중요한 게 아니라……. 흠흠, 거 무슨 사정인지는 모르겠지만……."

두 배로 지불하겠다는 말에 흔들렸는지 헛기침을 두어 번 내뱉은 기사는 결국 민준의 차를 쫓기 시작했다. 조수석에 앉아 전면 창을 바라보던 하윤이 천천히 입술을 떨어트렸다.

"이런 좋은 기회를 그냥 놓칠 순 없지."

민준은 자존심이 센 사람이었다. 서준을 다치게 만들었던 그 의자를 버리지 않고 보관했던 것도, 그런 이유에서였을 것이다. 제가 그보다 우위에 있다는 걸 계속해서 인식하기 위해서.

민준의 차가 도착한 곳은 그가 현재 혼자 살고 있는 집이었다. 그는 빠르게 움직였다.

좀 전에 처방받은 약을 주어야 할 존재라도 있는 것일까.

"저기서 멈췄구먼."

차고지로 들어가는 민준의 차량을 본 기사가 나지막하게 말했다. 차마 그 안까지 따라 들어갈 수 없으니, 하윤은 조금 떨어진 골목에서 택시를 세워 달라고 했다.

"감사해요. 여기 약속한 대로 지불할게요."

정확히 두 배의 금액을 지불한 하윤은 곧장 택시에서 내려 그의 저택 앞으로 향했다. 마치 제 위치와 재력을 자랑하듯 그의 집은 으리으리한 외관을 자랑하고 있었다. 높은 담장을 올려다본 하윤이 손을 들어 벨을 꾸욱 눌렀다.

잠시 뒤, 대문이 열리고 조심스럽게 발걸음을 옮긴 그녀는 마당을 지나 저택 문 앞에 섰다. 반쯤 열린 문틈 사이로 고요한 정적이 흘러나왔다.

"뭡니까? 갑자기 안 누르던 벨을 다 누르고."

뒤돌아 약통을 정리하고 있던 민준이 시선도 마주하지 않은 채 입을 열었다. 제 뒤에 서 있는 사람이 하윤이라는 건 꿈에도 모른 채 말이다.

"기다리고 있던 사람이 있었나 보죠?"

그 목소리에 분주하던 손이 움직임을 멈췄다. 민준이 조심스럽게 몸을 돌려 하윤과 시선을 마주했다. 저를 보며 저의를 알 수 없는 미소를 짓는 그녀의 모습에 얼굴이 구겨지는 것도 잠시, 빠르게 표정을 갈무리한 민준이 감정을 감춘 채 입을 열었다.

"설마 날 미행한 겁니까?"

"그렇게 말씀하시면 서운하죠. 지나가다 우연히 아주버님을 봤거든요."

"우연이라……."

민준의 입꼬리가 비뚜름하게 올라갔다. 완벽하지도 않은 기억을 쫓아 이곳까지 따라온 하윤이 마음에 들지 않았다.

"뭐, 좋습니다. 상당히 재미있는 우연이네요."

그때였다. 하윤을 향해 대형견 한 마리가 다가왔다. 잘 손질된 털이 윤기를 뽐내며 제 위엄을 자랑하듯 찰랑거리고 있었다. 똑바로 선다면 하윤의 가슴까지 올 만큼 몸집이 큰 골든 레트리버였다.

"……!"

하윤의 동공이 세차게 흔들렸다. 그녀의 예상이 맞았다. 제 앞에서 꼬리를 흔들고 있는 개를 빤히 바라보던 하윤이 나지막한 목소리로 입을 열었다.

"개를 키우고 계실 줄은 몰랐는데. 이제 보니까 애견인이셨네요."

"제 사생활까지 세간에 공개해야 할 이유는 없으니까요."

"틀린 말은 아니네요."

그 윤기 나는 황금색 털을 보고 있자니 기억의 파편이 하윤의 뇌리를 강하게 찌르는 듯 머리가 아파 왔다. 고통스러운 느낌에 하윤이 잠시 주춤하며 인상을 찌푸렸다. 그 느낌은 얼마 가지 않아 정상적으로 돌아왔다.

"엄연히 절 만나러 여기까지 오신 손님인데, 대접은 해 드려야 하지 않겠습니까."

"대접을 해 주신다니 감사해요."

"가족인걸요. 앉으세요. 손님을 계속 세워 둘 순 없으니."

민준의 목소리가 상당히 소름 끼치게 다가왔다. 거의 반강제로 소파에 앉게 된 하윤은 입술을 잘근 깨물었다.

달칵. 고요한 가운데 문이 잠기는 소리가 크게 울려 퍼졌다. 그 소리에 하윤은 등골이 서늘해지는 것을 느꼈다.

잠시 뒤, 차를 내 온 민준은 테이블 위에 내려놓은 뒤 맞은편 소파에 다리를 꼬고 앉았다.

"제가 좋아하는 차입니다. 귀한 손님이 올 때만 대접하고 하죠. 여자 중엔 아마 제수씨가 처음일 겁니다."

서늘한 눈빛과 달리, 민준의 입매는 호선을 그리고 있었다. 보면 볼수록 서준과 닮은 그였다. 단 한 가지, 저 눈빛만 빼고 말이다.

"자. 그럼 이제 본론을 얘기해 볼까요."

차를 한 모금 들이켠 민준이 찻잔을 탁, 소리 나게 내려놓으며 말했다.

"왜 날 미행해서 이곳까지 따라왔는지."

평소와 사뭇 다른 얼굴이었다. 늘 저의를 감추고 웃는 얼굴로 하윤을 맞았다면, 오늘은 보다 솔직했다.

"적어도 날 실망하게 만들 대답은 아니었으면 좋겠는데."

그의 목소리에서 냉기가 느껴졌다. 이 집에 허락 없이 멋대로 발을 들인 사실만으로도 충분히 민준의 심기를 자극했을 터였다. 민준의 말에 하윤이 느릿하게 입을 열었다.

"본론이라……."

하윤이 기다란 손톱으로 찻잔 옆을 톡톡 두드렸다.

"저 개는 알고 있을까요?"

하윤이 고개를 비스듬하게 젖혔다.

"매번 꼬리를 살랑살랑 흔들며 반기는 제 주인이 어떤 사람인지. 과연 누가 다리를 망가뜨린 건지."

그녀의 말에 민준의 미간이 일그러졌다. 어디서부터 어디까지를 기억하고 있는 건지, 그런 건 중요하지 않았다. 그저 지금 이 순간 제 심기를 건드리는 하윤의 태도가 상당히 거슬릴 뿐이었다. 뭘 믿고 이렇게까지 당당할 수 있는 걸까.

"아무것도 모르는 채 주인에게 충성하는 개가 너무 불쌍하지 않나요?"

하윤이 민준과 시선을 똑바로 마주했다. 냉소를 짓고 있는 그녀의 입가에는 그를 향한 경멸과 분노, 그리고 혐오가 담겨 있었다.

"하……!"

끓어오르는 감정을 억누르려는 듯 민준이 깊은 한숨을 내쉬었다. 미세하게 떨리는 입가 위로 묘한 미소가 피어올랐다.

"내가 저 녀석 다리를 부러뜨리기라도 했다는 뜻입니까?"

한 글자, 한 글자 내뱉는 민준의 목소리에 싸늘함이 가득했다. 그의 시선이 쿠션 위에 올라가 휴식을 취하고 있던 릭에게로 닿았다. 주인의 시선에 제게 닿자 릭은 그저 민준을 향해 꼬리를 살랑살랑 흔들 뿐이었다.

그는 자신이 아끼는 반려견을 두고 함부로 왈가왈부한 것에 대해서 상당히 불쾌감을 느끼는 듯했다.

"그렇게 말씀하시는 근거를 물어도 됩니까? 궁금한 건 또 못 견디는 성격이라."

민준이 테이블 위로 찻잔을 내려놓았다. 자신의 저택에, 그것도 혼자서 찾아온 그녀의 대범함이 어디까지인지 궁금했다. 제 앞에 앉아 있는 이 여자가 과연 멍청한 건지, 똑똑한 건지 알고 싶었다. 모든 기억을 잃은 채, 벌거벗은 것이나 마찬가지인 원초적인 상태로 세상 밖으로 나온 여자였다. 그 용기가 얼마나 무모한 것인지 알려 주고 싶다는 마음이 일었다.

"아. 제가 아직 얘기하지 않았던가요?"

하윤이 의미심장한 얼굴로 입을 열었다.

"그날, 피를 흘리며 쓰러진 채 의식을 잃어 가던 그 순간에 당신과 눈이 마주쳤었죠."

그녀의 말에 민준의 눈동자가 세차게 흔들렸다. 사고 당시, 어두운 숲길 위를 달리기 위해 하윤은 자연스레 헤드라이트를 켠 채 차를 몰고 있었다. 그러던 중 갑자기 새하얀 무언가가 튀어나오는 바람에 미처 피하지 못하고 그것과 충돌했다.

하윤 역시 부상을 피할 수 없었다. 뜨거운 피가 관자놀이를 타고 흘러내렸다. 지끈거리는 머리를 부여잡고 차에서 내린 그녀는 마지막 힘을 다해, 저 멀리 쓰러져 있는 유연에게 다가갔다.

어둠만이 가득한 숲길, 인적 드문 도로 위에 유연이 쓰러져 있었다. 그녀의 주변으로 제 머리에서 흐르는 것과는 비교도

되지 않을 만큼 많은 양의 피가 도로를 물들인 상태였다. 하윤은 시야가 흐려질 때마다 고개를 가로저으며 의식을 놓지 않기 위해 애썼다. 그렇게 가까이 다가가 유연의 상태를 살폈지만, 그녀는 이미 숨이 멎은 상태였다.

그리고 그때였다.

"멀리서 한 남자가 걸어왔어요. 그게 아주버님이었다는 걸, 얼마 전에서야 알게 됐죠. 특유의 향수 냄새가 코끝을 찔렀거든요. 피비린내가 섞인 향수 냄새……."

하윤이 싸늘한 시선으로 그를 바라보았다.

"향수 냄새의 주인공이 당신이었다는 걸 알게 된 후, 문득 이런 생각이 들더군요. 내가 라이트 너머 본 새하얀 무언가가 어쩌면 동물일 수도 있겠다는 생각 말이에요."

"……!"

그녀의 말에 민준의 한쪽 눈썹이 꿈틀했다.

"만약 그렇다면 이상한 점이 하나 있죠. 사고 현장엔 한유연 사모님과 저, 둘뿐이었다는 사실이요."

쓰러져 있던 하윤과 유연을 본 민준의 행동은 딱 한 가지였다.

"만일, 내 차에 우선적으로 부딪친 게 정말 동물이었다면 그 흔적 역시 현장에 있어야 하는데 온데간데없이 사라진 상태였죠. 우연히 그곳을 지나가던 행인이 사고 현장을 목격한 거라면, 과연 무슨 이유로 사모님과 저는 그대로 내버려 두고 다친 동물만 수습해서 데려간 걸까요?"

제 모든 것을 꿰뚫어 보는 듯한 목소리에 민준의 미간이 한껏 일그러졌다. 아무것도 기억하지 못할 거라고 방심한 게 큰 실수였다. 아님 최소한의 작은 배려랍시고 하윤을 그냥 그 자리에 두고 온 게 화근이었을까.

"마치 누군가 의도적으로 사고 현장을 조작한 것처럼. 내가 고의로 한유연 사모님을 죽인 것처럼 만들기 위해서랄까."

이 여잔 그날 그 자리에서 생을 마감했어야 했다.

"그게 동물이었다는 건 어떻게 확신하는 겁니까?"

"처음엔 저도 확신하지 못했어요. 그런데 여기에 와서 깨달 았죠. 제 기억 속에서 튀어나왔던 새하얀 무언가가 뭐였는지."

"대체 뭘……!"

"바로 저렇게 빛났었거든요."

하윤이 손가락으로 쿠션 위에 편히 누워 있던 릭을 가리켰 다. 황금색 털이 창문에서 들어오는 강렬한 햇빛에 반사되어 새하얗게 빛나고 있었다. 누워 있는 개의 모습 위로 그날의 형 체가 겹쳐졌다.

"아무런 목적도 없이 행동을 하는 사람은 없어요. 당신이 그날, 사고 현장에서 개를 데리고 사라진 것처럼."

민준이 손에 쥔 찻잔이 달달 떨려왔다. 안에 있던 차가 불 안한 모양새로 일렁였다. 하윤은 그 모습을 보며 비릿한 웃음 을 지어 보였다.

"혹시 다른 근거가 더 필요하신가요? 이쯤이면 충분하다고 생각하는데."

민준을 향해 어깨를 으쓱해 보인 하윤은 조심스럽게 찻잔을 들어 한 모금 들이켰다. 찻잔에 가려져 있던 얼굴이 드러나자 그녀가 입꼬리를 말아 올려 미소 지었다. 꽤나 여유로운 모습 이었다. 그 모습을 잠자코 보고 있던 민준이 조심스럽게 입을 열었다.

"근거라……."

불현듯 몸을 일으킨 민준이 거실 창문에 달린 커튼을 치기 시작했다. 드넓은 거실에 햇빛을 전부 다 차단시켰다. 빛이 사라지니, 민준의 얼굴에 그림자가 드리워 더욱이 표정을 알 수 없게 되었다.

"릭은 현재 집에서 꾸준한 재활 치료를 받으며 잘 지내고 있습니다. 정성을 다해 사랑으로 돌봐온 아이죠."

그 행동에 하윤이 경계하듯 시선을 날카롭게 휘었다.

"끝까지 책임질 생각입니다. 다친 다리도 거의 다 나았을뿐더러 이 아이에게 전 없어선 안 될 소중한 주인이니까요."

자신이 유연을 죽이게 할 계획으로 이용한 '개'를 '사랑'이라는 말도 안 되는 포장지 속에 넣어 보살피고 있는 민준의 모습에 소름이 끼쳤다.

"그리고 그거 아십니까?"

그가 덤덤한 어조로 말을 이어 갔다.

"대부분의 사람들은 위험을 느끼면 피하거나 해결할 만한 대책을 세웁니다. 사람이란 이성적인 판단을 할 줄 아는 동물이니까요."

커튼이 내리쬐던 햇빛을 전부 가리자 거실 내부가 순식간에 어두워졌다. 소파 한편을 꽉 쥐고 있는 하윤의 손이 미세하게 떨려왔다. 창가 쪽에 서 있던 민준이 조심스럽게 하윤에게로 다가왔다.

"한유연……. 그 여자는 늘 제멋대로였어요."

민준이 그녀의 이름 석 자를 올곧게 발음했다.

"사람들은 참되고 품격이 올곧아 유현그룹과 제격이라고 말했지만 실상은 아니었지. 어렸던 날 친자식이 아니라는 이유로 학대하고 차별하고, 아버지가 있을 때만이 그 여자가 어미 노릇을 하는 유일한 순간이었어."

민준이 점점 격양된 어조로 말을 이어 갔다. 그에게 있어 '한유연'이란 여자는 자신의 모든 걸 앗아 간 악마일 뿐, 그 이상도 그 이하도 아니었다. 어린 시절에 당했던 학대는 지금의 민준의 모습을 만들었고 살인의 동기를 창조시켰다.

그룹에서 인정받지 못한 아이, 언제나 동생의 뒤를 쫓는 아이. 적자임에도 서자에게 밀려 아무런 영향력도 없는 아이. 처음부터 민준이 그렇게 무능력한 사람이었던 건 아니었다.

서준이 서자라는 이유로, 어미인 자신의 신분이 해가 될까 두려워 어렸을 때부터 두 형제를 차별해 온 유연이었다. 유연에게 있어, 민준은 그저 자신의 아들의 앞길을 막을 방해물 같은 존재였을 것이다.

민준은 유연의 그런 탐욕스러움과 저를 향한 경계를 일찍이 알고 있었다. 하지만 민준 역시 어린아이에 불과했다. 계모의 학대와 차별에 맞설 힘이 없었다. 민준은 그런 유연의 욕심이 낳은 괴물이었다.

"그래. 내가 죽였어."

원했던 답이었다. 목적을 이루니, 하윤의 손이 파르르 떨려 왔다. 제 감정을 드러내지 않기 위해 소파 가장자리를 꽉 쥐었다.

"그 여자를 죽여야만 내 직성이 풀릴 것 같았거든. 그 여자에게 하루라도 안 맞은 날이 없었어. 아무것도 모르는 강서준이 나한테 와 순수한 목소리로 말을 걸 때마다! 온몸에 벌레가 기어 다니는 기분이었다고!"

그의 눈가에 분노와 살기가 한데 섞여 하윤에게 닿았다.

"원래대로라면 너도 그날 죽었어야 했어."

그의 목소리에 하윤이 떨리는 마음을 진정시키려 속으로 마른침을 몇 번이고 삼켰다.

"머리에서 피를 흘리며 내게 손을 뻗던 네 모습이 아직도 생생한데 말이야. 운 좋게 생각보다 빨리 누군가에게 발견되어서 응급실로 실려 왔던 넌 몇 개월 동안 사경을 헤맸었지. 강서준이 아니었다면 진작 뇌사 판정을 받고 이 세상을 떴을 거야."

아무렇지도 않게 죽음을 말하는 민준의 모습에 소름이 돋았다.

"깨어난 뒤에 네가 기억을 잃었다는 사실을 알아채곤 날 거슬리게 하지 않는다면 굳이 죽이진 않아도 되겠다고 생각했어. 그리고 강서준은 네 존재를 필사적으로 세상에서 숨겼지."

민준이 광기 어린 웃음을 터트렸다. 그 기괴한 웃음소리에 하윤이 미간을 한껏 찌푸렸다.

잠시 뒤, 그의 살기 돋친 웃음이 멎고 삽시간에 얼굴을 굳힌 그가 하윤과 시선을 마주했다.

"넌 네가 똑똑하다고 생각하지."

칠흑 같은 어둠 속에서 민준이 할 발자국 더 가까이 다가왔다. 그 어둑한 공간 속에 민준과 단둘이 있다는 사실은 상당히 위협적으로 다가왔다. 그는 이미 제정신이 아닌 상태였다.

쨍그랑! 당황한 하윤이 소파에서 일어나 뒷걸음질 쳤지만 애꿎은 유리 찻잔만 손에 쓸려 깨져 버렸을 뿐, 더는 갈 곳 없는 벽이었다. 바닥에 흩어진 유리 조각이 그녀의 처지를 대변하는 것만 같았다.

"너도 그 여자랑 똑같잖아?"

민준의 커다란 손이 하윤의 볼을 천천히 쓰다듬었다. 그 손길에 머리끝부터 발끝까지 소름이 오소소 돋았다. 그가 다른 한 손으로 그녀의 허리를 확, 잡아당겼다.

"그런 네가 뭘 알겠어."

민준의 손길이 닿는 곳마다 근육이 경직되는 것처럼 몸이 굳어졌다. 유연과는 전혀 다른 하윤에게서 자꾸만 그녀의 얼굴이 겹쳐 보이는 듯한 착각이 일었다. 그 착각이 점점 더 민준을 자극하고 있었다. 그의 손길이 미끄러지듯 아래로 내려갔다.

"입이 열 개라도 할 말이 없잖아."

"……윽."

"안 그래?"

민준의 커다란 손이 목을 천천히 옥죄여 왔다. 숨이 탁, 막힘과 동시에 타들어 갈 듯한 갈증이 온몸을 에워쌌다. 엄청난 불길 속에 휩싸여 있는 듯한 느낌이었다.

"난 그런 너희들을 마땅히 벌한 것뿐이야."

"……으윽!"

숨통을 조여 오는 고통에 하윤이 발버둥 쳤지만 남자를 혼자서 감당해 내기엔 역부족이었다. 하윤의 목 위로 시퍼런 핏줄들이 솟구쳤다. 그녀의 목을 조르는 민준의 눈빛에서 진정한 살기가 빛났다.

바로 그때였다.

쾅! 거실 전체를 울릴 만큼 엄청난 굉음이 울렸고, 그 순간 하윤은 정신을 잃었다.

✛   ✛   ✛

천천히 눈꺼풀을 들어 올렸다. 정신을 차렸을 때 희미한 시야 속에 보이는 건 새하얀 병실이었다.

"죽지는."

……않았구나.

하윤은 미처 끝맺지 못한 말을 속으로 삼키며 안도의 한숨을 토해 냈다.

"정신이 좀 들어?"

순간, 익숙한 목소리가 귓가를 훑었다. 조심스럽게 고개를 돌리니, 입원실 침대 옆에 서준이 기대어 앉아 있었다. 자신을 향한 눈빛에 근심이 서려 있다.

"당신이 얼마나 원했던 일인지 알아."

격양된 감정을 누그러뜨리려는 듯 서준이 입술을 달싹였다.

"그래도 나하고 사전에 상의를 했었어야지."

약 한 시간 전. 회사로 오기로 했던 하윤이 비단 목적지를 바꾼 건 정말 순식간의 일이었다. 말릴 새도 없이 민준의 저택으로 향한 하윤 때문에 서준은 얼마나 마음을 졸였는지 모른다.

재빠르게 인력을 대기 시켜 기다렸다. 그러나 굳게 잠긴 문 사이로 민준과 하윤이 어떠한 대화를 나누고 있는지는 가늠

할 길이 없었다. 신호를 주기 전까진 절대 들어오지 말라는 하윤의 당부가 있었지만, 더 이상은 기다릴 수 없어 저택 안으로 들어갔다.

문을 부수자마자 서준이 마주했던 건 그곳에 쓰러져 있던 하윤의 모습이었다.

"심장이 내려앉는 느낌이었어."

서준의 시선이 힘없이 늘어져 있는 하윤에게 닿았다.

"우리 남 아니잖아."

그가 시선을 낮게 내리깔았다.

"당신 혼자 짊어져야 할 이유 없어. 적어도 그런 순간에 내가 당신을 지킬 기회는 줘."

하윤이 그의 말에 힘없이 미소 지었다. 복잡한 감정을 억누르려는 서준의 모습이 눈에 훤했다. 민준에 대한 분노, 그리고 하윤에 대한 걱정과 미안함. 그 모든 것들이 한데 섞여 깊은 한숨을 만들어 냈다.

그를 지그시 바라보던 하윤이 힘겨운 얼굴로 침대에서 몸을 일으켰다. 곧장 그녀에게 다가와 편안한 자세로 앉을 수 있도록 부축한 서준은 걱정 어린 눈빛을 보냈다.

"파일은 어디 있어요?"

"잘 보관하고 있어. 녹음이 아주 잘 됐더군."

"……다행이네."

하윤은 의식을 찾자마자 파일부터 찾는 하윤의 모습이 안타까웠다. 서준이 주머니에서 조심스럽게 녹음기를 꺼내었다. 민준의 집에 들어서기 전부터 가지고 들어갔던 것이다. 갑작스럽게 단독 행동을 한 하윤이 서준에겐 원망스러웠지만 결론적으로 제 범행을 자백하는 증거를 잡아냈으니 그녀로서는 속이 시원할 따름이었다.

"아, 그 개는요?"

"일단은 최 비서님께 부탁했어. 제대로 검사한 후에 동물 보호 센터에 맡기려고."

"다리 상태는 괜찮대요?"

"목숨이 붙어 있는 게 다행이라더군."

잠시 입술을 달싹이던 서준이 조심스럽게 운을 뗐다.

"살면서 단 한 번도 동물을 키워 본 적도 없었고, 동물원 근처엔 발걸음도 옮긴 적 없었어. 아니나 다를까 식탁 옆에 선반을 보니 약들이 가득하더군."

하윤이 미간을 찌푸렸다.

"알레르기 약이었지."

다리를 절고 있던 그 개는 예상대로 사고에 이용되었던 도구가 맞았다. 더 충격적인 건 에릭이 민준의 별장에서 발견한 것들이었다.

"중요한 건 그 한 마리가 아니었어."

"그게 무슨……?"

서준이 잠시 호흡을 가다듬었다.

"강민준의 별장 중 한 곳에서 총 스물일곱 마리의 개가 발견되었어. 한쪽 벽면을 꽉 채우고 있었지."

"벽면을 채우다니요?"

"마치 예술품이라도 전시해 놓은 것처럼 말이야."

하윤의 동공이 세차게 흔들렸다. 부디 제 짐작이 빗나가길 바랐다.

"당신 생각이 맞아. 전부 다 박제 시켜 놓았더라고."

충격으로 인해 미간이 절로 일그러졌다. 거실 벽면을 가득 채운 개들은 전부 민준에게 이용된 후 목숨을 잃고 박제된 것들이었다.

"한 치의 오차도 없이 사고를 조작하기 위해 수없이 많은 연습이 필요했겠지."

"예상은 했지만 아무리 그래도 어떻게……."

민준은 자신의 욕심을 위해서 무고한 생명을 여럿 죽여 놓고 그걸 보란 듯이 박제해 놓았다.

"가장 잘 보이는 거실 벽면에 전시해 놓았더군."

"매일같이 그걸 보면서 자신이 이겼다는 걸 되새기고 싶었던 거겠죠."

"그렇겠지. 날 내리쳤던 의자를 버리지 않고 보관해 두었던 것처럼."

"일반적인 사고방식으로는 절대 이해할 수가 없는 행동이에요."

미간을 좁힌 하윤이 심각한 목소리로 대답했다. 아무리 제 동생에 대한 질투와 시기가 그를 괴물로 만들었다고 해도, 정상적인 사람이라면 그렇게까지 잔인할 수 없었을 것이다.

"박제된 개를 볼 때마다 어머님을 죽였다는 사실을 되새기면서 쾌감을 느꼈다고 생각하면……."

그 모습을 상상하니 치가 떨렸다. 하윤이 몸을 부르르 떨었다. 제 목을 조여 오던 민준의 손길이 아직도 남아 있는 것 같다는 착각이 일었다. 하윤이 공포심에 몸을 움츠렸다. 조심스러운 손길로 제 목 부근을 쓰다듬던 그녀가 입술을 잘근 깨물었다.

"만만하게 볼 상대가 아니야. 눈 하나 깜빡하지 않고 지난 1년을 아무것도 모르는 척 살아온 놈이니까."

그랬기에 그 집에 홀로 둔 하윤을 미치도록 걱정했다.

"지금이 아니면 영영 기회를 놓쳐 버릴 것 같았으니까요."

"그래도 당신의 안전보다 중요한 건 없어."

"그렇게 말해 주는 건 고맙지만 내겐 그 무엇보다 중요한 일이었어요."

하윤의 침대 위로 가까이 다가온 서준이 조심스럽게 시선을 내리깔았다. 마른 장미처럼 핏기가 없는 입술은 건드리면 부서질 듯 아슬아슬해 보였다.

"아무래도 내 어머니와 강민준 사이에 무언가 내가 모르는 일이 있었던 건 아닌지, 하는 생각이 들어."

단순한 질투심이라 하기엔 지나쳤다. 민준을 그렇게까지 잔인하게 만든 '절대적인' 사건이 있을 거라 생각했다. 어린 시절, 유연에게 받았던 학대. 그 학대가 지금의 민준을 이토록 잔인하게 만들었던 것이다.

"실은……."

하윤이 메마른 입술을 조심스럽게 달싹였다.

"당신이 모르는 학대가 있었던 것 같아요."

"학대?"

그의 미간이 일그러졌다.

"어머님께 매일같이 맞았다는 얘길 하더라고요. 아무것도 모르면 그냥 가만히 있으라고."

처음 듣는 얘기였다. 민준이 제 어머니께 학대를 당했다는 사실은. 서준의 손끝이 파르르 떨려왔다. 머릿속이 멍했다.

"더 자세한 건 확인을 해 봐야 알겠지만 어머님께서 서자인 당신에게 해가 될까 싶어 어린 강민준을 학대한 게 아닌가 싶어요."

"어떻게 그런……!"

당황스러운 듯, 서준의 동공이 세차게 흔들렸다. 모든 게 혼란스러웠다. 저만 알지 못했던 세상을 알게 된 기분이었다. 묵직한 감정이 제 심장을 옥죄여 왔다.

"당신한테 이런 말을 어떻게 꺼내야 할지는 모르겠지만…… 강민준은 아무것도 모르는 순수한 목소리로 당신이 말을 건넬 때마다 온몸에 벌레가 기어 다니는 것 같다고 했어요."

하윤이 걱정스러운 얼굴로 그를 응시했다.

"유년 시절에 당한 학대가 아무래도 삐뚤어진 인격을 낳은 것 같고요."

유연은 냉정한 성격이었다. 자신에게 해가 될 만한 것들은 전부 다 사전에 차단했고, 사건에 개입했던 것도 그런 이유에서였을 거라 생각했다.

"하윤아."

불현듯 그가 낮은 음성으로 하윤의 이름을 불렀다.

"미안해."

서준이 털썩, 무릎을 꿇었다. 갑작스러운 그의 행동에 놀란 듯, 하윤이 눈을 동그랗게 떴다. 곧장 그에게 다가가 팔을 이끌었지만 그는 꿈쩍도 하지 않았다. 고개를 푹 숙인 모습에서 그가 느끼고 있는 감정이 느껴졌다.

"정말 당신을 볼 면목이 없어. 모든 게 다……."

메마른 목소리가 힘없이 갈라졌다.

"정말 미안해."

제 아내라는 이유로 자신이 겪었어야 할 모든 비극이 하윤에게로 향한 것 같았다. 말로 형용할 수 없는 죄책감이 그를 짓눌렀다.

어디서부터 잘못된 걸까.

"난 정말 괜찮아요."

"……."

"처음부터 누명을 벗고 당신 옆에 떳떳하게 있을 수 있었으면 좋겠다는 마음, 그뿐이었어요."

하윤이 몸을 숙여 서준의 어깨를 부드럽게 감싸 안았다. 절대 그의 잘못이 아니었다.

"그냥 난 당신한테 고마워요."

애정 어린 목소리로 작게 속삭였다.

"폭력에 노출된 상황 속에서 그저 잘 버티고 반듯하게 자라 줘서."

민준처럼 괴물이 되지 않아서. 홀로 잘 견뎌 줘서.

"USB는 당신이 하고 싶은 대로 해요. 나는 당신한테서 내 누명 벗은 걸로 충분하니까, 그 이상의 선택은 당신한테 맡길게요."

하윤이 그를 따뜻하게 안아 주었다.

"난 당신이 어떤 선택을 하든 존중해요."

이 상황에서 누구보다 복잡할 그에게 짐이 되고 싶지 않았다.

이제 선택은 오로지 서준의 몫이었다.

✠　　　✠　　　✠

서준은 민준이 제 범행을 자백하는 내용을 담은 USB 손에 꽉 쥐었다.

차에서 내린 서준이 곧장 발걸음을 옮겼다. 어두컴컴한 창고 안에는 매캐한 공기가 자욱했다. 그 낯익은 습도와 곰팡이는 이전에 서준이 뒷얘기를 흘리고 다녔던 이름 모를 기자를 데려왔던 곳이었다.

달라진 게 있다면 기자 대신 마주하고 있는 게 민준이라는 것 정도랄까. 서준은 평소와는 사뭇 다른 얼굴이었다.

"보여? 네가 범행을 자백하는 음성이 담긴 USB야."

하윤이 없는 자리에선 지극히 이성적이고 냉철한 사람이었다.

"모를 리가 없지. 내가 바보도 아니고."

"아버진 아무것도 모르셔."

"당장 가서 얘기해. 내가 네 엄마를 죽이고 민하윤도 죽이려고 했다고."

민준이 차갑게 조소를 내뱉었다. 두려울 게 없는 모습이었다.

대체 어떤 것들이 그를 이렇게까지 괴물로 만든 것일까. 아무렇지도 않게 그 얘길 입에 담는 민준의 모습에 서준은 차오르는 감정을 애써 억누르며 손을 떨었다.

"네가 원하던 거였잖아? 뭘 망설여."

"당신의 친자식이 이 모든 비극을 만들어 냈다는 걸 알면 가슴이 얼마나 찢어지실까."

"그래. 그 잘난 아버지의 잘난 아들."

"……."

"나 같은 건 안중에도 없었지."

비웃음 섞인 목소리가 창고 안에 울려 퍼졌다. 민준은 실성한 사람처럼 웃기 시작했다. 그 웃음 속에 담긴 많은 감정들이 허공으로 애처롭게 흩어졌다.

"청부업자를 고용해서 널 죽일까 생각했어."

싸늘한 음성 속에 많은 감정이 담겨 있었다. 지극히 이성적으로 한 글자 한 글자를 내뱉는 듯했지만, 가슴 깊은 곳에서부터 강한 살기가 올라왔다.

"대체 왜 그랬어."

자신의 어머니를 죽이고, 그것도 모자라 제 범행에 하윤을 도구로 쓰기까지 한 그 극악무도한 행동을 어떻게 용서할 수 있단 말인가.

"차라리 날 때렸어야지. 날 죽이려 했어야지!"

퍼억. 둔탁한 소리와 함께 주먹이 내리꽂혔다. 이미 만신창이가 된 민준의 얼굴을 우악스럽게 잡아 올렸다. 곳곳에 묻은 피가 거뭇하게 말라가던 상태였다.

"내가 하윤이 손을 잡고 집을 나섰을 때 내 꼴을 보면서 얼마나 우스웠을까."

서준의 목소리가 조금씩 떨리기 시작했다. 민준과 사이가 좋지 않았던 건 맞지만 단 한 번도 제 형을 이토록 증오해 본 적은 없었다.

"대체 왜 그랬냐고!"

원망스러움이 한껏 묻어나는 목소리였다. 하윤을 끝까지 지키려 했던 자신을 보면서 그간 민준이 무슨 생각을 했을지 너무도 원망스러웠다. 그의 선택 한 번에 모든 게 무너진 것 아니던가.

"넌 모르겠지."

거친 숨을 몰아쉬던 민준이 서준을 올려다보며 힘겹게 입을 열었다.

"첩의 자식 주제에 모든 사랑과 관심을 다 가져간 네가 뭘 알겠어. 온실 속 화초처럼 귀하게 자란 네가 뭘 알겠느냐고."

불현듯 민준이 실소를 터트렸다. 입가에 난 상처가 또 한 번 벌어지며 새빨간 피가 흐르자 민준이 손바닥으로 닦아내듯 쓸어내렸다.

"매일 밤 아무 잘못도, 이유도 없이 맞아야 했던 내 마음을 네가 알아?"

민준이 삽시간에 표정을 굳혔다.

"진짜 악마는 내가 아니라 네 잘난 엄마야. 그 여자가 날 벌레 보듯 하며 매일 밤 때렸다고! 아무런 이유도 없이!"

서준의 시선이 갈 곳을 잃은 것처럼 흔들렸다. 그가 제 손을 꽉 쥐었다.

"매일 밤 혼자 울어야 했던 내 심정을 네가 알아?"

악에 받친 목소리가 새어 나왔다.

"어둠으로 자라야 했던 내 심정을 감히 네가……."

"그러니까 얘길 했어야지."

서준의 날카로운 목소리가 파고들었다.

"아버지한테 도움을 청하든 나한테 얘기를 하든 했어야지. 대체 왜 그걸 하윤이한테······!"

한껏 격양된 감정이 활화산처럼 솟아났다. 그의 목소리 끝에 떨림이 묻어났다.

"난 그저 해야 할 일을 한 것뿐이야. 네 엄마한테 당하고 산 지난날에 대해서 복수를 한 것뿐이라고!"

이미 군데군데 살갗이 터져 피가 묻어난 몸을 더 이상은 지탱하고 있기 힘들었는지 민준이 먼지가 서린 창고 바닥에 힘없이 드러누웠다. 그에겐 아무런 의욕도 남아 있질 않았다.

"후회 같은 거 안 해. 태어나서 내가 한 짓 중 가장 잘한 짓이니까."

먼지 바닥에 누워 있던 민준이 고개를 돌렸다. 창고 한구석에 있는 조그마한 남자아이의 모습이 겹쳐 보였다. 구석에 쭈그리고 앉아 공포에 떨고 있던 모습, 한껏 웅크린 채 두려움으로 에워싸인 남자아이의 모습이 보였다. 가슴 한편이 아려 왔다.

"내 인생은 누가 보상해 주나."

민준이 두 눈을 지그시 감았다. 눈을 감은 채, 그가 차가운 실소를 터트렸다. 공허한 웃음이 창고를 가득 채웠다. 그 모습에 잠시 마음이 흔들리는 듯, 서준이 목울대를 달싹였다.

그러나 이내 주먹을 꽉 쥐며 민준에게서 등을 돌렸다.

"그게 네가 저지른 범행을 정당화하는 이유가 될 수는 없어."

한껏 가라앉은 목소리로 입을 열었다.

"아무런 죄도 없는 하윤이는 내 아내라는 이유만으로 의식을 잃은 채 생사의 길에 놓였지. 깨어난 후에도 기억을 잃고 매일을 괴로워했고, 지금 이 순간에도 죄책감에 억눌려 살아."

주먹을 꽉 쥔 탓에 손톱이 살갗을 짓눌렀다.

"그리고 네가 내 어머니를 죽였다는 사실도."

"……."

"폭력을 당했다고 해서 네가 저지른 범행이 미화되는 건 아니야."

서준의 입술 끝이 파르르 떨렸다.

"나 역시 어린 시절 너한테 수없이 폭력을 당했지만 너처럼 되진 않았어. 적어도 내가 받은 상처를 누군가에게 똑같이 주고 싶진 않았거든."

혼란스러웠던 감정을 정리한 듯, 서준은 싸늘해진 시선을 내리깔았다. 그의 눈자위엔 어떤 미동도 일지 않았다. 서준이 발을 뗐다. 창고 밖으로 천천히 걸어 나갔다.

같은 환경, 다르게 자란 두 아이.

폭력 속에 자란 두 아이는 결국 끝과 끝에서 서로를 마주 보고 있었다.

15화

죄의 무게

지그시 감은 눈 사이로 옛 기억이 피어올랐다. 민준과 어긋나기 전, 여느 형제들과 같은 사이였을 때를 떠올렸다. 다들 그렇듯 종종 싸우고 다투었던 건 사실이지만, 서로 정을 나누고 함께했던 시간들 역시 결코 적지 않았다.

"······."

서준은 여전히 말없이 의자를 젖혀 기대어 있었다. 1년 전 겪었던 악몽이 다시 떠오르는 듯 힘들어 보였다. 그땐, 그 순간만 잘 버텨내면 모든 게 다시 평화로워질 줄 알았다. 하지만 새롭게 알게 된 잔인한 진실들이 서준을 다시 한번 괴롭혔다.

"이사님."

나지막하게 저를 부르는 현석의 목소리에 그가 조심스럽게 눈을 떴다.

"괜찮으십니까? 안색이 안 좋아 보이십니다."

현석의 걱정 어린 목소리에 그가 젖혔던 의자를 바로 세웠다. 커다란 손으로 핼쑥해진 얼굴을 한번 부드럽게 쓸어내렸다.

"그냥 이것저것 생각할 게 좀 많아서요."

"어떻게 하실 생각이십니까."

지그시 묻는 목소리에 섣불리 대답을 할 수가 없었다. 애초에 유연을 살해할 목적으로 하윤을 도구로 쓴 민준이, 그 모든 사고 현장을 계획했다는 그 사실을 어떻게 받아들여야 할지 마음이 무거웠다. 지난 세월 동안 아무것도 모른 채 살아왔다는 사실이 서준을 힘들게 만들었다.

잠시 뒤 몸을 일으킨 서준이 소파 쪽으로 발걸음을 옮겼다.

"최 비서님, 앉아 계세요."

뒤쪽 선반에 놓인 트레이드를 가져온 서준은 테이블에 차를 세팅하기 시작했다. 어느덧 어엿한 성인이 되어 한 기업을 이끌어 갈 자리에 있다는 게 새롭게 느껴졌다.

"아주 어렸을 적에."

"……."

"기억 한편에 형이랑 재밌게 뛰어놀던 기억이 있어요."

손에 찻잔을 쥔 서준이 조심스럽게 이야기를 꺼냈다.

"정원에서 함께 공을 차기도 하고, 종이비행기를 접어 날리기도 했었죠. 그랬었는데, 대체……."

언제, 어떻게 민준과 사이가 틀어지고 엇갈린 건지는 정확하게 기억나지 않았다. 한 가지 확실한 건 어릴 때부터 저와 그는 항상 경쟁을 해야 하는 위치에 놓여 있었다는 것이다.

"누구보다 저와 형을 강하게 키우고 싶어 했던 아버지께선 어릴 적부터 저희를 엄한 잣대로 교육시키셨습니다. 하지만 단 한 번도 형과 저를 차별해서 대우하신 적은 없었죠."

"회장님께선 그릇이 큰 분입니다. 사장님과 이사님을 차별하실 분은 아니셨죠."

"그래서 전 그게 전부인 줄 알았습니다."

"⋯⋯."

"제가 보는 것 그대로 말이에요. 아주 크나큰 착각이자 오만이었죠."

서준이 테이블 위로 찻잔을 탁 내려놓았다. 하윤에게조차 쉽게 말할 수 없었던 마음의 짐을 현석의 앞에서 조금씩 털어놓고 있었다.

"단순히 저를 향한 형의 자격지심 때문에 우리 사이가 멀어졌다고 생각했어요."

깔끔하게 정돈된 머리칼에 에어컨 바람에 일렁였다. 몸을 일으켜 창가 쪽으로 간 서준은 나지막한 시선으로 창밖을 응시했다.

"그 가운데 어머니가 있을 거라곤 생각도 하지 못했으니까요."

"저 역시도 미처 예상하지 못했던 사실입니다. 누구보다 유현그룹에 오래 몸을 담고 있었는데도 말입니다."

"정체성이 제대로 형성되지 않았을 유년 시절의 학대가 어렸던 형에겐 더욱 크나큰 충격으로 다가왔을 거고요."

착잡한 심정이 그의 얼굴 위로 드러났다. 그 감정은 오로지 서준만이 이해할 수 있는 감정이었다.

"그러니 당연히 올바른 인격으로 자랐을 리도 없고요."

이전에 하윤이 만났던 경비원의 말은 사실이었다. 유연은 겉으론 윗사람의 그릇을 가지고 있는 것처럼 보였어도 제 욕구를 위해서라면 다른 사람에 대한 존중은 일절 없었던 사람이다.

"어머니는 제가 형에게 밀릴까 봐 두려웠던 걸까요."

서준이 힘없이 건조한 실소를 내뱉었다.

"그게 아니면, 제가 경영 다툼에서 밀려 힘을 잃게 되었을 때, 자연스럽게 어머니의 위치까지 흔들리게 될까 봐, 그게 두려웠던 걸까요."

서준의 입가에 쓸쓸함이 한가득 묻어났다. 1년 전 있었던 그 사고로 얼마나 힘들어했었는지 당시 느꼈던 고통이 아직까지도 생생하게 남아 있었다.

"최 비서님도 아시다시피 그때, 정말 힘들었습니다."

"가까이서 지켜본 제게도 그 고통의 무게가 고스란히 느껴질 정도였으니……. 충분히 이해합니다."

찬란할 줄로만 알았던 하윤과의 앞날도 무자비하게 망가져 버렸고, 자신을 낳아 주신 어머니 유연 역시 세상을 떠났다. 하윤을 데리고 집을 나섰을 때 제게 쏟아지던 아버지의 원망스러운 눈길과 민준의 비웃음까지. 그걸 견뎌 내는 건 오로지 서준의 몫이었다.

"그래도 잘 추스르고 이겨 냈으니 지금 이 자리에 앉아 계시는 것 아니겠습니까."

"이게 맞는 건지 잘 모르겠어요."

"이사님께선 충분히 잘 해내고 계십니다."

더 이상 노력하지 않아도 된다는 듯한 격려의 목소리가 이어졌다. 당시 하윤에게 씌워졌던 누명 역시 벗겨졌고. 진짜 사고를 낸 사람은 민준이라는 사실이 밝혀졌다.

그럼에도 불구하고, 마음 한편이 무겁게 그를 짓눌렀지만.

"있는 그대로 세상에 밝힐 겁니다."

그렇게 하는 게 민준을 위해서도 옳은 일이라 생각했다.

"그 어떤 것도 숨기지 않고, 모든 걸 전부요."

서준이 조심스럽게 주머니 속에서 USB를 꺼내 손가락 사이에서 부드럽게 굴렸다. 다시금 창가 쪽으로 몸을 돌린 그가 씁쓸한 시선으로 창밖을 내다보았다.

✛　　✛　　✛

다음 날, 하윤은 여전히 병원에 있었다. 절대적인 안정이 필요하다는 의사의 소견이 있었기 때문이다. 서준은 곧장 그녀가 입원해 있는 병실을 찾았다.

"어? 벌써 왔어요?"

"응. 잠깐 동물 병원에 들러서 사인만 좀 하고 왔어."

"안 그래도 최 비서님께서 전화 주셨어요."

"다행히 입양하고 싶다는 분이 계시더라고. 정말 잘된 일이지."

"그러게요. 상처가 있는 아이라 걱정을 많이 했는데……."

하윤은 제 일인 것처럼 좋아했다. 그때, 서준의 눈에 그녀의 아랫입술이 살짝 부르튼 게 눈에 들어왔다.

"입술이 다 텄군. 바를 거라도 챙겨 올 걸 그랬나."

부르튼 입술을 부드럽게 쓰다듬던 서준이 다정한 목소리로 입을 열었다. 갈라져서 거칠어진 입술을 보니 미안한 마음이 한층 더 강하게 몰려왔다.

"그런 게 왜 필요해요."

"응?"

"더 좋은 게 있는데."

불현듯 제 옆에 앉아 있는 서준을 잡아당긴 하윤이 조심스럽게 입을 맞췄다. 약품 냄새와 더불어 그녀의 잔잔한 체향이 온몸을 휘감듯 에워쌌다. 기분 좋은 감촉이 이어졌다. 나지막하게 올라가는 입꼬리는 어쩔 도리가 없었다.

"반칙이지."

입술을 뗀 하윤을 바라보던 서준의 잇새로 낮은 음성이 새어 나왔다.

"응? 뭐가요."

"이런 건 어린 애들이 하는 거고."

"……"

"우린 어른이잖아."

제 손목을 잡아당기는 서준의 모습에 헛웃음이 났다. 가벼운 입맞춤에 내심 실망한 듯 다른 걸 요구하는 듯한 눈빛이 이어졌다. 그 모습이 마치 주인에게 애원하는 대형견 같다는 느낌이 들었다. 이에 개의치 않는다는 듯 하윤은 미소와 함께 침대에서 몸을 일으켰다.

"얼른 퇴원 수속 밟아 줘요. 아무렇지 않은 내가 여기서 시간 낭비하고 있을 이유는 없으니까."

민준의 범행을 대변할 증거를 찾아냈다고 해서 모든 게 끝난 건 아니었다. 제 결백은 증명했다고 하더라도 시연의 누명을 벗겨 내려면 살인 사건의 진범을 반드시 밝혀내야만 했다.

"어? 머리끈이 어디 있을 텐데……."

한 손으로 머리를 묶어 든 하윤이 침대 옆에 놓인 작은 탁자에서 머리끈을 찾기 시작했다. 좀처럼 보이지 않는 건지 서랍들을 뒤적거리고 있던 그 순간이었다.

"어, 엄마야!"

놀란 듯 잇새로 작은 비명이 튀어나왔다. 제 허리를 강하게 잡아당기는 손길에 의해 다시금 침대에 앉혀졌다. 그 탓에 한 손으로 고정시키고 있던 머리칼들이 다시 흩날리듯 내려왔다. 찰랑거리는 머리칼에서 기분 좋은 샴푸 냄새가 물씬 풍겨 나왔다.

"어딜 가."

"아니 잠깐만요. 머리 좀 묶……."

"내가 묶어 줄게."

"응?"

"그러니까, 하던 거마저 하자."

씨익 웃어 보인 서준이 눈을 동그랗게 뜨고 저를 바라보고 있는 하윤의 여린 몸을 잡아끌었다. 아직 핏기가 없는 그녀의 입술에 조금 더 생기를 불어넣어 주고 싶다는 욕구가 한가득 일었다.

조심스럽게 그녀와 입술을 맞물렸다. 그 부드러운 살결을 헤집는 모습이 마치 제 것이라고 마킹을 해 두는 것처럼 보였다. 아무도 건드릴 수 없게, 그 누구도 넘볼 수 없도록 확실한 도장을 찍는 듯한 모양새였다. 하윤의 잇새로 옅은 탄성이 터져 나왔다. 서준에게만 지나치게 솔직한 반응을 보이는 제 몸이 놀라울 따름이었다.

"키스 하나로 이렇게 달아오르게 만드는 사람은 아마 당신 밖에 없을 거야."

하윤이 입매를 휘어 보이며 말했다.

"약속해요, 빨리 퇴원 수속해 주겠다고. 답답하단 말이에 요."

"알겠어."

못 말린다는 듯 웃어 보인 하윤은 서준의 등을 떠밀었다.

곧장 퇴원 수속을 끝낸 하윤은 짐을 챙겨 병실을 나왔다. 찌는 듯한 더위가 이어졌지만 여유롭게 밤거리를 거니는 그들 의 얼굴에선 행복한 미소가 피어올랐다. 하윤이 구두를 신었 다는 걸 알기에 걷는 속도를 한껏 늦춘 상태였다.

"다리 아프진 않아?"

"변호사 시절엔 이것보다 높은 거 신고도 잘 뛰어다녔는걸 요."

"하긴 각선미는 절대 포기 못 한다고 그랬었지."

떠오른 기억에 서준이 나지막하게 미소 지었다. 나란히 잡 은 두 손이 기분 좋게 일렁였다. 어느 타이밍에 어디서부터 얘 기를 할지 고민하는 중이었다. 그녀와 발맞춰 나란히 걷던 서 준이 앞에 있는 벤치를 가리키며 물었다.

"잠깐 앉았다 가자."

인적이 드문 공원길이었다. 은은한 불빛을 뿜어내는 가로등 아래 놓인 벤치가 앉았다 가라는 듯 가지런하게 정돈되어 있 었다. 은은한 바람이 불어와 하윤의 머리칼을 흔들었다. 그와 벤치에 나란히 앉아 있자, 하윤은 돌연 유앤미 로펌에 들어갔을 적 기억이 떠올랐다.

"로펌에 입사했을 때, 처음 겪어 보는 환경에 엄청 힘들었어요."

작고 허름한 보육원에서 나고 자란 하윤에게 어렸을 때부터 부모를 따라 엘리트 코스를 밟아 온 이들은 마치 다른 세상에 사는 사람들 같았다.

같은 신입이어도 그건 같은 게 아니었다. 저와 달리 그들의 앞길은 탄탄대로가 보장되어 있었다. 윗선에서 잘 봐달라는 말들이 허구한 날 내려왔고 자신들의 이름보단 누구의 아들, 누구의 딸로 불리는 게 익숙한 사람들이었다.

"아무래도 보육원에서 나고 자란 나로서는 낯설 수밖에 없는 환경이었으니까요."

씁쓸하게 웃어 보인 하윤이 말을 이었다.

"솔직히 가끔 부럽기도 했어요. 나는 악착같이 노력해서 겨우 들어왔는데, 그러고도 아슬아슬하게 버티고 있는데…… 그들은 아니었으니까요."

"그랬구나. 난 당신이 항상 당당하고 씩씩한 줄로만 알았는데."

"그렇게 보이려고 애썼죠. 그러지 않으면 정말 세상에 내 편은 아무도 없다는 걸 인정하게 될까 봐. 그래서 무너질까 봐."

서준은 애정 어린 눈빛으로 그런 하윤을 바라보았다.

"그때 당신이 일 마치고 데리러 와주는 게 그렇게 힘이 됐는데."

"항상 서류 더미에 쌓여서 잠들어 있었지."

"기억하네요?"

"그럼. 나한텐 당신 모습 하나하나가 소중한 추억이야."

그 추억의 중심에 항상 서준이 함께 있었다는 사실이 늘 고마웠다. 그가 부드럽게 하윤의 머리칼을 쓰다듬었다. 어루만지던 손길을 아래로 내리며 그녀와 시선을 마주했다.

"어머니가 당신이 맡았던 사건에 어떤 이유로 개입한 건지, 그것까지 확실하게 밝혀지면 모든 걸 공개하려고 해."

"그 USB 말이죠?"

"응."

잠시 무거운 침묵이 내려앉았다. 가장 큰 이유는 죄를 지은 민준에게 마땅한 죗값을 치를 '마지막 기회'를 주기 위해서였지만 하윤을 위해서도 그게 옳은 거라 판단했다. 아직도 암암리엔 하윤과 유연에 대한 소문이 나돌았기 때문이다. 그 모든 걸 확실하게 잠재우기 위해선 사실을 밝혀야만 했다.

"아마 그룹 이미지에 타격이 클 거예요."

"그런 것쯤은 아무렇지 않아. 당연히 감수해야 할 부분이고."

걱정하지 말라는 듯 서준이 그녀의 등을 토닥였다.

"내키지 않으면 묻어도 괜찮아요. 난 이미 그 사람을 용서했으니까."

제 삶을 송두리째 망가트린 그 사고가 미치도록 원망스러웠지만, 어쨌든 그녀는 근본적인 문제에서는 한 발자국 떨어져 있는 사람이었다. 모든 건 민준과 서준, 그리고 유연의 관계로부터 시작된 일이니까.

"그러니까 나 때문에 그러는 거라면 그러지 않아도 돼요."

서준이 유현그룹을 대표하는 멋진 기업인으로 성장할 동안 민준은 그의 발밑에 있었다. USB가 세상에 공개된다면 민준의 인생은 정말 끝이나 다름없었다. 그걸 알기에 조심스럽게 다시 한번 확인했다.

"아니. 당신 때문만이 아냐."

그러나 서준은 단호했다.

"죗값을 치를 기회를 주는 거야. 강민준을 위해서."

이미 나락으로 떨어진 그의 인생을, 반대로 끌어올려 줄 수 있는 기회였다.

"정당하게 죗값을 치르고…… 시간이 지나고 나면, 그땐 정말 자기 인생을 살 수 있겠지."

서준이 굳은 의지가 묻어나는 목소리로 대답했다. 그리고 그날이 오면 멀리서라도 서로를 마주 볼 수 있길 바랐다.

✣   ✤   ✣

다음 날, 세상이 온통 유현그룹에 관한 이야기로 떠들썩했다.

〈유현그룹 故 한유연 여사, 억울한 죽음의 원인?〉
〈세상에 공개되지 않은 유현그룹의 비극…….〉
〈강욱진 회장의 장남 '강민준' 사장. 그는 왜 그런 선택을 했나.〉

자극적인 타이틀로 이루어진 기사들이 수도 없이 쏟아졌다.

덩달아 하윤의 이름도 실시간 검색어에 오르내리는 중이었다. 민준이 분양받았던 스물여덟 마리의 개, 그리고 사고 당시 하윤이 끌었던 차는 법원에 증거물로 제출되었다. 더불어 민준의 집과 별장 역시 검찰의 수색을 피하지 못했다. TV에서는 그가 구속되는 모습이 방송되고 있었다.

—한유연 여사에게 원한이 있었던 겁니까?

—사고로 인해 강서준 이사의 아내까지 피해를 입었다고 하는데 정말입니까?

—강서준 이사에 대한 질투에서 비롯된 일인가요?

—경영 다툼을 앞두고 그런 선택을 하신 겁니까?

—마지막으로 하실 말씀 없습니까?

기자들의 수많은 질문들이 쏟아졌다. 그들은 먹잇감을 발견한 맹수처럼 달려들었다. 민준은 고개를 숙인 채 그 어떤 대답도 내놓지 않았다.

"당분간은 취재진들을 피할 수 없을 겁니다. 자극적인 이슈를 찾는 사람들한텐 이보다 더 흥미로운 이야기가 없을 테니까요."

TV를 끄며 서준이 조심스럽게 입을 열었다.

"기존에 사용하시던 번호는 아마 불통이 될 겁니다. 급하게 연락을 해야 할 땐 이걸 사용하시고요."

서준이 개통한 휴대폰 세 대를 테이블 위로 내려놓았다.

"이 번호는 안전할 겁니다."

"회장님께선 좀 어떠십니까?"

증거를 제출하고 민준에게 소환장이 날아오기 전, 욱진에게
먼저 이 모든 사건에 대해서 얘기했었다. 충격이 컸는지 소식
을 들은 욱진이 결국 쓰러졌다는 이야길 전해 들은 현석이 우
려 섞인 목소리로 조심스럽게 물었다.

"병원에서 회복 중이십니다. 아버지께서도 충격이 상당하
셨겠죠."

"기자회견은 그대로 진행하시는 겁니까?"

욱진에게도 수많은 기자회견 요청이 쏟아졌다. 그러나 큰
충격으로 인해 쓰러지는 탓에 일단은 모든 일정을 취소하고
병실에서 몸을 회복하는 중이었다.

"지금 상황에서 기자회견은 무리인 것 같고, 아마 대리인
통해서 입장만 전달하실 것 같습니다."

"아무쪼록 잘 회복하셔야 할 텐데 말입니다."

"괜찮을 겁니다. 강인하신 분이니 금방 털고 일어나실 거예
요."

집무실 내부에 잠시 침묵이 내려앉았다. 정적을 가르며 서
준이 본론을 꺼냈다.

"중요한 건 저희에게 아직 해결해야 할 일이 남아 있다는
겁니다. 사고에 관한 진실은 밝혀냈지만, 기유민 살인사건에
대한 범인은 찾지 못했으니까요."

한쪽에 펼쳐져 있던 신문을 곱게 접어 내려놓았다. 서준이
제 두 손을 맞잡았다. 조심스럽게 몸을 일으켜 구석에 두었던
화이트보드를 소파 옆으로 옮겼다.

기유민 살인 사건에 대한 내용을 적어 두었던 그 보드였다.
강민준이 구속되었다고 해서, 하윤의 누명을 벗기고 제 어머

니의 죽음의 얽힌 비밀을 밝혀냈다고 해서 끝난 게 아니었다.

"주현강 씨에게 몇 차례 연락을 취했으나, 여전히 만남을 완강하게 거절하고 있는 상탭니다."

줄곧 침묵을 유지하던 에릭이 조심스럽게 입을 열었다.

"계속해서 설득해 보도록 하겠습니다."

"그래야지. 지금으로써는 그가 열쇠를 쥐고 있는 유일한 사람이니까."

대답을 덧붙인 서준이 기유민 살인 사건과 관련하여 조사한 자료를 테이블 위에 내려놓았다.

"주현강이 근무했던 회사에는 다녀왔나?"

"네. 주현강이 한국을 뜨기 전, 마지막까지 근무했던 K 에어컨 설치 업체에 다녀왔습니다."

"뭐 좀 알아냈어?"

현석과 서준이 에릭에게로 시선을 고정시켰다. 노트북을 열어 자신이 찍어온 사진을 화면 위에 띄워 놓았다. 업체 관계자에게 협조를 부탁하고 그가 생활하던 회사 내부를 촬영해 온 것이었다.

"동료들에 의하면 주현강은 변변치 않은 벌이로도 참 열심히 살아가는 사람이라고 했습니다."

"전처와 이혼하게 되면서 혼자 아이를 책임져야 해서 더욱 열심히 벌었겠지."

"네. 그런데 회사를 관두기 한 달 전, 가장 친하게 지냈던 동료에게 거액을 빌릴 수 있겠냐는 말을 했다고 합니다."

"돈을?"

에릭은 대답 없이 고개를 끄덕였다. 평소 착실하고 정직하게 살던 그가 갑작스럽게 거액을 빌리려 했다는 건 분명 무슨 문제가 생겼다는 얘기일 것이다.

"아무리 생각해도 딸과 관련된 문제가 있었을 것 같아."

"제 생각에도 그렇습니다. 주현강에게 가장 소중하고 치명적인 약점은 하나뿐인 딸아이일 테니까요."

줄곧 침묵하며 에릭의 말에 귀를 기울이던 현석 역시 동감한다는 듯 말을 덧붙였다.

"평소 생활로 보아선 나쁜 사람 같진 않지만, 그런 사람이 증언을 번복하고 억울한 사람이 범인으로 내몰리는 걸 방관했다면 그만한 이유가 있었겠지."

나지막하게 얘기한 서준이 힘겹게 몸을 일으켰다.

"접근 방식을 바꿔야겠네."

그가 불현듯 에릭에게로 시선을 돌렸다.

"그렇다면 딸을 이용해서 주현강을 자극해야지."

"일단 제가 딸에 대해서 조사를 좀 해 보겠습니다. 회사를 관두기 직전에 아이에게 문제가 생겼다거나 병이 생겼을 확률이 높으니까요."

"네. 부탁드립니다. 그리고 에릭, 너는 계속해서 주현강과 접촉 시도해 보고."

"알겠습니다."

세 명의 굳건한 시선이 한데 모였다.

같은 시각. 욱진이 저를 찾는다는 연락을 받은 하윤은 한걸

음에 달려왔다. 병실을 둘러싼 경호원들이 삼엄한 분위기 속에서 경호를 하고 있었다.

"회장님께서 기다리고 계십니다."

가장 앞에 서 있던 경호원이 하윤을 병실 안으로 안내했다. 욱진은 얼굴에 핏기가 없는 모습이었다. 말라 버린 입술에 피딱지가 군데군데 눌어붙었다.

"저 왔습니다."

조심스럽게 입을 열었다. 공허했던 병실 안에 하윤의 음성이 울려 퍼졌다. 욱진은 감고 있던 눈을 슬며시 들어 올렸다. 하윤을 본 그는 힘겹게 몸을 일으켰다.

"일어나지 않으셔도 돼요."

하윤이 급하게 다가와 그를 부축했다.

"몸은 좀 괜찮으세요?"

"그래. 왔구나."

"쓰러지셨다는 얘기 듣고 많이 놀랐어요."

욱진은 힘겹게 목소리를 내뱉었다. 하윤은 그가 편하게 앉을 수 있도록 침대를 세웠다. 머리가 아픈 건지, 욱진은 연신 미간을 찌푸렸다.

"얼른 건강 회복하셨으면 좋겠습니다."

"고맙구나."

잠시 침묵이 맴돌았다.

"내가 오늘 널 부른 건……."

욱진의 눈동자가 하윤의 시선과 수평을 이뤘다. 마주한 시선이 진득하게 얽혔다. 그가 천천히 침대에서 내려왔다. 놀란 듯 하윤의 눈망울이 세차게 흔들렸다.

털썩. 그의 무릎이 직각으로 꺾여 바닥에 닿았다. 하윤이 반사적으로 몸을 낮춰 욱진과 시선을 맞췄다.

"아, 아버님 왜 이러……."

"용서해 다오."

하윤의 목소리 사이로 욱진의 낮은 음성이 파고들었다.

"내 차마 너를 볼 면목이 없구나."

욱진을 일으키기 위해 팔을 부축했지만 그는 굳건했다. 힘없이 무릎을 꿇고 있는 모습을 보니 가슴이 아팠다.

"아버님, 이러지 않으셔도 돼요."

"전부 다 못난 내 탓이다."

"……."

"아비로서 자식을 제대로 키우지 못한 내 탓이야."

메마른 음성이 하윤의 심장을 묵직하게 찔렀다. 욱진의 얼굴 위로 그 어떤 말로도 형용할 수 없는 감정의 무게가 드리웠다.

"어렸을 때부터 둘째였던 서준이가 항상 눈에 들어왔다. 모든 면에 있어서 뛰어난 아이였거든. 하나를 알려 주면 열을 아는 아이였어."

하윤은 잠자코 그의 이야기를 들었다.

"그래서 나도 모르게 민준이에겐 신경을 못 써 줬던 것 같구나. 아이 엄마가 죽고 나서 더 신경 써 줬어야 하는 건데……."

후회 어린 목소리가 힘없이 갈라졌다. 모든 게 제 무관심에서 비롯된 것만 같았다.

"조금도 몰랐다. 내 아이가 어떻게 커 가고 있는 건지. 민준이 그 녀석이 뒤에서 어떤 모습으로 자라고 있는지 조금도 몰랐어."

자조적인 말투였다. 조금만 더 두 아이에게 신경 썼더라면 제 아내가 아들을 학대하고 있다는 사실을 모르진 않았을 테니까.

"모든 것 내 탓이다. 그러니 부디 그 아이를……."

욱진이 고개를 들었다.

"용서해 줄 수 있겠니? 부탁한다, 얘야."

뜨거운 눈물이 흘러내렸다.

"염치없다는 거, 잘 안다. 하지만 아비 된 입장에서 녀석이 그런 짓을 한 게 그저 내 탓인 것만 같구나……."

"전 이미 아주버님을 용서했어요. 저한테 용서를 구하실 필요 없어요."

"정말 미안하구나."

흘러내리는 눈물을 따라 하윤 역시 고개를 푹, 떨어트렸다. 욱진이 힘들어 하는 모습을 보니 마음이 무거웠다.

"전 그저 사고에 관한 진실을 밝혀낸 것만으로도 충분해요. 서준 씨와 아버님을 다시 떳떳하게 마주할 수 있으니까요."

하윤은 여전히 제 앞에 무릎을 꿇고 있는 욱진을 조심스럽게 일으켰다.

"아버님께서 기력을 회복하셔야 서준 씨도 마음의 짐을 덜 수 있어요."

그를 입원실 침대 위로 부축하며 말을 덧붙였다.

"그래. 그래야겠지."

하윤은 퉁퉁 부은 욱진의 손을 앞으로 가지런히 내려놓았다. 부은 손이 애처롭게 느껴졌다.

"서준 씨와 결혼하고 행복하게 사는 모습만 보여 드리고 싶었는데……."

"나한테 죄송하다고 생각할 필요 없다. 오히려 내가 너를 볼 면목이 없구나."

"그런 말씀 마세요."

욱진의 부은 손을 조심스럽게 붙잡았다. 가족이란 이런 것일까. 무거운 감정이 그녀의 어깨를 짓눌렀다.

"아버님께서 절 얼마나 아끼고 친딸처럼 대해 주셨는지, 누구보다 제가 잘 알아요."

하윤의 입술이 느슨히 벌어졌다.

"서준 씨 곁에서 함께 위하면서 잘 이겨 낼게요."

"……그렇게 얘기해 주니 정말 고맙구나."

"아버님께서도 부디 괜찮으셨으면 좋겠어요."

욱진은 대답 없이 고개를 끄덕였다.

"이만 가 보겠습니다. 편히 쉬세요."

담요를 가지런히 놓아준 하윤은 고개를 숙여 인사했다. 욱진은 곧장 뒤돌아 나가려는 그녀의 손목을 탁, 붙잡았다.

"지금 힐튼호텔에서 지내고 있다고 들었는데."

"네. 당분간은 호텔에서 지내기로 했습니다. 모든 사건이 해결되면 그때 다시 서준 씨와 지냈던 저택으로 들어가려고요."

"어쩌면 호텔이 더 안전할 수도 있겠구나."

욱진이 걱정스러운 눈빛으로 하윤을 내려다보았다. 하윤이 현재 사건의 배후를 밝히기 위해 움직이고 있어, 위험할 수 있다는 이야기를 전해 들었기 때문이다. 그 사건과 제 아내가 연관이 되어 있다는 것도. 아직 사건의 범인을 잡지 못한 탓에 언제 어디서든 위험에 노출될 수 있는 상황이었다.

"필요하다면 언제든 유현그룹의 자본과 인력을 이용해도 좋다."

"걱정해 주셔서 감사해요."

"그리고 그룹에 대한 걱정과 내 걱정은 하지 않아도 된다."

"……."

"지금은 그저 너와 서준이만 생각해."

하윤의 손을 잡아 천천히 다독였다. 그게 욱진이 해 줄 수 있는 최소한의 대가이자, 용서를 구할 수 있는 일이었다.

"내가 해 줄 수 있는 것이라곤 그것뿐이니."

굳건한 목소리에 하윤은 대답 없이 고개를 끄덕였다. 가볍게 묵례를 한 뒤에 그녀는 병실 밖으로 나왔다.

무거운 발걸음을 옮기던 하윤은 1층에 있는 커피숍으로 향했다. 미리 자리를 잡고 있던 세연이 그녀를 보고는 몸을 일으켰다.

"하윤 씨."

세연의 목소리에 하윤이 고개를 돌렸다.

"제가 선생님을 너무 오래 기다리게 한 건 아닌지 모르겠어요."

"아니에요. 소식 듣고 얼마나 놀랐는데요."

"기억을 찾을 수 있었던 건 전부 선생님 덕이에요."

하윤의 대답에 세연이 잔잔하게 미소 지었다.

"에이. 제가 뭐, 한 게 있나요. 다 하윤 씨가 잘 따라와 준 덕분이죠."

"더 일찍 연락드렸어야 했는데 제가 경황이 없었네요."

"아……."

무슨 의미인지 알겠다는 듯, 세연이 잇새로 짧은 탄식을 내뱉었다. 민준에 관한 일로 온 세상에 떠들썩했기 때문이다.

"정말 깜짝 놀랐어요. 어떻게 그럴 수 있는 건지……."

"이제라도 진실이 밝혀졌으니 다행이죠."

"다들 심경이 말이 아니겠어요. 회장님도 빨리 회복하셔야 할 텐데."

세연의 미간 사이로 안타까운 마음을 증명하는 주름이 스쳤다. 구속된 아들이 당신의 아내를 죽였다는 걸 알면 얼마나 가슴이 찢어질까 싶었다.

"강인하신 분이니 금방 털고 일어나실 거예요."

"네, 저도 그럴 거라 믿어요. 하윤 씨도 이제 남편분과 행복할 일만 남았네요."

"아직 해결해야 할 일이 남은걸요."

하윤은 입가에 은은한 호선을 그리며 대답했다.

"해결해야…… 할 일이요?"

"네."

잠시 세연이 주춤하는 듯했다. 미세한 얼굴 근육의 변화를 예리한 눈빛으로 응시하던 하윤이 조심스럽게 입술을 떨어트렸다.

"기억을 잃기 전 제가 맡았던 사건이 있거든요."

"변호사로 일할 때 말이에요?"

하윤이 고개를 끄덕였다.

"기억도 되찾았으니까 이젠 미처 매듭짓지 못한 것들을 마무리해야겠죠."

세연을 의식하며 발음했다. 진범이 유연과 밀접한 관련이 있다는 걸 생각해 보면 세연 역시 그 범주에 포함되는 인물이었기 때문이다. 게다가 하윤은 아직도 세연을 어디선가 본 것 같다는 생각을 떨칠 수가 없었다.

"저택에서 지내는 동안 선생님과의 상담이 도움이 많이 됐어요."

"제가 도움이 됐다니……."

세연이 어색한 웃음과 함께 말을 뭉갰다. 마주한 시선 속엔 많은 의미가 담겨 있는 듯했다.

"주치의로서 그보다 더 듣기 좋은 말은 없을 것 같네요."

"종종 연락드릴게요. 이젠 선생님 환자가 아닌, 민하윤이라는 한 사람으로서."

"그래요. 언제든지 편하게 연락해 줘요."

대답과 함께 세연이 몸을 일으켰다.

"그럼 나중에 봐요."

"들어가세요."

그녀가 카페를 나가는 모습을 한참 동안이나 덩그러니 지켜보던 하윤은 의미심장한 얼굴로 발걸음을 옮겼다.

세연과의 짧은 만남을 마친 하윤은 서준의 집무실로 향했다. 현석과 에릭, 그리고 서준은 아직까지 그곳에서 회의를 하는 중이었다. 뜨거운 열기가 집무실 안을 가득 채웠다. 범인을 잡고야 말겠다는 집념이 내부 공기를 통해 느껴졌다. 하윤은 오는 길에 제과점에 들러 사 온 빵과 커피를 테이블 위로 내려놓았다.

"이것 좀 드시면서 하세요."

때마침 허기가 지려던 찰나였다.

"다들 배고플까 봐 넉넉하게 사 왔어요."

에릭과 현석이 곧장 빵을 집어 들었다. 그 모습을 보던 서준이 조심스럽게 입술을 문질렀다. 끼니도 제때 챙기지 못한 채 사건에 대해서 조사하는 모습을 보니 미안한 마음이 들었다.

"피곤하고 힘들어도 조금만 더 고생합시다. 강민준이 구속됐다는 기사가 나갔을 테니, 사건의 진범은 더욱 하윤이를 주시하고 있을 거예요."

"저도 그렇게 생각하고 있습니다. 그러니 하루빨리 사건에 대해서 매듭지어야 한다고 생각하고요."

동의한다는 듯, 현석이 말을 덧붙였다. 에릭은 시연의 억울한 누명을 벗겨 주기 위해서라지만 현석은 그저 서준의 사람이라는 이유로 이 일에 가담하고 있었다. 그 마음을 알기에 서준이 미안한 듯 그를 향해 나직이 고개를 끄덕였다. 화이트보드 위에 그려진 인물도를 바라보던 하윤이 불현듯 가방 속에 담아 두었던 파일 하나를 꺼냈다.

보드 위에는 유연을 비롯해서 유민과 현강의 사진과 이름이 나란히 적혀 있었고, 그들의 주변 인물이 주위에 적혀 있었다.

"이건 제가 사건을 맡았을 당시에 피해자 기유민 씨에 대하여 조사했던 내용이에요. 다행히 파일이 그대로 남아 있더라고요."

하윤이 가방에 챙겼던 서류 파일 하나를 꺼내 보였다.

"로펌에 근무했을 당시, 친하게 지냈던 선배가 구해 줬어요."

"어쩐지 피해자에 대한 개인적인 정보가 담겨 있을 것 같은 느낌이네요."

"네. 맞아요."

현석의 말에 하윤이 파일을 펼쳐 보이며 말을 덧붙였다.

"가족 관계가 전무한 기유민 씨에게 가족처럼 친하게 지냈던 언니가 한 분 있었거든요. 어렸을 때부터 보육원에서 함께 지냈던 지인이라고 해요."

이름: 강숙희, 나이: 39세, 직업: 무직.

파일을 훑던 에릭이 입을 열었다.

"강숙희 씨의 현재 근황은 모르고 계신 겁니까?"

"그렇지. 알아보려던 찰나 사고를 당했으니까."

하윤은 이제 아무렇지도 않게 그날의 일을 입 밖에 냈다. 조금의 망설임도 없었다.

"경찰에 의뢰해서 신원 조회를 하려고 하는데……."

"제가 김 형사님께 부탁해서 알아보도록 하겠습니다."

"부탁드릴게요."

굳건한 시선이 맞닿았다.

"아, 그리고."

할 말이 남은 듯 하윤이 돌연 보드 위로 시선을 돌렸다.

"사모님의 주변 인물들 중, 저희가 미처 생각하지 못했던 사람이 한 명 있더라고요."

하윤을 제외한 세 사람의 시선이 곧장 그녀에게로 향했다.

"누굴 말씀하시는 겁니까?"

"가장 근본적인 이해관계 속에 속해 있을 사람이요."

그녀가 현석의 물음에 대답하며 보드 위로 누군가의 사진을 덧붙였다.

"유현병원 정신과 원장 진세연 씨요."

세연이 하윤의 주치의라는 건 모두가 다 알고 있는 사실이었다. 그렇기에 보드 위로 올라온 세연의 사진이 더욱 충격으로 다가왔다.

"당장 세연 씨가 어떻다는 게 아니에요."

이목이 그녀에게로 집중됐다.

"다만, 너무 근접하게 있는 인물이라 우리가 의식조차 안하고 있었다는 거죠."

"음……. 사모님께서 유현병원의 전 부원장이셨다는 점을 고려해 봤을 때, 가장 유리한 인물이긴 합니다."

"맞아요. 게다가 피해자인 기유민 씨는 과대망상증 환자로서 유현병원에 다녔다는 진료 기록이 남아 있는 상태고요. 생각해 보면 가장 유력한 인물 중 하나죠."

"진세연 원장이 피해자와 사모님을 잇는 접점을 가지고 있던 셈이네요."

현석이 조심스럽게 말을 덧붙였다. 동의한다는 듯, 고개를 끄덕이는 에릭의 모습에 잠시 침묵을 유지하던 서준이 천천히 입술을 뗐다.

"그렇지. 그리고 현실적으로 당신을 가장 가까이에서 지켜봤던 사람 중 하나기도 하고."

199

서준이 기다란 손가락으로 서류 더미를 두드렸다.

"어쨌든 이 보드에 올라와 있는 모든 사람들이 저희가 주시해서 조사해야 할 사람들이에요."

피해자인 기유민과 그녀의 주변 인물. 그리고 사건에 가담한 한유연과 그녀의 주변 인물 중 하나일 진범. 마지막으로 유일한 목격자인 주현강까지.

"최대한 빠른 시일 내에, 모든 걸 밝혀내야 합니다."

하윤이 파일을 탁, 소리가 나게 테이블 위로 내려놓았다.

"그러니까 모두 그때까지만 조금 더 힘내 줘요."

✤   ✤   ✤

해가 진 뒤에야 집무실을 나설 수 있었다. 건물을 나서니 습기가 확 몰려왔다. 어느덧 장마철에 접어들어, 무더위와 함께 종종 비가 쏟아져 내렸다. 곧장 호텔로 향한 서준과 하윤은 고단했던 몸을 늘어트렸다.

"다들 너무 고생이 많은 것 같아요."

"머지않아 끝이 보일 거야."

"끼니도 제대로 못 챙기고, 잠도 제대로 못 자고……."

"그때까지만 조금 더 고생해야지."

서준은 소파 위에 몸을 누운 하윤을 향해 손을 뻗었다. 그녀의 귀에 걸려 있던 귀걸이를 조심스럽게 빼내었다. 테이블 위에 귀걸이를 올려 둔 서준은 곧장 발걸음을 옮겼다.

"안 그래도 귀찮던 참이었는데, 고마워요."

"차 마실래?"

"당신이 내려주면 마시죠."

"아까 보니까 몸이 좀 찬 것 같아서."

종일 실내에 있던 탓이다. 냉방병이라도 걸릴까 걱정이 됐던 걸까. 서준은 애정 어린 손길로 차를 내렸다. 창밖을 통해 쏟아지는 빗줄기가 만들어 내는 화음을 조용히 듣고 있던 하윤이 힘겹게 몸을 일으켜 앉았다.

"여름에 습한 건 딱 질색이었는데."

그녀가 작게 미소 지었다.

"이렇게 안에서 빗소리를 듣고 있으니 좋네요. 그것도 당신이랑 함께."

밖에선 장대비가 쏟아지고 있었지만 호텔 안은 언제나 그렇듯 쾌적한 상태였다.

"자."

직접 내린 두 잔의 차를 가져온 서준은 거실 테이블 위에 찻잔을 내려놓았다. 서로를 마주 보고 앉아 있으니 여유로운 기분이 그들을 에워쌌다.

"아까 회사에서 보니까, 기침을 좀 하는 것 같던데."

"그러게요. 감기가 오려나."

"종일 찬 바람을 쐬어서 그래. 따뜻한 차를 마시면 좀 괜찮아질 거야."

은은한 빗소리와 더불어 좋은 차 향기가 한데 어우러져 기분 좋게 다가왔다. 한 입 머금은 서준을 하윤을 향해 느릿한 목소리로 물었다.

"아버지가 당신을 직접 불렀다는 얘길 듣고 많이 놀랐어."

"당신은 아버님 뵈러 안 가 볼 거예요?"

"지금 당장은 아버지를 뵐 자신이 없어."

서준의 눈가에 무거운 감정이 실렸다. 민준이 구속됐다는 기사가 나가고, 충격으로 인해 쓰러졌다는 얘기를 들었지만 욱진이 입원해 있는 병실엔 찾아갈 수가 없었다.

"당장은 감정에 휘둘리면 안 되니까. 이성적으로 사건을 해결하는 게 우선이잖아."

병실에 입원해 있는 욱진을 마주하면 마음이 흔들릴 것 같았기 때문이다.

"게다가 기자들이 눈에 불을 켜고 우릴 주시하고 있잖아. 병실에 들렀다가 기자들 관심에 불을 지필까 봐 걱정돼."

"안 그래도 경호원들이 병실을 삼엄하게 지키고 있더라고요."

"아버지의 건강 상태에 대해서 왈가왈부하는 걸 보고 싶지 않기도 하고."

"금방 지나갈 거예요. 아버님도 곧 회복하실 거고. 강인한 분이시잖아요."

하윤이 부드러운 목소리로 지친 그를 다독였다. 손에 들린 따뜻한 찻잔을 부드럽게 어루만졌다. 잠시 고요한 적막이 맴돌던 가운데, 서준이 조심스럽게 입을 열었다.

"한 가지 궁금한 게 있어."

"어떤 거요?"

"어떻게 그렇게 강민준을 쉽게 용서할 수 있었는지."

서준이 찻잔을 쥐고 있는 그녀의 손을 감싸 안았다. 손가락 사이사이로 스며드는 체온이 기분 좋게 다가왔다.

"물론 당신이 가장 원했던 건 모든 누명을 벗고 떳떳하게 살아가는 거였다는 걸 알아. 나를 향한 죄책감도 덜고 싶었을 테고."

하윤이 천천히 고개를 끄덕였다.

"그렇지만 당신이 그렇게 살았던 세월이 사라지는 건 아니 잖아."

"세월이라……."

"당신의 1년을 통으로 앗아 간 거나 마찬가지니까."

그의 목소리를 배경 삼아 상념에 빠진 듯, 하윤의 입술이 굳게 다물렸다. 조금 뒤, 그녀가 조심스럽게 입을 열었다.

"그냥 기회를 주고 싶었어요. 과거에서 벗어나 온전한 강민 준으로 살아갈 기회."

나지막하게 얘기하던 하윤의 시선이 빗방울이 부딪치는 창 가로 향했다. 세상이 온통 어두운 먹구름으로 가득했다. 마주 한 현실이 과연 이런 상황인 걸까.

"강민준 저택에서 봤던 그 다친 개에 걸린 목걸이 봤어요?"

"이름표 말인가?"

"네."

이름표에 새겨진 이름은 '릭'이었다. 민준은 다리를 절며 제게 꼬리를 흔드는 개를 향해 릭이라 불렀다.

"그 이름이 무슨 뜻일 것 같아요?"

"설마……."

서준이 미간을 구겼다.

"혹시 에릭의 이름에서 따오지 않았을까, 하는 생각이 들더 라고요."

어렸던 민준은 무슨 생각을 하며 하루하루를 보냈을까 생각했다. 아무도 모르는 어두운 공간에서 유연에게 학대당할 때, 아픈 몸을 안고 홀로 울다 지쳐 잠들었을 때. 세상에 그 누구도 제 편이 되어줄 수 없다고 생각했을 때. 그는 과연 어떤 생각을 했을까.

하윤이 시선을 옮겼다. 새하얀 벽지 위로 몸을 움츠리고 있는 어린아이의 환영이 보였다. 멍든 몸을 안고 숨죽여 눈물을 흘리는 어린 민준의 모습이었다. 잠시 환영 속의 아이를 지그시 바라보았다. 복잡한 감정이 담긴 눈빛이 환영 속 민준에게 닿았다.

"강서준이 되고 싶었을 거라고 생각했어요."

그녀가 입술을 떼며 조심스럽게 말을 이어 갔다.

"맞고 싶지 않다, 아프고 싶지 않다, 행복해지고 싶다……."

서준이 시선을 낮게 내리깔았다.

"그것보단 강서준이 되고 싶다고 생각했을 것 같아요."

무거운 감정의 무게가 몰려왔다.

"내가 그때 어머니와 형의 관계를 조금이라도 눈치챘더라면 이런 비극은 없었을 텐데."

"알고도 묵인했으면 방관자겠지만, 당신은 몰랐잖아요."

서준도 어린아이였을 뿐이다. 모든 걸 알기엔 그 역시 너무도 어렸다. 조금만 더 빨리 알아챘다면 어떤 변화가 있었을까. 모두가 행복할 수 있는 결말을 맞을 수 있었을까.

"강민준에겐 아무것도 모르는 내가 더 증오스러웠을 거야."

"자책하지 말아요."

"마음 한편이 씁쓸한 건 어쩔 수 없네."

자조적인 목소리였다.

"나도 당신처럼 그런 후회를 해요."

서준의 얘길 듣던 하윤의 잇새로 무거운 숨이 흩어졌다.

"조금 더 빨리 모든 일을 해결했다면 좋았을 텐데."

이미 지난 일을, '박시연'이란 여자가 이미 이 세상에 없는 지금에서 진범을 찾는 일이 의미가 있을까 싶다는 생각도 들었다.

"내가 그때 올바른 선택을 했다면, 아무런 죄도 없는 누군가가 죽지 않았을 텐데."

자조적인 목소리가 새어 나왔다. 서준이 부드럽게 하윤의 턱을 잡아당겨 제게로 시선을 고정시켰다. 단호한 그의 눈빛이 강렬하게 와 닿았다.

"진짜 죄인은 따로 있어."

저를 올려다보게 하는 그 손길에서 관능적인 힘이 느껴졌다.

"당신이 아니야."

하윤이 제 턱을 움켜잡은 서준의 손길에 얼굴을 파묻었다. 어미의 품을 찾는 새끼 고양이처럼 편안한 모습으로 기대었다.

"그러니까 당신이 내 아내인 거지."

"……."

"내가 뭘 하든, 어떤 모습이든 언제나 내 편에 서 주는 사람."

고개를 비스듬하게 젖힌 그녀가 나지막하게 미소를 흘렸다. 밤하늘은 어두웠지만 그들이 있는 방은 환하게 빛나고 있었다. 불현듯 시계를 확인한 서준이 조심스럽게 입을 열었다.

"나 오늘 여기서 자고 갈 거야."

그의 말에 하윤이 고개를 들었다. 밤이 깊은 시간이었지만 서준은 집으로 돌아갈 기색이 보이지 않았다.

"왜요?"

"이유가 어디 있겠어."

당연한 얘기라는 듯, 그가 어깨를 으쓱였다.

"당신이랑 오늘, 같이 자고 싶어서 그렇지."

"생각도 정리하고 나만의 시간도 갖고……. 그러려고 나왔는데 저택에 있을 때보다 당신이랑 더 붙어 있는 것 같아요."

그래서 싫다는 건가. 서준의 미간에 잠시 주름이 스쳤다.

"그럼, 나 그냥 집에 갈까?"

애처로운 목소리에 하윤이 살포시 웃음을 터트렸다.

"오늘은 자고 가요. 특별히 허락해 줄 테니까."

"다행이다. 쫓겨나는 줄 알았는데."

하윤의 시간을 절대로 간섭하거나 이래라저래라할 생각은 없었다. 근 1년 동안 저택 안에서 자신을 잃어버린 것과 마찬가지인 삶을 살지 않았던가. 그래서 하윤이 호텔로 거처를 옮겼을 때에도, 그녀의 의사를 존중했다.

"근데 당신이 뭘 하든 존중해. 당신이 하고 싶은 일, 마음껏 펼칠 수 있게 도와줄 거야."

서준이 부드럽게 그녀의 머리를 쓰다듬었다. 손끝이 스치는 부위마다 일렁이는 샴푸 향기가 기분 좋게 다가왔다.

"그러니까 오늘 자고 가는 건 허락해 주고."

어린아이 같은 응석에 하윤이 살포시 웃음을 터트렸다. 이렇게 행복한 시간들만 반복된다면 얼마나 좋을까. 이대로 시간이 멈췄으면 좋겠다고 생각했다.

✣　　✤　　✣

캘리포니아의 하늘은 맑았다. 매끈하게 깔린 아스팔트 위로 강렬한 햇볕이 쏟아졌다. 사람들은 그런 더위를 싫어하지 않았다. 오히려 내리쬐는 태양 아래 태닝을 즐기거나, 드라이브를 즐기는 연인들이 곳곳에 보였다.

"주현서 환자 보호자 분?"

"네."

"이쪽으로 들어오세요."

창밖을 통해 또 다른 세상을 내려다보고 있던 현강이 자신의 이름을 부르는 의사의 목소리에 몸을 일으켰다. 창문 너머로 보이는 세상은 병원 내부의 분위기와 사뭇 달랐다.

"우려했던 일이 일어나고 있어요."

"아⋯⋯."

의사의 말에 현강의 얼굴 위로 어둠이 드리웠다.

"아무래도 재수술을 받아야 할 것 같습니다."

"결국 그렇게 됐군요."

"저희도 재수술만큼은 피하고 싶었지만 이런 소식을 전하게 되어 정말 유감입니다."

현서를 위해 열심히 살아왔던 지난날들이 파노라마처럼 스쳐 지나갔다. 주치의가 무거운 얼굴로 현강을 바라보았다.

"내일 저녁까지 잘 생각해 보시고 연락 주세요."

"⋯⋯."

"저 역시 아이가 평범하게 살아갈 수 있도록 의사로서 최선을 다하겠지만, 선택은 결국 환자와 보호자 분의 몫이니까요."

잔인하도록 이성적인 말이 심장을 묵직하게 내리쳤다. 오늘따라 유난히 한국어에 능통한 의사가 왜 이리도 원망스럽게 느껴지는 걸까.

"빠른 시일 내에 결정해서 말씀드리도록 하겠습니다."

"힘내세요."

의사가 조심스럽게 현강의 어깨를 토닥였다. 더 이상 재수술을 늦출 수는 없었다. 이젠 결정을 해야 할 때였다. 주치의가 병실을 나서자, 현강은 곤히 잠들어 있는 아이를 부드러운 손길로 쓰다듬었다.

"잘 자네."

옅은 숨소리가 그의 심장을 간질였다.

"얼른 건강해져서 놀이공원도 가고 맛있는 것도 사 주고 싶은데."

나지막하게 아이를 향해 속삭였다.

"아빠가 해 줄 수 있는 게 없네."

올해로 여섯 살이 된 현서는 또래 아이들처럼 놀이터에서 뛰어놀 수가 없었다. 현서의 스물네 시간은 오로지 병원 생활이 전부였다.

"미안하다. 현서야……."

시도 때도 없이 발작이 찾아오고 무호흡증이 오는 희소병을 앓고 있기 때문에 케어를 받지 않으면 혼자서 살아갈 수 없었기 때문이다.

때마침 병실 문을 열고 한 여자가 들어왔다.

"현서는? 잠들었니?"

"어. 피곤했는지 금방 잠들었네."

간단한 먹을거리를 사 온 성희는 서랍장과 냉장고에 빼곡하게 정리하기 시작했다. 외부 자극을 최소화해야 하는 현서 탓에 거의 모든 시간을 병원 내부에서만 보내는 그들이었기에 이따금씩 교대로 나가 먹을거리들을 사 오곤 했다.

"⋯⋯현강아."

물건을 정리하던 성희가 불현듯 조심스럽게 그의 이름을 불렀다.

"응?"

"오늘도 한국에서 연락 왔었더라."

순간, 병실 내부가 고요해졌다.

"그 사건 변호사랑 관련된 사람들 맞지?"

"그런 거 아냐."

"계속해서 연락 오는 거 보면 너한테 원하는 게 있는 거잖아."

"누나는 신경 쓰지 마."

현강이 시선을 피하며 고개를 돌렸다. 그가 무슨 생각을 하고 있는지 뻔히 알기에, 성희는 마음이 무거웠다. 축 처진 어깨를 보고 있자니 애가 탔다.

"너 현서 수술비 때문에 지금 고민하는 거."

"⋯⋯."

"내가 모를 것 같아?"

조금 날카로워진 목소리가 잇새로 터져 나왔다.

"그러다 현서 깨겠어. 목소리 낮춰서 얘기해."

"너 정말 어쩌려고……."

골치가 아픈 듯, 성희가 보호석에 털썩 주저앉았다.

깊은 한숨이 허공으로 늘어졌다. 현강을 위해 미국행 비행기에 함께 올랐다. 아픈 현서를 두고 모든 짐을 홀로 짊어져야 할 동생을 위해 기꺼이 '엄마'의 빈자리를 자처한 것이다. 현서에게는 성희가 고모이자 엄마였다.

"대체 어떻게 할 생각인 거니?"

한국에서 온 메일과 전화가 하루가 다르게 쌓여갔다.

"한국에 돌아가려는 건 아니지?"

현강은 대답 없이 시선을 낮게 내리깔았다. 수술비 한 푼이 없어 양심을 팔았던 제가 어떤 선택을 할 수 있을까.

"아니지? 왜 대답을 못 해?"

양심을 팔아 아이의 병원비를 구했고 그 탓에 무고한 사람이 피해를 입었지만, 여전히 그는 아이의 건강 앞에서 무능력한 아빠였다.

"모르겠어. 나도 어떻게 하는 게 옳은 건지."

"너 설마 진실을 밝히려는 건 아니겠……."

"현재로선 그것 말곤 방법이 없잖아."

법정에서 진술을 번복한 대가로 받은 거액은 오롯이 현서의 치료비로 쓰였다. 그 덕에 죽을 고비는 간신히 넘겼지만 억울하게 붙잡혀 간 시연이 결국 자살을 택했다는 소식을 전해 들었을 때는 세상이 멈춘 것처럼 멍하게 느껴졌다.

제 손으로 죽인 것만 같았다. 현서와 함께하는 시간들이 너무도 소중했지만 속은 썩어 문드러졌다. 하루하루가 지옥 같았다.

정의, 그리고 가족. 그 두 선택지 가운데 현강이 할 수 있었던 건 현서를 지키는 일뿐이었다.

"하루빨리 수술을 진행하는 게 그나마 현서가 덜 고통스러울 거야. 지금으로선 우리를 도와줄 사람은 그쪽밖에 없고."

"……현강아."

성희가 그의 이름을 작게 불렀다. 딸아이의 수술비를 충당할 여유가 안 되는 자신이 참으로 무능력하게 느껴졌다.

"그 사람들은 진실을 털어놓길 원할 거야. 그럼 진실을 말하는 대가로 그쪽에 현서의 치료비용을 요구할 거고 모든 건 잘 해결되겠지."

"그렇게 되면 네 상황이 어떻게 되는지 몰라서 그래? 그때 뒷돈 받고 진술을 번복한 것에 대한 책임을 물게 될 거라고!"

"누나."

흥분한 듯 감정이 격양된 성희를 보며 나지막하게 입술을 뗐다. 목울대가 뜨겁게 진동했지만, 고통에 몸부림치다 간신히 잠든 현서를 보며 애써 억눌렀다. 그렇게 또 한 번 돈에 모든 걸 팔아넘기는 사람이 되고야 만다. 나만 나쁜 사람이 되면 모두가 행복해질 수 있는 상황인데 그걸 마다할 아버지는 세상에 없었으니까.

"누나가 현서 옆에 있어 줄 거니까 괜찮아."

"……뭐?"

"잘못한 건 나니까 나는 그에 응당한 대가를 치르는 게 맞는 거고."

만일 성희가 지금 자신과 함께 없었다면 이 결정마저도 함부로 내릴 수가 없었을 것이다. 그래서 너무도 고맙게 느껴졌다. 동생이 뭐라고, 조카가 뭐라고. 자신의 인생까지 뒤로 미루어 가면서 이 힘든 길에 함께해 주었는지 말이다. 성희의 눈가에 슬픔이 한껏 묻어났다.

"현강아. 우리가 수술비를 구할 다른 방법이 있을 거야. 제발 다시 생각……."

"아니. 아무리 생각해도 이것밖엔 없어."

애절한 목소리가 묻어 나왔지만 단호하게 쳐냈다. 이미 벼랑 끝에 아슬아슬하게 서 있는 상태였다.

"우리한테는 마지막 동아줄이나 마찬가지야."

그 위태로운 순간에 선택을 더 늦춘다면 피해를 입는 것은 현서뿐이었다. 휴대폰을 쥔 그의 손에 힘이 굳게 들어갔다.

무거운 얼굴로 병실을 나서는 현강을 그저 안타깝게 바라보는 성희였다.

16화

새싹

이른 아침부터 병원으로 향했다. 종일 에어컨 바람 앞에 있어서인지 생전 걸려 본 적 없는 여름 감기에 들었다. 맹맹한 목소리와 더불어 목에 따가움이 느껴졌다.

"개도 안 걸린다는 여름 감기에 걸렸네요."

"확실히 요새 무리하긴 했나 봐. 당신도 그렇고, 나도 그렇고."

"그러게요. 어쩜 이런 것까지 닮는 건지."

부부 아니랄까 봐 나란히 감기에 걸렸다. 하윤은 서준과 함께 병원에 들러 검진을 받은 뒤, 아래층 약국으로 향했다. 처방을 기다리고 있는 중에도 시종일관 하윤의 곁에서 떨어질 줄을 몰랐다.

서준이 걱정스러운 눈길로 하윤을 바라보았다. 약국 내부에서 기다리는 동안에도 하윤은 몸이 으슬으슬했는지 제 어깨를 조심스럽게 쓸어내렸다.

"많이 추워?"

"조금요."

또 무슨 말을 할지 몰라 최대한 조심스럽게 대답했다. 아니나 다를까, 그녀의 대답이 떨어지기가 무섭게 서준은 벌떡 몸을 일으켰다.

"차에 가서 담요 가져올게. 금방 와."

"아, 아니 그럴 필요까진……."

"조금만 기다려."

하윤의 목소리보다 한 발 더 빨리 움직였다. 담요를 가지러 차로 향하는 서준의 뒷모습을 보던 그녀가 살포시 웃음을 터트렸다.

사랑받고 산다는 게 이런 기분이라는 걸 몸소 느끼는 중이었다. 아무리 작고 사소한 일이라도 하윤의 일이라면 예민하게 반응했다. 나를 인생에서 1순위로 여겨 주는 사람이 있다는 건 행복한 일이었다.

서준이 담요를 가지러 간 뒤, 혼자 남게 된 하윤은 제 차례가 오길 기다렸다.

"누나."

그때, 약국에 있던 한 꼬마 아이가 해맑은 얼굴로 하윤에게 다가왔다. 머리카락이 없었다. 반복된 항암 치료로 인해 머리가 다 빠진 듯해 보였다.

하윤이 반들반들한 머리를 조심스럽게 쓰다듬으며 대답했다.

"응?"

"누나는 어디가 아파서 왔어요?"

붙임성이 좋은 아이였다. 서글서글한 인상에 똑 부러지는 말솜씨까지. 하윤은 저절로 미소가 나는 것을 느끼며 아이와 시선을 마주했다.

"누나는 감기에 걸려서 왔어."

"여름인데도?"

"응. 여름에도 감기에 걸릴 수 있거든."

"어떻게요?"

"누나처럼 에어컨 바람 너무 많이 쐬면 안 돼."

다정한 목소리에 아이가 빙긋 웃어 보였다. 보호자가 있나 주위를 둘러보았지만 아이를 찾는 것 같은 사람은 보이지 않았다.

"여기 혼자 왔어?"

하윤이 조심스럽게 물었다. 그 물음에 답변을 해 주듯, 아이는 약사가 제 이름을 부르니 쏜살같이 달려갔다.

"이건 희강이 거고 하얀색 통에 든 건 할머니 드시는 거라고 꼭 말씀드려. 선생님이 봉투에 적어두긴 했는데 희강이가 할머니께 직접 말씀드려야 해. 알겠지?"

"네! 꼭 말씀드릴게요!"

약사가 아이의 키 높이에 맞게 허리를 숙여 약 봉투를 건넸다. 약사가 흐뭇한 미소로 아이를 바라보았다.

야무진 손놀림으로 봉투를 받아 든 희강은 다시금 하윤에게로 뛰어왔다.

"약 받으러 혼자 여기까지 오고. 엄청 의젓하네?"

하윤이 아이의 볼을 부드럽게 쓰다듬었다. 약 봉투를 높게 들어 보이는 게 칭찬해 달라는 뜻인 거 같아 보인 행동이었다.

"할머니는 아프셔서 못 내려오시거든요."

"할머니랑 둘이 사는 거야?"

"네."

아픈 할머니와 더불어 아픈 아이까지. 한창 투정을 부릴 나이였지만 희강은 또래와 다르게 의젓하고 성숙해 보였다.

"근데 누나는 병원에 혼자 왔어요?"

초롱초롱한 눈매를 반짝이며 하윤을 향해 물었다.

"아니. 형이랑 같이 왔어."

순간, 익숙한 목소리가 끼어들었다. 언제 다시 온 건지 서준이 한 손에 담요를 든 채로 희강을 내려다보았다. 아이의 눈높이에 맞춰 무릎을 굽히고 있던 하윤이 몸을 일으켰다.

"언제 왔어요?"

"조금 전에."

서준이 민소매를 입고 있던 하윤의 어깨 위로 담요를 둘렀다.

움직이지 못하게 꽁꽁 감싸는 모습을 보던 희강이 재밌었는지 웃음을 터트렸다. 한여름에 담요가 이질적으로 느껴졌지만 그렇게 하지 않으면 마음이 놓일 것 같지 않았기 때문이다.

"이 형아가 누나 남자 친구예요?"

"남자 친구 아니고 남편이라고 하는 거야."

호칭을 정정한 서준이 하윤의 손목을 잡아끌었다. 마치 이 사람이 내 아내다, 라고 자랑하는 것처럼 그녀를 제 옆에 두었다.

"우와. 결혼했어요?"

"그럼 당연하지."

서준이 희강을 향해 어깨를 으쓱였다.

두 남자의 대화를 지켜보던 하윤이 어이가 없다는 듯, 작게 실소를 내뱉었다.

"어때? 누나 남편 잘생긴 것 같아?"

"음……."

아이의 얼굴에 장난기가 한가득 피어올랐다. 원하는 대답을 쉽게 해 주고 싶지는 않은 듯 작은 입술을 꼬물거렸다.

"내가 쪼금 더 잘생긴 것 같은데!"

희강이 보란 듯이 어깨를 으쓱여 보였다. 그 대답에 서준이 아이를 한쪽 팔로 번쩍 안아 들었다. 기분이 좋았는지 아이의 맑은 웃음소리가 약국 안을 가득 메웠다.

"너는 형처럼 결혼하려면 아직 이만큼이나 더 커야 해."

제 차례가 되어 처방된 약 봉투를 받아 온 하윤이 애정 어린 모습으로 그 모습을 바라보았다.

"형이랑 누나처럼?"

"응."

사람이 북적이는 약국이었기에 서준은 희강과 함께 병원 로비 쪽으로 발걸음을 옮겼다.

"이 누나 엄청 많이 사랑해요?"

"그럼."

"엄청 많이? 하늘만큼?"

"당연하지. 너 사랑이 뭔 줄 알아?"

희강은 사뭇 진지해진 얼굴로 고개를 끄덕였다. 맑은 눈동자가 유난히 반짝였다.

"사랑은 그 사람을 대신해서 죽을 수 있는 거랬어요. 할머니가 알려 줬거든요."

생각했던 것보다 더 무거운 답변이 나오자 당황한 듯 하운이 희강을 올려다보았다.

서준의 품에 안겨 있는 게 편안했던 희강은 그저 즐거운 듯 발을 동동 구르고 있었다.

"그래서 우리 엄마는 나를 사랑해서 먼저 하늘나라로 간 거래요. 죽으면 하늘나라라는 곳에 가게 되거든요."

무거운 적막이 내려앉았다.

"형도 누나를 위해서 하늘나라로 갈 수 있어요?"

더할 나위 없이 해맑은 음성으로 얘기했다. 희강의 순수한 목소리를 듣고 있으니 마음이 한껏 무거워졌다.

"당연하지."

하지만 서준의 잇새로 흘러나온 대답은 생각보다 간결했다. 그는 희강을 안아 든 채로 하운과 시선을 마주했다.

"형도 누나를 위해서 죽을 수 있어."

"……."

"그게 몇 번이 됐든."

그의 진득한 눈빛이 심장을 간질였다. 하운이 멍하니 서준을 올려다보았다.

"죽는 것쯤은 아무것도 아니지."

하얗다 못해 창백한 피부로 병실에 누워 있는 하운을 보며 그렇게 매일을 되뇌었다.

"당신이 없으면 난 아무것도 아니니까."

저를 올려다보는 그 눈빛에 답변하듯 서준이 입을 열었다. 그가 나지막하게 미소를 지었다. 옅은 미소 뒤에 실린 무게를 아는 건 오직 하윤뿐이었다. 서준이 희강에게로 시선을 돌렸다.

"병실이 몇 층이라고 했지?"

"5층이요!"

품에 안긴 희강은 신난 듯 몸을 들썩거렸다. 그 모습이 사랑스러웠는지 서준의 입꼬리가 한껏 치솟았다.

서준은 아이를 안은 채, 다른 한 손으로 엘리베이터 버튼을 꾸욱 눌렀다. 수많은 입원 환자들이 눈에 보였다. 지겹도록 새하얀 병원복의 향연을 보고 있자니 마음이 무거웠다.

"병원에서 일하는 의사, 간호사들은 이런 광경을 매일같이 보고 지내겠죠?"

"아마 그보다 더하겠지."

정신적인 스트레스로 따지자면 일반 외상 센터보다는 정신과가 더 힘들 것이다.

수많은 사람들의 상처와 고통에 공감하며 마음을 어루만져 준다는 것은 그만큼 자신 또한 망가지는 일이었기 때문이다. 보통의 정신력으로는 하기 힘든 직업이었다.

"새삼 세연 씨가 대단하게 느껴지네요."

"의사로서 훌륭한 자질을 가진 사람이지. 내가 당신 곁에 붙여 둔 이유였기도 하고."

띵.

이내 엘리베이터가 5층에 도착했다. 희강이 입원해 있는 곳은 501호로 6인실 병실이었다. 아이를 바닥에 내려놓으니 할머니가 있는 곳으로 부리나케 뛰어갔다.

"할머니!"

해맑은 목소리와 함께 힘찬 발걸음이 닿은 곳엔 쇠약한 모습으로 힘없이 누워 있는 한 할머니가 있었다.

"나 약 받아 왔어!"

살아온 세월을 증명하듯 고된 흉터들이 자욱한 얼굴이었다.

"어이구, 내 새끼. 고생했네."

허리가 불편한 탓에 몸을 일으키는 것조차 힘든 일이었지만, 마음만은 희강을 번쩍 들어 안아 쓰다듬어 주고 싶었다.

"그리고 여기 잘생기고 예쁜 형아랑 누나도 같이 왔어."

"응? 형아, 누나?"

희강이만 데려다주고 병실을 나서려 했으나, 제 바짓가랑이를 꽉 붙잡고 할머니에게 인사시키는 모습에 당황한 얼굴로 하윤이 희강을 내려다보았다.

작은 손으로 어찌나 야무지게 꽉 잡고 있는지 웃음이 날 지경이었다. 얼떨결에 안쪽으로 들어오게 된 하윤은 조심스럽게 인사를 건넸다.

"밑에 약국에서 기다리다가 우연히 만나서 병실까지 바래다줬어요. 아이가 어찌나 똑 부러지는지 너무 예쁘더라고요."

"아이고. 젊은 처자한테 본의 아니게 신세를 졌네요."

몸은 조금 불편했지만 목소리만큼은 단정하고 고우신 분이었다. 온화한 미소가 얼굴에 그늘진 주름을 환하게 비췄다.

"날도 더운데 시원한 커피라도 한잔 마시고 가요."

"네? 아니 괜찮습……."

"사양은 말아요. 내가 혼자 희강이를 약국에 보낼 때마다 마음이 편치 않았는데 고마워서 그러는 거니까."

서준을 올려다보니 그가 고개를 끄덕였다.

베푸는 호의를 거절하는 것도 어떻게 보면 예의가 아니라고 생각했다.

조심스럽게 구석 의자에 앉은 그들은 냉장고에서 아이스커피를 꺼내 따르는 희강의 모습을 지켜보았다. 희강을 지켜보는 눈동자에서 맑은 미소가 피어났다. 아마 다들 같은 마음일 것이라고 생각했다.

"저 조그마한 손으로 커피를 다 따르네."

"귀여운가?"

"저렇게 야무지게 커가는 거 보면 참 뿌듯하겠어요."

그 긍정적이고 밝은 에너지가 보는 이로 하여금 웃음이 나게 했다. 하윤은 한참 동안이나 희강의 뒷모습을 말없이 바라보았다. 가까이 다가온 서준이 그녀의 어깨를 꽉 안았다.

"우리한테도 저런 날이 올 거야."

"……정말 그럴까요?"

"그럼. 누구보다 예쁜 모습으로."

더 이상 말을 덧붙이진 않았다. 그저 따뜻한 손길로 어깨를 토닥였다.

"여기요! 내가 직접 커피 탄 거예요."

깊은 상념을 깨는 것은 희강의 밝은 목소리였다. 작은 종이컵에 커피를 담아 얼음까지 동동 띄어온 희강은 그들에게 조심스럽게 하나하나 내밀었다.

"고마워. 잘 마실게."

서준이 낮은 음성으로 대답했다.

✚　　　✤　　　✚

유현병원 정신 건강 의학과는 4층에 위치했다. 굳이 이곳으로 발걸음을 옮긴 건 세연을 만나기 위해서였다.

"근데 갑자기 세연 씨는 왜 보고 가자는 거야?"

"세연 씨가 온종일 보내는 공간을 좀 눈으로 보고 싶어서요."

"진료실이나 상담실은 왜?"

의아한 듯 서준이 시선을 옮겼다.

"세연 씨를 볼 때마다 기시감을 느껴요."

"어떤 상황에서?"

"세연 씨와 단둘이 있을 때 묘한 기분이 들거든요. 나를 지그시 바라보는 그 눈빛을, 분명 어디에선가 본 것 같다는 느낌이에요."

하윤의 말에 서준이 미간을 좁혔다. 심각한 표정으로 엘리베이터 버튼을 눌렀다.

"그래서 좀 확인해 보고 싶어요."

"그래. 온 김에 세연 씨를 보고 가는 게 이상할 건 없으니까."

"사실 어머님과 공통분모가 가장 많은 사람이잖아요."

유현병원에서 함께 일했다는 것과 지난 1년간 누구보다 하윤을 가장 가까운 거리에서 지켜볼 수 있었던 사람.

"난 당신 직감을 믿어."

사뭇 진지한 얼굴로 고개를 끄덕였다.

"그리고 간 김에 희강이에 대해서도 물어봐야겠다."

"아까 그 꼬마 아이요?"

"어. 보니까 그곳에서 지내는 것 같더라고."

때마침 엘리베이터 문이 열렸다. 그들은 4층 복도를 걸어가 세연의 진료실 앞에 섰다.

진세연 원장

똑똑. 조심스럽게 세연의 진료실에 노크를 했다.

"어?"

일을 보고 있던 세연이 놀란 듯 눈을 동그랗게 떴다.

"여기까지 어쩐 일이에요?"

"가벼운 감기 때문에 병원에 들렀다가 잠깐 세연 씨 얼굴 볼까 해서요."

"무슨 커피까지 사 오고……."

하윤의 손에 들린 커피를 본 세연이 작게 웃어 보였다.

"고마워요. 잘 마실게요."

그녀가 세연을 향해 커피를 건넸다. 앉으라는 듯 세연이 소파 쪽으로 손짓을 했다.

서준과 함께 나란히 앉은 하윤은 세연의 진료실 내부를 천천히 둘러보았다. 녹색 중심의 인테리어가 보는 이로 하여금 포근함을 느끼게 했다.

"여름 감기라니……. 머리 좀 아프시겠어요."

"약 먹으면 금방 낫는걸요."

하윤이 잔잔하게 웃어 보였다. 한쪽 벽면에 놓인 선반엔 다양한 물건들이 놓여 있었다.

정신과 서적들과 더불어 봉사 활동에서 찍은 사진도 예쁘게 전시되어 있었다.

"외과 입원실 513호에 있는 환자분에 대해서 알고 싶은데, 혹시 알 수 있습니까?"

"어떤 환자분이요?"

"입원해 계시는 건 할머니신데, 어린 남자아이와 같이 계시더라고요. 사정이 여의치 않아 보여 후원을 하고 싶은데 어떤 상황인지 대충이나마 알 수 있을까 합니다만."

"환자의 개인 정보를 쉽게 알려드릴 수는 없지만, 후원 목적이시라면……. 흠. 병원비 수납 상황만이라도 알아봐 드릴까요?"

"그럼 저야 감사하죠."

서준의 대답에 세연은 곧장 외과 쪽으로 전화를 걸었다.

잠시 후, 통화를 마친 세연이 소파로 되돌아와 입을 조심스레 입을 열었다.

"예상하신 대로 환자분이 어린아이와 단둘이 지내는데, 몇 달째 납부가 밀린 상황이라고 하네요."

세연은 전달받은 내용을 서준에게 얘기했다.

희강의 할머니가 입원해 있던 병실은 6인실이었다. 북적북적한 병실을 쓰는 것 자체로는 큰 문제가 되지 않았다.

문제는 몸이 불편한 할머니와 꾸준한 치료를 받아야 하는 희강이 한 침대에서 지내고 있다는 것이다. 침대 밑에 조그맣게 마련된 보호자용 시트에서 희강이 자는 것 같았다.

"아무래도 환자분이 고령이다 보니, 좋지 않은 곳이 한두 군데가 아니지만 형편상 수술을 못 받고 있는 상황이고요. 기초 수급자로 지원받는 돈은 아이를 치료하는 데 쓰고 있는 모양입니다."

그녀의 말에 하윤의 잇새로 안타까운 탄식이 새어 나왔다.

"병원 측에서도 이런 상황을 알고 미납 부분도 어느 정도 양해해 주는 것 같아요."

열악한 상황이었다. 미간을 찌푸린 서준이 구체적인 질문을 던졌다.

"아이가 입원해 있는 병실에서 할머니도 함께 지내는 것 같던데 그렇다면 제대로 된 거처는 없다는 말입니까?"

"네, 병원 측 동의하에 그곳에서 의식주를 모두 해결하고 있다는 걸 보면……."

6인실엔 장기 입원 환자가 없었다. 간단한 상해를 입어 휴식을 취해야 한다거나, 수술을 앞둔 환자가 잠시 머물다 가는 곳이었으니까. 그러나 희강은 그곳을 아예 거처로 삼고 있었다.

"안타깝지만 어떻게 할 수 있는 방도가 없으니까요."

"남는 1인실 있습니까?"

세연과 시선을 마주한 서준이 물었다.

"네? 있기는 하겠지만……. 그건 왜……."

"그럼 모든 비용은 제가 부담할 테니 당장 병실부터 옮기도록 합시다. 1인실에 추가 침대 놓아 주시고 할머니께서도 제대로 검사받아 치료받도록 해 주세요."

세연의 얼굴 위로 당혹감이 비쳤지만 서준은 단호한 목소리였다. 곧장 전화기를 든 세연은 입원실에 전화해 말을 전했다.

"호의가 부담스러울 수도 있으니 제 얘기는 빼 주세요. 병원 측에서 형편이 어려운 환자들을 선별해 제공하는 복지 정도라고 설명하세요."

"알겠어요. 그렇게 전달하라고 할게요."

옆에서 그들의 대화를 잠자코 듣고 있던 하윤이 불현듯 선반으로 고개를 돌렸다. 안에 담긴 서적들을 천천히 둘러보던 그녀가 돌연 미간을 찌푸렸다.

"……어?"

하윤의 시선이 닿은 곳엔 여러 장의 엽서들이 놓여 있었다. '소중한 아이들을 위한 행복한 세상 만들기'라는 주제로 열렸던 행사인 듯했다. 다양한 과일이나 채소를 이용해 문구를 쓰는 엽서인데, 그중에서 붉은색으로 쓰인 엽서가 하윤의 시선을 이끌었다.

그녀가 조심스럽게 그 엽서를 들어 보였다.

"하윤 씨. 무슨 문제라도 있어요?"

"이거……."

고개를 돌려 세연과 시선을 마주했다.

"아. 그건 제가 오디 즙을 이용해 쓴 엽서예요. 행복한 세상 만들기 캠페인이라고, 걱정이나 불안 우울 없는 이상적인 사회를 만들자는 취지의 행사였죠."

"좋은 취지의 행사였네요. 알았다면 저도 참가했을 텐데."

"아이들과 함께하는 행사라 일부러 왼손으로 글씨를 써서 어린아이들 필체처럼 표현하는 게 특징이에요."

"흥미롭네요. 다음엔 저도 참여할 수 있게 꼭 연락해 주세요."

"저희야 환영이죠."

세연이 웃으며 어깨를 으쓱였다.

그녀가 몸을 돌리자 하윤은 엽서를 조심스럽게 제 가방 안에 넣었다.

"저희야 참여자가 많을수록 좋으니까."

불현듯 세연이 시선을 하윤에게로 돌렸다. 한여름에 담요를 들고 다니기에 크게 아픈 건가 싶었던 세연이 걱정 어린 목소리로 말했다.

"그냥 가벼운 감기인데 이 사람 성격이 이래서요."

"여름 감기, 무시할 거 못 돼요. 처방받은 약 잘 챙겨 드셔야 해요."

"사방에서 걱정해 주니 몸 둘 바를 모르겠네."

하윤이 작게 웃음을 터트렸다. 그때, 휴대폰 액정을 확인한 서준이 잠시 눈짓을 하곤 조금 떨어진 곳에서 전화를 받았다.

"예, 최 비서님."

회사 업무와 관련된 전화일 것이라 생각한 하윤은 곧장 시선을 돌리며 세연과 대화를 이어나갔다.

"로펌엔 다시 안 나가요?"

"안 그래도 복직하고 싶은데…… 지금 당장은 일할 여력이 없기도 하고, 사표까지 던지고 나온 마당에 어떻게 해야 하나 싶기도 하고요."

"개인 사무실을 차리는 방법도 있잖아요."

왠지 모르게 그 말이 다른 일을 벌이지 말고 다시 제자리로 돌아가라는 것처럼 느껴졌다. 묘한 기분이 들었지만 하윤은 애써 내색하지 않았다.

"급한 일이 생겨서 먼저 가 봐야 할 것 같은데."

때마침 통화를 마친 서준이 그들에게로 다가왔다. 무슨 통화였는지, 급히 발걸음을 옮기고 싶은 마음이 얼굴 위로 고스란히 드러났다.

"회사에 무슨 일 생겼어요?"

하윤이 걱정스러운 얼굴로 서준을 올려다보았다.

"아니."

잠시 서준이 입술을 달싹였다.

"주현강 씨 측에서 연락이 왔대."

쿵. 머리를 한 대 맞은 것처럼 멍해졌다.

"……!"

놀란 듯, 멍한 건 비단 하윤뿐만이 아니었다. 함께 서 있던 세연 역시 당황한 듯 눈가에 어둠이 드리웠다. 한 번도 연락에 응하지 않았던 현강이 생각보다 빠른 시점에 답변을 주었다. 그것도 아주 긍정적인 방향으로 말이다.

"그럼 빨리 가 봐야죠."

하윤은 처방받은 약을 한 차례 복용한 상태라 조금 졸린 느낌이 있었지만 그래도 사건에 관한 일인 만큼 직접 나서고 싶었다.

변호사로서의 오명을 벗을 수 있는 열쇠가 아니던가. 무엇보다도 중요했다.

"중요하신 분 연락인가 봐요?"

옆에서 그들의 대화를 듣고 있던 세연이 조심스럽게 물었다.

"아, 죄송하지만 먼저 가 봐도 될까요? 세연 씨 만나서 오랜만에 이야기도 하고 차도 마시고 싶었는데 급한 일이라서……."

"그럼요. 오늘만 날인가요. 급한 일인데 가 보셔야죠."

"고마워요. 내가 다음에 날 잡아서 꼭 연락할게요."

잠시 내려두었던 담요를 챙겨 든 하윤은 서준과 함께 곧장 상담실을 나섰다.

✛　　　✚　　　✛

서준은 곧장 차를 몰아 회사로 향했다. 모든 행동엔 그만한 이유가 존재한다고 생각했다.

"딸에 대한 이야기를 꺼내니까 마음을 바꾸는군."

서준이 서둘러 차를 출발시키며 입을 열었다.

"어쨌든 뒷돈을 받고 증언을 번복하는 건 범법 행위인데 그걸 인정하게 되면 딸아이 곁에 있어 줄 수 없을 테니까요."

"아마 그래서 결정을 내리기가 힘들었을 거야."

대가를 받고 증언을 번복하는 일은 엄연히 범죄 행위였다. 그런 현강이 모든 걸 감당하면서까지 진실을 밝히러 한국에 오겠다는 의지를 표한 것은 가볍게 여길 만한 일이 아니었다.

"어쨌든 우리 쪽과 손을 잡는다는 건 원하는 게 있다는 얘긴데……."

"그게 핵심이지."

서준이 시동을 걸며 대답했다. 현석이 있는 곳으로 가기 위해 서둘러 차에 올라탔다. 안전벨트를 굳게 매던 하윤이 곰곰이 생각에 잠겼다.

"목적이라……."

주현강의 머릿속을 꿰뚫어 볼 수 있다면 얼마나 좋을까.

거액을 받고 증언을 번복했으니, 이번엔 진실된 증언을 하는 대가로 더 큰 액수를 요구할 거라 생각했다.

가장 기본적인 관계는 언제나 돈으로 얽히는 법이니까 말이다. 대낮에 처참하게 사람이 죽어나는 요즘, '돈'이라는 수식어만 갖다 붙이면 모든 게 다 설명되는 세상이었다.

"가장 쉽게 설명할 수 있는 건 늘 그랬듯 돈이겠죠."

"……."

"그런데 그 많은 걸 잃고 요구할 만한 게 과연 돈밖에 없을까 싶기도 하고요."

하윤이 복잡한 얼굴로 차창을 바라보았다.

"분명히 뭔가 더 있을 거야."

차를 몰던 서준이 조심스럽게 입을 열었다.

"사실 오롯이 돈이 목적이었다면 이렇게까지 시간을 끌 이유는 없었어."

"우리를 신뢰하지 못했던 거라면요?"

"유현그룹이 가진 입지가 그 정돈 아니라고 봐. 증언을 번복한 대가로 받은 금액보다 몇 배는 불려서 쳐 줄 수 있는 기업이라는 걸 본인도 잘 알았을 거야."

생각이 더욱 복잡해졌다. 주현강이 진심으로 원하는 게 무엇일까 곰곰이 생각해 봤다.

"그때처럼 아이에게 문제가 생겨 도움이 필요한 걸 수도 있고, 아니면 이제라도 아이에게 부끄럽지 않은 떳떳한 아버지가 되고 싶었을 수도 있지."

"뭐가 됐든 주현강은 말로 회유할 수 있는 상대라는 거예요."

"맞아. 적어도 나쁜 사람은 아닌 듯해."

공감한다는 듯 서준도 고개를 끄덕였다.

"그리고 지켜야 할 누군가가 있다는 사실은 적들로 하여금
더할 나위 없이 좋은 약점이 되지."

유려한 손놀림으로 핸들을 돌리는 서준의 모습에선 일말의
망설임도 느껴지지 않았다.

"안타깝지만 우린 그 점을 이용해서 주현강을 설득해야 하
고."

운전하는 모습에서도 평소 서준의 성격이 고스란히 느껴졌
다. 현강을 잘 알고 있는 것처럼 얘기하는 서준의 모습에 하윤
의 시선이 돌아갔다.

"내가 당신을 지키기 위해 그랬었거든."

낮은 음성이 심장에 파고들었다. 하루에 몇 번씩이나 훅 들
어오는 이 남자가 이제는 감당이 안 될 지경이었다.

"모든 걸 포기할 수 있었어."

서준이 나지막하게 미소 지었다.

"분명 주현강도 그럴 거야."

지켜야 할 자식이 없이 혼자 사는 인생이었다면 정말 단순
히 부귀영화를 바라보고 그런 선택을 했을 수도 있다.

하지만 그에겐 눈에 넣어도 안 아플 자식이 있었다. 무엇과
도 바꿀 수 없는 존재를 지키기 위한 선택이기에 서준이 이해
한다는 듯이 말했다. 사랑하는 사람을 지킨다는 건 그런 일이
었다.

"어린 딸아이를 지키기 위해서 자신의 양심쯤이야 팔 수 있
었겠지. 사랑하는 사람에 비하면 그런 건 아무것도 아니니까."

"……."

"내가 당신이 없으면 아무것도 아니었던 것처럼."

잠시 신호가 빨간 불에 걸리자 서준이 몸을 돌려 하윤과 시선을 마주했다.

내 목숨을 바쳐서라도 지키고 싶은 여자.

그리고 영원히 곁에 두고 함께하고 싶은 여자.

언제나 제 욕망을 터트리게 만드는 그 여자가 지금 옆에 함께 있다는 사실이 감사했다.

"이번 일을 겪으면서 느낀 게 있어."

조심스럽게 하윤의 눈가를 쓰다듬었다.

"내가 믿고 있던 신념이 틀릴 수도 있다는 거."

"원래 세상은 선과 악의 경계에 있는 거니까요."

처음엔 받아들이기 힘들었다.

완벽하다고 믿었던 제 어머니가 그런 짓을 벌였다는 것도, 벌 받아야 마땅하다고 생각했던 민준 역시 또 하나의 피해자였던 것도 말이다.

"절대 악과 절대 선은 없어요."

"맞아. 필요악은 있을지라도."

말이 끝나기가 무섭게 신호가 초록 불로 바뀌었다.

✝   ✠   ✝

하윤과 서준이 병실을 나가고 난 뒤, 세연은 의자를 뒤로 젖힌 채 기대어 앉아 있었다.

기다란 손톱으로 책자를 톡톡 두드렸다. 아무것도 바르지 않은 투명한 색의 손톱이었지만 그날의 기억 탓에 손톱 위로 붉은빛이 감도는 것 같다는 착각이 일었다.

"미국에서 조용히 살고 있는 주현강에게 연락을 했다? 나도 모르는 새에 주현강과 연락을 하고 있었단 말이지."

세연이 조심스럽게 제 손등을 쓰다듬었다.

"기억을 되찾았다더니, 기어이 그 사건을 들쑤시고 다니는구나."

그녀의 머릿속에 '주현강'이라는 이름 석 자가 계속해서 맴돌았다. 꼬여 버린 상황에 골치가 아팠다.

"이래서 거슬리는 건 애당초 싹을 잘랐어야 하는 건데."

세연이 차가운 목소리로 중얼거렸다.

제대로 매듭짓지 않고 일을 처리한 게 화근이었을까, 불쌍한 인생이라며 현강에게 일말의 기회를 줬던 과거 자신의 행동이 후회가 됐다.

"내가 멍청했어. 그냥 죽여 버렸어야 하는 건데."

냉소가 섞인 목소리로 중얼거렸다. 사건 당시에 목격자라며 신고를 했던 현강을 소리소문없이 처리하는 건 일도 아니었다.

오지랖이 넓은 건지 아니면 어리석은 건지. 어린 딸도 있다면서 그런 신고를 한다는 것 자체가 세연으로서는 이해할 수 없는 일이었다.

"아픈 지 딸이나 잘 지킬 것이지. 일을 왜 벌이는 거야."

목격자가 있다는 사실은 들은 뒤로 곧장 현강에 대한 뒷조사를 하기 시작했다.

가장 흥미를 이끌었던 건 어린 딸의 병원 기록이었다. 국내에선 사례가 없는 희소병을 앓고 있던 탓에 골머리를 앓는 모양이었다.

그런 딸을 두고 정의니 양심이니 하는 것들로 그런 위험한 짓을 벌인다는 것 무모하다고 생각했다.

"이걸 어떻게 해야 하나."

조심스럽게 서랍 안에 넣어 둔 메스를 꺼냈다. 현재 정신과에 몸을 담고 있긴 했지만 그녀는 꽤 능숙하게 메스를 다룰 줄 알았다.

다른 과 교수들과의 숱한 만남을 통해 어깨너머로 보고 배운 기술이었다.

"대를 위해 작은 소가 희생되는 것쯤이야 당연한 논리지."

아슬아슬한 손길로 메스를 쓰다듬던 세연이 중얼거렸다. '기유민'이란 환자를 살해하기로 마음먹은 건 온전히 제 욕망과 성공을 위해서였다.

날카로운 메스 위로 그날의 기억들이 주마등처럼 스쳐 지나갔다.

바야흐로 1년 3개월 전.

"네. 들어오세요."

노크 소리에 세연이 고개를 들었다. 온화한 목소리로 환자를 맞이한 그녀는 유능한 의사였다.

"전화로 상담 예약 주셨던 기유민 님 맞으시죠?"

"……네."

"이쪽으로 앉으세요."

세연은 친절한 미소와 함께 유민을 자리로 안내했다. 낮게 시선을 내리깔고 있는 유민은 어딘가 모르게 불안한 모습이었다. 정신과 의사인 세연에게 그런 모습쯤은 익숙했다.

세연은 아무렇지 않게 몸을 일으켰다. 손톱을 짓누르는 모습을 지켜보던 그녀가 따뜻한 차 한 잔을 내어 오며 유민을 마주 보고 앉았다.

"마음이 편안해질 거예요."

"감사합니다."

"어떤 일로 이곳을 찾아오셨는지 편하게 말씀해 주시겠어요?"

세연의 다정한 목소리에 유민은 어둠이 가득한 얼굴로 입술을 달싹였다. 대개 이곳에 찾아오는 사람들이 그렇듯 속에 담긴 이야기를 꺼내는 걸 망설이곤 한다.

"친한 언니가 이곳에서 상담을 받곤 좋아졌다고 해서요."

"그러셨구나. 잘 찾아오셨어요."

유민의 용기 있는 선택에 박수를 보내듯 따뜻한 목소리로 대답했다.

"여기까지 오는 데에도 엄청난 용기가 필요하거든요."

"……."

"환자분께선 이미 그 한 걸음을 내디던 것만으로도 충분히 멋있으세요."

잔잔한 음성에도 유민은 여전히 침묵했다. 좀처럼 입술을 떼지 않았다.

제 안에 있는 어둠을 끄집어내기 두려워서일까. 그런 유민을 빤히 응시하던 세연이 불현듯 화제를 돌렸다.

"오늘 기상 예보에선 날이 맑다고 하던데, 밖에 비 오죠?"

"……네. 조금 내리네요."

유민이 망설이는 걸 본 세연이 불현듯 화제를 돌렸다. 유민의 얼굴 위로 당황한 기색이 역력했다.

"기상 예보는 항상 어긋나는 것 같아요."

차를 한 모금 마신 세연이 평온한 얼굴로 대화를 이어 나갔다.

"언제나 예상과 다르게 빗나가죠."

그녀가 부드러운 손길로 찻잔을 어루만졌다.

"삶도 마찬가지예요. 내 뜻대로 되지 않을 때가 더욱 많은 법이죠. 공들였던 일이 한 번에 무너지기도 하고 예상치도 못했던 행운이 찾아올 때도 있고."

세연이 어루만지던 찻잔을 내려놓고 유민과 진득하게 시선을 마주했다.

"저 스스로가 제어가 안 되는 느낌이에요."

"어떤 부분에서 유민 씨가 그렇게 느꼈는지 알 수 있을까요?"

"하루에도 몇 번씩 이유를 알 수 없는 우울감이 나를 집어삼켜요. 아무렇지 않다가도 돌아서면 내가 인생에 패배자가 된 것 같고……."

유민의 음성 끝에 울먹임이 묻어났다. 잠자코 유민의 이야기를 들으며 간간이 조언을 했다.

여느 환자와 다를 게 없었다. 삶이 무기력하고 스스로가 보잘것없는 사람처럼 느껴지는, 전형적인 우울증 증세였다.

그랬던 그녀가 세연에게 있어 특별한 환자가 되어 버린 건 그로부터 한 달 후였다.

"뭐? 기유민?"

날카로운 세연의 음성이 천장을 뚫을 듯 하늘로 솟구쳤다.

"언니는 절대 자살할 사람이 아니라고 의료 과실을 인정하라고……."

쾅! 보고가 끝나기도 전에 세연이 책상을 내리쳤다.

"목소리 안 낮춰?"

세연의 날카로운 눈빛이 간호사에게 닿았다. 윽박지르는 모습에 간호사의 얼굴이 새하얗게 질렸다.

"감히 어디서 그 얘길 입 밖으로 내?"

"저도 모르게 그만……."

"죽고 싶지 않으면 당장 그 입 다물어."

간호사의 아랫입술이 파르르 떨렸다. 세간에 절대로 알려져선 안 되는 이야기였다.

"강숙희는 누가 뭐래도 자살로 죽은 거야. 정신병을 이기지 못해서 스스로 죽음을 택한 거라고. 알아들어?"

"죄, 죄송합니다."

"병원 과실로 강숙희가 사망했다는 사실은 절대로 알려져선 안 돼."

"그럼 어떻게 처리를……."

오늘 아침 상담실에서 있었던 일들을 조심스럽게 읊는 간호사는 세연의 눈치를 보며 머뭇거렸다.

"정말 별게 다 달라붙네."

머리가 아픈 듯 세연이 이마를 짚으며 의자에 주저앉았다.

"어떻게 해야 할까요."

"그래. 가족처럼 지내던 언니가 하루아침에 사라졌으니 슬프겠지."

유민의 슬픔에 공감한다는 듯 얘기했지만 음성은 다소 차가웠다.

"슬픈 건 알고 있지만 내 커리어에 흠을 내는 건 볼 수 없어. 내가 어떻게 해서 이 자리까지 올라왔는데."

생각을 정리하려는 듯 세연이 두 눈을 지그시 감았다. 가만히 내버려 두면 시위라도 벌일 모양이라고 했다. 의료 과실로 사망한 강숙희의 일이 수면 위로 올라온다면 의사로서 세연은 끝인 거나 다름없었다.

"우리 병원 정신과에 기록이 있는 여자잖아. 이참에 못을 박아 버리는 거야."

"네? 어떻게……."

"그 여자가 무슨 말을 지껄여도 못 믿게 만드는 거지."

눈을 뜬 세연이 도도하게 팔짱을 꼈다.

"예를 들면 과대망상증 같은 거."

놀란 듯 간호사의 눈빛이 흔들렸다. 엄청난 일을 아무렇지도 않게 지시하는 세연의 모습에 두려움이 몰려왔다.

"병원 기록을 조작해. 약물 과다 투여로 강숙희가 사망했다는 사실이 세상에 알려지면 난 끝이야."

무거운 목소리가 내려앉았다.

"내가 여태껏 쌓아온 커리어에 절대로 흠집을 내는 일은 없을 거야."

"그렇지만 두 번이나 일을 벌이시는 건……."

"너만 제대로 입 다물고 있으면 아무 일도 없어."

단호한 목소리로 간호사를 향해 일렀다.

"계속해서 사건을 밝히려고 한다면 그땐 그냥 죽이면 돼."

세연은 지나치게 이성적이었고, 또 잔인했다.

"그깟 과대망상증 환자 하나 죽는다고 대한민국이 관심 가져 줄 리 없으니까."

욕망으로 똘똘 뭉친 사람이었다. 날이 갈수록 유민의 행동은 대범해져 갔고, 결국 말이 새어 나가는 걸 막기 위해선 극단적인 선택을 할 수밖에 없었다.

똑똑.

노크 소리와 함께 세연의 회상이 깨졌다. 반쯤 열려 있던 서랍을 닫은 그녀가 들어오라는 말을 전했다.

"환자분 상담 있으셔서요."

"응. 들어오시라고 전해."

또 한 명의 환자가 들어왔다. 세연은 아무렇지 않게 다시 환자를 마주했다.

그녀는 의사로서 자부심이 상당했다. 지난 일에 대한 죄책감 같은 건 없었다.

"어떤 일로 오셨는지, 저한테 편하게 말씀해 주실 수 있으세요?"

좀 전까지 얼굴에 서려 있던 독기는 온데간데없었다. 세연이 온화한 얼굴로 환자를 향해 입을 열었다.

무거운 분위기 속에서 집무실에 도착한 서준과 하윤은 곧장 자리에 앉았다.

　"현재 주현강 씨는 친누나인 주성희 씨와 딸 주현서 양과 함께 미국에서 지내고 있답니다."

　"그쪽에서 원하는 게 뭡니까."

　서준이 한껏 진지한 얼굴로 물었다.

　"모든 진실을 얘기하는 대가로 몇 가지 조건을 요구했는데……."

　현석은 현강과의 통화 내용을 조심스럽게 브리핑했다.

　"첫 번째 조건은 예상했던 대로 딸 주현서 양의 수술비 지원입니다. 현재 수시로 발작을 일으키는 희소병을 앓고 있는데, 첫 번째 수술이 끝난 뒤 증상이 재발하는 바람에 재수술을 받아야 하는 상황이라고 합니다."

　역시 아이의 건강에 문제가 있는 듯했다.

　"희소병이요?"

　"네. HG―1라는 명칭으로 분류된 병인데, 세계 인구의 0.5%만 앓는 병이라고 합니다. 미국 내에 같은 병을 앓고 있는 환자가 두 명 존재하고요."

　"국내에는 같은 병을 앓고 있는 환자가 없는 겁니까?"

　"아직까진 없는 것으로 파악됐습니다."

　"주현강 씨 속이 문드러지겠군요."

　서준이 깊은 한숨을 내쉬었다.

　딸아이에게 문제가 있을 거라고 예상은 했지만 그게 희소병일 거라곤 생각하지 못했다.

　눈에 넣어도 안 아플 하나뿐인 딸이 희소병을 앓고 있다면 얼마나 가슴이 찢어질까 싶었다.

"당시 거액을 받은 후 황급히 출국했던 이유도 아이의 수술 때문이라고 합니다."

"예상했던 그대로군요. 또 다른 조건은 무엇입니까?"

"앞으로의 경제적 지원을 보장해 달라고 합니다. 수술비는 물론, 후에도 정상적인 생활을 하는 데에 필요한 생활비나 교육비 등 모든 경제적인 자금을 지원해 달라는 조건을 내걸었어요."

결국 가장 큰 목적은 '돈'이었다.

"한국으로 돌아와 진실을 밝히게 되면 주현강은 구속될 테니, 홀로 남을 아이가 걱정이 됐겠죠."

잠자코 얘기를 듣던 하윤이 말을 덧붙였다. 잠시 말없이 손가락을 까닥거리던 서준이 입을 열었다.

"좋습니다. 당장 수술 진행하라고 전하세요. 그리고 수술이 끝나는 대로 주현강 씨는 곧장 한국으로 데려올 테니 그렇게 전달해 주시고요."

금액이 얼마가 됐든 그건 중요하지 않았다. 주현강을 회유하는 데 성공한 것만으로도 그들에겐 큰 이득이었다. 그들에게 현강은 마지막 동아줄이었다.

"알겠습니다. 그리고 한 가지 조건이 더 있는데……."

돌연 현석이 말끝을 흐렸다. 현강이 제시한 조건은 총 세 가지였다.

앞서 얘기한 두 조건은 그들이 예상했던 범위 내 조건이었다. 그러나 마지막 대목은 조금 달랐다.

"말씀하세요."

"한국으로 돌아왔을 때 작은 사모님을 꼭 단둘이 만나야겠다고 하시더군요. 그리고 제게 범인을 잡겠다는 확신을 주기 전까진 움직이지 않겠다고."

작은 사모님이라 함은 하윤이었다. 사건의 변호를 맡았던 그녀에 대한 신뢰가 부족한 모양이었다. 당황한 듯 서준의 미간이 깊게 파였다.

"왜 하필 단둘인 겁니까?"

"이유는 저도 잘 모르겠습니다만, 사건에 관한 이야기를 전하려는 게 아닐까요."

현석의 시선이 조심스럽게 하윤에게로 향했다.

"어떤 상황에서도 진범을 꼭 잡겠다는 약속을 받고 싶은 거겠죠. 주현강은 모든 걸 내려놓고 한국에 오는 거잖아요."

"그렇지."

"만일 진실을 밝히기 위해 그날의 일에 대해 입을 열었는데 진범을 잡지 못한다면, 주현강 본인과 제 아이에게 피해가 올 수도 있으니까요."

그에게 확신을 주는 것쯤이야 어렵지 않다고 생각했다. 이 상황에서 누구보다 범인을 잡고 싶은 건 하윤이었으니까.

"최 비서님. 알겠다고 전해 주세요. 단둘이 만나는 건 어렵지 않으니까."

하윤은 별거 아니라는 듯 어깨를 으쓱였다. 그러나 서준은 영 마음이 편치 않은 듯 낯빛이 어두웠다.

"쉽게 생각하면 안 돼. 주현강이 진범과 접촉하고 있을 확률을 아예 배제할 순 없어."

"만일 주현강이 뒤에서 범인과 접촉하며 우릴 떠보는 거라

면, 단둘이 만났을 때 나누는 대화를 통해 분명 무언가를 알아
낼 수 있을 거예요."

"당신이 다치게 될 가능성도 있다는 얘기야."

그건 주현강 개인과는 다른 문제였다. 사랑하는 사람을 지
키기 위해서라면 얼마나 잔인해지고 무모해질 수 있는지 그
역시 잘 알고 있었기 때문이다.

"주현강이 자신과 제 아이가 행복하게 살아가는 데 있어서
우리 쪽보다 범인 측이 더 도움이 된다고 판단했다면, 당신을
해칠 수도 있어."

"당신이 날 걱정하는 마음은 잘 알지만, 난 무섭지 않아요."

서준의 우려 섞인 목소리에 하윤이 단호하게 대답했다.

"그리고 설령 나한테 위험한 일이 생긴다 하더라도 주현강
을 한국으로 데려오는 게 급선무고요."

그녀가 딱 잘라 얘기했다. 조금씩 사건의 전말이 보이고 있
었다.

사사로운 감정에 치우칠 때가 아니었다. 서로의 시선이 팽
팽하게 맞닿았다.

"알겠습니다."

서준의 입술이 느슨히 벌어졌다. 그는 여전히 하윤에게 시
선을 고정시킨 상태였다.

"일단 주현강 측에서 요구한 금액 바로 입금해 주시고, 당
장 수술 날짜 잡으라고 하세요."

"알겠습니다. 수술비만 입금이 된다면 수술은 곧바로 가능
한 상황이랍니다."

"다행이네요."

서준이 낮은 음성으로 대답했다. 하윤의 말이 맞았다. 지금은 그녀에 대한 걱정은 잠시 미뤄두는 게 옳았다.

"그럼 세 가지 조건 모두 수락하는 것으로 거래 진행하고, 수술이 끝난 직후 비행기 편 예약해서 주현강 씨에게 전달하세요. 새벽 비행기도 상관없으니 최대한 빨리."

"아이와 이별할 시간은 줘야 하지 않을지……."

수술 직후라는 게 마음에 걸리는 듯 현석이 조심스럽게 입을 열었다.

"이별의 시간이 길어지는 게 오히려 더 독일 수도 있습니다. 게다가 시간을 끌수록 불리해지는 건 저희니까요."

"알겠습니다. 그럼 수술 직후 비행기로 전달하겠습니다."

"네. 그렇게 해 주세요."

걱정되는 마음을 애써 억누르며 서준이 대답했다. 그때, 주머니 속에서 진동을 느낀 현석이 곧장 휴대전화를 꺼내 들었다.

"잠시만요."

짧은 양해를 구한 현석은 곧장 전화를 받아 들었다. 말투에서 정중함이 한껏 묻어나는 것을 보던 서준은 누군지 알 것 같다는 듯 그에게 물었다.

"아버지입니까?"

"예. 근데 회장님께서 이사님을 좀 모셔 오라십니다."

"저를요?"

이번엔 대답 대신 고개를 끄덕였다.

욱진이 병원에 입원한 후, 아직까지 찾아뵙지 못한 상태였다. 그런 상황에서 직접 그를 호출하니 불안한 마음이 엄습했다. 혹시 건강이 더 악화된 건 아닌가 싶었기 때문이다.

"지금 바로 차 대기시킨답니다. 건강 상태가 더 악화되었다거나 그런 건 아니니 너무 걱정하지 않으셔도 됩니다."

서준의 마음을 읽은 듯 현석이 구태여 말을 덧붙였다.

"아마 따로 할 얘기가 있으신 듯합니다."

"다행이군요."

그제야 안도의 한숨을 내쉬었다. 손목에 찬 시계를 한 번 확인한 서준이 먼저 발걸음을 옮겼다.

"바로 호텔 들어가서 푹 쉬어."

못내 아쉬웠는지, 집무실을 나서기 전 하윤과 시선을 마주했다.

오늘은 약을 먹고 푹 쉬어야 감기가 금방 떨어질 것이라는 걸 잘 알고 있었다.

"안 그래도 그러려던 참이었어요."

"아버지한테 들렀다가 바로 갈게."

"내 걱정은 말고 얼른 가 봐요."

"약 챙겨 먹고."

집무실을 나가는 그 순간에도 서준의 머릿속은 하윤에 대한 걱정으로 가득 차 있었다. 감기 탓에 맹맹한 목소리가 계속해서 마음에 걸렸다.

"최 비서님, 하윤이 좀 호텔까지 잘 바래다주세요."

"걱정하지 않으셔도 됩니다."

듬직한 현석의 대답까지 듣고 난 후에야 서준은 집무실을 나섰다.

현강은 수술실 밖 의자에 처연한 얼굴로 앉아 있었다. 잔뜩 야위어 그림자가 드리운 양 볼이 안타깝게만 느껴졌다.

"현강아, 들어가서 눈 좀 붙여."

그 모습을 보다 못한 성희가 한마디 내던졌다.

"안색이 너무 안 좋아."

"괜찮아. 좀 피곤한 것뿐이야."

"여긴 내가 지키고 있을게."

"애가 저렇게 고생하는데 내가 어떻게 그래."

아버지로서 이 정도도 못 해 주는 건 너무도 슬픈 일이라고 생각했다.

물론 수술은 성공적으로 끝이 날 테고, 두 번째 수술이니 저번보다 더 좋은 경과가 있을 것이라는 건 확신했다.

다만, 수술이 끝난 뒤에 곧장 딸을 두고 한국에 가야 한다는 사실이 무겁게만 느껴졌다.

"곧 비행기도 타야 하잖아."

"……그러게."

"조금이라도 쉬어야지."

그럼에도 발길이 제대로 떨어지지 않았다. 자꾸만 어린 딸이 마음에 걸렸다.

그나마 다행인 건 이번에 접촉해 온 쪽이 일 처리가 빠른 사람들이라는 거다. 약속된 금액을 채 하루도 지나지 않아 곧장 송금해 주었다. 적어도 뱉은 말은 지키는 타입이라는 게 그나마 위안이 됐다.

그늘진 얼굴을 양손으로 감싼 채 몸을 일으킨 그때였다.

"주현강 씨?"

"예? 예, 예."

수술실 안에서 담당 의사가 걸어 나왔다. 평소와 다를 게 없는 반응을 보니 예상했던 대로 수술은 차질 없이 성공적으로 끝난 듯했다.

"말씀드렸던 대로, 안 좋아질 게 없는 수술인지라 당연히 성공적으로 끝났고요."

첫 문장에서 현강이 안도의 한숨을 깊게 내쉬었다.

"물론 이 병이란 게 완치라는 개념이 없어서 꾸준히 옆에서 케어를 해 주셔야 하지만 앞으로는 이전보다 무호흡 증상과 발작 증상이 현저히 줄어든 걸 보실 수 있을 겁니다. 아마 처방된 약만 꼬박꼬박 드셔도 큰 무리 없이 사회생활을 할 테고요. 두 번의 수술 모두 늦지 않은 때에 시행해서 다행이에요."

"……하."

의사에 말에 다리에 힘이 빠진 듯, 현강이 보호자 석에 털썩 주저앉았다.

성공적으로 끝이 날 거라는 것을 알면서도 심장이 두근거리는 건 어쩔 수 없는 노릇이었다. 결과를 직접 마주하니 다행이라는 생각과 함께 몸이 노곤해져 힘이 빠졌다.

"정말 감사합니다."

"전 그저 할 수 있는 최소한의 일을 했을 뿐인걸요."

"정말, 정말…… 감사합니다."

인사치레가 아닌 듯, 단어 한 글자 한 글자를 발음하는 그의 모습에서 진심이 느껴졌다. 진심 어린 인사에 의사 역시 고개를 숙이고는 수술실을 빠져나갔다. 성희와 함께 둘만 남게 된 그 자리에 삭막한 분위기가 내려앉았다.

"뭘 그렇게 긴장을 하고 있었어."

성희가 그를 토닥이며 말했다.

"당연히 성공적으로 끝날 수술이었는데."

"의사 말로는 그랬지만 혹시 하는 마음에……."

"전부 다 잘 끝났어. 이제 마음 좀 놓아."

성희가 현강의 어깨를 토닥였다. 수술이 성공적으로 끝났으니 한고비는 넘긴 거나 마찬가지인데 그럼에도 더 큰 고비가 그들을 기다리고 있었다.

"나중에 현서가 커서 법이 뭔지 알게 되는 날이 오면 어떻게 될까."

"……뭐?"

"위증죄가 뭔지 알게 된다면 내가 했던 행동들을 부끄러워하겠지. 아빠가 이렇게 비겁한 사람이라고 생각하면서."

현강이 시선을 낮게 내리깔았다. 무거운 죄책감이 그의 어깨를 짓눌렀다.

"솔직히 내가 한 선택에 대한 마땅한 벌을 받는 건 무섭지 않아. 어쩌면 당연한 거라 생각해."

그가 메마른 얼굴을 손으로 쓸어내렸다.

"근데 훗날 현서가 날 보면서 실망하게 될까 봐 그게 너무 무서워."

그게 가장 두려웠다. 아이와 떨어져 지내는 시간보다, 그 아이가 모든 걸 알게 되는 순간이 오면 자신이 너무도 한심한 존재가 되어 있을까 봐 무서웠다. 안타까운 눈빛이 그에게 닿앉다.

"현서, 네가 생각하는 것보다 어른스러운 애야."

아픈 자신을 위해 아빠가 얼마나 희생하는 삶을 사는지 누구보다 잘 알고 있었다.

어린 나이에 일찍 철이 든 아이였다. 또래 아이들처럼 무언가를 사 달라고 떼를 쓰거나 불편하게 살아야 하는 제 삶에 대해 단 한 번도 불평한 적이 없었다. 그저 고모인 성희와 아빠와 다 함께 지낼 수 있는 것에 만족하는 아이였다.

"그러니까 그런 날이 와도 현서는 이해할 거야. 아빠가 자기를 지키기 위해 어떤 선택을 했었는지, 어떤 희생을 한 건지 다 알 거라고."

성희의 목소리에 현강이 유리창 너머로 곤히 잠들어 있는 현서의 모습을 지그시 바라보았다. 이렇게 곁에서 바라볼 수 있는 것도 얼마 남지 않았다는 사실이 안타까웠다.

"누나."

현강이 고개를 돌려 성희와 시선을 마주했다.

"나 두 시간 뒤 한국으로 돌아가."

"뭐라고?"

당황한 듯 성희의 눈빛이 세차게 흔들렸다.

"그런 중요한 얘기를 왜 이제……!"

차마 말을 잇지 못했다. 적어도 수술이 끝난 뒤 하루 정도는 함께할 수 있을 거라고 생각했기 때문이다.

"적어도 현서한테 얼굴은 보이고 가야지. 일어났는데 아빠가 없으면 애가 그걸 받아들일 수 있겠니?"

"누나가 옆에 있을 거니까 괜찮아."

현강은 마음을 다잡은 듯 덤덤한 목소리로 얘기했다.

"차라리 잘됐어. 현서 얼굴 보면 또 마음이 흔들릴 거고 나
도 쉽게 발이 떨어지지 않을 테니까."

"현서한텐 뭐라고 얘기해야 하니, 정말……."

성희의 목소리 끝에 울먹임이 묻어났다. 모든 상황이 막막
하게만 느껴졌다.

"금방 돌아온다고 얘기해 줘."

현강이 단호한 목소리로 대답했다.

"한국에 볼일이 있어서 잠깐 가는 거라고, 금방 다시 돌아
올 거라고."

"……어쩌다 그런 일에 엮여서는 정말."

머릿속이 복잡한 듯 성희가 깊은 한숨을 내쉬었다. 어디서
부터 일이 이렇게나 꼬여 버린 건지, 봐서는 안 될 사건을 목
격한 게 이리도 큰 파장을 불러일으킬 줄은 몰랐다. 결혼하기
전까지만 해도 현강은 평범한 직장을 다니며 평범하게 살았
다. 풍족하진 않았지만 그렇다고 해서 부족하지도 않았다.

"지금 이 모습이 마지막이 되겠네."

잠들어 있는 현서를 한없이 짙은 눈망울로 응시했다.

"우리 예쁜 현서, 눈에 마음껏 담아 둬야지."

아직 깨어나지 않은 현서의 얼굴을 바라보며 그가 나지막이
얘기했다.

17화

엉킨 실타래

　병원까지 무사히 도착한 서준은 욱진의 병실로 서둘러 발걸음을 옮겼다.

　"생판 남 병문안을 오는 것도 아니고 그런 건 뭣 하러 사와."

　서준의 오른손에 들린 음료 박스를 본 욱진이 낮은 목소리로 입을 열었다.

　"그럴 필요 없는데."

　"아버지가 좋아하시는 거라 오는 길에 사 왔습니다."

　"그래, 고맙다. 잘 마시마."

　욱진은 몸을 일으켜 소파에 자리했다.

　"멀뚱히 서 있지 말고 여기 앉아라. 오는데 기자들이 따라붙진 않았고?"

　"걱정했는데 다행히 없었습니다."

　불과 며칠 전보다 많이 좋아진 모습이었다.

"상황이 상황인 만큼 더욱더 조심해야 할 필요가 있어."

한 그룹의 수장이라는 위치 때문일까, 그의 아래 수많은 직원들의 생계가 달려 있었으니 그럴 수밖에 없었다.

"몸은 좀 어떠십니까."

"나이를 먹으면 이곳저곳 병드는 게 당연하지."

"회복하신 것 같아서 다행이네요."

서준은 음료 하나를 꺼내어 욱진에게로 내밀었다.

"죄송합니다. 가장 먼저 찾아뵀어야 하는 건데."

"네가 무슨 마음으로 이곳에 오길 꺼렸는지 말하지 않아도 잘 알고 있다."

부은 손으로 음료를 건네받은 욱진은 조심스럽게 입을 열었다.

그의 말에 서준이 시선을 낮게 내리깔았다.

"그러니 내게 미안해할 필요 없어."

"아버지께 면목이 없습니다."

"넌 그저 옳은 선택을 한 게야. 잘못을 묻자면 나와 네 엄마에게 있겠지."

욱진의 잇새로 자조적인 목소리가 새어 나왔다. 서준은 제 손으로 아버지의 가슴에 대못을 박은 것 같아, 묵직한 죄책감이 몰려왔다.

그가 마주 잡은 제 손을 사뿐히 무릎 위에 올려놓았다. 욱진과 쉽게 눈을 마주하지 못했다.

"오늘 내가 널 부른 건 그냥 아비 된 입장으로 부른 거다."

서준에게 시선을 고정한 채 욱진이 말을 이었다.

"그저 내 아들이 보고 싶었을 뿐이야."

그의 말에 서준이 천천히 고개를 들었다.

"사고 직후에 가족을 등지고 떠난 너를 보며 속이 타들어 가는 것 같았지. 넌 단 한 번도 날 실망시킨 적이 없었던 아이니까."

과거를 회상하던 욱진의 얼굴 위로 씁쓸함이 피어올랐다. 서준은 잠자코 그의 이야기에 귀 기울였다.

"그때 왜 널 믿어 주지 못했을까, 정말 후회가 되더구나."

"제가 아버지였더라면……."

욱진의 가슴에 대못을 박고 떠났던 건 그였다. 오로지 하윤이라는 사람 하나만을 바라보고 가족을 등졌다. 서준의 눈가에 어둠이 드리웠다.

"감히 저 같은 자식은 용서하지 않았을 겁니다."

"넌 그때나 지금이나 내가 사랑하는 아들이고, 그 사실은 변하지 않아."

욱진이 떨리는 목소리로 대답했다. 그 목소리에 서준의 마음속에 파동이 일었다.

"이번 일을 통해 많은 걸 느꼈다. 두 아이의 아버지로서도 한 기업의 수장으로서도, 난 그 무엇도 제대로 해내지 못했다는 걸 말이야."

"세상에 완벽한 사람은 없습니다."

스스로를 방어하기 위해 괴물이 되었던 민준도, 사랑하는 사람을 지키기 위해 맞서야 했던 서준도. 다 각자의 위치에서 싸울 뿐이었다.

"그저 각자의 위치에서 최선을 다할 뿐이죠."

"네 형이 밉지 않으냐."

"조금도 원망하지 않는다면 거짓말이겠지만…… 한편으론 형을 이해할 수 있을 것 같습니다."

스스로를 벼랑 끝으로 내몬 민준이 어떤 마음으로 지난 세월을 살아왔을지, 이제야 조금은 이해할 수 있었다. 처연한 공기가 가득 내려앉았다. 병실 안에 잠시 애처로운 침묵이 감돌았다.

"아버지. 드릴 말씀이 있습니다."

침묵을 가르고 서준이 조심스럽게 입을 열었다. 고개를 돌린 그가 음료와 함께 가져왔던 서류 파일 하나를 테이블 위로 올려놓았다.

"이건……."

"기업이 살아남을 수 있는 가장 정직한 방법은 '기술'이라고 생각합니다."

욱진이 조심스럽게 파일을 열어 보았다.

아직 발표되지 않은 스마트폰 J-10의 도안이었다.

내후년 신제품 개발에 들어갈 기술 도안이었는데 시기를 앞당겨 발표할 생각이었다.

"기유민 씨 살인 사건의 배후에 저희 유현그룹과 관련된 인물들이 소환되면 상상하는 것 이상으로 주가가 폭락할 겁니다."

"그렇겠지. 이번 일로도 타격이 상당했고."

"기업이 휘청할 테고, 이때다 싶어 하이에나처럼 달려드는 세력들이 곳곳에서 보일 거고요."

그러니까 무언가 대책이 필요했다.

"전 아버지가 일평생을 바쳐 일궈 온 회사를 이대로 망가뜨리고 싶진 않습니다."

"평생을 바쳐 일궈 온 회사라……."

욱진이 서준의 말을 나지막하게 곱씹었다. 유현그룹은 욱진에게 전부나 다름없었다.

제 젊음을 그 회사에 쏟아부었다. 그래서 회사가 휘청거리는 지금, 병실에 누워 있는 자신의 모습이 허물뿐인 것 같다는 생각이 들었다.

"그 손실을 만회하고도 남을 만큼의 파급력 있는 획기적인 대안이 필요합니다. 해서 신제품 출시를 앞당기려고 합니다."

이번 J-10은 단순한 스마트폰이 아니라 전자 분야와 의료 분야의 결합을 통해 만들어 낸 최첨단 기술이 첨가된 기기였다. 스마트폰에 초소형 칩을 첨가해 간단한 지문 인식만으로도 그 사람의 현재 몸 상태를 쫙 스캔해 줄 수 있는 MRI 기능이 추가된 장치였다.

단순히 그날의 피로도, 면역 상태뿐만이 아니라 현재 신체 내에서 이루어지고 있는 활동을 세세하게 스캔하여 문제가 있는 부위를 체크할 수 있게끔 구성했다. 그러니 '암'과 같은 초기 대응이 중요한 질병의 경우 신속하게 치료를 받을 수 있다는 것이다.

"그 사건에 대해 알아보느라 정신이 없는 걸로 아는데, 신제품 출시까지 준비하기엔 너무 무리지 않겠니. 의료 분야를 접목한 만큼, 더욱 철저하게 검토해야 해."

"그 정도 능력은 있습니다."

서준이 굳건한 의지로 뭉친 눈빛으로 욱진을 바라보았다.

"서윤석 부사장님을 선두로 팀을 꾸려 볼 생각입니다."

"정말 할 수 있겠느냐."

"믿어 주세요. 늘 그래왔듯이."

제 손으로 바닥까지 끌어내린 회사를, 이젠 제 손으로 끌어올릴 생각이었다.

✛ ⛭ ✛

하윤은 현석과 함께 집무실을 나섰다.

그녀가 제 가방 속에 들어 있던 캠페인 카드를 조심스럽게 만지작거렸다.

"무슨 문제라도 있으십니까?"

"최 비서님, 지금 저택으로 좀 가야겠어요."

"저택엔 왜……."

현석은 의아하다는 눈빛으로 하윤을 바라보았다. 비어 있는 저택에 무슨 볼일이 있을까 곰곰이 생각하는 눈치였다.

"확인해야 할 게 좀 있어요."

"일단 타시죠."

하윤은 뒷좌석이 아닌 조수석에 올라탔다. 현석은 당황한 듯했으나 이내 차를 출발시켰다. 저택 내 지하 창고에 하윤이 사용했던 물건들 중 사용하지 않는 것들을 보관해 놓은 상자가 있었다.

"지하 창고에 제가 쓰던 잡다한 것들을 보관해 놓은 상자가 있어요."

"알고 있습니다. 사고 전에 사용하시던 것들이죠."

하윤이 나직이 고개를 끄덕였다.

"필요하신 물건이 있으신 겁니까?"

"그 상자에 중요한 물건이 들어 있어요."

"사고 직후 이사님께서 아가씨 물건들을 다 확인하셨는데, 특별하다고 할 물건들은 없었던 걸로 알고 있습니다만."

"사건의 배후로부터 받은 협박 편지가 한 통 있었어요."

유산 직전, 하윤이 사건의 배후로부터 받은 편지를 가방 안쪽에 넣어 놨었다.

언젠간 사건과 관련하여 증거물로 쓰게 될 날이 올 거라고 생각했기 때문이다.

"……협박 편지라뇨?"

"네. 제가 사건을 맡겠다고 나선 후에 받은 편지죠."

그리고 편지 속에 새겨져 있던 그 붉은 글씨체를, 오늘 또 한 번 제 눈으로 확인했다.

바로 세연의 진료실에서.

"살고 싶으면 변호를 포기하라는 내용이었어요. 자신의 글씨체를 감추기 위해 왼손으로 작성했고, 붉은 피를 이용해서 썼죠."

현석의 그녀의 말에 미간을 찌푸렸다. 사건의 진범이 생각했던 것보다 더욱 악질이라는 생각이 들었다.

"근데 이걸 본 순간 그 글씨체가 떠올랐어요."

하윤이 만지작거리던 캠페인 카드를 조심스럽게 꺼내었다.

"이게 뭡니까?"

"세연 씨 진료실에서 발견했어요. 행복한 세상을 만들자는 취지의 캠페인이라고 하더군요. 왼손으로 써서 어린아이의 글씨처럼 보이게 하려는 의도라고 했어요."

"설, 설마……."

왼손이라는 말에 현석이 깜짝 놀란 듯 두 눈을 동그랗게 떠 보였다.

"맞아요. 그 글씨를 보는데 왠지 모를 기시감이 느껴졌어 요."

캠페인 카드 역시 오디로 쓰여 붉은빛을 띠고 있었다.

"그래서 전 세연 씨에 대한 의심을 떨쳐낼 수가 없었어요."

세연은 유현병원, 그리고 유연과 오랜 연을 쌓아 온 인물이 었다.

대외적으로 유능한 의사라는 평이 자자했고, 지인들에게도 좋은 평을 듣는 사람이었다. 그런 세연이 과연 살인이라는 끔 찍한 일을 저지른 것일까.

"물론 제 착각일 수도 있어요. 붉은색이라는 인상이 뇌리에 강하게 박혀 그렇게 느끼는 것일 수도 있고요."

"그래서 두 눈으로 직접 확인해 보기 위해 저택으로 가자고 하신 거군요."

"네. 두 번 다시 보고 싶지 않지만……."

하윤이 잠시 말끝을 뭉갰다.

피로 물든 협박 편지를 봤을 때 참을 수 없는 역겨움이 밀 려왔다. 구역질을 하며 속을 게워냈던 기억이 머릿속에 생생 하게 남아 있었다.

"꼭 확인해야겠어요."

"……."

"지금 당장."

"알겠습니다."

하윤의 말에 현석은 조금이라도 빨리 저택에 도착하기 위해 좀 더 속도를 높였다.

저택에 도착한 하윤은 차 문을 열고 조심스럽게 땅 위로 발을 내렸다.

아무런 인기척도 없이 고요했다. 저택 주위로 공허한 바람이 불어왔다. 잠시 차분한 눈빛으로 저택을 바라보던 하윤이 고개를 돌려 현석과 시선을 마주했다.

"최 비서님."

"네. 말씀하세요."

"편지에 적힌 글씨체와 이 카드의 적힌 글씨체가 동일하다면, 그땐 어떻게 해야 할까요."

"필적 감정까지는 어렵겠지만 분명 특색이 드러나는 글자가 있을 겁니다. 그렇다면 그것만으로도 충분히 범인의 폭을 좁힐 수 있는 증거가 될 수 있고요."

현석이 더욱 단호한 목소리로 대답했다.

"……그렇겠죠."

하윤이 느릿하게 입술을 뗐다. 부디 편지를 보낸 이가 세연이 아니길 바랐다.

적어도 기억을 잃었던 시간 동안 제 곁에서 이야기를 들어주었던 사람이었다.

비록 세연을 의심할 수밖에 없는 상황이었지만 그럼에도 한편으론 그녀가 아니길 진심으로 바랐다.

"일단 들어가시죠."

현석은 하윤과 함께 지하로 내려갔다. 차가운 공기가 피부 위로 달라붙었다.

다양한 종류의 와인을 보관하는 창고 옆에 작은 공간이 하나 있었다. 그 안으로 들어선 현석은 하윤의 물품을 보관해 두었던 상자를 꺼내어 왔다.

"가방이 들어 있는 상자는 여기 있습니다."

가방을 비롯해서 그녀가 사용했던 수첩, 자주 보던 서적들, 그리고 평소에 쓰던 화장품이나 액세서리까지 전부 다 담겨 있었다.

여러 가방들 중, 기억 속에 또렷이 남아 있는 검은색 숄더백을 조심스럽게 꺼내 들었다.

"그 가방입니까?"

"네. 그날 이걸 매고 출근을 했었어요."

하윤이 조심스럽게 손을 뻗었다. 안쪽 주머니에 끝부분에 작은 주머니가 하나 더 붙어 있었다.

그곳에 편지를 작게 접어 넣었다. 손에 걸리는 종이를 밖으로 꺼냈다.

하윤은 꾸깃꾸깃하게 구겨진 채 빛바랜 종이를 가만히 바라보았다.

"……."

안에 담긴 글자를 다시 마주하는 게 망설여지는 듯, 그녀가 머뭇거렸다.

"불편하시면 제가 펼쳐 보겠습니다."

"아니에요. 제 눈으로 직접 확인하고 싶어서 온 거니까."

확고한 하윤의 의사를 존중하는 듯, 현석은 한 발자국 물러나 그녀를 기다렸다.

긴장되는 마음을 애써 억누르며 하윤이 천천히 종잇장을 펼

쳤다. 색이 변해 갈색으로 눌어붙은 종이를 조심스럽게 떼어
냈다.

……포기해.

마지막 글자가 언뜻 비쳤다. 심호흡을 한 후, 떨리는 손길
로 종잇조각을 완벽하게 펼친 그 순간.

"……!"

하윤의 동공이 세차게 흔들렸다.

예상했던 대로 편지에 적힌 글씨체와 캠페인 카드에 적힌
문구의 글씨체는 동일했다.

"하."

기가 찬다는 듯, 하윤이 거센 탄식을 내뱉었다.

"설마가 사람 잡는다더니."

그토록 따뜻하게 제 얘기를 들어주고 병을 치유해 줬던 세
연의 실체가 드러나는 순간, 말로 형용할 수 없는 배신감이 온
몸을 에워쌌다.

"그런 주제에 뻔뻔하게 내 곁에서 나를 지켜봐?"

차가운 웃음이 지하실을 가득 메웠다. 고의를 가지고 제게
돌진하던 차를 잊을 수가 없었다.

제 아이를 잃게 만들었던, 하윤을 그토록 지독하게 만들었
던 존재가 바로 세연이었다니.

"어디선가 본 것 같다는 느낌을 떨칠 수가 없었는데, 그
게……."

하윤이 말끝을 뭉갰다. 쉽게 말을 잇지 못했다. 편지를 들

265

고 있는 손길이 분노로 인해 파르르 떨렸다. 떨고 있는 하윤을 바라보던 현석이 조심스럽게 그녀의 손에 들린 종이를 빼 들었다.

"그렇다면 정말 진세연 씨가……."

개인의 필체가 갖고 있는 고유한 특징은 숨길 수 없었다. 왼손으로 써 삐뚤빼뚤한 글씨지만 'ㄹ'과 'ㅇ'에서 특징이 확연하게 드러났다.

"괜찮으십니까?"

"일단 갑시다. 차로."

흔들리던 눈빛이 한순간에 싸늘해졌다.

✢   ✤   ✢

분노로 물들었던 낯빛이 차갑게 식었다.

"오늘 있었던 일은 그 어디에도 발설하지 말아 주세요."

호텔에 도착한 하윤은 차 문을 닫으며 조용히 입을 열었다. 그녀의 얼굴 위로 많은 감정들이 스쳐 지나갔다.

"그리고 사람을 좀 붙여 주세요."

"진세연 씨에게 말입니까?"

"네."

그동안 아무것도 모르는 척, 선량한 얼굴로 하윤의 곁을 지키며 일해 온 사람이었다.

그렇기에 세연이 얼마나 치밀한 사람인지 누구보다 잘 알고 있었다.

"아마 조만간 움직임을 보일 거예요."

"움직임이라면……."

"제가 이 카드를 가지고 있다는 걸 알아채는 건 시간문제예요. 게다가 서준 씨가 세연 씨 듣는 앞에서 주현강에 대한 얘기 꺼내기도 했고요."

범인의 범주를 좁혀 가고 있다는 걸 알게 된 이상 불안해할 것이다.

"범행 현장에 다시 나타난다거나, 사건에 대해서 확실하게 처리가 됐는지 확인하려고 하겠죠. 1년도 더 지난 일이긴 해도 안심할 수 없을 테니까."

"무슨 말씀인지 잘 알겠습니다."

"부탁드릴게요."

하윤의 말에 현석이 고개를 숙여 대답을 대신했다. 범인의 윤곽이 점점 뚜렷해지고 있었다.

호텔로 돌아온 하윤은 방에 들어서자 욕실에서 들리는 샤워 소리에 흠칫 놀랐다. 당황했던 마음도 잠시, 다시 시선을 돌려 현관을 바라보니 그 앞에 낯익은 구두가 한 켤레 놓여 있었다.

"아, 깜짝이야……."

놀란 가슴을 쓸어내리며 깊게 숨을 내쉬었다. 서준의 구두였다.

"연락이 없더니 여기 와 있었네."

그가 이곳에 와 있다는 걸 눈으로 확인하고 나니 마음이 한결 차분해졌다. 안식처에 온 듯한 느낌이랄까.

하윤은 저도 모르게 안정감을 느꼈다. 안 그래도 욱진의 호출을 받고 급하게 나갔던 서준에게선 아무런 연락이 없던 차였다.

그랬기에 당연히 이야기가 길어지는 거라 생각했는데 호텔에 와 있을 줄이야.

자연스럽게 소파에 앉아 TV를 켜려던 하윤이 방으로 발걸음을 옮겼다.

외출할 때 입었던 옷을 잘 벗어 침대 한편에 개어 놓은 그녀가 샤워 가운만을 걸친 채 욕실로 향했다. 욕실 앞 화장대에 놓여 있던 머리끈으로 머리를 높게 올려 묶었다.

하윤은 조심스럽게 욕실 문을 열었다. 노크도 없이 문을 여니 머리를 감고 있던 서준이 당황한 듯 주춤했다.

"뭐, 뭐야."

반사적으로 몸을 가리는 모습을 보니, 하윤은 저도 모르게 웃음이 새어 나왔다.

"당신이야?"

"풉."

"아……."

하윤인 걸 확인한 서준이 안도의 한숨을 내쉬었다.

"놀랐잖아."

"허락도 없이 남의 욕실에서 샤워하고 있었으면서 뭘 그렇게 놀라요?"

그 반응을 보며 어깨를 으쓱이던 하윤이 문을 닫고 들어왔다.

"외부인이 들어온 줄 알고 식겁했어."

욕실 내부는 이미 뿌연 김으로 가득 찬 상태였다. 샤워 가운을 입은 하윤을 본 서준이 한쪽 입꼬리를 올리며 말했다.

"같이 씻으려고?"

"귀찮아서 늦장 피우려고 했는데 지금 씻으려고요."

"잘 생각했어."

그녀의 모습이 서준의 본능을 강하게 자극했다. 하윤이 천천히 걸어왔다.

뿌연 김과 더해진 하윤의 모습은 마치 신화 속 여신의 자태처럼 아름다웠다. 눈앞이 아찔했다. 서준의 시선이 그녀에게로 부드럽게 미끄러졌다.

"내가 아니면 어쩌려고 했어요?"

"어쩌긴."

그가 사뭇 진지한 얼굴로 대답했다.

"도와달라고 소리쳐야지."

"당신 덮치기라도 할까 봐서요?"

"혹시 모르잖아."

하윤이 살포시 웃음을 터트렸다. 그녀가 한 걸음 움직일 때마다 몸 안에 세포들이 반응하듯 꿈틀거렸다. 뜨거운 열기 속으로 들어간 그녀는 위에서 떨어지는 물줄기에 피로를 씻어냈다.

서준은 제 앞에 바로 선 하윤을 조심스러운 손길로 껴안았다. 뜨거운 물의 온도와 서로의 온기가 더해져 욕실 안은 열기로 가득했다.

"왜 이렇게 늦게 왔어? 안 그래도 전화하려던 참인데."

"호텔에 왔는데 내가 없으면 나부터 찾아야 하는 거 아니에요?"

"배터리가 방전되어서 충전하고 있었어."

그가 하윤의 몸으로 떨어지는 물줄기들을 부드럽게 쓸어내렸다.

"샤워만 끝내고 바로 전화하려고 했는데."

"결혼할 땐 어떤 순간에도 내가 우선순위라더니?"

장난기 어린 목소리로 입을 열었다. 하윤의 입꼬리가 반듯하게 올라섰다. 괜한 투정을 부려보고 싶었기 때문이다.

"지금도 나한텐 당신이 가장 우선이야."

"거짓말."

하윤이 두 눈을 게슴츠레 떠 보였다. 사사로운 대화를 하는 순간에도 행복할 수 있다는 게 이런 것일까. 하윤의 표정을 본 서준은 옅게 미소 지으며 그녀와 시선을 마주했다.

"머리를 감다가도 당신이 부르면 난 당장 나갈 수 있어."

"정말요? 이 모습 그대로?"

"그럼."

쓸데없이 비장한 대답에 그녀가 나지막하게 미소 지었다.

"항상 말은 못 하는 법이 없죠."

하윤이 부드럽게 제 어깨를 주무르던 서준의 손길에 느리게 입을 맞췄다. 그의 살결을 느끼던 하윤이 잠시 뒤 입을 떼고 낮은 목소리로 얘기했다.

"내일 주현강을 만나고 나면 많은 것들이 달라져 있겠죠."

"그렇게 만들어야지. 반드시 범인을 잡을 거고."

사건을 파헤칠수록 엮인 사람들이 늘어났다. 그 가운데에서 신경 쓸 것들이 너무도 많아졌다.

"범인 찾아서 꼭 제대로 처벌받게 할 거야. 그리고 당신도 다시 변호사로서 활동하게 만들 거고."

사뭇 진지한 목소리가 내려앉았다. '변호사'라는 말에 하윤

270

이 더욱 생각이 많아진 듯 입술을 잘근 깨물었다.

그 모습을 본 서준이 그녀의 어깨를 잡아 자신과 시선을 마주하게 했다.

쏴아아. 떨어지는 물줄기들에 하윤의 몸이 전부 젖은 지 오래였다.

"그래야 당신이랑 하루빨리 다시 저택으로 들어가지."

그 무거운 분위기를 풀어 보려는 듯 서준이 나지막하게 얘기했다. 그녀의 얼굴에 서린 물방울들을 애정 어린 손길로 닦아내며 말했다.

"우리 신혼이잖아."

신혼이라는 단어에 하윤이 살포시 웃음을 터트렸다.

"결혼하고 나서 3주년까지는 공식적인 신혼인데, 우린 그 시간을 너무 못 누렸어."

"무슨 신혼 생활을 3년씩이나 즐겨요?"

"마음으론 10년, 20년도 더 신혼일 거야, 나는."

하윤은 제 볼을 쓰다듬던 그의 손을 내린 후 품에 안겼다. 하루의 피로가 전부 다 녹는 듯 편안한 기분이었다.

"아버님이랑은 무슨 얘기 했어요?"

품에 안긴 하윤이 나긋한 목소리로 물었다.

"회사 업무에 대한 얘기."

"벅차지 않아요? 사건 해결하면서 회사 일까지 봐야 하고."

"힘들다고 하면 상이라도 줄 건가."

서준이 장난스럽게 웃어 보였다. 새롭게 출시될 스마트폰 J-10을 검토하는 것만으로도 앞으로의 일정이 빡빡했다.

이렇게 단기간 내에 프로젝트를 완성해야 하는 경우는 없었기 때문이다.

"당신 하는 거 봐서 생각해 볼게요."

"대체 얼마나 더 잘해야 좀 봐주려나, 이 여자는."

"글쎄요."

"그래서 말인데……."

불현듯 목소리를 바꾸는 서준의 모습에 하윤이 고개를 들었다.

"당분간은 여기서 지내려고."

바쁜 일정 탓에 제대로 볼 수도 없을 텐데 그렇게라도 같이 있고 싶었다. 하루 일과를 마치고 피곤한 몸으로 돌아왔을 때 하윤이 제 곁에 있었으면 하고 바랐다.

"나한테 주는 상이라 생각하고 허락해 줘."

저택에서 함께 지낼 때, 매 순간 서준을 밀어내는 하윤이었지만 그럼에도 늦은 시간 저택으로 돌아와 그녀의 얼굴을 볼 수 있다는 게 큰 위안이 되었다.

"진짜요?"

놀란 듯 품에 안겨 있던 하윤이 몸을 꿈틀거렸다. 그녀의 몸에서 나는 향기로운 체취가 서준의 코끝에 닿았다. 사랑하는 이의 체향이 그에겐 너무나 치명적이었다.

순간, 서준의 얼굴이 새하얗게 질리며 빳빳하게 경직되었다.

"……!"

그의 시선이 초점 없이 허공으로 돌아갔다. 하윤이 몸을 움직이면서 약간의 충돌이 일었는지, 서준이 미간을 찌푸려 보였다.

그러자 자신이 그를 아프게 만들었다고 착각한 그녀가 당황한 듯 입을 열었다.

"괜, 괜찮아요? 많이 아팠어요?"

"함부로 움직이면 곤란한데."

"……."

"오늘 욕실에서 못 나가는 수가 있어."

괜한 허세가 섞인 목소리에 하윤이 웃음을 터트렸다. 그가 말했던 대로, 하루의 끝에 사랑하는 사람과 함께할 수 있다는 건 큰 행복이었다.

✛   ✛   ✛

함께 잠든 그날 밤, 밤새도록 뒤척이는 하윤 탓에 서준 역시 잠을 설쳤다.

피곤하다는 생각은 전혀 들지 않았다. 오히려 그녀와 조금이라도 더 많은 시간을 함께할 수 있는 것에 감사할 뿐이었다.

잠들어 있는 하윤에게 이불을 목 끝까지 잘 덮어 준 서준은 이른 아침부터 발걸음을 옮겼다. 넥타이를 매는 손길이 어설펐다. 한 손으로 전화를 받고 있던 터라 불편할 수밖에 없었다.

"……흐음."

그때, 소란스러운 소리에 잠이 깬 하윤이 몸을 뒤척였다.

"잠시만요. 곧 나가겠습니다."

급하게 전화를 끊은 서준이 엉성하게 넥타이를 걸친 채로 하윤에게 다가갔다.

그녀는 이불 속에서 한쪽 눈만 슬며시 뜬 채로 서준을 올려다보았다. 슈트를 차려입은 서준의 모습을 본 하윤이 침대 위 블라인드를 걷어 햇빛을 확인했다. 안은 어두워서 밤인 줄 알았는데 어느덧 벌써 아침이었다.

"미안해. 괜히 나 때문에 잠 깼지."

"왜 나 안 깨웠어요? 같이 가기로 했잖아요."

아침 일찍 주현강 귀국 시간에 맞춰서 공항에 나가려던 참이었다.

"당신, 어제 계속 잠 못 자고 뒤척였잖아. 아침이 다 돼서야 잠든 것 같아 피곤해 보이길래 일부러 안 깨웠어."

하윤이 힘겹게 몸을 일으켜 베개 위에 기대어 앉았다.

"내가 뒤척였다는 걸 알고 있다는 건 당신도 깊게 못 잤다는 건데……."

"아냐. 그냥 좀 일찍 깬 것뿐이야."

아침이라 부은 얼굴조차도 사랑스럽게 느껴지는 덕에 서준이 나지막하게 미소를 터트렸다. 그녀의 눈가를 부드럽게 마사지하듯 문질렀다.

"조금 더 자도 돼. 당신 깨우려던 건 아닌데 전화 소리가 조금 컸나 봐."

제 눈가를 문지르는 손길을 기분 좋게 느끼던 하윤이 그의 손목을 잡았다.

어제 새벽 먹은 약이 조금 뒤늦게 퍼졌던 건지 밤새 잠을 뒤척이다 이제서야 졸음이 몰려오던 찰나였다. 그럼에도 이 정도는 해 주고 싶었다.

"뭐가 그렇게 급해서 이렇게 나가실까."

하윤이 애정 어린 손길로 그의 넥타이를 똑바로 고쳐 맸다. 셔츠 깃 가운데에 정확하게 올려 맨 넥타이를 부드럽게 톡톡 쳤다.

잠에서 덜 깬 얼굴로 제 옷매무새를 가다듬어 주는 하윤의 모습에 좀처럼 발길이 떨어지지 않는 건지 서준이 지그시 그녀를 내려다보았다.

"이러면 가기 싫잖아."

출근길에 이리도 발걸음이 무거웠던 적이 있었던가. 한참 동안 다정한 눈빛으로 그녀를 바라보는 서준의 넥타이를 잡아당겼다.

한껏 더 가까워진 거리에 순식간에 공기가 달라졌다. 부드럽게 잡아당긴 넥타이 뒤로 서준에게 조심스럽게 입을 맞췄다.

살짝 닿았다 뗀 그곳이 뜨겁게 진동했다. 서준의 입꼬리가 보기 좋게 곡선으로 휘었다.

"이러면 더 가기 싫지."

"안 돼요. 최 비서님 기다리실 테니까 얼른 가요."

언제까지나 그를 붙잡아 둘 수 없다는 걸 알기에 몸을 일으킨 하윤이 서준의 등을 떠밀었다.

이렇게 서준의 출근길을 배웅하니 정말 결혼한 신혼부부가 된 것 같다는 착각이 일었다.

나쁘지 않은 기분에 그녀가 옅은 미소를 지었다. 못 이기는 척 호텔을 나선 서준은 떨어지지 않는 발걸음을 떼느라 애썼다.

미리 서준의 연락을 받고 호텔 앞에 주차한 채 대기하고 있던 현석은 혼자 차에 올라탄 그를 보며 의아한 듯 입을 열었다.

"작은 사모님은 같이 안 가시는 겁니까?"

"하윤이가 어제 잠을 못 자고 계속 뒤척이더라고요."

"간밤에 생각이 많으셨나 봅니다."

세연이 사건의 중심이 될 수도 있다는 생각에 마음이 복잡했던 걸까.

잠시 생각에 빠진 듯 침묵하던 현석이 조심스럽게 입술을 뗐다.

"그리고 한 가지 말씀드릴 게 있습니다."

뒷좌석에서 J-10에 관한 자료들을 검토하고 있던 서준이 현석의 목소리에 고개를 들었다.

"그때 아가씨께서 알아보라 하셨던 강숙희 씨 말입니다. 김 형사님을 통해 신원 조회를 해 본 결과 사망한 것으로 나오더군요. 사인은 자살이라고 합니다."

"⋯⋯자살이요?"

서준이 손에 들고 있던 자료들을 내려놓으며 룸미러를 통해 현석과 시선을 마주했다. 미간이 찌푸려지는 건 어쩔 수 없는 노릇이었다.

"문제는 강숙희 씨 역시 진세연 원장에게 진료를 받은 기록이 있다는 겁니다. 사망한 시점 역시 병원에 다니던 때였습니다."

머리가 아픈 듯 서준이 이마를 짚었다. 모든 사건의 정황들이 점차 세연을 가리키고 있었다.

병원 문제와 관련하여 어떠한 사고가 있었고, 그 탓에 세연이 일을 벌인 거라면.

"어머니께선 미리 모든 걸 알고 병원의 이미지를 실추시키지 않기 위해 사주를 했을 가능성이 크겠군요. 그렇게 된다면 강숙희 씨의 사망 역시 자살이 아닐 테고."

"저 역시도 그렇게 생각합니다."

대체 몇 명이 피해를 보고, 엮인 일인 걸까.

"일단 최 비서님은 그 사건에 대해서도 더 자세하게 알아봐 주세요. 강숙희와 기유민 그리고 진세연 원장이 대체 어떻게 엮인 사이인 건지."

"네. 알겠습니다."

서준이 창밖을 응시했다. 부디, 끝이 보이기를 바랐다.

한국에 도착한 현강은 떨떠름한 얼굴이었다.

1년 만에 밟아 보는 한국 땅이 낯설게 느껴진 탓일까. 현서의 치료를 위해 미국으로 건너가기 전에는 단 한 번도 해외에 나가 본 적이 없었다.

아픈 딸아이의 치료에만 전념하느라 그럴 생각도, 여유도 없었기 때문이었다. 그 1년이 길게 느껴진 탓인지 오래간만에 온 모국이 참 낯설었다.

"지금쯤이면 현서도 일어났겠지……."

딸을 향한 애틋한 부정을 담은 혼잣말이었다. 그는 비행기를 타고 오는 내내 휴대폰에 담긴 현서의 사진에서 눈을 뗄 줄 몰랐다.

금쪽같은 자식을 미국에 두고 홀로 비행기에 오른 심정은 말로 다 할 수 없었다.

"내가 무너지면 현서도 무너지는 거야."

마음을 다잡듯, 다독였다. 휴대폰을 쥔 현강의 손에 힘이 들어갔다.

"어떤 마음으로 온 한국인데, 벌써 흔들릴 순 없지."

이내 주머니 속에 휴대폰을 찔러 넣으며 굳건한 눈빛으로 고개를 들었다.

"주현강 씨."

그때였다. 제 이름 석 자를 부르는 낮은 음성에 자연스레 그의 고개가 돌아갔다.

"반갑습니다. 힐튼호텔 대표 이사, 강서준이라고 합니다."

훤칠한 키와 더불어 뚜렷한 이목구비가 시선을 압도했다. 망설임 없이 손을 내미는 모습에서 자신감과 여유로움이 느껴졌다.

이제껏 수많은 사업 파트너들을 만나 왔던 서준이었기에, 지금 이 순간 자신의 어떤 모습이 상대에게 가장 뚜렷한 인상을 남길 수 있는지 잘 알고 있었다.

내민 손은 여유로웠지만 그 안에 담긴 목소리와 눈빛은 한껏 날카로웠다.

그 모습에 잠시 주춤했던 현강이 조심스럽게 손을 맞잡았다.

"이쪽으로 모시겠습니다."

서준이 직접 현강을 안내했다. 뒤따라가는 현강의 발걸음에서 두려움이 느껴졌다.

서준은 그와 한적한 주차장 한가운데 세워 둔 자신의 차로 향했다. 주위의 시선을 의식하지 않고 깊은 대화를 나누기에는 더할 나위 없이 좋은 장소였다.

"수많은 고위 인사들이나 유명 연예인들이 밀회하는 대표적인 장소가 바로 차 안입니다."

서준이 각을 잡고 입을 열었다.

"다시 말해, 지금 주현강 씨와 제가 대화를 나누기에도 이곳이 가장 좋은 장소란 얘기죠."

옷깃을 쥐고 있는 손길에 힘이 들어갔다. 뒷좌석에 나란히 앉은 그들은 서로를 바라보지 않은 채 정면을 향해 있었다.

"주현서 양의 수술은 성공적으로 끝났다고 들었습니다."

"……네. 전부 도와주신 덕분입니다."

"한국엔 사례가 없는 희소병이던데 참 다행입니다."

위로를 건네는 듯한 서준의 목소리에 현강은 시선을 낮게 내리깔았다. 다소 위축된 모습이었다.

"주현강 씨가 저희 쪽에 제시한 조건들은 하나도 빠짐없이 이행될 겁니다. 기업의 이름을 걸고 약속드리겠습니다."

"저도 유현그룹이 가진 입지를 믿지 못하는 건 아닙니다."

현강이 조심스럽게 입을 열었다. 유현그룹이 한 사람의 인생을 책임질 만한 금전적 능력쯤이야 충분하다는 걸 잘 알고 있었다.

그가 고개를 돌려 서준과 시선을 마주했다.

"다만 확신이 필요한 것뿐입니다. 1년도 더 지난 일을 이제 와서 파헤치려는 이유가 뭔지 알고 싶고요."

현강의 목소리에서 미세한 떨림이 느껴졌다. 그의 말대로 확신이 필요했다.

1년도 더 지난 사건을 파헤치는 게 단순히 변호사로서 복귀할 수 있는 명분을 만들려고 하는 건지, 아니면 정말 범인을 잡아야 하는 '이유'라도 있는 건지 말이다.

"그래서 변호사님을 단둘이 만나고 싶다고 했던 겁니다. 또…… 단순히 제 증언만으로는 범인을 잡기 힘들다는 걸 잘 아실 텐데요."

"사업을 할 때 가장 중요한 게 뭔 줄 아십니까?"

대답은커녕 질문이 되돌아왔다. 서준이 좌석 시트를 손가락으로 툭툭 두드렸다. 갑작스러운 질문에 의아한 듯, 현강이 그를 바라보았다.

"가능성입니다."

서준의 짙은 눈빛에 굳건한 의지가 묻어났다.

"단 1%의 가능성도 그냥 지나치지 않습니다. 그리고 그 작은 1%를 완벽한 100%로 만드는 게 제 능력이자 일이죠."

확신이 담긴 목소리였다. 어떻게 해서든 범인을 잡아낼 거라는 당찬 포부가 느껴졌다.

"주현강 씨의 증언이 제겐 바로 그 1%의 가능성이란 얘깁니다. 무시할 수도, 무시해서도 안 될. 그리고 전 그 1%로 완벽하게 사건을 해결할 자신이 있습니다."

대답이 없는 현강 탓에 두 남자 사이에 잠시 침묵이 일었다. 주머니에서 담배 케이스를 꺼낸 서준이 차창을 반쯤 열었다.

"한 대 피우시겠습니까?"

현강에게 담배를 권하니, 그의 시선이 서준에게 와 닿았다.

그가 머뭇거리는 듯했다.

"담배를 피우시는 줄 몰랐습니다."

서준에게선 기분 좋은 향기가 났다. 그랬기에 담배를 피울
거라곤 전혀 예상하지 못했다.

"자주 피우진 않습니다."

그가 손에 든 담배를 부드럽게 굴렸다.

"그러나 머릿속이 복잡할 땐 생각할 시간을 벌어다 주기도
하죠."

"그럼 실례지만, 한 대 피워도 되겠습니까?"

서준은 긍정의 의미로 고개를 작게 끄덕였다. 치지직, 소리
와 함께 고요한 침묵이 내려앉았다.

유현그룹이 얼마나 큰 대기업인지는 익히 알고 있었다.

그런 기업을 이끌어 갈 자리에 앉아 있는 사람이라면 적어
도 승산이 없는 무모한 일을 할 것 같지는 않다는 판단이 들었
다.

그럼에도 자꾸만 망설여지는 건 자신과 제 딸아이의 인생이
걸린 일이었기 때문이다. 섣불리 진실을 밝혔다간 모든 게 망
가질 수도 있었다.

"주현강 씨가 처벌을 받는 것 따위를 두려워하는 게 아니라
는 걸 잘 압니다."

한 모금 빨아들인 서준이 연기를 깊게 내뿜으며 입을 열었
다.

"지켜주고 싶은 사람이 있다는 건 그 자체로 힘이 되기도
하고 모든 행동에 동기 부여를 하게 만들죠. 1년 전, 당신이
증언을 번복하고 돈을 받기로 했을 때도, 그리고 지금 이 순간

망설이는 것도 전부 다 그런 이유일 테고요."

제게도 하윤이 그런 존재였기 때문에 알 수 있었다.

"저 역시 같은 이유니까요."

"같은 이유요?"

"자칫하면 기업이 휘청거릴 만큼 큰 타격이 올 수도 있고 어쩌면 돌아가신 제 어머니를 욕되게 만드는 일일 수도 있지 만……."

목울대가 뜨겁게 진동했다.

유현그룹과 하윤 사이에서, 또한 어머니인 유연과 하윤 사이에서 그가 선택했던 건 언제나 하윤이었다.

서준은 저와 하윤을 반대하는 가족에게 자신이 가진 모든 걸 내려놓아도 좋을 만큼 그녀를 사랑한다고 말했다. 그건 허세 따위가 아니었다. 그의 뜨거운 진심이었다.

"그럼에도 제가 진실을 밝히려는 건 저도 제가 사랑하는 사람을 지키고 싶기 때문입니다."

마침내 현강이 입을 열었다.

"당신이 증언을 번복하는 바람에 평생을 죄책감에 시달리며 살아야 했던 여자입니다."

"……절 원망하십니까?"

"과거엔 원망했습니다만, 지금은 아닙니다."

따지고 보면 어쨌든 모든 사건에 제 어머니가 연관되어 있기 때문에 다른 이를 원망할 수만은 없는 일이었다. 원망할 대상이 있다면 그건 자신의 어머니가 될 것이다.

다 타 버리고 끝이 짤막하게 남자, 서준은 남아 있던 불씨를 꺼 버렸다.

그제야 고개를 돌려 현강과 시선을 마주한 그가 눈빛을 바로 고쳤다.

"어떻게 하시겠습니까."

담배를 다 태우는 데 걸린 시간은 1분 남짓이었다. 서준이 그의 결정을 기다려 줄 수 있는 시간은 딱 그 정도였다.

"좋습니다."

단호한 태도에 현강이 주머니 속에서 만지작거리고 있던 무언가를 조심스럽게 꺼냈다.

그리고 그 물건을 꺼내 서준에게 건네자 놀란 그의 눈이 커다래졌다.

"대신, 확실하게 해 보죠. 이 정돈 있어야 내 딸을 지킬 수 있을 것 같아서요."

현강이 서준에게 내민 물건엔 '그날'의 진실을 담겨 있었다.

✢   ✤   ✢

서준은 곧장 현강에게서 건네받은 '물건'을 챙겨 든 채 국립 과학 수사 연구원으로 차를 움직였다.

한국에 오면서 가져왔던 그 '물건'은 범인이 남긴 결정적 실수이자 사건의 증거였다.

"이것 때문에 고민을 많이 했습니다."

"이게 뭡니까?"

"제가 그동안 고민을 했던 이유이자, 사건을 목격한 이후로 절대 품에서 놓지 않았던 물건입니다. 변호사님을 만나 뵙고 이야기를 나누면서 확신이 들면 그때 전달할 생각이었죠."

머릿속에서 현강의 목소리가 맴돌았다.

서준의 모습에서 굳건한 의지를 마주한 현강은 망설임 없이 그 물건을 건넸다.

"볼펜 뚜껑이라……."

그의 입가에 만족스러운 미소가 걸렸다.

정황상 모든 게 들어맞더라도 명백한 증거물이 없으면 범행을 증명하기 힘든 세상이었다.

그런 와중에 이런 증거가 남았다는 건 정말 천운이 따랐다고 볼 수밖에 없었다.

"이 작은 게 뭘 할 수 있는지는 두고 보면 알겠지."

저 작은 볼펜 뚜껑이 과연 범인의 손길에서 나온 게 맞는지 아직 알 수 없었다.

서준은 저도 모르게 강한 힘으로 페달을 밟았다. 빠르게 스쳐 지나가는 차창 너머로 현강의 입을 통해 재현된 그날의 일들이 파노라마처럼 펼쳐졌다.

✦　　　✦　　　✦

현강이 사건을 목격했던 그날 밤. 작은 가로등 하나 없는 탓에 그의 집엔 언제나 두어 시간 일찍 밤이 찾아왔다.

그날도 역시 마찬가지였다.

"조금 내리고 말 소나기라더니 어째 빗줄기가 점점 굵어지는 것 같네."

바닥에 널브러진 물건들을 치우던 현강이 낮게 중얼거렸다.

"아빠! 나 아이스크림 먹고 싶어!"

때마침 다가온 현서가 초롱초롱한 눈빛으로 입을 열었다.

"아이스크림?"

"응!"

"이 밤에 무슨 아이스크림…… 너무 늦은 시간이야. 게다가
지금 밖에 비도 많이 내리고."

"그래도…… 지금 먹고 싶단 말이야."

또래에 비해 어른스러웠던 현서가 고집을 부리는 일은 극히
드물었다. 그걸 누구보다 잘 알기에 그냥 무시할 수도 없는 노
릇이었다.

"그 정도로 먹고 싶어?"

"엄청 먹고 싶어!"

현서가 세차게 고개를 끄덕였다.

"알았어. 아빠 금방 다녀올 테니까 조금만 기다리고 있어."

결국 현강은 해가 떨어진 시간에 아이스크림이 먹고 싶다던
현서의 칭얼거림에 의해 시내까지 나서야 했다.

차를 살만한 여유는 없었기에 시내에 나갈 때면 늘 자전거
를 타고 이동하곤 했다. 그날도 다를 건 없었다.

현서가 먹고 싶다고 졸랐던 아이스크림과 몇 가지 반찬거리
를 사서 돌아오는 길이었다. 집에 도착하기 전에 아이스크림
이 녹아 버릴 것 같다는 생각에 현강은 평소 다니던 길이 아닌
지름길로 방향을 틀었다.

"우리 공주님이 먹을 건데 얼른 가져다줘야지."

궂은 날씨였지만 현강은 환하게 웃음 지었다. 포장된 도로가 아닌 숲속에 임시로 만든 울퉁불퉁한 흙길이지만 아이를 위해 열심히 페달을 굴렸다.

얼마 지나지 않아 탁, 타탁, 일정한 간격의 소음이 귓가를 자극했다.

"뭐지? 누가 이 시간에 나무를 하나?"

종종 나무를 하는 사람이 있었기에 대수롭지 않게 여긴 현강이 중얼거렸다.

하지만 그 중얼거림은 잠시 뒤 그의 입을 굳게 다물게 만들었다.

키가 꽤 크고 딱 떨어지는 단발을 한 여자였다. 혼란스러운 와중에 그것만은 선명히 기억에 남아 있었다.

끼이익!

현강은 저도 모르게 본능적으로 페달을 멈추었다. 그 탓에 체인이 얽히는 소리가 고요한 가운데 듣기 싫은 소음으로 울려 퍼졌다.

여자가 한 손에 든 건 분명히 날카로운 칼이었지만, 그 자태가 마치 메스를 들고 수술을 집도하는 의사처럼 보였다.

이성적인 자태로 손목을 움직였다. 무표정한 얼굴로 일정하게 칼질을 하는 모습이 지나치게 침착했다.

현강은 놀란 마음에 저도 모르게 뒷걸음질을 쳤다. 그러던 차, 떨어진 나뭇잎들과 가지들을 밟는 바람에 투둑, 소리를 내었다.

그 소리에 여자가 잠시 행동을 멈추었다. 그리고 천천히 고개를 돌렸다.

다행스럽게도 짧은 시간, 현강이 나무 뒤로 몸을 숨겨 여자에게 들키지 않을 수 있었다.

심장이 터질 듯이 요동쳤다. 가쁜 숨을 잇새로 터트리지 않기 위해 안간힘을 썼다. 이대로 가다간 숨이 막혀 질식할 수도 있겠다는 생각이 들었다.

그렇게 몇 분이 흘렀는지 잘 기억나지 않았다. 잠시 뒤 누군가가 멀어져 가는 소리가 들렸고, 현강은 조심스럽게 나무 밖으로 시선을 던졌지만 그곳엔 거짓말처럼 아무것도 없었다.

방금 보았던 단발의 여자도, 그 아래에 누워 있던 또 다른 여자도.

"후, 후아."

참았던 숨을 토해 내며 사방을 둘러보았다. 어두운 탓에 제대로 보이진 않았지만 그 공간엔 오롯이 자신밖에 없었다. 현강은 방금 보았던 게 모두 꿈인가 싶을 정도로 현실감 없는 상황에 오소소 소름이 돋았다.

"대체 내가 지금 뭘 본 거지……."

애써 놀란 가슴을 진정시키며 아까 그 여자가 있던 곳으로 조심스럽게 다가갔다. 조금 더 가까이서 확인하고 싶었기 때문이다.

타악!

다리에 힘이 풀릴 정도로 놀랐던 건지, 현강은 발걸음을 옮기던 도중 제 앞에 있던 작은 돌부리에 그만 걸려 넘어지고 말았다. 그 바람에 손에 들고 있던 봉지가 우수수 쏟아졌다.

"……아."

잇새로 탄식이 터져 나왔다. 아이스크림은 물론, 다른 반찬거리까지 전부 다 쏟아졌다. 서둘러 이곳을 빠져나가야 한다는 생각이 온몸을 에워쌌다.

떨리는 손으로 쏟아진 물건들을 다 주워 담았다. 워낙 정신이 없었던 탓에 몇몇 젖은 나뭇잎들도 딸려 봉지에 담겼다.

그리고 그 가운데 작은 볼펜 뚜껑까지 담겼다는 건 집에 도착한 후에야 알 수 있었다.

여기까지가 현강의 이야기였다.

끼이익.

적당한 곳에 차를 주차한 서준은 시동을 끄며 볼펜 뚜껑이 담긴 투명한 비닐 팩을 손에 들었다.

"이미 생산이 중단된 일제 제품이라면 희망이 없는 것도 아니지."

그가 서늘한 목소리로 중얼거렸다.

회사로 돌아와서도 서준은 연신 그 '물건'에 대한 생각을 떨치지 못했다.

결정적인 증거를 손에 얻는 큰 수확이 있었지만 생각했던 것보다 마음이 무거웠다.

"이사님."

집무실에 들어온 현석이 조용히 그를 불렀다.

"……이사님?"

요즘 들어 잠을 통 못 잔 탓인지, 서준은 제대로 듣지 못하고 넋을 놓을 때가 많아졌다.

현석은 그제야 고개를 든 서준을 향해 능숙한 손길로 팩으로 된 홍삼차를 건넸다.

"요즘 들어 상념에 빠지시는 시간이 늘어난 것 같습니다. 일단 이것부터 드세요."

"머릿속이 왜 이렇게 복잡한 건지…… 최 비서님 들어오시는 소리도 못 들었네요."

잘려 나간 모서리 부분엔 작은 사이즈의 빨대가 깔끔하게 꽂혀 있었다. 서준은 현석의 센스에 나지막이 웃음을 지어 보였다.

"드시면 피로가 조금은 회복될 겁니다."

"고맙습니다. 안 그래도 요즘 너무 피곤해서 보약이라도 한 대 지어야 하나 고민하던 참이었는데."

"아무리 강한 체력이라도 몸이 열 개가 아닌 이상, 이 정도 일정을 소화하기엔 무리가 있죠."

욱진의 지시에 따라 프로젝트를 진행 중이긴 하지만 서준의 위치에서 그가 신경 써야 할 일은 비단 그것뿐만이 아니었다.

"그러게요."

서준이 쓴웃음을 지어 보였다.

처음 힐튼호텔의 이사로 부임했을 때 서준이 가장 먼저 했던 일은 손해를 보더라도 규모를 확장시키고 서비스 수준을 향상시키는 것이었다.

단순히 몇 년 운영하고 말 호텔이 아니었기에, 멀리 보고 이익을 창출하기 위한 선택이었다.

그 탓에 손이 많이 가는 시기였다. 아직까지는 적자가 나는 상황이었지만 적은 이익을 이유로 규모를 축소시키고 최소한의 비용으로 운영을 한다면 결국 악순환이 반복될 뿐이라고 생각했다.

"몸에 좋은 거라 그런지 맛이 좋네요."

"양 박사님께서 특별히 지어 주신 거라 아마 이사님 체질에 더욱 맞을 겁니다. 당분간은 회의 전후로 한 포씩 섭취하시는 게 좋을 듯합니다."

현석이 내민 홍삼 한 포를 깔끔하게 비운 서준이 무거웠던 목덜미를 이리저리 비틀며 기지개를 켰다. 무게가 여실히 느껴지는 어깨 근육을 바라보던 현석이 나긋한 목소리로 말을 건넸다.

"그래도 점점 끝이 보이니 다행입니다."

현강이 가지고 온 그 물건을 이미 손에 쥔 후였다. 그러니 게임은 거의 막바지에 다다라 있는 셈이었다.

"저도 그렇게 생각했는데 왠지 모르게 마음이 무겁네요."

마음이 무겁다는 말에 현석이 의아하다는 듯 서준을 바라보았다. 뒷말을 잠자코 기다리는 것처럼 그를 빤히 응시했다.

"거의 다 왔는데도 어딘가 모르게 마음이 불안하다고 해야 할까요."

"작은 사모님에 대한 걱정 때문이겠죠."

맞는 말이었다. 그들은 한국으로 불러온 현강을 증인으로 세워 1년 전 판결이 난 그 사건에 대하여 진범을 두고 재기소할 생각이었다.

그 과정에서 하윤이 입을 타격을 무시할 수 없었던 것이다.

"사모님께 향할 여론이 두려우신 겁니까."

"아무래도 사람들에겐 보이는 게 전부일 테니까요."

현석의 물음에 서준이 낮은 목소리로 대답했다. 변호사라는 작자가 제 의뢰인을 지켜주진 못할망정, 상부의 지시를 받고 재판을 조작해 무고한 시민을 죽음으로 내몰았다며 하윤을 비난할 것이다.

어쩌면 변호사로서의 복귀가 불가능할 만큼 큰 타격을 입게 될지도 모른다.

"작은 사모님은 이사님께서 걱정하시는 것보다 훨씬 더 단단한 사람입니다. 그 어두웠던 저택 문을 직접 박차고 나온 분이니까요."

어르고 달래듯 진득하게 서준에게 위로를 건넸다.

"사랑하는 사람의 어머니를 죽음으로 만든 게 자기 자신이라는 사실을 알았을 때, 그 두려움을 극복하고 다시 이사님을 마주할 수 있는 용기를 내는 건 결코 쉬운 일이 아닐 테니까요."

서준과 하윤을 오랜 시간 가장 가까운 곳에서 봐 온 사람으로서 현석은 그녀를 참 좋아했다. 변호사로서의 당찬 포부를 가지고 있었고 서준과의 관계에 있어서도 언제나 똑 부러지는 모습을 보였기 때문이다.

현석의 말을 듣던 서준은 나지막한 미소와 함께 몸을 일으켰다. 그 미소 속엔 마주한 현실에도 제 곁을 떠나지 않은 하윤에 대한 고마움이 담겨 있었다.

"근데 이사님께 한 가지 궁금한 게 있습니다."

"최 비서님께서 저한테 뭐가 궁금하시다는 건지…… 그게 더 궁금한데요."

사건에 관한 게 아니고 제게 질문을 던지는 모습에 서준이

291

눈을 가늘게 떴다.

사람이 안 하던 행동을 하게 되면 지레 겁을 먹게 된다고, 제 모든 걸 누구보다 잘 알고 있는 현석이 그런 말을 하니 새삼 의심쩍은 마음이 들었다.

서준의 떨떠름한 표정을 본 현석은 어깨를 으쓱이며 입을 열었다.

"그렇게 격한 반응을 보이실 줄은 몰랐네요."

"얼른 물어보셔야 할 겁니다. 곧 마음이 바뀔 것 같으니까."

곧 J-10 프로젝트의 회의가 있을 시간이었으니 서둘러 발걸음을 옮겨야 했다.

잠시 한 템포 쉬며 서준을 바라보던 현석이 이내 마음속에 있던 질문을 던졌다.

"재기소한 재판이 성공적으로 끝이 나서 사건이 해결되고, 잘못한 사람은 벌을 받고 억울한 사람은 누명을 벗어 자유를 찾게 되면."

잠시 말을 멈추며 서준과 시선을 마주했다.

"그러니까 모든 게 제자리를 찾아가게 된다면, 그땐 회사를 떠나실 겁니까?"

현석의 질문에 당황한 듯 서준의 미간이 깊게 팼다. 정곡을 찔린 탓이었다.

제 속마음을 정확하게 알고 있었던 그의 모습에 내심 놀랐다. 역시 저를 곁에서 오래 봐왔던 만큼 진작부터 눈치채고 있었던 모양이었다.

"호텔 관련한 일들을 검토하던 중 알게 된 겁니다. 평소와는 일 처리가 확연하게 다르시더군요. 호텔이 새롭게 출발하기 위한 모든 조건들을 충족시키는 동시에 하나씩 정리하시는 것 같다는 생각이 들었습니다."

몇 십 년 동안 서준을 지켜봐 왔고 함께해 온 파트너였다.

"마치 최상의 상태로 호텔을 넘길 것처럼 말이죠."

그런 사소한 변화들도 단번에 알아챌 만큼 긴 시간을 함께했다는 뜻이다.

"좀 한가해지면 말씀드리려고 했던 건데, 감히 최 비서님의 눈을 속일 수 있다고 판단한 제 생각이 짧았나 봅니다."

모든 일들이 끝나면 하윤과 단둘이 시간을 보낼 생각이었다.

처음엔 당연히 욱진의 뒤를 이어 회장직에 올라 경영을 계속할 생각이었지만 많은 일들을 겪은 지금, 생각을 바꿨다.

"당분간은 회사 일에 손을 떼고 하윤이와 온전한 시간을 보내고 싶어요."

그랬기에 완벽하게 일을 매듭지어야 했고, 몸이 열 개라도 모자랄 피곤한 나날을 보내는 중이었다.

"못다 한 신혼 생활이라도 즐기시려는 겁니까?"

"그래 보려고요."

어머니가 돌아가신 뒤로 1년을 쉬었다.

그 시간 동안 충분히 마음을 다잡았다고 생각했는데, 돌아보니 사랑했던 하윤을 쓸쓸하게 만들었던 시간에 대해 후회가 몰려왔다.

"다른 건 아무것도 생각하지 않은 채 하윤이만 생각할 겁니다. 그리고……."

그가 말꼬리를 길게 늘어뜨리며 현석과 또렷하게 시선을 마주했다.

"그리고 호텔은 그만한 자격이 있는 사람의 손에 쥐어지겠죠."

서준이 의미심장한 눈빛으로 그를 바라보았다.

18화

파멸

　하윤은 현강을 만난 서준이 증거물을 건네받고 국과수에 들렀다 회사로 향했다는 연락을 받았다.

　"내 예상대로라면 그 증거물은 진세연 씨를 범인으로 가리키고 있겠지."

　동일한 필체, 사건 현장에서 발견되었다는 볼펜 뚜껑, 그리고 곧 있으면 반응을 보일 세연의 움직임까지.

　"잘 될 거야. 그렇게 만들 거고."

　불안한 마음을 다잡듯, 그녀가 고개를 끄덕였다. 곧장 회사로 향한 서준 탓에 하윤은 저녁이 다 돼서야 그를 만날 수 있었다. 하윤은 서준의 집무실 앞에서 먼저 만난 현석과 짧은 인사를 나눈 뒤, 그가 안에 있다는 말을 듣고 조심스럽게 문을 열었다.

　집무실 내부는 얼어붙은 것처럼 조용했다. 숨소리조차 크게 들리는 것 같다는 착각이 일었다. 제 구두 소리만이 유난히 울

려 퍼지는 공간을 지나 서준의 책상이 있는 안쪽으로 들어가
니 낯익은 실루엣이 눈에 들어왔다.

"……당신."

그녀가 조심스럽게 입술을 달싹였다.

"요즘 많이 피곤했구나."

서류 더미 속에 둘러싸여 눈을 감고 있는 서준에게로 조용
히 다가섰다. 오는 길에 사 왔던 커피는 테이블 한구석에 놓아
두었다. 그는 의자를 뒤로 젖힌 채 곤히 잠들어 있었다. 아마
잠시 몇 분 동안 눈을 붙이려 했던 것 같았다.

조심스럽게 손을 뻗어 그의 이마 위로 갖다 대었다. 감은
눈 위로 서준이 홀로 감당하고 있을 삶의 무게가 고스란히 느
껴졌다. 안쓰러운 마음에 그의 머리칼을 부드럽게 쓰다듬었
다. 서준 역시 이런 기분이었을까. 그녀의 입꼬리가 반듯하게
올라섰다.

"예쁘게도 자네."

가득히 싸인 업무에 지쳐 잠들어 있는 자신을 봤을 때 딱
이런 기분이었겠구나 싶은 마음이 들었다. 조금이라도 더 함
께해 주지 못해서 미안한 마음과 동시에 그런 와중에도 자신
을 사랑해 주는 그에게 고마운 마음이 들었다.

"이게 그 새로 출시될 예정이라는 J-10인가?"

옆에 놓여 있던 새 상품 출시에 관한 서류들을 들여다보았
다. 단순한 지문 인식만으로도 몸 상태를 세세하게 알 수 있는
MRI 시스템을 첨가한 스마트폰은 누가 봐도 획기적인 기획안
이었다. 연신 고개를 끄덕이며 종이를 넘기던 하윤이 순간 멈
칫했다. 오른쪽 상단에 붙여진 작은 포스트잇에는 서준이 자

필로 써 놓은 한 문구가 적혀 있었다.

내가 사랑하는 사람이 사랑한다는 마음가짐으로 임할 것.

정성스러운 손글씨로 적어 놓은 문구를 보니 입가에 절로 미소가 번졌다. 흐트러진 서류들을 그가 편하게 볼 수 있도록 정리했다. 책상에 가지런히 서류들을 내려놓은 하윤이 다시금 몸을 돌린 순간, 제 바로 뒤에 서 있었던 서준의 가슴팍에 머리를 부딪쳤다.

"언제 일어났어요?"

"조금 전에."

제 가슴팍에 머리를 묻은 하윤을 놓아줄 생각이 없는 건지 서준은 그대로 하윤을 끌어안았다. 언제부터 뒤에서 자신을 지켜보고 있었던 건지, 하윤은 괜히 민망하고 부끄러웠다.

"처음부터 깨어 있었던 건 아니고요?"

미심쩍은 마음에 그녀가 두 눈을 가늘게 떠 보였다.

"내가 그 정도로 연기를 잘하는 편은 아니지."

"깼으면 말을 해야죠."

"당신이 하도 집중해서 그걸 보고 있길래."

잇새로 새어 나온 서준의 목소리가 피로로 인해 끄트머리가 갈라져 있었다. 평소보다 힘없게 울려 퍼지는 낮은 목소리에 가슴 한편이 아려 왔다.

"궁금해서 한 번 봤어요."

극비로 진행되는 프로젝트인지라 하윤에게도 별말이 없었던 서준이었다.

"요즘 들어 당신을 그렇게 힘들게 하는 프로젝트가 대체 뭔지."

"그래서, 본 소감이 어때?"

서준이 품에서 하윤을 놓으며 책상 위로 비스듬하게 걸터앉았다. 제 다리 사이에 하윤을 가둔 그가 칭찬이라도 기다리는 것처럼 그녀의 대답을 재촉했다. 그 모습에 하윤은 저도 모르게 웃음이 새어 나왔다.

"글쎄요."

이내 애매모호한 대답에 미간이 찌푸려졌다.

"이렇게 멋진 남자가 내 남편이구나, 뭐 그런 느낌?"

뒤이어 나오는 대답에 다시금 입꼬리가 올라갔다. 이젠 하윤의 말 한마디에도 기분이 하늘과 땅 사이를 오갔다.

"이렇게 멋진 남자가 늘 내 곁에 있구나."

하윤이 그와 시선을 마주하며 천천히 읊조렸다.

"그래서 안심되고 또 고마운 느낌."

"당신이 그렇게 말해 주니까 피로가 싹 풀리는 기분이네."

"나밖에 없죠?"

"그래. 당신밖에 없어."

새초롬한 표정으로 저를 올려다보는 하윤을 보며 서준은 잔잔하게 미소 지었다. 제품에 대한 검토가 완성된 후, 출시 전 하윤에게 먼저 보여 줄 생각이었다. 사랑하는 사람이 사용한다는 마음으로 작업에 임했기에, 누구보다 그녀에게 먼저 제품을 보여 주고 싶었기 때문이다.

"완성되면 당신한테 가장 먼저 보여 줄게."

"정말요?"

"응. 내가 옆에 없을 땐 이게 당신을 지켜줄 거야."

"당신 그거 과잉보호라고 했죠?"

"그냥 애정이라고 생각해 줘. 당신 생각하면서 만든 거니까."

하윤이 살포시 웃음을 터트렸다. 그녀가 피곤이 묻어 있는 서준의 눈가를 부드럽게 문질렀다. 서준은 잠자코 그녀의 손길을 받아들였다.

"주현강 씨가 우리 쪽을 완전히 믿기로 했다면서요."

"당신을 만난 후에야 마음을 굳힐 줄 알았는데 의외로 일이 빨리 해결됐어."

"어떻게 한 거예요? 쉽게 넘어올 것 같지 않았는데."

궁금하다는 듯 하윤이 어깨를 으쓱였다. 서준이 한 거라곤 그저 제 입장을 전달한 것뿐이었다. 현강도, 그도 사랑하는 사람을 지키기 위해 시작한 일이었기 때문에 그 동질감에서 비롯된 이해관계가 신뢰를 만들어 냈다.

"내가 당신을 얼마나 사랑하는지 얘기했어."

서준이 고개를 숙여 그녀에게로 눈을 맞췄다.

"당신을 위한 일이라면 그 어떤 것도 마다하지 않을 거라는 다짐을 보여 줬어. 주현강도 같은 마음일 테니까."

그의 진심이 하윤의 가슴을 따뜻하게 데웠다.

"당신이 없었더라면 나 혼자는 못 했을 일이에요."

두려움을 이겨 내고 보이지 않는 악과 맞서 싸우고, 그 모든 일들이 그녀의 곁에서 서준이 함께했기에 가능한 일이었다.

"약속했잖아."

서준이 하윤의 머리칼을 부드럽게 어루만졌다.

"기쁠 때나 슬플 때나, 어려울 때나 잘 될 때나 당신 곁에 함께 있겠다고. 어떤 난관이든 당신과 함께 극복하겠다고."

얽힌 시선이 뜨겁게 진동했다. 그가 애정 어린 눈빛으로 하윤을 바라보며 반듯하게 미소 지었다.

✚　　✚　　✚

시간이 흐를수록 초조함과 두려움이 몰려왔다. 세연은 보이지 않는 무언가가 제 목을 옥죄는 듯한 착각이 들었다.

"대체 뭘 들고 국과수에 찾아갔단 말이야?"

묵직한 두통이 세연을 짓눌렀다. 그녀는 애꿎은 입술을 잘근 깨물며 그날의 기억을 다시 한번 되짚었다. 작업을 하기엔 더할 나위 없이 좋은 장소였다.

인적이 드문 산골지역, 우거진 숲, 그리고 거기에 더해 쏟아지는 비까지. 살인의 흔적을 지우기에 완벽한 조건이었다.

"어떡하죠? 증거가 나오기라도 한다면……."

"아무리 생각해도 실수한 게 없어. 난 분명 완벽하게 처리했다고."

연습했던 대로 손목을 움직였고, 그 과정에서 어떠한 지문이나 혈흔을 남기지도 않았다. 대체 기억나지도 않는 결정적 실수는 뭐였단 말인가. 머릿속이 복잡했다.

"분명히 그 남자가 집에 들어가는 것까지 확인했어."

"……주현강 씨요?"

"어."

세연이 짙은 회상에 잠긴 듯 눈을 지그시 감았다. 그가 나무 뒤로 몸을 숨겼다는 것쯤은 알고 있었다. 굳이 현강에게 다가가지 않았던 건 허름한 옷차림과 더불어 당장이라도 체인이 빠질 것 같은 낡은 자전거를 보았기 때문이다. 남 일에 오지랖을 부릴 정도로 여유가 있어 보이진 않았다. 어둑한 시간인 데다가 비까지 내리고 있었기 때문에 마스크를 쓴 자신을 기억할 가능성은 없다고 생각했다.

하지만 그 안일한 생각이 화근이었을까.

"그 자릴 떠나지 않고 있었어. 그 남자가 집에 들어가는 순간까지 지켜봤고 수상할 만한 행동은 조금도 없었는……."

순간, 세연의 미간이 깊게 팼다. 불현듯 남자가 들고 있던 검은색 봉투를 쏟았던 기억이 떠올랐기 때문이다.

"왜요? 뭐가 잘못됐어요?"

"남자가 발을 헛디뎌서 들고 있던 봉투를 모두 쏟았었거든."

"그럼 그때……?"

불안한 듯 간호사의 동공이 요동쳤다.

"그 봉투에 무언가가 딸려 들어갔다는 얘긴가?"

세연의 목소리가 점차 날카로워졌다.

"대체 내가 뭘 흘린 거야! 대체 뭐냐고!"

쾅! 제 분에 못 이겨 세연은 세게 책상을 내리쳤다. 매섭게 구겨진 눈가엔 다가올 그녀의 운명을 예고하듯, 어둠이 드리웠다. 만일 증거를 흘렸다면 잡히는 건 시간문제였다. 세연 역시 너무도 잘 알고 있는 사실이었기에 심장이 두근거렸다.

"현장에 다시 갔다 왔을 때 아무런 이상이 없다고 했지?"

"네. 애초에 개발이 안 되는 지역이기도 하고 사람의 손을 타지 않아서 숲이 더 우거졌더라고요."

"그럼 됐어."

세연은 초조한 마음을 애써 억누르며 입을 열었다.

"1년도 더 지난 일을 이제 와서 파헤쳐 봤자 뭘 할 수 있겠어. 그렇지만 우리도 만일을 대비한 카드 하나 정도는 쥐고 있어야겠지."

"만일을 대비한…… 카드요?"

저의를 알 수 없는 음성에 간호사의 동공이 확장됐다. 하윤이 진료실에 왔다 간 뒤로, 캠페인 카드가 없어졌다는 걸 잘 알고 있었다. 자신이 자필로 적은 카드였다.

"민하윤이 저 카드를 보란 듯이 가져갔잖아."

"그렇긴 하지만……."

"아마 알고 있을 거야. 협박 편지를 보낸 게 나라는 걸."

금방 들통날 걸 알고 있으면서도 감행했다는 건 어쩌면 경고를 하려는 의도일 수도 있었다.

"……감히 나를 보란 듯이 농락해?"

네가 한 짓을 이미 다 알고 있다고, 네가 저지른 악행을 낱낱이 까발려 차가운 밑바닥까지 끌어내려 주겠다고. 마치 그렇게 말하는 것만 같아 세연은 숨이 턱, 막혔다.

"누가 뭐래도 난 유능한 의사야."

그녀가 제 손톱을 꾹 짓눌렀다. 벌어진 틈 사이로 붉은 피가 새어 나왔지만 개의치 않다는 듯 계속해서 살갗을 헤집었다.

"내가 고통 속에서 살려낸 사람들이 몇 명인데, 그깟 두 명

죽인 게 무슨 문제가 된다는 거지?"

악으로 가득 찬 눈빛이 번뜩였다. 피해자에 대한 죄책감 같은 건 조금도 보이지 않았다. 마땅히 해야 했을 일이라고 생각했기 때문이다.

대를 위한 소의 희생은 필연적으로 따라오기 마련이다. 더 많은 이들을 살리기 위해 자신은 반드시 필요한 존재였고, 그러기 위해서 숙희와 유민은 불가피하게 죽어야 할 존재였을 뿐이다. 세연은 자신 역시 그런 맥락에서 행동했다고 생각했다.

"나도 내 손에 피 묻히긴 싫지만 필요하다면 한 번 더 나서야겠지."

"서, 설마……."

그녀가 기다란 손가락을 곧게 뻗었다. 자신이 행하는 살인은 앞으로 이뤄낼 '대'를 위한 고귀한 희생이었다. 하윤 역시 그녀에겐 수많은 '소'에 불과했고, 이젠 또 하나의 희생양을 만들어 낼 차례였다.

이틀 후, 연락을 받은 에릭은 곧장 국과수에 다녀왔다. 예상했던 것보다 더 일찍 지문 감식 결과를 받아볼 수 있었다. 앞 순서에 있던 무수한 대기자들을 밀어낼 만큼의 입김을 가진 유현그룹의 입지를 다시 한번 실감할 수 있었다.

"검사 결과……."

에릭은 무거운 얼굴로 입을 열었다. 혹자는 말한다. 긴 시간을 싸우다 보면, 이유도 목적도 잊은 채 싸우게 된다고. 지나간 날들이 주마등처럼 스쳐 지나갔지만, 그의 마음속에 공허함이 그득히 들어섰다.

"진세연."

그가 침착한 목소리로 이름 석 자를 읊었다. 서준의 반듯했던 미간이 분노로 일그러졌다. 어느 정도 예상했던 결과지만 막상 검사 결과로 그 이름을 마주하게 되니 형용할 수 없는 감정들이 차올랐다.

"검사 결과, 유현병원 정신과 진세연 원장입니다."

집무실 내부에 무거운 침묵이 한껏 내려앉았다. 서준은 에릭이 들고 있던 봉투를 조심스럽게 열어 보았다.

DNA 지문 감식 결과, 볼펜 뚜껑에 묻어 있는 지문은 세연의 것이었다. 유현병원의 의사이자 사고를 당한 하윤을 수 개월간 돌보았던 주치의. 세연을 하윤의 주치의로 붙였던 건 오롯이 자신의 선택이었다.

믿었던 사람이었기에 사랑했던 여자를 맡겼던 것이고, 제 가족도 들이지 않았던 저택에 그녀를 들였다. 그랬던 사람이 기유민을 죽인 범인이라는 사실이 아직도 실감 나지 않았다.

"진짜 진세연 원장일 줄은……."

서준은 차마 말을 잇지 못했다.

"다행히 볼펜이 일본에서 출시된 제품 중 단종 된 모델이더군요. 현재로선 구할 수 없는 모델이기 때문에 증거로서의 효력이 더욱 살아날 겁니다."

에릭은 사진 한 장을 테이블 위에 내려놓으며 자리에 앉았다. 며칠 전 세연과 그녀의 주변 인물을 감시하던 중, 사건 현장에 되돌아왔던 윤 간호사의 모습을 촬영한 사진이었다.

"진세연 원장 아래서 일하고 있는 간호사입니다."

"원장 지시 아래 움직였을 가능성이 크겠군요. 사건 현장에 직접 모습을 드러내는 건 위험하다고 판단했나 봅니다."

현석이 말을 덧붙였다. 줄곧 침묵으로 일관하던 하윤이 조심스럽게 입을 열었다.

"훼손된 시신 부위가 유독 정교했던 데에는 다 이유가 있었어요. 외과 교수인 정석규와 밀회를 하는 중이더라고요. 아마 어깨너머로 보고 배운 솜씨겠죠."

애초에 시신이 그토록 깔끔한 상태였다는 게 설명할 수 없는 지점이었다. 칼을 다루는 솜씨가 보통이 아니라는 것을 알 수 있었다.

그제야 모든 상황들이 거짓말처럼 딱딱 들어맞았다. 주현강이 처음 증언을 했던 것처럼, 키가 크고 단발을 한 여자는 세연의 몽타주와 딱 들어맞았기 때문이다.

"그리고 한 가지 더⋯⋯."

하윤이 떨리는 손으로 편지 한 장과 캠페인 카드를 테이블 위에 내려놓았다. 혈흔으로 새겨진 글자를 볼 때마다 유산했던 기억이 떠올라 심장이 갈기갈기 찢겨져 나가는 기분이었지만, 아이를 위해서라면 그것마저 이겨 내야 했다.

"제가 받았던 협박 편지와 세연 씨 진료실에서 발견한 카드예요. 필적 감정을 받긴 어려워 이것만으론 효력이 없겠지만, 다른 증거들과 함께 제출하면 도움이 될 거예요."

편지 속에 새겨진 글자를 확인한 에릭은 안타까운 낯빛으로 고개를 돌렸다.

"협박 편지를 받고 나서 얼마 지나지 않아 유산을 했어요. 늦은 시각, 집으로 향하던 중 방향등을 강하게 켠 차가 저를 향해 달려들었거든요."

직접적인 충격은 없었지만 하윤은 쓰러졌다. 가장 조심할 게 많은 임신 초기에, 그녀는 그렇게 작고 소중한 생명을 잃었다.

"그래서 전 더더욱……."

하윤이 제 입술을 꾹 짓눌렀다. 잇새로 아릿한 고통이 스며들었다.

어두운 방 안에서 홀로 아이를 떠나보냈던 그날의 기억이 생생하게 그녀를 괴롭혔다.

애처롭게 흔들리던 한 개의 촛불.

"진세연 씨를 용서할 수가 없군요."

그 하나의 촛불이 이젠 걷잡을 수 없는 불기둥으로 변할 때였다.

세 팀으로 나눠서 움직이기로 했다.

"최 비서님은 김 형사님한테 연락해서 구속 영장 청구해 주세요. 저희가 주현강 씨와 접촉한 걸 알고 있는 이상 그쪽에서도 손 놓고 보고만 있진 않을 테니, 도주의 우려가 다분합니다."

"알겠습니다."

"그리고 에릭, 넌 지금 사진에 찍힌 윤 간호사와 접촉해. 강숙희 씨와 관련된 유현병원 의료 사고 기록 정리해서 보내주고."

"예, 알겠습니다."

굵고 묵직한 대답과 함께 그들은 곧장 움직였다. 현석과 에릭이 차를 타고 빠져나간 뒤, 그곳엔 서준과 하윤 둘만이 남아 있었다.

"난 진세연 씨를 만나러 갈 테니, 당신은 호텔로 돌아가서 모든 자료들을 정리하고 요약해서 재판을 준비해 줘."

"자, 잠깐. 뭐라고요……?"

"당신도 증인으로 서게 될 거야."

하윤의 눈자위에 미세한 진동이 일었다. 그녀가 직접 증인으로 참여하게 될 거라곤 생각지 못했다. 서준은 혼란스러운 눈빛을 하고 있는 그녀의 어깨를 단단한 손길로 붙잡았다.

그녀가 제 어깨를 어루만지는 서준의 손길을 지그시 내려다보았다.

"내가 아는 민하윤은 누가 뭐래도 훌륭한 변호사였어. 그건 장담할 수 있어. 누구보다 내가 잘 알고 있는 사실이지."

협박으로 인해 손목에 그어진 흉터가 아직까지 짙게 남아 있었다. 로펌 대표에게 직접적으로, 또한 지속적으로 들었던 협박은 하윤 역시 피해자라는 증거였다. 시연을 제대로 변호하지 못했던 것에 대해서 비난하는 화살을 전부 비껴갈 수는 없겠지만 그래도 하윤의 상황을 조금이라도 이해해 주기를 바랐다.

"당신 역시 피해자야. 목숨보다도 소중했던 아이를 떠나보낸 고통을 말로 다 표현할 수 없잖아. 그 모든 걸 이겨 내고 여기까지 왔어."

서준의 목울대가 뜨겁게 진동했다.

"난 당신이 어떻게 해서든 변호사로서 다시 활동할 수 있도록 도울 거고, 지켜낼 거야."

시계를 확인한 서준이 곧장 숙이고 있던 몸을 일으켰다. 그가 부드러운 손길로 하윤의 뺨을 감싸 안았다. 그녀의 얼굴을 끌어당겨 조심스레 입을 맞췄다. 뜨거운 체온이 입술 끝에서 맴돌았다.

뜨거웠다. 주마등처럼 지나가는 모든 순간들이 뜨거웠다. 고통 속에서 서준을 외면했던 시간들이, 어두웠던 저택 문을 박차고 나와 진실을 마주했던 순간이, 두려움을 이기고 악과 맞서는 이 모든 순간이 뜨겁게 느껴졌다.

조심스럽게 입술을 뗐다. 한 발자국 떨어진 그들은 짙은 눈빛으로 서로를 마주 보았다.

"······."

잠시 그렇게 하윤을 지그시 바라보던 서준은 서둘러 발걸음을 옮겼다. 하윤 역시 그의 지시에 따라 호텔로 향했다. 재판을 위해서 정리해야 할 자료들이 한둘이 아니었다.

시간이 없었다. 조금이라도 서둘러야 했다.

호텔에 거의 다 와 갈 때 즈음, 빠른 발걸음을 붙잡는 것은 주머니 안쪽에서 울리는 진동 소리였다. 급하게 꺼내 액정을 확인하니 모르는 번호였다. 잠시 망설이던 그녀가 조심스럽게 통화 버튼을 꾹, 눌렀다.

"여보세요."

―아, 아이고, 아가씨…….

순간 귀에 익은 목소리에 몸이 빳빳하게 굳어 왔다. 희강의 할머니였다. 눈물을 한껏 머금은 목소리가 하윤을 긴장하게 만들었다.

"하, 할머니?"

놀란 마음을 대변하듯 그녀의 음성에 진동이 일었다. 전화의 주인공은 다름 아닌 희강의 할머니였다.

―으아아앙!

곧이어 휴대폰 너머로 희강의 울음소리가 들려왔다. 두려움에 떨고 있는 듯 희강은 꺼억꺼억, 숨이 넘어갈 듯 울고 있었다. 갑작스러운 상황에 하윤은 입술을 꾹 짓눌렀다.

"할머니 괜찮으세요? 무슨 일 있으세요?"

―그게, 그러니까 어떻게 된 일이냐면…….

"할머니, 지금 어디 계세요?"

―희강이가 갑자기 열이 팔팔 끓어. 아무래도 병원에 데려가야 할 거 같은데 내가 지, 지금 몸이 불편하다 보니 상황이 여의치가 않아서…….

어쩔 줄 모르는 목소리였다. VIP 병동으로 옮기고 난 뒤, 서준의 배려로 그들은 작은 처소를 마련하게 되었다. 10평 남짓의 단칸방이었지만 깨끗하고 튼튼한 건물이었다.

"알겠어요. 지금 바로 갈게요."

―아, 그리고 올 때 딸기 한 팩만 사다 줄 수 있을까?

"딸기요?"

순간, 불길한 예감이 온몸을 휩쌌다. 말끝을 흐리는 할머니의 뒤로 돌연 희강의 울음소리가 멎었다. 어느 때보다 두려운 적막이 전화 너머로 스쳤다.

—부탁 좀 할 수 있을까? 갑자기 너무 먹고 싶네.

"그럼요. 어려운 부탁도 아닌데요."

두려움을 감춘 채, 최대한 침착하게 대답했다. 희강이 단순히 아파서 우는 것쯤은 아니라는 걸 잘 알고 있었다. 아이는 분명 겁에 질려 우는 것이었다.

—여기가 어디냐면…….

하윤은 조심스럽게 주소를 받아 적었다.

"금방 갈게요. 희강이 잘 진정 시켜 주세요, 할머니."

전화를 끊자, 휴대폰을 쥔 손이 파르르 떨려 왔다. 하윤은 제 손을 꽉 움켜쥐었다.

✦　　✤　　✦

곧장 목적지를 바꿨다. 무슨 일이라도 생겼을까 싶어 불안한 마음에 서둘러 택시에서 내렸다.

"설마 했는데 이 정도로 바닥이었을 줄이야."

그녀가 입술을 잘근 깨물었다.

"그 어린아이가 무슨 죄가 있다고……."

생각할수록 치가 떨렸다. 희강의 거처를 옮길 때 아이가 보면 좋을 동화책을 몇 권 선물했었다. 그 중, 희강이 가장 먼저 뜯어보았던 책에 담긴 내용이었다.

어린아이가 할머니를 만나러 가던 중 커다란 늑대에게 납치되었는데, 꾀를 내어 딸기가 먹고 싶다는 말을 이용해 탈출하는 이야기였다. 딸기라는 과일이 무엇인지 모르는 늑대는 호기심을 갖게 되고, 아이는 자신을 따라오면 보여 주겠다며 역으로 늑대를 유인해 도망간다.

—`아, 그리고 올 때 딸기 한 팩만 사다 줄 수 있을까?

전화 너머로 '딸기'라는 단어를 들었을 때 심장이 쿵, 내려앉는 기분이었다.

"제발 아무 일도 없어야 할 텐데……."

푸른색으로 칠해진 철문이 보이자, 하윤은 발걸음을 재촉했다.

"할머니, 안에 계세요?"

조심스레 외치며 대문을 열고 들어섰다.

"할머니! 희강아!"

하윤은 불안한 마음에 저도 모르게 목소리에 힘이 들어갔다. 방문을 열고 안으로 들어서자, 싸늘한 적막이 온몸을 에워쌌다. 그리고 싱크대 아래, 웅크리고 있는 두 명의 그림자가 보였다.

"희강아!"

놀란 하윤이 한걸음에 달려갔다. 할머니와 희강은 밧줄에 포박된 상태였다. 입을 막고 있는 테이프를 뜯어내니 참고 있던 두려움이 터진 듯, 희강은 자지러질 듯이 울었다.

"할머니, 괜찮으세요?"

"아이고! 새댁……."

속 깊은 곳에서 쇳소리가 새어 나왔다. 하윤의 얼굴을 본 할머니는 이내 시선을 회피하며 눈물을 흘렸다.

"의사 선생이 아가씨를 데려오지 않으면 우, 우릴 다 죽이 겠다고……."

할머니는 말을 채 잇지 못하며 고개를 떨어트렸다. 한껏 움 츠러든 어깨를 보니 이곳에서 얼마나 극심한 공포를 느꼈을지 짐작할 수 있었다. 하윤은 두 사람의 몸을 포박하고 있는 밧줄 을 풀며 침착한 목소리로 입을 열었다.

"그 여자는 어디 있어요?"

"왔어요? 생각보다 늦었네요."

뒤에서 들려오는 세연의 목소리에 하윤이 천천히 몸을 일 으켰다. 고개를 돌려 그녀와 시선을 마주했다. 여유롭게 웃어 보이는 그녀의 모습을 보니 오장육부가 뒤틀릴 것처럼 역겨워 구역질이 올라왔다.

"피 한 방울 섞이지도 않은 남의 일에 이렇게 한걸음에 달 려오다니."

세연은 그녀의 모습을 비웃듯, 차가운 목소리로 말했다. 하 윤의 입술 끝이 파르르 떨렸다. 그녀가 이를 악물었다.

"으음, 오지랖이 넓은 건가."

"오지랖이라……."

하윤이 싸늘한 눈빛으로 세연을 응시했다. 잠깐의 정적 후, 이를 악물었던 하윤의 얼굴에 차가운 평화가 드리웠다.

"아무런 죄도 없는 사람을 납치해서 날 겁박할 만큼, 불안 했나 봐요?"

하윤의 잇새로 조소가 흘러나왔다. 그 차가운 미소에 당황 한 듯, 세연이 잠시 주춤했다. 그녀가 한 발자국 더 가까이 다 가왔다.

"······아무것도 모른다는 얼굴로 내 곁에서 날 지켜보면서 즐거웠죠? 기억을 잃은 내가 참 재밌었을 거예요."

하윤의 눈자위에 미세한 진동이 일었다. 차오르는 감정을 애써 억눌렀다.

"선량한 척 내 얘길 들으면서 속으론 안심했겠죠. 생각할수록 치가 떨리네요. 당신의 가증스러움이."

"어머. 내가 가증스러워 보였다니, 유감이네요."

세연은 자신이 신이라도 되는 것처럼 자비로운 미소를 던졌다. 그러나 미세하게 떨리는 입매는 미처 감추지 못했다.

"세상에 선한 사람이 있다고 생각해요?"

세연이 하윤과 시선을 마주하며 물었다. 하윤에게 따스한 말 한마디를 건네며 자비롭게 웃어 주던 모습은 이미 온데간데없었다.

"그런 건 없어요."

경고를 하듯 낮은 목소리로 일렀다.

"모두들 자신이 놓인 상황에 따라 때로는 선하게, 혹은 악하게 움직이는 것뿐이죠. 그러니 지금 내가 당신을 이곳에서 만난 걸 너무 나쁘게 생각하진 말아요."

세연이 몸을 일으켜 부엌 쪽 테이블 위로 발걸음을 옮겼다. 달그락거리는 소리가 날카롭게 귓가를 스치고 지나갔다. 능숙한 손길로 파우치를 열어 그 안에든 무언가를 꺼냈다. 투명한 케이스에 담긴 건 주사기였다. 엄지를 굳게 들어 밀어 넣으니 날카롭게 뻗어 나온 침선이 하늘을 바라보며 솟구쳤다.

"이게 뭔 줄 알아요?"

하윤을 겁주려는 듯 조금 더 가까이 다가왔다. 주사기 안에

든 액체의 성분이 정확히 무엇인지는 몰랐지만, 적어도 바늘이 제 목에 꽂힐 때면 충분히 괴로울 것이라는 건 알 수 있었다.

"아쉽네. 당신이 평생 죄책감 속에 얽매여 저택 안에 갇혀 살길 원했는데."

그러나 예상외로 하윤은 스스로 저택의 문을 박차고 나왔다.

"용케도 그 문을 열고 나왔네? 그래 놓고 한다는 게 고작 수도원에 가서 기도를 하는 일이라니……."

주사기를 들지 않은 반대 손으로 하윤의 뺨을 부드럽게 훑어 내려갔다. 사랑에 눈이 먼 가엾은 영혼을 마주하는 기분이었다.

"어쩐지 재미있는 일이 벌어질 것 같다는 생각에 회장실을 알려 주었는데, 세상에. 그게 월척을 낚을 줄은 몰랐지."

"그래. 월척이었지. 그 일 덕분에 내가 모든 진실을 알게 되고, 기억까지 되찾았으니까."

"기억을 되찾는 건 내 예상에 없었어요. 난 그저 당신이 괴롭길 바랐거든."

물질과 성공, 그 가운데 욕망까지. 그것들만이 삶의 모든 것이라고 믿는 세연에게 하윤과 같은 사람은 이해할 수 없는 부류였다. 권력이 있고 부가 있으면 사람들은 제게 머리를 조아리게 돼 있다. 자신의 인생을 걸고 그 진리를 증명할 수 있었다.

"신은 존재하지 않아."

쓸어내리던 뺨에 힘이 들어갔다.

"그냥 욕심이 그득한 인간들만이 존재할 뿐이고, 그 가운데서 더 악랄하고 영리한 자들만이 살아남는 세상인······."

"그래."

침묵하던 하윤이 마침내 낮은 목소리로 입을 열었다.

"당신 말이 맞아. 더 악랄하고 영리한 사람들이 살아남는 세상이지."

하윤의 입꼬리가 차갑게 올라섰다. 주사기를 쥐고 있는 세연의 손목을 강하게 잡아끌었다. 하윤은 직접 날카로운 침선을 제 목 끝에 갖다 대었다. 그녀의 돌발 행동에 당황한 듯 세연의 동공이 흔들렸다.

"근데 당신은 틀렸어. 역겨울 정도로 악랄할지언정 영리하진 못하거든."

"······뭐라고?"

"한심한 년."

주삿바늘이 아슬아슬하게 하윤의 살갗을 스쳤다. 하윤이 굳게 다문 입술을 열어 나지막이 욕지거리를 내뱉었다. 단호한 발음에 세연이 당황한 듯 미간을 일그러트렸다.

"네가 진짜 똑똑했다면 강숙희를 의료 사고로 보냈을 때 멈췄어야지."

하윤이 시선을 낮게 내리깔았다. 주사기를 쥔 손에서 굳은 의지가 묻어났다.

"네가 직접 죽인 기유민도, 누명을 씌워 자살하게 만든 박시연도, 그리고······."

마주한 시선이 뜨겁게 진동했다.

"아무런 잘못 없는 내 아이."

분노로 가득한 커다란 눈망울에는 세연을 향한 깊은 경멸과 증오가 담겨 있었다. 그녀의 눈가로 투명한 눈물이 차올랐다.

"전부 당신이 죽였잖아."

"난 그저 다른 사람들을 위해 내 손을 희생한 것뿐이라고!"

세연의 입에서 악에 받친 목소리가 새어 나왔다.

"희생이라……."

하윤의 잇새로 냉소가 흘러나왔다.

"당신이 그런 단어를 입에 올린다는 것조차 역겨워."

"아악!"

순간, 주사기가 힘없이 바닥으로 나뒹굴었다. 하윤의 의해 손목이 꺾여 버린 세연은 몰려오는 고통에 신음했다. 하윤의 눈동자엔 미동이 없었다. 차가운 표정으로 고통에 몸부림치는 세연을 그저 고요히 내려다보았다.

"아프니?"

넌지시 물었다.

"고작 손목이 꺾인 게 그렇게 아파?"

"너, 너 미쳤어?"

"그 손으로 죄가 없는 사람들을 무자비하게 난도질했잖아. 가엾은 내 아이는…… 너 때문에 세상의 빛 한번 보지 못한 채 떠났는데."

하윤은 붙잡고 있던 손목을 세차게 밀쳐 냈다. 뒤에 있던 단상에 등을 부딪친 세연이 미간을 찌푸리며 바닥에 주저앉았다.

"그런 주제에 고작 손목 꺾인 게 고통스러워?"

세연이 입술을 굳게 짓눌렀다.

"말은 바로 해야지. 난 의사로서 사명을 다했을 뿐이야. 더 많은 사람들을 살리기 위해 어쩔 수 없이 선택한 일이었다고!"

세연은 악에 받친 목소리로 소리쳤다. 목소리에 미세한 떨림이 있었다. 주저앉은 채 하윤을 올려다보는 눈빛엔 두려움이 서려 있었다. 그동안 자신이 알고 봐 왔던 하윤이 아니었다. 너무나 나약해 아무것도 하지 못할 거라 생각했던 그녀가 아니었다.

"그렇게 해서 당신이 얻는 건 대체 뭔데? 성공? 권력? 아니면 명예?"

하윤은 냉소를 지은 채 비아냥거렸다.

"틀렸어. 당신은 그 세 가지 중 그 어느 것도 가질 수 없게 될 테니까."

세연의 인생의 끝엔 결국 파멸과 나락만이 존재할 뿐이다. 끝없는 지옥의 굴레 속에서 그녀는 평생을 살아가게 될 것이다. 하윤은 붉게 충혈 된 눈으로 세연에게 시선을 고정시켰다.

"네가 희강이와 할머니를 납치해서 날 이곳에 불렀을 때, 조용히 나만 처리하면 모든 게 끝날 거라 생각했겠지만, 틀렸어."

그녀가 바닥에 떨어져 있던 주사기를 조심스럽게 다시 손에 쥐었다.

"뭐, 뭐 하는 거야!"

"네 논리대로 나도 내 고귀한 손 한번 희생해 보려고."

"그게 무슨……!"

당황한 듯 세연의 눈동자가 요동쳤다. 하윤은 엄지로 꾸욱, 밀어 넣은 주사기를 들고 저벅저벅 빠른 걸음으로 그녀에게 다가섰다. 세연이 본능적으로 뒷걸음질 쳤지만, 이내 막다른 벽에 부딪혔다.

"날 손쉽게 죽일 수 있을 거라 생각했다면, 착각이야."

"아악!"

하윤은 강한 힘으로 그녀의 머리를 낚아챘다.

"자식 잃은 어미한텐 무서운 게 없거든."

그 충격으로 인해 새하얀 목덜미가 드러나며 목이 꺾였다. 공포로 뻐근한 느낌이 세연의 온몸을 에워쌌다.

"그러니까 잘 봐."

날카로운 침선이 세연의 목덜미 가까이로 다가왔다.

"네가 저지른 끔찍한 만행들이 어떤 결과를 낳게 되는지."

그러곤 있는 힘껏 주삿바늘을 내리쳤다. 세연은 저도 모르게 두 눈을 질끈 감았다. 툭. 주사기가 힘없이 바닥에 떨어졌다. 검은 복면을 쓴 남자가 하윤의 손목을 낚아챘다. 당황한 그녀가 고개를 들어 남자를 바라보았다. 붙잡힌 손목을 내빼려 발버둥쳤지만 남자는 하윤을 포박한 채 놓아주지 않았다.

"하아……."

세연이 거친 숨을 몰아 내쉬며 몸을 일으켰다.

"왜 이제 내려와? 조금만 더 늦었으면 내가 당할 뻔했다고!"

그녀가 남자를 향해 앙칼진 목소리로 소리쳤다. 그제야 여유로운 손길로 제 옷에 묻은 먼지들을 털어 냈다.

"내가 설마 여기서 혼자 기다리고 있었겠니?"

"……뭐?"

"네가 모든 증거를 손에 넣었다는 걸 뻔히 알고 있는데 내가 널 여기서 살려서 내보낼 것 같아? 같이 죽는 한이 있어도 넌……!"

세연은 이를 악물며 손을 한껏 들어 올렸다. 그리고 온 힘을 다해 하윤의 뺨을 내리치려던 순간이었다.

"그만하지."

복면을 쓴 남자가 세연의 손을 제지했다.

"내 사람한테 손대는 건 그냥 못 넘어가서."

답답했던 복면을 조심스럽게 벗었다.

"……다, 당신 뭐야?"

예상치 못했던 상황에 세연의 심장이 쿵 내려앉았다. 제 사람이 있어야 할 그곳엔 다름 아닌 서준이 서 있었다. 갑작스럽게 마주한 그의 모습에 하윤 역시 놀란 듯 손을 떨었다.

"믿었던 사람한테 배신을 당하니 어떤 기분인지 조금은 알겠더군."

서준은 하윤을 잡아끌어 제 뒤로 감췄다. 하윤 역시 그가 어떻게 이 자리에 있는 건지 당황스러울 따름이었지만 죽을 위기를 모면했다는 생각에 놀란 가슴을 쓸어내렸다.

"죽여 버리고 싶더라고. 당신과 정석규가 내 사람을 해치려 했던 것처럼."

예상에도 없던 복면을 쓰고 있던 탓에 목이 뻐근했는지 서준이 좌우로 목 근육을 느슨하게 풀었다. 갑작스러운 그의 등장에 모든 일이 엉망이 되어 버린 지금, 세연의 눈동자가 빠르게 진동했다.

"내 아내가 당신한테 하고 싶은 말이 많을 것 같아서 기다리려고 했는데, 손을 대는 건 못 참지."

서준이 낮은 음성으로 그녀를 옥죄었다.

세연이 창백한 얼굴로 몸을 떨었다. 하윤을 제 손으로 처리하지 못한다면 모든 일이 수포로 돌아가게 돼 있었다. 이미 서준의 손에 제 범행을 증명할 만한 증거가 담겨 있을 테고 국과수에 의뢰했던 것 역시 결과를 받아 봤을 것이다.

더 이상 빠져나갈 구멍이 없단 얘기였다. 창백하게 질린 세연의 얼굴을 지그시 응시했다. 싸늘한 눈빛이 그녀에게로 전해졌다.

"당신이 고용했던 사람이 아니라서 실망인가? 위층으로 올라가 봐. 아직 숨은 붙어 있을 테니까."

기다란 손가락으로 2층을 가리켰다. 자연스럽게 겁에 질린 시선이 따라 올라갔다.

"곧 당신에게 닥칠 세상의 잣대가 무서운 건가? 고작 그딴 게?"

새하얗게 질린 세연의 얼굴을 보며 차가운 목소리가 잇새를 통해 터져 나왔다. 흥분을 가라앉히고 싶었지만 이성은 이미 저 멀리 나락으로 떨어진 지 오래였다. 행복만 가득할 것 같았던 제 앞날이 꼬이기 시작했던 게 그 탓이 아니던가.

"난 지난 1년 동안 죽지 못해 살아왔어."

그가 낮은 음성으로 답했다. 깊이를 알 수 없는 어둠 속으로 파묻힌 목소리는 지난 세월 서준이 느꼈던 감정을 고스란히 담고 있었다.

"사랑하는 사람들을 잃어버리고, 혼자 암흑 속에 갇혀 사는 기분이 어떤 건지."

목울대가 뜨겁게 진동했다.

"당신 같은 사람은 몰라."

모든 게 끝이 났다는 사실에, 망연자실한 세연은 힘이 풀린 다리를 부여잡고 쓰러지듯 소파에 주저앉았다. 초점 없는 눈망울이 이내 새카만 절망으로 흔들렸다.

"한번 보라고 했었지. 당신의 인생이 파멸일지, 성공일지."

뒤이어 달각 소리와 함께 문이 열리고, 많은 사람들로 저택이 북적거렸다. 소란스러운 소리와 함께한 남자가 세연의 손목을 붙잡았다. 검찰이었다. 세연의 눈빛이 허공에서 하윤의 시선에 얽매였다.

"이게 그 결과야, 파멸."

그 목소리를 끝으로 세연은 조용히 눈을 감았다.

—유현병원 정신과 진세연 원장이 의료 사고 및 살해 혐의로 구속되었습니다. 현재 검찰은 유현그룹을 둘러싼 사건을 낱낱이 파헤치기 위해…….

아나운서의 단정한 목소리가 귓가에 콕콕 박혔다. 거리의 사람들은 사건에 대해 떠들기 바빴다. 어느덧 가을이었다. 선선해진 바람과 새파란 하늘에 새삼 가을이 왔다는 걸 실감할 수 있었다.

"요즘에 세상 무서워서 애나 키우겠어?"

"그러게 말이야."

모든 걸 잃고 바닥으로 추락한 세연은 검찰에 구속됐다. 유현그룹의 주식은 폭락했고 예상했던 대로 큰 타격을 입었다. 뉴스에서는 의료 사고를 묵인하고 이를 고발하려는 환자를 잔인하게 살해한 진세연 원장에 대해서 연일 보도했다. 더불어 유앤미 로펌의 유동철 대표와 관련된 인물들이 줄줄이 소환됐다.

"어떻게 정신과 의사란 여자가 사람을 아무렇지 않게 죽일 수 있어?"

"이제 무서워서 병원도 못 다니겠어."

"그러니까. 아무리 생각해도 오싹한 거 같아."

인터넷을 통해 보도되는 뉴스를 보며 음식을 먹던 사람들이 수군거렸다. 그 소리를 잠자코 듣고 있던 하윤은 트렌치코트를 여미며 호텔로 향했다.

도착하니, 기다리고 있었다는 듯 서준이 그녀를 반겼다.

"희강이는 좀 어때 보여?"

"그래도 많이 안정을 찾은 것 같아요."

"트라우마로 남을까 봐 걱정이야."

"초기 치료가 중요하다고 했으니까 한동안 상담은 병행해야 할 것 같아요."

어제 일로 많이 놀랐을 희강은 집 근처 아동 상담 센터에서 치료를 받는 중이었다.

"잘 이겨 낼 거야. 강인한 아이니까."

"그럼요."

하윤이 고개를 끄덕였다.

"아버님은 좀 어떠세요?"

"많이 좋아지셨어."

"재판 끝나면 꼭 찾아봬야겠어요."

"나도 아버지께서 당신한테 사람을 붙여 놨을 줄은 몰랐어."

서준이 돌연 목적지를 바꿔 희강의 집으로 향할 수 있었던 건 욱진의 연락을 받았기 때문이다. 욱진이 자신의 개인 경호원을 하윤에게 붙여 놓았을 줄은 꿈에도 몰랐다. 혹시 모를 위험 상황을 대비하기 위함이었다.

"아버님께 정말 감사한 게 많아요."

"오히려 아버지가 당신한테 고마워할 거야. 당신 덕에 이제라도 모든 걸 바로잡을 수 있었으니까."

따뜻한 차를 내온 서준이 조심스럽게 하윤의 곁에 자리했다.

"자."

"고마워요."

뜨거운 김을 들이마신 하윤이 마음을 안정시키려 깊은 한숨을 내쉬었다. 그 모습을 보던 서준이 하윤의 등을 부드럽게 어루만졌다.

"당신, 긴장했어?"

"아니라고 하면 거짓말이겠죠."

"늘 하던 대로 하면 돼."

오늘 밤이 지나고, 내일이 되면 한동안 발길을 끊었던 법정에 다시 들어설 것이다.

시연의 무죄를 입증할 증인으로 출석하는 자리인 만큼 두 어깨가 무거웠다. 끝까지 지켜 주지 못했던 자신의 의뢰인을 위해 반드시 마무리를 지어야 하는 일이었다. 아무리 큰 죄책감과 책임감이 제 어깨를 짓누른다고 한들, 그녀 스스로 감당하고 이겨 내야 했다.

"당신은 잘할 거야. 늘 그래왔듯이."

법정에 선 하윤의 모습이 얼마나 빛나는지 서준은 그 누구보다 잘 알고 있었다. 비록 변호사로서 법정에 들어서는 건 아니었지만 그곳에 다시 발걸음을 한다는 것 자체로도 큰 용기가 필요했다.

"그리고 이건 내가 주는 선물."

"이게 뭔데요?"

"열어 봐. 당신이 마음에 들어 할지 모르겠네."

갑작스레 쇼핑백을 내미는 서준의 모습에 당황한 듯 하윤이 되물었다. 쇼핑백 안엔 한 벌의 정장이 들어 있었다. 정장을 감싸고 있던 비닐을 벗겨낸 하윤이 놀란 얼굴로 서준을 올려다보았다.

"……이걸 보관하고 있었어요?"

"응. 언젠간 당신한테 다시 되돌려 주고 싶었어."

하윤이 처음 유앤미 로펌에 입사했을 때 큰돈을 들여 샀던 그녀의 첫 번째 정장이었다. 서준을 처음 만났을 때도 이 정장을 입고 있었다. 그리고 시연을 안타깝게 보내게 된, 재판이 있었던 날도 말이다.

"이 옷……. 일할 때 참 잘 입고 다녔었는데. 다시는 입을 일이 없을 줄 알았어요."

"내가 이거 입은 당신 모습에 반했었지."

"다른 모습엔 안 반했고요?"

"물론 다른 모습들도."

그가 나른하게 웃어 보였다. 낯익은 이 검은색의 정장을 보니 만감이 교차했다. 보육원 출신으로 부모가 없었으니 남들처럼 유년 시절의 사소한 추억이나 행복은 느껴 본 적이 없었다. 그래도 원장님의 사랑을 받으며 열심히 공부했고, 그 보상으로 국내 대형 로펌 소속 변호사로 일할 수 있었다.

"그동안 고생했다고, 스스로에게 주는 첫 번째 선물이었는데."

거금을 들여 유명 브랜드 매장에서 이 정장을 샀고, 날마다 제 일에 자부심을 갖고 로펌을 오갔었다. 사람들은 하윤의 인생을 재미있는 '이야깃거리'로 여기곤 했었다. 결핍이 있기에 더욱 특별한 인생이라며 말이다. 하지만 별다른 추억이 없던 유년 시절은 하윤에게 그다지 큰 결핍이 되지 않았다.

하윤은 단 한 번도 자신의 인생이 남들과 다르다고 생각해 본 적이 없었다.

회상에 잠긴 하윤의 눈빛이 슬프게 빛났다. 그 모습을 보던 서준이 조심스럽게 손끝으로 하윤의 턱을 들어 올렸다. 깊은 눈망울이 그를 향해 일렁였다.

"그 옷이 당신에게 날개를 달아 줄 거야."

힘이 되는 미소였다.

"내일 재판이 끝나면, 앞으로 매일 빛나는 삶을 살게 해 줄게."

서준이 그녀의 입술에 조심스럽게 입을 맞췄다. 따뜻한 입술의 감촉에서 애정 가득한 그의 마음이 고스란히 느껴졌다. 그 온기가 전해 주는 느낌이 참 좋았다. 가슴 깊은 곳까지 데워지는 기분이었다.

맞닿은 입술에 힘이 들어갔다. 오늘이 지나고 내일의 해가 뜨면, 정말 모든 걸 마무리 지을 시간이었다.

드디어 그때가 왔다.

✛   ✤   ✛

호텔을 나서기 전, 룸 중앙에 위치한 커다란 전신거울 앞에 서서 옷매무새를 확인했다. 잘 다려진 정장은 구겨진 곳 없이 깔끔하게 각이 잘 맞춰져 있었다.

거울 앞에선 제 모습을 찬찬히 살피던 하윤이 부드럽게 머리를 쓸어 넘겼다.

"긴장하지 말자."

은은한 장밋빛의 립스틱을 엷게 펴 바른 입술이 그녀를 더욱 고혹적으로 빛나게 했다. 단호한 눈빛에서 하윤의 의지가 드러났다.

드디어 오늘이다.

"잘할 수 있어."

스스로를 토닥이듯 중얼거렸다.

세연의 기사가 나간 뒤로 당시 살인 사건 재판과 관련된 모든 사람들이 다시 수면 위로 떠오르면서 하윤 역시 그 관심을 피해 갈 수 없었다. 로비 밖에는 아마 수많은 기자들이 진을 치고 있을 것이다. 하윤이 옷깃을 매만지며 깊은 한숨을 토해 냈다. 마음을 진정시키기 위해 한 행동이었다.

"당신."

서준이 손을 잡고 제 몸을 돌렸다. 따뜻한 온기가 손등에 더해지자 기분이 좋았다.

"빼먹은 거 없이 전부 다 챙겼지?"

"응. 아침에도 다시 한번 확인했어요."

하윤이 시선을 마주하며 대답했다.

"오늘 잘할 수 있을 거야."

서준이 느릿하게 그녀를 향해 말했다. 더할 나위 없이 따뜻한 미소로 마음을 대신했다. 제아무리 하윤이라고 해도 떨리는 마음은 어쩔 수가 없었다. 자신을 애정 어린 눈빛으로 바라보는 서준을 뒤로 하고 조심스럽게 발걸음을 옮겼다.

햇빛을 차단하고 있던 커튼을 걷어 내니, 환한 햇볕과 함께 바깥 풍경이 시야에 들어왔다. 예상했던 대로 호텔 앞에는 수십 대의 카메라와 많은 기자들이 모여 있었다. 그 모습을 보자, 멎었던 심장이 다시금 세차게 두근거리기 시작했다.

이건 단순한 떨림과는 다른 감정이었다. 잊고 지냈던 꿈을 다시 손에 쥔 이 순간을, 평생토록 잊지 못할 것이다.

호텔에서의 긴장되었던 때와는 달리, 위엄이 느껴지는 대법원 앞에 섰을 땐 이상하게 마음이 가벼웠다. 자신이 본래 있어야 할 곳으로 되돌아온 기분이었다. 오랜 시간을 떠나 있던 고향에 돌아온 느낌이랄까. 말로 표현할 수 없는 향수가 차올랐다. 옛 기억이 새록새록 피어오르며 가슴을 간질였다.

"피고 측 대변하세요."

판사의 낮은 음성이 묵직하게 재판장을 울렸다. 세간에서 주목할 만한 사건인 만큼 배심원으로 참석한 사람들은 분노에 찬 얼굴을 하고 있었다. 대한민국 국민이라면, 한번쯤은 유현그룹에서 출시된 상품을 사용했을 것이고, 병원을 이용했을 확률이 높았기 때문이다.

한껏 야윈 얼굴의 세연을 보니 감회가 새로웠다. 그녀의 옆에 앉아 있던 피고 측 변호인이 힘겹게 몸을 일으키자 배심원들의 눈빛이 번뜩였다.

"이번 사건은……."

피고의 변호인이 최후의 변론을 하기 시작했다. 함께 증인석에 앉아 있던 하윤과 현강의 시선이 마주쳤다. 그의 손이 미세하게 떨리고 있었다. 이 짧은 순간에 딸아이에 대한 걱정과 재판이 끝난 후에 자신이 마땅히 책임져야 할 일들, 그 모든 것들이 한데 얽혀 복잡한 심정인 것 같았다.

변호사의 변론을 들은 판사가 그들에게로 시선을 옮겼다. 저를 바라보는 그 눈빛만으로도 현강은 위축되는 기분이었다.

"증인."

"……."

"증인?"

무슨 생각을 하는 건지, 판사의 부름에도 대답하지 않고 있던 현강이 하윤의 손짓에 그제야 고개를 들었다.

"진술하시죠."

깊은 한숨을 내쉰 현강은 조심스럽게 입술을 떼었다.

"기유민 씨가 살해되었던 그날 밤, 전 딸아이가 먹을 아이스크림을 사고 몇 가지 장을 본 뒤 자전거를 타고 집으로 돌아가는 중이었습니다."

그의 목소리에 재판장 내부의 모든 사람들이 쥐 죽은 듯이 조용해지며 귀를 기울였다. 차가운 적막 가운데 현강의 낮은 목소리만 울리고 있을 뿐이었다.

"유독 비가 많이 내려 산길이 험했지만 아이가 기다리고 있을 것 같아 인적이 드문 지름길로 향했습니다. 빗물에 길이 위험하리라 생각하면서도 혼자서 자전거를 타고 가는 데에는 큰 무리가 없을 거라고 판단했기 때문이죠."

"계속하세요."

잠시 말을 멈춘 뒤 현강이 호흡을 가다듬었다.

"그곳에서 우연히 사건 현장을 목격했습니다. 흉기를 가지고 있던 건 키가 크고 단발을 한 여성으로, 아주 침착한 모습으로 범행을 저지르고 있더군요."

현강의 말에 재판장 내부가 수군거렸다.

"그리고 그 살인자가 바로 유현병원 정신과 원장인 진세연 씨였습니다."

그의 말에 장내에 있던 사람들의 수군거림은 더욱 거세졌다. 피고로 재소된 세연은 망연자실한 얼굴이었다. 지금 이 순간 누군가는 절망을 느낄 것이고, 또 누군가는 아마 비로소 원했던 감정을 느끼고 있겠지. 그 가운데에는 세연이 있었다.

"다음 날, 그 산속에서 살인 사건이 일어났다는 기사를 보고 연락을 취했습니다. 사건을 처음부터 끝까지 목격한 유일한 증인이었으니까요. 하지만 얼마 가지 않아 배후를 알 수 없는 연락을 받았습니다. 증언을 반복한다면 딸아이의 수술비를 마련해 주겠다는 제안이었죠."

눈에 넣어도 안 아플 세상에 하나뿐인 딸은 현강에게 있어 유일한 삶의 이유이자 그가 가진 가장 큰 약점이었다. 현강의 신상은 물론 아이가 희소병을 앓고 있다는 사실까지 알아낸

세연은 곧장 아이를 빌미로 증언을 번복할 것을 요구다.

"처음엔 제 아이만 무사하면 끝이라고 생각했습니다. 제 아이는 국내엔 기록이 없는 희소병을 앓고 있었고, 수술이 시급한 상황이었습니다."

현강의 목울대가 뜨겁게 진동했다.

"하루하루 피가 말라가는 기분이었습니다. 수술을 받고 아이가 건강한 모습으로 뛰어 노는 걸 볼 때마다 눈물을 흘렸습니다. 그러던 중에 얼마 지나지 않아 범인으로 체포된 무고한 사람이 자살을 했다는 기사를 접하게 됐습니다."

그제야 사람들의 시선이 하윤에게로 향하였다. 자살한 박시연을 변호했던 변호인이 지금 이 재판장에 버젓이 앉아 있었기 때문이다. 배심원들의 시선이 제게 쏠리고 현강이 자리에 앉자, 하윤이 조심스럽게 몸을 일으켰다. 배심원석에 앉아 있는 서준과 시선을 마주했다.

그가 따스한 눈빛으로 고개를 끄덕였다. 그게 무슨 의미인지 잘 알고 있기에 속으로 호흡을 몇 번이고 가다듬었다.

"다음 증인."

하윤이 두 다리를 모으고 번듯한 자세로 일어났다.

"전 당시 범인으로 지목되었던 박시연 씨를 변호했던 변호사입니다."

앞으로 고이 모은 두 손을 꽉 잡았다.

"당시 사건을 담당했던 저는 박시연 씨가 범인이란 증거가 불충분하다고 생각했습니다. 하지만 당시 유앤미 로펌에 계셨던 유동철 대표는 제게 그저 입을 다물라고 협박을 했습니다. 이미 증거도 증언도 아무것도 없어진 상태이니, 괜한 부스럼 만들지 말고 그냥 넘어가자고 말입니다."

배심원석에서 수군거리는 소리가 작게 울려 퍼졌다.

"알면서도 제 의뢰인을 제대로 보호하지 못한 건 변호사로서 무능한 제 탓입니다. 그렇지만……."

판사와 뜨겁게 시선을 마주했다. 더 이상은 저 웅장한 위엄을 뿜어내는 자리가 두렵지 않았다. 신의 심판을 앞두고 있노라면 그저 진실을 말하면 된다고 생각했다.

있는 그대로의 사실을 밝히고 싶었다. 이 사건으로 선한 사람 몇 명이 억울한 죽음을 맞게 됐는지 모른다. 의료 사고로 떠난 강숙희도, 하나뿐인 언니를 보호하기 위해 맞서다 죽음을 맞게 된 기유민도. 그리고 사건과 아무런 관련이 없던 시연까지도.

모든 사람들의 죽음의 무게를 감당하기엔 너무도 고된 심판이었다.

"잘못된 사실을 바로잡고 이제라도 처벌받아야 마땅한 사람들을 밝혀내고 싶었습니다. 누군가는 하루아침에 살인자란 누명을 쓰고 억울한 죽음을 당하고……. 또 누군가는 한순간에 사랑하는 사람을 잃는 모습을 지켜만 보고 있을 수는 없었습니다."

그녀가 잠시 말을 끊으며 시선을 돌렸다.

"존경하는 판사님."

맑고 커다란 눈동자가 서준에게로 향했다.

"세상을 선과 악으로 나눌 수 있다면."

무거운 침묵이 내려앉았다. 떨고 있는 하윤을 다독이듯 서준이 따사로운 눈빛으로 그녀의 어깨를 어루만졌다.

"그들은 과연 어느 쪽에 서 있는 걸까요."

서준이 느릿하게 하윤에게로 시선을 고정시켰다. 감히 자신이 다 품지 못할 만큼 멋있는 여자였다. 그제야 자신이 사랑했던 여자가 어떤 사람인지 비로소 알게 된 것 같았다.

정장을 입고 있을 때가 가장 섹시하다고 했던 말은 그냥 농담 삼아서 뱉은 것이 아니었다. 수많은 사람들의 시선이 고정된, 신의 심판을 받는 그 자리에서 단호한 눈빛으로 목소릴 내는 모습이 너무도 사랑스러웠다. 밤을 담은 새까만 정장 위로 한 줄기 빛이 차올랐다.

그게 바로 서준이 진정으로 사랑했던 여자, 민하윤의 진짜 모습이었다.

19화

너를 마주하다

구름 한 점 없는 하늘 아래, 작열하는 태양은 누군가의 열정만큼이나 뜨거운 열기를 뿜어냈다. 한여름보다도 더 치열한 공기가 그들을 반갑게 맞이했다.

재판이 끝남과 동시에 희비가 갈린 듯, 그들은 각기 다른 얼굴을 하고 서 있는 사람들을 마주할 수 있었다.

누군가는 절망한 듯 공허한 얼굴이었고, 또 다른 누군가는 사랑하는 이를 대신해 뜨거운 눈물을 흘리기도 했다.

어쩌면 이곳에서 마주한 수많은 인간군상은 그들에게 앞으로 '어떻게' 살아가야 하는지에 대한 새로운 방향을 제공하는 것일지도 몰랐다.

재판장을 나온 서준은 그런 복잡한 마음으로 하윤을 꽉 끌어안았다. 수많은 감정들이 한데 뒤섞인 손길이 그녀를 부드럽게 어루만졌다.

"고생 많았어."

기분 좋은 향기가 그의 품 안에서 맴돌았다.

"오늘 당신 정말 멋있었어."

"당신이 그랬잖아요? 정장 입을 때가 가장 섹시하다고."

"맞아. 다시 한번 느꼈어."

세연은 1심에서 징역 18년을 선고받았다. 그녀의 죄를 입증할 만한 증거들이 충분했고, 그녀의 직업이 가진 윤리적 책임을 무겁게 고려한 판결이었다.

법원 앞에 진을 치고 있던 기자들은 재판이 끝나기가 무섭게 기사를 써 댔다. 세연의 이름과 유현병원이 실시간 검색어 1, 2위를 다투고 있었다. 사람들의 관심을 한몸에 받고 있는 사건인 만큼 특종에 목말라 있는 기자들이 덤비는 게 당연했다.

그 가운데 하윤의 이름도 종종 보였다. '기구한 인생사를 가진 변호사'라는 수식어로 그녀를 소개하는 기사들이 여럿 보였다.

"사실 돌아가지 않아도 좋다고 생각했어요."

서준에게서 몸을 떨어트린 하윤이 조심스럽게 입을 열었다.

"변호사로서의 내 삶이 너무도 행복하고 자랑스러웠지만, 그냥 이렇게 당신과 서로를 기억하며 사는 것도 나쁘지 않다고 생각했거든요."

사랑하는 사람을 알아보지 못한다는 게 어떤 고통인지 누구보다 잘 알았다.

흐르지 않는 시간 속에 고립된 것처럼 하루가 1년 같이 느껴졌다. 그랬기에 두 번 다시 그 영겁의 시간 속으로 돌아가고 싶지 않았다.

"근데 오늘 보니까, 법정에 서 있을 때 비로소 내가 누구인지, 나다운 게 뭔지 알 것 같더라고요."

그 말을 잠자코 듣던 서준이 부드럽게 그녀의 손을 맞잡았다.

"마치 잊고 살았던 열정을 되찾은 기분이에요."

"나도 당신이 꿈을 저버리지 않았으면 좋겠어."

그가 애정 어린 시선으로 하윤을 내려다보았다.

"……고마워."

서준이 조심스럽게 입을 열었다.

"진심으로 고마워."

다시 한번 그가 하윤을 꼭 끌어안았다.

머릿속에서 지난날들이 주마등처럼 쭉, 스쳐 지나갔다.

서로를 오해하고 아파했던 시간을 딛고 서로를 마주할 수 있는 지금 이 순간이 너무도 감격스러웠다.

잃어버린 시간들을, 비로소 되찾은 날이었다.

✟　　✤　　✟

고요한 가운데, 납골당 안으로 조심스레 발걸음을 옮겼다. 가장 앞에 서 있던 에릭은 새로 사 온 조화를 유골함 옆에 내려놓았다.

"시연아."

그의 목소리에 따라 하윤은 자연스레 고개를 숙였다. 그건 현강 역시 마찬가지였다.

"드디어 왔어. 네가 보고 싶어 했던 변호사님이랑 그리고 같이 온 분은······."

뒤이어 현강을 무어라 부르기가 힘이 드는 모양인지 에릭은
말끝을 흐렸다.

그들은 환하게 웃고 있는 시연의 사진을 향해 경건한 마음
으로 고개를 숙여 애도를 표했다. 사진 속 시연이 티 없이 맑
게 웃고 있어 더욱 가슴이 아팠다.

왜 세상은 항상 선한 사람들의 희생으로 굴러가는 것일까.
하윤은 변호사가 되겠다고 결심한 순간부터 지금까지 종종 그
런 생각이 들곤 했다.

"재판은 성공적으로 잘 끝났어. 네 누명, 전부 벗겨졌어. 세
상 사람들이 다 알 수 있도록 많은 사람들이 지켜보는 앞에서
모든 진실들이 다 밝혀졌어."

고통은 왜 항상 선한 사람들의 몫인지.

"참 우습지. 누군가를 미워해 본 적조차 없는 당신인데."

하늘은 왜 선한 사람들을 도와주지 않는지.

"이제라도 세상 앞에 떳떳하게 밝힐 수 있어서 정말 다행이
야."

그런 세상은 왜 변하지 않는지.

"너무 늦어서······ 미안해."

에릭의 잔잔한 음성이 시연을 위로하는 동안, 하윤은 수많
은 생각으로 복잡한 마음을 달래며 그녀의 사진을 빤히 응시
했다.

웃는 얼굴이 저렇게나 예쁜 사람인데, 살아 있었더라면 지
금쯤 에릭과 행복하게 지내고 있었을 텐데.

순간 더해진 죄책감의 무게가 그녀의 마음을 꾹 짓누르는

듯했다.

"……하고 싶은 얘기 있으시면 편하게 하셔도 됩니다. 여기선 아무도 신경 쓰지 않고 이상하게 생각하지 않으니까요."

그 말을 끝으로 에릭은 한 발자국 물러나 자리를 비켜주었다. 희강과 둘만 남게 된 납골당 내부엔 가슴 아픈 적막이 흘렀다.

잠시 후, 크게 숨을 들이마신 하윤이 굳게 붙어 있던 입술을 조심스럽게 뗐다.

"재판이 끝나면 시연 씨한테 가장 먼저 달려와 미안하다고 얘기하려고 했는데……. 막상 모든 게 끝나니, 내가 감히 당신에게 미안하다는 말을 할 자격이 있는 건지, 어떤 말부터 꺼내야 하는지도 잘 모르겠네요."

잇새로 깊은 한숨이 흩어졌다. 복잡한 마음을 담은 숨결이, 허공에서 시연의 형상을 그리는 것 같다는 착각이 일었다.

"……진심으로 미안해요."

덤덤한 얼굴이었지만 유골함을 어루만지는 손길은 미세하게 떨려 왔다.

"내 아이를 잃을까 봐 무서워서 시연 씨를 외면했어요. 그러면 안 된다는 걸 알면서도 모두를 지켜낼 자신이 없어서 비겁한 선택을 했어요."

마음에 담아 두었던 진심을 천천히 꺼내 보였다.

"당신이 세상의 손가락질에 못 이겨 목숨을 끊었다는 얘길 들었을 때, 미치도록 후회했습니다. 어쩌면 당신한테 나는 유일한 구원이었을 텐데……. 죄송합니다."

마지막 믿음마저 저버린 저 자신이 원망스러웠다. 그리고 그에 대한 죗값을 아무런 잘못도 없는 제 아이가 받은 것 같아 더욱 가슴이 미어졌다.

“부디, 너무 늦은 건 아니길 바랄게요. 그곳에선 아무런 고통 없이 편하게 쉬어요.”

잠시 후, 얘기를 마친 하윤은 한 발자국 뒤로 물러났다. 납골당에 온 이후로 줄곧 입을 붙이고 있던 현강이 조심스럽게 앞으로 다가왔다.

“자리 비켜 드릴까요?”

하윤이 그를 향해 조심스레 입을 열었다.

현강이야말로 지금 이 순간, 시연에게 전할 말이 많을 거라고 생각했다. 시연 역시도 또 다른 누군가의 소중한 딸이었을 테니.

“……그렇게 해 주시면 감사하죠.”

“밖에서 기다릴 테니까 편하게 말씀하세요.”

“감사합니다.”

고개를 끄덕인 하윤은 곧장 밖으로 걸음을 옮겼다.

✢ ✣ ✢

근처 벤치에서 앉아 있던 에릭을 발견한 그녀가 그에게 가까이 다가갔다.

새 담배에 불을 붙이려던 그가 걸어오는 하윤을 보고는 이내 케이스 안으로 담배를 밀어 넣었다. 하윤은 그의 옆자리에 조심스럽게 앉았다.

“가장 할 얘기가 많을 텐데 자리를 비켜 드리는 게 맞는 거 같아서."

그녀의 말에 에릭이 작게 고개를 끄덕였다.

"생각이 복잡한 모양이네."

"그래 보입니까?"

"응."

어딘가 모르게 쓸쓸해 보이는 얼굴을 본 하윤이 조심스레 얘기했다.

그토록 원하던 일이었다. 유현그룹의 경호원으로 들어갔던 그날부터, 시연을 대신한 복수를 할 날만을 손꼽으며 살아왔다.

시연에 대한 미안함과 그리움, 그리고 가해자들에 대한 분노가 한데 모여 에릭을 지금 이 자리까지 오게 만들었다.

"재판이 끝나고 구속되던 진세연 씨의 표정을 잊을 수가 없습니다."

"⋯⋯너도 봤구나. 그 얼굴."

재판은 군더더기 없이 끝이 났다. 명확한 증거들이 존재하는 덕에 세연은 항소도 하지 못하고 그대로 밑바닥 신세가 되었다.

재판장에서 인정할 수 없다며 소리를 지르던 그녀의 얼굴엔 말로 형용할 수 없는 두려움이 스쳐 지나갔다.

"진심으로 뉘우치길 바랐던 건 아니지만 적어도 자신이 그렇게 만든 사람들에 대한 미안함 정도는 느끼길 바랐습니다."

그러나 세연이 두려워했던 건 그저 자신이 서 있는 자리에서 갖고 있는 모든 걸 내려놓고 바닥으로 추락해야 한다는 것, 그뿐이었다.

유현병원의 원장이란 명예와 그로 인해 얻게 된 부. 그 모든 걸 제 손에서 떠나보내야 한다는 사실이 세연을 공포로 밀어 넣었다.

"또 한 번의 기회가 주어지더라도 진세연 씨는 똑같은 선택을 할 거야. 의료 사고를 무마시키기 위해 어떤 만행이든 저지를 거고, 그 선택에 대해서 후회 같은 건 없을 테니까."

사람은 변하지 않는다. 세연 역시 마찬가지였다. 여전히 자신의 '선택'이 왜 잘못됐는지 알지 못했고 그저 자신이 이뤄 놓은 것들을 빼앗겨 두렵고 분한 얼굴이었다.

"그래서 생각이 복잡한 건가 봅니다."

"……이해해."

"그토록 원했던 진범을 찾고 시연이의 누명을 벗겨 냈는데도 마음 한구석에 남은 찜찜함이 가시질 않습니다."

모든 건 그대로였다. 하늘의 별이 되어 버린 시연은 두 번 다시 볼 수 없었고, 세상에는 여전히 제2의 세연과 같은 사람들이 또 다른 어딘가에서 같은 짓을 저지르고 있을 테니까.

"우리가 느꼈던 고통을 다 보상받진 못 하겠지만, 그럼에도 불구하고 그런 사람들에게 두려움이 뭔지 보여 줬다는 것만으로도 좀 더 좋은 세상을 향해 나아간 거라고 생각해."

"억울하지 않으십니까?"

에릭이 그녀와 시선을 마주했다.

"사랑하는 사람은 영영 볼 수 없게 됐는데 고작 법의 심판 따위로 그런 사람을 처벌한다는 게…… 억울하지 않으십니까."

이 싸움에서 상처 입지 않은 사람은 없었다. 하윤은 제 아이를 잃었고, 에릭은 사랑했던 연인을 잃었으며, 어린 시절 학대를 당했던 민준은 자신의 삶을 통째로 잃었다.

세연의 삶 역시 같은 맥락에서 조금은 이해해 볼 수 있었다. 옳고 그름조차 판별하지 못하도록 그녀를 밑바닥까지 내몰았던 자본주의 사회를 탓한다면 말이다.

"법의 심판을 받게 했으니까 우리가 그들과 다를 수 있는 거야. 만일 네가 시연 씨에 대한 복수로 진세연을 죽였다면, 결국 이 싸움은 끝나지 않았겠지. 난 그렇게 생각해."

자신이 입은 상처를 극복하고자 또 다른 누군가에게 상처를 주게 된다면 결국 그 모든 건 끝나지 않는 뫼비우스의 띠처럼 반복될 뿐이다.

그러한 싸움에서 망가지는 건 상대뿐만이 아니었다. 결국 자신도 망가지고 더럽혀져 밑바닥 끝까지 내몰리게 되는 것이다.

"그리고 그게 강민준과 내 남편이 정반대의 삶을 살 수 있었던 이유라고 믿어."

서준이 점점 더 높은 곳을 향해 올라갈수록 민준은 더 아래로, 더 깊은 수렁으로 추락했다. 그건 정해져 있던 운명이 아니라 스스로가 만들어 낸 결과였다.

"더불어 강민준 씨의 만행이 그 어떤 이유로도 정당화될 수 없던 이유였고요."

"맞아. 강민준의 삶을 어느 정도 연민했지만 그렇다고 그가 한 행동들을 정당화할 수는 없지."

"모든 사람들이 우리처럼 살아간다면 얼마나 좋을까요."

에릭의 입가에 쓸쓸한 여운이 맴돌았다.

"주현강 씨는 어떻게 되는 겁니까."

이어서 그가 물었다. 재판에서 증인으로 출석한 현강이 자신의 위증을 자백했기 때문에 검찰로부터 출석하라는 요구를 전달받았다.

처벌은 피할 수 없을 것이다. 그러나 스스로 위증을 고백했기 때문에 어느 정도 감경될 가능성이 컸다.

"우리가 책임지고 끝까지 도울 거야."

"벌금형을 받길 바라야겠군요."

"그렇지. 주현강 씨와 딸 현서 양까지 어떻게 해서든 안고 가야지."

세연이 구속되었다고 해서 끝난 게 아니었다. 이제야 비로소 시작이었다.

잘못된 것들을 바로잡고, 그동안 모든 사건으로 인해 피해를 봤던 사람들을 책임지고, 그 기나긴 여정에 이제야 한 걸음을 내디딘 것이다.

하윤이 고개를 돌려 에릭과 눈을 마주했다. 그녀의 눈빛에 담긴 질문을 알고 있다는 듯 에릭은 천천히 입을 열었다.

"전 떠날 겁니다."

시연이 죽은 뒤로 매 순간을 그녀를 위해 쏟아부으며 살아왔다.

그게 시연을 향한 그리움과 미안함이든, 가해자들을 향한 복수심과 분노든. 스스로를 위해 살아 본 시간이 단 한 번도 없었다.

"이제 좀……."

그가 한 템포 끊으며 긴 숨을 내뱉었다.

"사람답게 제대로 살아 보고 싶어서요."

주머니 속에 넣어 두었던 여권을 조심스레 꺼내 보였다. 재판 날짜가 잡혔던 순간 바로 예약해 두었던 비행기 표였다. 여권을 본 하윤의 눈이 미세하게 진동했다.

"새 출발 할 준비가 되면 내가 진짜 하고 싶은 게 뭔지 생각해 볼 거고요."

그도 이젠 자신의 삶을 살아가야 할 때였다. 그러니 생각도 정리할 겸 지친 몸을 회복도 할 겸 여행을 떠나는 셈이었다.

"그리고 적당한 때가 오면 돌아오려고 합니다."

그의 잔잔한 음성에 하윤이 조심스럽게 고개를 끄덕였다. 에릭이 떠날 채비를 하는 모습을 보니 정말 많은 시간이 흘렀다는 생각이 들었다.

모든 기억을 잃은 뒤로 끝난 것만 같았던 그녀의 인생 역시도 새로운 시작을 앞두고 있었다.

"도움 필요한 거 있으면 언제든지 연락하고."

"알겠습니다."

잠시 고요한 정적이 맴돌았다. 그리고 조금 뒤, 입술을 달싹이던 하윤이 조심스럽게 그의 이름을 불렀다.

"에릭."

하윤의 나지막한 목소리가 그의 시선을 붙잡았다.

"고마워."

별거 아닌 한마디에 그녀의 진심이 가득 묻어났다.

"그동안 내 곁에 함께 있어 줘서 고마웠어. 넌 시연 씨한테도, 그리고 나한테도 너무도 고마운 사람이고 정말 멋진 사람이야."

그녀의 목소리가 떠나는 마음을 위로하듯 심장을 에워쌌다.

"그러니까 잘 가."

그녀가 웃었다. 세상에서 가장 환한 미소로.

"많이 보고 싶을 거야."

그리고 또 한 번의 여운이 남을 이별을 했다.

✠   ⚜   ✠

커다란 홀 안으로 한 남자가 저벅저벅 걸어 들어왔다.

유연이 사고로 죽은 후 1년 만에 모습을 드러냈던 그날처럼, 여전히 서준의 걸음걸이엔 조금의 망설임도 없었다.

커다란 이슈를 불러왔던 일명 '자매 살인 사건'이 터지고 난 후 약 한 달 만이었다.

사건 이후로 달라진 게 있다면 공식 석상에서도 하윤과 함께 모습을 비춘다는 것, 그뿐이랄까.

여전히 조각을 깎은 듯 완벽한 얼굴이었다. 그에게서는 감히 넘볼 수 없는 당당함과 카리스마가 한데 섞여 있었다.

"이번에 출시된 스마트폰 J-10은 기존 제품들과는 확연히 다른 혁신적인 제품으로, 고차원적인 의료 기능을 첨가했습니다. 이 제품은 각종 질병이 만연하는 현대 사회에서 조금 더 편리하고 안정적인 방식으로 내 가족, 그리고 사랑하는 사람들의 건강을 돌보자는 생각으로 기획해 보았습니다."

기분 좋은 중저음의 목소리를 귓가에 담으며 하윤은 자신의 자리에 착석했다.

잠시 주위의 시선이 제게 쏠렸지만 이에 아랑곳하지 않는다는 듯 그녀는 시선을 정면으로 고정시켰다.

아침에 잘 다려준 서준의 슈트가 빛을 발하는 순간이었다. 넥타이까지 직접 고른 보람이 있도록 만드는 완벽한 모습이었다.

단상 위에 선 서준의 모습을 흐뭇한 눈으로 본 하윤은 기분이 좋았는지 입꼬리를 작게 말아 올렸다. 쉴 새 없이 카메라 플래시가 터지고 있음에도 서준의 날카로운 눈빛은 여전히 강인한 사업가의 면모를 보이고 있었다. 청중들 역시 여전히 그에게 주목한 채였다.

"누가 골라 주셨는지 넥타이가 참 돋보이는 것 같습니다."

언제 제 옆에 와 앉은 건지 현석이 짓궂은 미소와 함께 말을 건넸다. 아마 하윤이 직접 골라 준 넥타이라는 걸 알고 있어 건넨 말일 테다.

"누가 골라 준 건데요, 당연히 돋보여야죠."

"다행히 이번 신제품 반응이 아주 좋습니다. 사건이 터진 후에도 여론이 나쁘지 않았던 탓인지 사람들의 기대치가 굉장히 큰 모양입니다."

모든 사건의 경위가 다 밝혀진 후, 유현그룹을 향한 대중들의 비난은 끊이지 않았다.

특히 유연과 세연을 향한 날카로운 잣대는 좀처럼 사그라들 줄을 몰랐다. 자신의 지위를 지키기 위해 다른 사람의 죽음 따위 안중에도 없었던 그녀들의 만행을 사람들은 두고두고 비판했다.

그러나 그 모든 사건이 '서준'의 손에서 시작됐다는 사실에 사람들의 반응 역시 달라졌다.

"그러게요. 진심은 어떻게 해서든 통하는 법인가 봐요."

제 가족에 대한 비리를 파헤치고 스스로 심판대에 오른 그의 모습은 사람들에게 깊은 인상을 남겼다. 잘못된 진실을 바로잡고 죄를 저지른 사람들을 벌하게 만든 서준의 용기에 모두들 박수를 보냈다.

"혹시 기사 댓글 읽어 보셨습니까?"

"저에 대한 관심이요?"

"보셨군요. 사모님에 대한 이야기가 꽤 많습니다."

"저도 좀 얼떨떨했어요."

재판이 끝나고 모든 게 정리됐을 때 즈음, 사람들은 하윤과 서준의 이야기를 하나의 스토리로써 소비하기 시작했다.

"갑자기 연예인이 된 기분이던걸요."

"저도 연락 많이 받았습니다. 이사님과 사모님의 이야기를 책으로 쓰고 싶다는 출판사들의 제안이 끊이지 않더라고요."

"인터뷰 요청도 꽤 많이 받았어요."

로펌의 비리가 밝혀지면서 하윤이 돌연 로펌을 관두고 잠적했던 이유와 그녀가 겪었던 기구한 사건들이 세간에 알려졌기 때문이다.

평범한 믿음으로는 불가능한 서준의 절대적인 '사랑꾼 면모'는 그가 다시 유현그룹의 대표로 서는 데에 큰 공을 세웠다.

여론이 유달리 서준에게 호의적인 것도 아마 이런 이유에서일 것이다.

"이상하게도, 이번엔 사람들 입에 오르내리는 게 기분 나쁘지만은 않더라고요. 나의 이미지가 서준 씨 일에 도움이 된다면 얼마든지 상관없다는 생각도 들고요."

"······사모님께서도 많이 달라지신 것 같습니다."

커다란 고비를 몇 번이고 넘고 나니 그녀가 달라 보였다. 세상 풍파를 다 겪은 뒤 비로소 안정을 되찾은 모습이랄까. 잔잔한 시선으로 하윤을 응시하던 현석이 불현듯 무언가가 떠올랐는지 조심스럽게 입을 열었다.

"희강이라는 아이······. 정식으로 후원하기로 하셨다고 들었습니다."

"그날 이후로 희강이가 저를 좀 많이 찾았어요."

세연에게 납치돼 몇 시간을 붙잡혀 있었던 그날, 희강은 어린 나이에 보고 듣지 않아도 될 것들을 경험하고 줄곧 공포에 떨었다.

상담 센터를 통해 심리 치료와 약물치료를 병행했지만, 납치 사건 이후 희강은 유독 하윤을 찾았다.

"마음이 아프더라고요. 얼마나 무서웠을까 싶고."

하윤의 목소리에 미세한 떨림이 일었다. 아이는 마치 엄마에게 매달리는 어린아이처럼 그녀를 찾았다.

"그날, 진세연 씨에게 느꼈던 공포 때문에 절 찾는 거 같아요. 할머니와 같이 묶여 있을 때 제가 나타났으니 그만큼 저한테 의존하는 모양이에요."

현석은 안타까운 마음에 입술을 달싹였다. 희강은 하윤과 함께 상담을 받으며 점차 안정을 찾아가고 있었다.

"덕분에 저도 좋은 경험한 것 같아요. 미리 연습도 해 볼 수 있고요."

"미리 연습이라니요?"

"훗날 엄마가 됐을 때, 더 잘할 수 있지 않을까 해서요."

그녀가 내뱉은 '엄마'라는 단어에 조금은 놀란 듯 현석이 눈썹을 꿈틀거렸다. 혹시나 상처가 될까 조심스러운 마음에 그 누구도 하윤의 앞에서 그날의 일을 꺼내지 않았기 때문이다.

그러나 시간이 흐르고 나니, 그녀 역시 이젠 자신의 상처를 똑바로 마주할 수 있는 때가 왔다.

"못다 해 준 사랑, 앞으로 찾아와 줄 아이한테 쏟아부어야죠."

"그럼 든든한 삼촌 자리 하나 예약해도 되겠습니까?"

어깨를 으쓱이는 현석의 모습에 하윤이 잔잔하게 웃어 보였다.

"그럼요."

현석과 이런저런 얘기를 나누고 있을 때 즈음, 서준의 프레젠테이션이 거의 막바지에 다다랐고, 사람들은 일제히 박수를 보내기 시작했다.

"스마트폰 계의 새로운 한 획을 긋는 제품이 될 겁니다. 그리고 저희 유현그룹은 앞으로도 계속 끝없이 성장할 것을 약속드립니다, 이상입니다."

앞으로 나온 서준이 구십 도로 고개를 숙여 인사를 했다. 한데 모여 화음을 일궈 내는 박수 소리가 무색하지 않을 만큼 멋진 모습이었다.

서준의 모습을 보며 하윤 역시 애정이 담긴 박수를 보냈다. 그가 제 남편이라는 사실이 너무도 자랑스러운, 행복한 날이었다.

"홀 중앙에 J-10 제품과 더불어 이번 상품 기술에 대한 설명이 전시되어 있습니다. 직원의 안내에 따라 테스트해 보시기 바랍니다."

이내 사람들은 중앙으로 몰려들기 시작했다.

✟ ⛭ ✟

J-10 출시까지 바쁜 나날을 보냈던 서준에게도 드디어 잠깐이나마 여유가 생겼다.

하윤은 임시방편으로 지냈던 호텔 생활을 청산하고 그와 함께 모든 짐을 챙겨 다시 저택으로 향하는 길이었다.

감회가 남달랐다. 커다란 대문 앞에 서 있으니 그동안의 일들이 주마등처럼 스쳐 지나갔다.

"그땐 몰랐는데 이 집을 다시 보니까 당신이 얼마나 공들여 설계했는지 새삼 느껴져요."

"모르면 서운하지. 당신 생각하며 밤낮으로 지은 건데."

"당신의 이런 노력들을 내가 다 새카맣게 잊었었다고 생각하니 마음이 아프네요."

촉촉해진 눈망울 위로 많은 감정들이 피어올랐다.

마당이 넓었으면 좋겠고, 정원은 형형색색 예쁘게 꾸몄으면 좋겠다는 말, 중앙엔 커다란 분수도 있었으면 좋겠고, 욕실엔 커다란 월풀을 들이고 싶다고. 그 모든 이야기들을 고이 새겨 두었다가 집을 지을 때에 놓치지 않고 모두 반영했다.

"이젠 진짜, 우리 집이네요."

그토록 두렵다고 생각했던 이 공간이 이젠 세상에서 가장 편안한 안식처가 되었다.

정원을 거닐며 이야기를 나누던 그때, 환하게 웃어 보이는 하윤을 보며 서준이 갑자기 발걸음을 멈췄다.

"웅? 안 들어가요?"

"하윤아."

그가 그녀를 마주 보고 선 채로 나지막하게 불렀다.

"지난 기억을 잃은 당신과 부딪치면서 많은 걸 느꼈어."

떨림이 묻어나는 그의 목소리에 하윤의 눈이 동그랗게 커졌다.

"결혼의 진가는 서로 좋아 죽고 못 사는 행복한 일상에서 나타나는 게 아니라, 밑바닥을 찍었을 때 비로소 나타난다는 걸."

서준은 그녀의 눈망울을 또렷하게 바라보았다. 시간이 정지된 듯 흔들리는 바람마저 느릿하게 부는 그 순간, 그들은 서로를 마주 보며 시선을 고정시켰다. 때마침 저물어 가는 노을이 정원을 잔잔하게 비췄다.

서준을 마주 본 그녀의 뺨도 아름다운 노을빛으로 붉게 물들었다.

"돌아보니 그렇더라."

서준의 잔잔한 음성이 노을과 한데 어우러졌다.

"이젠 당신과 그 어떤 절망에 놓이더라도 두렵지 않을 거 같아. 설령 당신이 다시 한번 기억을 잃어 내 존재와 우리가 함께했던 모든 시간들을 잊어버린다고 하더라도."

하윤의 눈가에 떨림이 일었다.

"당신이 우리가 함께했던 그 시간들을 기억하지 못한다면 내가 하나하나 다 알려 줄게. 그 모든 순간들을 내가 전부 다 기억할게."

그의 말에 숨이 턱, 막히는 기분이었다.

"그건 남은 시간 동안에도 마찬가지야. 우리가 훗날 나이가 들어 지나간 순간들에 대해서 자꾸만 잊게 되는, 그런 날이 와도……."

마주한 시선이 부드럽게 떨려 왔다.

"늘 처음 본 것처럼, 처음 사랑한 것처럼……. 그렇게 당신에게 알려 줄게."

그 목소리를 듣고 있자니 어느새 눈시울이 붉어졌다. 진심을 가득 담은 고백은 언제나 진한 감동을 주기 마련이다.

"우리가 사랑해 왔고, 지금도 사랑하고 있는 그 모든 순간들을."

결국 눈물로 젖은 눈꺼풀이 힘없이 내려앉았다.

"매 순간 다정한 목소리로 알려 줄게. 당신이 얼마나 사랑스러운 사람이었는지, 얼마나 빛나고 가치가 있는 존재였는지……."

붉어진 눈가가 북받쳐 오는 감정으로 인해 파르르 떨려 왔다. 행복으로 인해 눈물을 흘릴 수 있다는 게 제게 얼마나 놀라운 일인지 몰랐다.

"그렇게 늘, 멈추지 않는 현재에 살게 해 줄게."

누군가의 아내, 누군가의 남편. 그리고 누군가의 부모로 살아가게 될 남은 시간들 속에서, 서로가 그 누구보다 찬란하게 빛났던 한 여자, 한 남자였음을 기억해 주겠다는 의미였다.

하윤은 그의 저택에서 깨어난 뒤로 스스로를 불행한 사람이라고 생각하며 살아왔었다.

이유 없이 시시때때로 자신을 덮쳐 오는 공포감, 제 손목에 선명히 도드라져 있는 자해의 흔적.

그리고 사라진 기억을 두고 의지할 '가족'이 없다는 사실이 언제나 그녀를 외롭게 만들었다.

그렇지만 그 모든 순간들 뒤에 항상 서준이 서 있었다는 걸, 뒤늦게 깨달았다.

"당신의 시계가 멈추는 날이 오더라도 내가 곁에서 매 순간, 우리가 함께 살아 있음을 느낄 수 있게 해 줄게. 그러다 먼 훗날 당신의 시간이 완전히 멈추는 날이 오면, 하루 정도는 당신을 온전히 그리워하다가……."

자신은 누구보다 사랑받고 있었고, 누구보다 행복한 사람이었다는 것을 말이다.

"그때 미련 없이 따라갈게."

이 남자가 지금 제 곁에 있다는 게, 그리고 앞으로 남은 생을 함께할 동반자라는 게. 그 사실이 너무나도 고마웠다.

"앞으로 우리에게 펼쳐진 게 험난한 가시밭길이라고 해도 두렵지 않아. 그러니까 나랑……."

늘 그래 왔듯, 모든 삶엔 어떤 형태로든 고난이 찾아오기 마련이다. 그러나 어떤 마음으로 그 고난을 극복하는지가 중요하다고 생각했다.

장미꽃을 두고 봤을 때 뾰족하게 솟은 가시와 찬란한 아름다움을 자랑하는 장미는 한 끗 차이다.

앞으로 제게 남겨진 길이 '어떤' 길인지는 중요하지 않았다. 누구와 함께 걷느냐, 어떤 마음으로 걷느냐가 중요하다고 생각했다.

지금 제 곁에 있는 사람과 함께 걷는 길이라면 온통 아름답고 찬란한 꽃들로 가득할 것 같았다.

"결혼해 줘서 진심으로 고마워."

진심이 그득히 담긴 음성을 내니 목울대가 뜨겁게 진동했다.

어디에 들고 있었던 건지 그 목소리와 함께 그녀의 네 번째 손가락 사이로 차가운 반지 하나가 부드럽게 밀려 들어왔다.

때마침 불어오는 싱그러운 바람까지, 모든 게 타이밍을 알고 있는 것처럼 움직였다.

세상이 멈춘 것처럼 고요해졌다. 지금 이 순간 세상에 남겨진 게 그와 자신밖에 없다는 기분 좋은 착각이 일었다.

"사랑해."

두고두고 잊지 못할 두 번째 프러포즈였다.

앞으로 10년, 20년, 계속해서 시간이 흐르고 그의 말대로 정말 백발의 노인이 되어 오늘 아침에 먹은 반찬이 무엇이었는지 기억이 안 나는 그런 시간들이 와도, 서준을 사랑했던 날만큼은 기억할 수 있을 것 같았다.

함께해 온 그 모든 찬란한 순간들을, 제 삶에서 가장 소중했던 순간들을 말이다.

특별하지 않았던 순간들을 당신과 함께할 수 있어서 너무나도 특별했다. 매 순간 그렇게 특별하고 값진 선물을 만들어 준 당신에게 고마웠다.

언젠가 당신이 죽고 난 뒤 무덤 앞에 홀로 쓸쓸히 앉아 있을 때면 꼭 이 말을 전해 주고 싶었다.

"……당신을 사랑하며 보낸 시간이 너무도 행복했다고."
그러니 다음 생에도 한 번만 더 자신을 사랑해 달라고.
그렇게 말해 주고 싶다.

에필로그 1

우리의 시간은

나른한 봄기운이 곳곳에 만연했다. 몇 번의 봄이 지나고 또 다시 찾아온 봄은 여전히 아름다웠다. 거리엔 아이들과 함께 산책을 나온 가족들이 화목한 모습으로 거리를 거닐고 있었다. 꽃샘추위가 한풀 꺾이고 나니 두문불출하던 사람들이 밖으로 쏟아져 나왔다.

"희강이는 어떤 동물이 가장 보고 싶었어?"

"어, 나는 엄청 큰 코끼리랑 그리고 제일 센 사자!"

외출 준비를 하던 희강이 들뜬 표정으로 손짓을 하며 대답했다.

오늘은 다 같이 동물원에 가기로 한 날이었다. 재활 운동 행사에 참여한 할머니를 대신해 하윤과 서준은 이른 시간부터 짐을 챙겼다. 자신의 등에 딱 맞는 작은 가방 속에 이것저것 챙겨 넣는 희강의 모습을 바라보던 서준이 귀엽다는 듯 낮게 웃어 보였다.

"자식. 그건 네 가방이야?"

"응. 뭐 좀 챙기려고."

애어른처럼 말하는 희강의 모습에 그가 웃음을 터트렸다. 어떨 때 보면 저 조그마한 아이 안에 할아버지가 살고 있는 건 아닌가 싶은 마음이 들었다.

"그래? 뭐 챙겼는데?"

"이건 내가 배고프면 먹으려고 챙긴 과자고, 이건 동물들 줄 먹이고⋯⋯."

"먹이?"

서준의 질문에 희강이 세차게 고개를 끄덕였다. 그러고는 자그마한 비닐 팩에 잘게 썰어 담은 당근과 오이를 흔들어 보였다. 고사리 같은 손으로 이걸 직접 담았을 생각을 하니까 절로 기분 좋은 미소가 얼굴에 번졌다.

"근데 희강아, 어쩌지? 거기 있는 동물들한테는 먹이 함부로 주면 안 되는데."

"진짜? 왜 먹이 주면 안 돼?"

"음, 왜냐하면 동물원에서 주는 먹이 말고 아무거나 먹으면 동물들은 배가 아플 수 있거든."

"아⋯⋯."

한껏 들떴던 아이의 얼굴이 시무룩해지며 금세 풀이 죽었다. 작은 손으로 먹이를 챙기는 게 너무도 귀여웠지만, 동물원에서 하면 안 될 행동에 대해서는 확실하게 가르쳐 줘야 했다.

"그럼 우리 이렇게 할까? 일단 챙겨 간 다음에 사육사 아저씨한테 한 번 여쭤 보고, 괜찮다고 허락을 받으면 그때 주는 거야. 어때?"

"동물들이 이거 먹어도 안 아프다고 하면?"

"응. 만약에 이거 줘도 괜찮다고 하면 주고, 배 아프다고 하면 도로 가져오자. 너도 동물 친구들이 아픈 건 원하지 않잖아."

동의한다는 듯 희강이 고개를 끄덕였다.

"착하네."

"그럼 이거 동물들이 먹기 싫다고 하면 우리가 먹자."

"……이거?"

희강은 활짝 웃어 보이며 고개를 끄덕였다.

"삼촌은 당근 먹어. 나는 오이 먹을래."

'형', '누나'였던 호칭은 어느새 '삼촌'과 '이모'가 되어 있었다.

아이를 정식으로 후원하기로 결정한 뒤, 유치원 행사에 종종 참여하게 되면서 자연스럽게 그들은 희강의 삼촌과 이모가 되었다.

"너 저번에 카레 먹을 때 보니까 당근 다 남기던데."

"펴, 편식하는 건 아냐……."

꾸중을 들을까 싶은 마음에 희강이 조심스럽게 말끝을 흐렸다.

"확실해?"

두 눈을 게슴츠레 뜬 서준을 보며 당황한 표정으로 고개를 끄덕였다. 요즘 들어 편식하는 음식이 늘어난 희강 탓에 하윤과 서준은 어떻게 해야 잘못된 식습관을 고칠 수 있을지 고민하는 중이었다.

"알았어. 믿어 볼게."

서준이 희강의 머리를 쓰다듬었다.

자그마한 가방 속에 든 건 비단 먹이뿐만이 아니었다. 평소 희강이 잘 들고 다니던 자그마한 인형 하나와 사탕 반지 한 개가 들어 있었다. 이걸 언제 다 챙겼는지 귀여운 마음이 들었다.

"근데 이모는 왜 이렇게 안 나와?"

"그러게……."

옷을 갈아입는다며 방으로 들어간 하윤은 20분째 깜깜무소식이었다.

"하윤아."

보다 못한 서준이 문을 두드렸다.

"멀었어?"

"거의 다 됐어."

대답을 하고도 5분이 지난 뒤에야 하윤은 거실로 나왔다. 화려한 원피스를 입은 하윤을 본 희강은 두 눈을 동그랗게 뜨며 그녀에게 쪼르르 달려갔다.

"이모, 오늘 공주님 같아!"

"정말?"

순수한 목소리로 그녀를 칭찬하는 모습에 하윤이 함박웃음을 지어 보였다. 개인 변호사 사무실을 개업한 이후로 줄곧 정장만 입었던 그녀가 오랜만에 원피스를 입은 모습을 보니, 서준 역시 반가운 모양이다. 만면에 웃음이 가득했다.

"당신, 오늘 딴 사람 같아."

"칭찬이야?"

"그럼. 어떤 모습이든 예쁘다는 뜻이지."

어쩐지 그녀는 희강보다 더 들뜬 모습이었다. 오늘 동물원을 가는 게 하윤을 위한 건지 희강을 위한 건지 헷갈릴 정도였다. 어린아이처럼 신난 그녀의 모습을 물끄러미 바라보던 서준은 연애 시절이 떠오른 듯 잔잔하게 미소 지었다.

"당신이 오늘 희강이보다 더 신난 거 같아."

"요새 바빠서 통 어딜 나가 보질 못했잖아. 나 지금 신난 거 맞아요."

개업한 하윤의 변호사 사무실엔 사람들의 발길이 끊이지 않았다. 1년이라는 시간이 지난 뒤에도 포기하지 않고 진범을 잡아넣은 그녀의 모습이 재조명되면서 변호사로서의 신뢰도 역시 금방 회복됐다.

"다행이다. 당신도 좋아해서."

"오늘 휴일이라 사람 많을 것 같아요."

"얼른 출발해야겠다. 희강아, 가방 다 챙겼지?"

"응! 챙겼어요!"

"그럼 준비 다 됐으니 가자."

한쪽 팔로 희강을 번쩍 안아 든 서준은 다른 한 손으론 하윤의 손을 잡고 집을 나섰다.

예상대로 동물원은 많은 사람들로 북적였다.

"진짜 사람들이 엄청 많네."

사무실에선 의뢰인과 일대일로 마주하는 게 대부분인 터라 이런 인파를 피부로 느껴 보는 게 얼마 만인지 몰랐다. 하윤은 놀랍다는 듯 감탄 아닌 감탄만 연이어 내뱉었다.

"지금 우리 위치가 여기니까, 이쪽으로 쭉 돌면 되겠다."

동물원 내부 지도를 펼친 서준이 손가락으로 현재 위치를 확인하며 길을 잡았다. 규모가 넓은 만큼 대책 없이 걸어 다니다가는 본격적으로 놀기 전에 쉽게 지칠 게 뻔했기 때문이었다. 하윤과 서준의 사이에 선 희강은 두 사람의 손을 붙잡고 천천히 걸어갔다.

"희강아. 공작새 알아?"

"공작새?"

"응. 날개가 엄청 크고 화려한 새야."

다양한 조류들이 모여 있는 곳에 도착한 그들은 차근차근 살펴보며 희강에게 설명을 덧붙였다. 희강은 신기하다는 듯 조금 더 앞으로 가 공작새를 바라보았다.

"가끔 깃털을 쫙 펼칠 때가 있는데, 그때 보면 엄청 예뻐."

"언제 펼치는데?"

"글쎄. 그건 이모도 잘 모르겠네."

희강의 눈높이에 맞춰 무릎을 굽힌 하윤은 다정한 목소리로 기다려 보자고 말했다. 그러나 하윤의 마음을 알아주지 못하는 건지 공작새는 좀처럼 깃털을 펼칠 기미를 안 보였다.

"네가 간절하게 소원을 안 빌어서 그래."

그 모습을 잠자코 보고 있던 서준이 희강에게 말했다.

"소원?"

"응. 눈 감고 간절하게 소원을 빌어야 날개를 펼치지."

확신에 찬 목소리로 얘기하는 서준의 모습에 몸을 일으킨 하윤이 그의 옆구리를 콕, 찔렀다.

"그랬다가 괜히 날개 안 펼치면 어떻게 하려고?"

"걱정하지 마. 안 펼칠 리가 없으니까."

그러곤 두 눈을 꼭 감고 있던 희강이 눈을 뜬 순간, 공작새는 그의 간절한 바람을 느끼기라도 한 듯 기적처럼 화려한 날개를 끝까지 펼쳐 보였다.

　"와아!"

　화려하게 뻗은 날개를 본 희강은 두 눈을 동그랗게 뜨며 감탄했다. 하윤 역시 기가 막힌 타이밍에 놀랍다는 듯 활짝 웃어 보였다.

　"이 남자가 하다 하다 공작새까지 조련을 하네."

　"그럼 뭐해. 그 조련이 유일하게 당신한테만 먹히질 않는데."

　"왜 안 먹힌다고 생각해요?"

　"그야 당신이 당신 원할 때만 해 주……."

　"뭘 해?"

　불현듯 대화에 끼어든 희강의 목소리에 하윤과 서준은 흠칫 놀라며 당황했다. 요즘 들어 호기심도 많아지고 이것저것 질문이 많아진 희강은 순수한 눈초리로 그들을 보챘다.

　"응? 이모가 뭘 해 줬어?"

　"이모가 삼촌 별로 안 사랑한대."

　"이모가 부끄러워서 그렇지. 삼촌은 그것도 몰라?"

　희강은 뒤이어 한숨까지 덧붙였다.

　"삼촌은 바보네."

　"쪼그만 게 못 하는 말이 없네."

　"나 안 쪼그맣거든! 벌써 3cm나 컸어!"

　"곧 있으면 삼촌보다 크겠네?"

　"당연하지. 밥 많이 먹고 이만큼이나 클 거야."

"그렇게 크려면 편식하면 안 될 텐데."

서준이 희강의 콧잔등을 손으로 툭, 두드렸다.

"나 이제 버섯도 먹을 줄 알고 당근도 먹을 줄 알아!"

그의 모습에 서준은 기가 찬다는 듯 헛웃음을 내뱉었다. 귀여운 허세가 담긴 아이의 목소리에 하윤은 살포시 웃음을 터트렸다.

"희강아, 목말 태워 줄까?"

"진짜? 제일 좋아!"

목말를 탄 희강은 한껏 들뜬 듯 발을 동동 흔들어 보였다. 그 모습을 보고 있으니 서준이라면 어떤 상황에서든 좋은 아빠가 될 수 있을 것 같다는 생각이 들어 하윤은 마음 한편이 든든했다.

"저기……."

그때였다. 한 여자가 조심스럽게 다가와 말을 붙였다. 그녀의 뒤에는 커다란 카메라를 들고 있는 남자가 서 있었다. 무슨 일인가 싶어 고개를 돌리니 서글서글한 웃음과 함께 여자가 입을 열었다.

"저희는 내년 10월경에 케이블 채널에서 방영 예정인 '현실 연애'라는 제목의 드라마 연출팀에서 나왔는데요."

"드라마요?"

의아하다는 듯 하윤이 되물었다.

"네. 저희가 드라마 프롤로그에 일반인들의 행복한 모습을 찍어서 파노라마식으로 빠르게 넘기는 연출을 기획 중이거든요. 그래서 오늘 이렇게 공원에 나왔는데 멀리서 보니까 세 분 모습이 너무 행복해 보이셔서요."

"아……."

"혹시 실례가 되지 않는다면 사진 한 장만 찍어도 될까요?"

쉽게 대답하지 못하고 망설이는 하윤의 모습을 본 여자는 곧장 설명을 덧붙였다.

"길게 나가는 건 아니고 여러 사진들이 빠른 속도로 휙휙 지나가는 거라서 그렇게 부담스럽진 않을 거예요."

망설이는 하윤의 뒤로 희강을 안고 있는 서준이 나지막하게 입을 열었다.

"길게 나가는 게 아니라면 부담이 될 것도 없고, 어떻게 보면 좋은 추억거리가 될 거 같아."

서준의 긍정적인 대답에 여자는 기쁜 듯 눈을 동그랗게 떠 보였다.

"희강아, 여기 이분께서 이모랑 삼촌이랑 희강이 모습 사진으로 찍고 싶다고 하시는데 괜찮아? 희강이도 사진 찍고 싶어?"

"그러면 나중에 텔레비전에서 내 모습 볼 수 있는 거야?"

"응. 내년에 방영하는 드라마 앞부분에 조금 실릴 거래."

"난 좋아!"

텔레비전에서 제 모습을 본다는 사실이 신나는 건지 희강은 손을 번쩍 들며 대답했다. 다행히 허락해 준 덕에 여자는 그들의 모습을 사진에 담아갈 수 있었다.

"너무 의식하실 필욘 없고요, 저희가 알아서 컷을 나눠 찍을 테니까 그냥 편안하게 걸으시면서 동물들 구경하시면 돼요."

"알겠습니다."

그들은 다시 다른 동물들이 있는 곳을 향해 천천히 발걸음을 옮겼다. 희강이를 목말 태운 상태인지라 힘들진 않을까 걱정됐는데, 의외로 서준의 표정을 보니 제법 여유로워 보였다.

"우와, 이모 저건 뭐야?"

"저건 두루미라는 거야. 희강아. 우리 저번에 여우와 두루미라는 책 읽었는데 기억나?"

"그 친구가 얘야?"

"그렇지."

대화를 나누는 동안에도 카메라는 계속해서 그들을 촬영하고 있었다. 유유하게 헤엄치던 두루미 한 쌍은 이내 서로의 목을 꼬아 부딪쳤다. 그 모습을 지켜보던 희강은 궁금하다는 듯 서준에게 물었다.

"삼촌, 쟤네 갑자기 싸운다!"

"저건 싸우는 게 아니라 구애 행동을 하는 거야."

"구애 행동이 뭔데?"

"암컷이랑 수컷이 서로를 좋아하는 마음을 행동으로 표현하는 거야."

희강의 눈높이에 맞춰 알아듣기 쉽게 설명을 덧붙였다.

"저번에 희강이가 주희한테 직접 쿠키 만들어서 예쁜 편지랑 같이 줬었잖아."

"응. 주희가 엄청 좋아했어!"

"그래. 희강이가 주희를 좋아하는 마음을 그렇게 표현했던 것처럼 두루미도 서로를 좋아하는 마음을 저렇게 표현하는 거야."

그제야 이해가 간다는 듯 희강은 짝, 손뼉을 쳐 보였다.

"아! 삼촌이 맨날 이모한테 뽀뽀해 달라고 하는 것처럼?"

순수한 얼굴로 되물었다. 이래서 아이들은 하나를 가르치면 열을 안다고 하는 것인가. 촬영 중인 카메라를 의식한 하윤은 민망함에 얼굴이 붉어졌다.

"그렇지. 희강이, 역시 똑똑해."

촬영은 5분 남짓 가까이 계속해서 이루어졌다. 그들은 명함을 건네며 드라마에 사용될 최종본이 나오면 추후에 연락을 드리겠다고 말했다. 조금 갑작스럽긴 했지만 나름대로 좋은 추억이 될 것 같아 기분이 좋았다.

그런데.

"읍!"

"왜 그래. 당신 어디 아파?"

돌연 인상을 찌푸리는 하윤을 본 서준이 걱정스러운 얼굴로 물었다. 갑작스럽게 하윤이 헛구역질을 한 탓이었다. 서준에게 괜찮다는 듯 손을 내저은 그녀가 코를 킁킁거리며 주변의 냄새를 맡았다.

"후, 이게 대체 무슨 냄새지?"

"냄새? 아, 저기 길에서 파는 번데기 냄새 같은데."

"아……."

하윤은 잇새로 짧은 탄식을 내뱉었다.

"당신 평소에 번데기 먹지 않아?"

"그러게요. 오늘따라 왜 이렇게 냄새가 역한 건지 모르겠네."

"오랜만에 맡아서 그런가 봐."

"흠, 그래서 그런가."

아무렇지 않은 듯 대답하는 서준을 뒤로하고 하윤이 작게 중얼거렸다. 순간 뇌리에 어떤 예감이 스치고 지나갔다. 무언가 생각난 듯 하윤은 제 스마트폰을 꺼내어 곧장 지문 인식을 통해 오늘의 상태를 체크해 보았다.

띠링. 곧이어 알림이 떴고, 해당 내용을 본 하윤의 눈동자가 세차게 흔들렸다.

놀란 하윤의 두 눈이 더욱 커다래졌다. 지문 인식으로 하윤의 몸 상태를 스캔한 애플리케이션은 곧 스마트폰 액정 위로 그녀의 상태를 세세하게 띄웠다. 믿기지 않는다는 듯 메시지를 확인한 하윤은 눈을 깜빡였다.

현재 체온은 36.3도로 정상 범위 내에 속함.

약간의 미세먼지로 인한 안구 건조 증세가 보이나 문제 범위에 속하진 않음.

특이 사항: 호르몬 수치에 급격한 변화 감지

임신 가능성 75% 이상, 산부인과 검사 요망.

현재 가장 가까운 위치의 산부인과 3곳 안내.

메시지 아래로 현재 위치에서 가장 가까운 산부인과 목록이 주르륵 떴다. 액정 속에 뜬 '임신'이라는 글자를 보면서도 현실감이 느껴지지 않았다. 마치 꿈을 꾸는 것만 같았다.

"설마……."

불현듯 생리 예정일이 지났다는 것을 깨달았다. 사무실을 개업한 뒤로 정신없이 바쁜 일상을 보내느라 날짜가 지난 것도 까마득하게 잊고 있었다.

"왜 그래? 당신 안색이 너무 안 좋아."

"이모. 어디 아픈 거야?"

서준의 목 위에 매달려 있던 희강 역시 걱정스러운 얼굴로 물었다.

"그게 아니라, 나……."

하윤이 액정에서 시선을 떼곤 서준과 눈을 마주했다. 그녀의 얼굴 위로 감정을 알 수 없는 아리송한 표정이 피어올랐다.

"나 임신한 것 같대요."

꿈만 같은 단어를 제 입으로 발음했다.

"임신일 수도 있다고 검사받아 보래요."

"뭐? 그게 정말이야?"

"임신 가능성이 75%나 된다고 산부인과에 가 보라는데……."

믿기지 않는 듯 하윤은 연신 말끝을 흐렸다. 그제야 하윤이 스마트폰 애플리케이션으로 검사를 해 보았다는 사실을 깨달은 서준은 곧장 그녀에게서 휴대폰을 건네받아 제 두 눈으로 확인했다.

그리고 곧장 향한 산부인과에서 기분 좋은 소식을 전해 들었다.

"정말 축하드립니다. 임신 6주시네요."

"임신이요?"

"예. 여기 아기집 보이시죠?"

산부인과 의사는 환한 웃음과 함께 기쁜 소식을 전했다. 초음파 사진에 찍힌 작은 아기집을 본 하윤의 눈가에 눈물이 그렁그렁 차올랐다. 순간 말로 형용할 수 없는 기쁨이 얼굴 위로 차올랐다. 예상치 못한 경사였다.

✛   ❖   ✛

임신 15주에 접어든 하윤은 볼록해진 아랫배를 보며 연신 쓰다듬기 바빴다. 배가 나오기 시작하니 비로소 임신을 했다는 게 온몸으로 실감 났다. 태아의 움직임이 활발할 시기라 그런지 통증이 조금씩 느껴졌지만 그마저도 사랑스러울 따름이었다. 하루하루 행복이 넘쳐났다.

비밀번호를 누르는 소리와 함께 서준이 헐레벌떡 집 안으로 들어섰다. 퇴근한 그는 신발을 벗기가 무섭게 그녀의 몸 상태부터 살폈다.

"오늘은 별이가 힘들게 안 했어?"

"선생님이 이제 슬슬 입덧 사라질 거라고 했는데, 그 말이 맞나 봐요. 낮에 보기만 해도 구역질 났던 곰탕을 정말 맛있게 먹었어요."

"정말?"

하윤이 웃으며 세차게 고개를 끄덕였다. 먹고 싶은 걸 마음대로 먹을 수 있다는 게 얼마나 행복한 일인지 비로소 깨달았다. 불과 며칠 전까지 음식 냄새만 맡아도 구역질이 나 게워내기 일쑤였는데 말이다.

임신 3개월까지는 정말 아무것도 안 하고 집에만 붙어 있었다. 한 번 유산을 경험했던 터라 더욱더 조심할 수밖에 없었다.

"이제 먹고 싶은 거 있으면 다 얘기해."

"당신이 사다 주려고요?"

"그럼. 당신 그럴 때 부려 먹으라고 내가 옆에 있는 건데."

서준이 어깨를 으쓱이며 웃어 보였다. 임신 소식을 들은 많은 이들이 그들에게 진심 어린 축하를 건넸었다. 사무실에 의뢰를 하러 왔던 사람들부터 시작해서 현석과 현강, 그리고 희강의 할머니와 에릭은 자신의 일인 것처럼 기뻐했다.

게다가 욱진은 하윤의 임신 소식을 듣자마자 뜨거운 눈물을 쏟아냈다. 시간이 조금 지난 뒤 욱진에게 물으니 말로 설명할 수 없는 벅찬 감정이 차올랐다고 말했다.

"그건 뭐예요?"

"내가 아버지 때문에 진짜 미치겠다니까."

고개를 절레절레 내저은 그가 쇼핑백에 담긴 물건들을 하나둘씩 꺼내 놓았다. 테이블 위로 남자 아기의 옷과 여자 아기의 옷이 나란히 놓였다. 옷뿐만이 아니라 신발과 모자까지 몇 개더 들어 있었다.

"아버님께서 다 사 주신 거예요?"

"응. 내일 당신이랑 성별 확인하러 간다고 하니까 신이 나서서 직접 다 사셨다나 봐."

"이게 다 몇 개야……."

한두 벌이 아니었다. 아직 태어나지도 않은 손주에 대한 그의 사랑이 느껴졌다. 욱진이 선물해 준 옷들을 하나하나 살펴보던 하윤이 살포시 웃음을 터트렸다.

"우리 별이, 벌써부터 이렇게 사랑받고 있으니 나중에 엄청 따뜻한 사람으로 크겠다."

"그럼. 힘들고 어려운 사람 진심으로 도와주고 받은 만큼

베풀 줄 아는 그런 사람으로 클 거야."

"말만 들어도 행복하네."

아이의 태명은 '별이'였다. 세상의 빛 한 번 못 보고 하늘의 별이 되어 버렸던 아이가 다시 제 품으로 와주었다고 생각해 지은 이름이었다. 두 번의 이별은 없었다. 후회로 가득했던 지 난 시간만큼 아낌없이 사랑하고 또 사랑할 예정이었다.

딩동. 펼쳐 놨던 옷들을 가지런히 정리하고 있을 그때, 초 인종이 울렸다. 문이 열리니 시끌벅적한 소리가 현관문에서부 터 들려왔다.

"이모!"

신발을 벗기가 무섭게 하윤을 향해 뛰어오는 희강을 서준은 잽싸게 낚아챘다.

"이제 이모한테 그렇게 안기면 안 돼."

서준의 등에 대롱대롱 매달린 희강은 내려달라는 듯 그의 등을 두드렸다.

"이모한테 뛰어가면 별이가 아파."

"아, 맞다. 그럼 별이 다친다고 했지?"

임신에 대한 개념을 어렴풋하게나마 이해하는 희강은 아 차, 싶은 얼굴로 대답했다. 서준에게서 내려온 희강은 자그마 한 손으로 하윤의 배를 부드럽게 쓰다듬었다. 당찬 발걸음으 로 뛰어온 희강의 뒤로 현석과 현강, 그리고 예쁜 원피스를 차 려입은 현강의 딸, 현서의 모습이 보였다. 순식간에 집 안이 시끌벅적해졌다. 각자의 손에 들린 선물들만 해도 어마어마했 다.

"제가 오늘 학교에서 만든 건데 이모 주려고 가져왔어요."

"진짜? 현서가 이모 주려고 만든 거야?"

두 손에 꽉 쥐고 가져온 건 한 장의 그림이었다. 스케치북 속에 담긴 그림은 환하게 웃고 있는 서준과 하윤의 모습, 그리고 둘 사이에서 눈이 휘게 웃고 있는 별 그림이 새겨져 있었다.

"정말 고마워. 이모가 이거 거실 탁자 위에 걸어 둬도 될까?"

"그럼요! 나중에 별이 태어나면 꼭 보여 주세요."

"알았어."

환하게 웃으며 현서의 머리를 쓰다듬었다.

재판이 끝난 뒤 얼마 지나지 않아 유현그룹의 도움으로 한국으로 들어오게 된 현서는 현재 이곳에서 치료를 받고 있는 중이었다. 완치라는 개념은 없었지만 약물치료가 병행이 되기만 한다면 평범한 또래 아이들처럼 생활하는 데에는 아무런 문제가 없었다.

얼마 전에는 친구들과 함께 영화도 보고 근처 아이스크림 집에 가서 사진도 왕창 찍어 왔다고 했다.

"일단 먹으면서 얘기해요. 언제까지 이렇게 서 있을 수는 없으니."

선물을 한곳에 잘 모아 둔 하윤은 그들을 다이닝 룸으로 안내했다. 현강은 챙겨 온 USB를 현서에게 건네주며 입을 열었다.

"희강이랑 거실에서 이거 보면서 놀고 있어. 네가 희강이 잘 보살펴줘야 돼?"

"아빠도 참, 당연하지. 내가 누나잖아."

377

"누나가 왜 나보다 누나야?"

"왜긴. 내가 너보다 나이가 많으니까 그렇지."

"내가 오빠 하고 싶은데!"

"그건 안 돼."

단호하게 대답한 현서는 희강을 데리고 거실로 향했다. 어른들의 지루한 이야기보다는 놀 거리가 많은 거실이 아이들에겐 훨씬 인기가 좋았다.

두 아이가 종종 놀러 오는 터라 하윤의 집엔 장난감과 인형이 한가득 쌓여 있었다. 훗날 별이가 태어나게 되면 물려주면 된다고 생각하며 하나둘 구매한 것이 이젠 방 하나를 가득 채울 지경이었다.

정답게 노는 아이들의 모습을 흐뭇하게 바라보던 현강은 이내 다이닝 룸으로 향했다. 그곳엔 갖가지 음식이 예쁘게 차려진 상태였다.

"제가 한 게 아니라서 맛있을 거예요."

하윤은 어깨를 으쓱이며 말했다.

"전부 다 이 사람이 한 거라서."

그녀가 서준을 가리키자 그는 뿌듯하다는 듯 고개를 끄덕였다. 서준은 하윤의 임신 소식을 접한 뒤로 곧장 요리 학원에 등록했다. 임신한 아내를 위해서 요리 정도는 뚝딱 할 수 있는 남편이 되고 싶었기 때문이다.

열심히 학원에 다닌 결과 그의 요리 실력은 일취월장했다. 그가 종종 해 주었던 국수도 이제는 연기 없이 '진짜' 맛있게 먹을 수 있었다.

"요리 실력이 이렇게 늘었다는 걸 알면 회장님께서 아주 놀라시겠습니다."

"제가 좀 아내에게 사랑받는 타입이긴 합니다, 최 이사님."

"그럼 전 요리를 못 해서 아직 장가를 못 간 게 되는 건가요?"

현석이 넉살 좋은 얼굴로 웃어 보였다. 서준이 맡고 있던 힐튼호텔은 현석에게 쥐어졌다. 오랜 시간 유현그룹을 위해 일해 온 그를 좋게 본 욱진은 그에게 계열사를 맡겨도 될 것 같다고 판단하였고 서준 역시 동의해 그가 호텔 계열을 맡게 되었다.

그들의 선택이 옳았다는 것을 증명하듯 힐튼호텔은 날이 갈수록 그 규모를 키워나가고 있었다.

"그게 과연 요리만의 문제겠습니까?"

"지금 제가 연애를 '못' 하는 거라고 생각하시는 겁니까?"

놀리듯 얘기하는 서준의 모습에 현석은 반박했다. 그는 못 하는 게 아니라 안 하는 거라며 특정 단어에 힘을 주며 발음했다.

"그동안 너무 바빠서 안 했던 것뿐이지요."

"글쎄요. 그건 최 이사님 생각이신 것 같은데."

끝내 인정할 수 없다는 듯 서준은 능글맞은 미소와 함께 대꾸했다.

아이들이 먹을 음식을 그릇에 담아 거실로 가져간 서준은 싸우지 말고 사이좋게 놀라는 말을 덧붙이곤 다시 다이닝 룸으로 돌아왔다.

"아, 맞다."

무언가가 떠오른 듯 입을 연 하윤의 모습이 보였다.

"현강 씨, 이번에 블로그 마켓 대박 났다면서요?"

쑥스러운 듯 현강이 얼굴을 붉혔다.

"아, 네……."

에어컨 설치 업체에 근무하던 현강은 현서와의 추억을 만들어 보자는 의미로 다양한 수제 청이나 화과자를 만드는 영상을 찍어 블로그에 올렸다. 한데 어떤 이유에서인지 그 영상이 입소문을 타고 퍼져나가 팔아달라는 요청이 쇄도했다고 한다.

"반응이 그렇게 뜨거울 줄 몰랐어요."

처음엔 망설이다가 한 푼이라도 아쉬운 마당에 부업 삼아 돈이라도 벌어 보자 해서 마켓을 오픈했는데 시작부터 대박이었다. 물 밀려오듯 들어오는 주문 요청은 끊길 줄을 몰랐다.

"처음엔 그냥 현서랑 재밌는 추억 만들려고 올렸던 건데."

"전 현강 씨가 그렇게 손재주가 좋은지 몰랐어요."

"어쩌다 보니 본업보다도 돈을 잘 벌고 있네요. 아주머니들한테 쪽지도 많이 받고."

"정말요?"

그가 민망한 듯 두 눈을 질끈 감으며 고개를 끄덕였다. 영상 속 현강의 모습을 인상 깊게 본 사람들이 많았는지 매일같이 쪽지가 쌓인다고 했다.

"참 사람 일 모르는 것 같아요. 설치 업체 다닐 땐 몸이 힘든 거에 비해서 버는 돈은 얼마 안 됐거든요. 앞으로 현서 뒷바라지하려면 정말 뼈 빠지게 일해야겠다 싶었는데, 지금은 이렇게 즐겁게 일하고 있는 거 보면 저도 신기해요."

공감한다는 듯 서준이 잔잔하게 웃어 보였다. 사건으로 인해 맺어진 인연이 지금까지 이어져 이렇게 행복하게 저녁을 먹으며 담소를 나누고 있을 줄 누가 알았겠는가.

또다시 이런저런 이야기가 이어질 무렵, 불현듯 몸을 일으킨 현석은 서류 가방에서 작은 봉투 몇 개를 꺼내 왔다.

"그게 뭐예요?"

그의 손에 들린 봉투를 본 하윤은 의아하다는 듯 물었다.

"저희한테 용돈이라도 주시려는 겁니까?"

서준이 궁금하다는 눈초리로 말을 덧붙였다.

"용돈보다 더 좋은 걸 드리려고 합니다."

사뭇 비장한 목소리였다. 그의 말에 봉투 안에 든 게 무엇인지 더욱 궁금해졌다. 현석은 현강과 서준, 그리고 하윤에게 봉투를 건네주었다. 봉투 안에 든 게 뭔지 뜯어보려던 찰나 현석의 비장한 목소리가 다이닝 룸 안에 크게 울려 퍼졌다.

"저 장가갑니다, 다음 달에."

"푸흡."

서준은 머금었던 물을 채 넘기기도 전에 시원하게 내뿜었다. 서둘러 봉투를 열어 보니 안에 들어 있는 건 다름 아닌 청첩장이었다. 보고도 믿기지 않는 듯, 서준이 입가를 닦으며 재차 되물었다.

"뭘…… 한다고요?"

"결혼 말입니다, 결혼."

"세상에……."

현석이 연애하는 걸 단 한 번도 보지 못했기에 서준은 이 상황이 더욱 놀라웠다.

전쟁통에도 사랑은 한다더니, 그 말이 진짜였던 것인가. 현석이 다시금 입을 열자 모두의 시선이 그에게로 향했다.

"예비 신부는 저보다 세 살 더 많은 '누님'이십니다."

반전에 반전이 더해지는 순간이었다. 서준은 좀처럼 입을 다물지 못했다. 평소 현석이 그에 대해 잘 알고 있듯이 자신 역시 현석에 대해 잘 알고 있다고 생각했었다. 만나는 여자가 있을 거라곤 미처 생각하지 못했다.

"얼마나 만나셨어요? 아니, 그분을 대체 어디서, 어떻게 처음 만났습니까?"

뒤이어 서준의 질문이 쏟아졌다. 궁금한 게 한두 가지가 아닌 듯했다. 그도 그럴 것이 몇십 년을 함께 일해 온 사람인데 결혼식을 한 달 앞둔 지금에서야 그 소식을 듣게 되었으니, 그럴 만도 했다.

"질문은 한 가지씩 받는 거로 하겠습니다."

현석이 흐뭇한 미소를 지으며 테이블을 탁탁, 두드렸다. 아무래도 오늘 밤은 그의 숨겨진 로맨스를 듣느라 시끌벅적할 것 같다는 예감이 들었다.

에필로그 2

등대처럼

슈트 차림을 한 서준이 도착한 곳은 지역 외곽에 위치한 교도소였다.

살인 미수로 복역 중인 민준의 출소가 일주일 남은 시점이었다.

세상 어떤 일도 흘러가는 시간 앞에선 무기력하다고 하던가.

매일같이 이를 악물고 기사를 써내던 기자들도, 흥미로운 먹잇감을 발견한 것처럼 떠들어 대던 사람들도 시간이 지남에 따라 모두들 기억 속에서 민준의 존재를 잊어 갔다.

빠르게 변화하는 사회 속에선 하루가 무섭게 사건 사고들이 터지기 일쑤였고, 현재 가장 큰 이슈는 H그룹 장남의 마약 복용 사건이었다.

"저는 밖에서 대기하고 있겠습니다."

"……금방 나올 거예요."

도착하니, 칙칙한 외벽이 그의 시선을 이끌었다.

"어떻게 오셨습니까?"

"접견 왔습니다."

서준은 신원 확인 절차를 마치고 수용자의 이름과 수용 번호를 확인한 뒤 교도관에 안내에 따라 접견실로 걸음을 옮겼다.

민준이 수감된 이후로 처음 마주하는 것이었기에 조금은 긴장이 되었다.

혹여 그가 접견을 거부하진 않을까 걱정도 되었지만, 얼마 지나지 않아 교도 복을 입은 민준이 접견실 안으로 들어왔다. 못 본 사이, 많이 야윈 모습이었다.

"여긴 어쩐 일이야?"

자리가 사람을 만든다고 하지 않던가. 그의 얼굴엔 검은 그림자가 한껏 드리운 상태였다.

"네가 날 보러 오리라곤 생각도 못 했는데."

민준이 의자에 털썩, 앉으며 입을 열었다.

"어차피 일주일 뒤면 출소인데 뭣하러 여기까지 와. 보는 눈도 많을 텐데."

그가 나지막한 목소리로 덧붙였다. 살기가 그득했던 눈빛엔 전에 없던 평화가 담겨 있었다.

이곳에서 수감 생활을 하면서 함께 받았던 여러 치료 활동들로 인해 많이 안정된 모습이었다. 구속되기 전엔 하윤만큼이나 불안정했던 민준이었으나, 이젠 어느 정도 자신의 삶을 되찾아가는 중이었다.

"내가 무슨 낯짝으로 널 보겠냐."

고개를 푹 숙인 민준은 차가운 조소를 내뱉었다.

그런 그를 잠시 말없이 바라보던 서준은 무겁게 붙어 있던 입술을 조심스럽게 열어 말했다.

"아버지는 만나 뵀다고 들었어."

"어. 오히려 나한테 용서를 구하시더라."

"……."

"당신이 잘못했다고."

욱진은 망가져 버린 자식을 보며 가슴이 타들어 가는 듯한 고통을 느꼈다.

유연과 민준이 지은 죄의 무게를 같이 짊어진 그는 모든 국민들이 보는 앞에서 고개를 숙여 사과했고 죗값을 치를 것을 약속했다.

"아버지 가슴에 대못을 박은 건 난데 말이야."

"많이 힘들어 하셨어. 자식이라곤 형이랑 나 둘뿐인데 모든 게 망가졌으니, 견디기 힘드셨겠지."

"너한테도 나 용서하라는 말 안 해."

아무런 죄가 없는 동생의 아내를 이용해 자신의 오랜 상처를 보상받고 복수하려 했던 건 사실이었으니.

"당연히 못 하지."

서준이 단호하게 대답했다.

"나는 형을 용서하고 말고 할 자격조차 없는 사람이니까. 도리어 용서를 빌어야 하는 건 나야."

민준은 그제야 바닥에 고정시키고 있던 시선을 들어 올렸다. 푸석해진 그의 얼굴이 더욱 확연하게 눈에 들어왔다.

"……뭐?"

"형이 용서를 빌어야 하는 사람은 하윤이지, 내가 아니야. 그리고 오늘은 내가 형한테 용서를 받기 위해 찾아온 거고."

민준의 시선이 흔들렸다.

"어렸을 때 형이랑 같이 마당에서 공도 차고 뛰어놀았던 시절을 기억해. 남부러울 것 없는 가정에서 태어났다고 생각했고, 형이랑 같이 그 모든 걸 누렸다고 생각했어, 나는."

그러나 민준에겐 그 시간들이 너무나도 큰 고통이었다는 것을 너무도 늦게 깨달아 버렸다.

"큰 착각이었지."

서준이 깊은숨을 내뱉었다.

"형이 혼자서 그 순간들을 견뎌 왔다고 생각하면 지금도 손이 떨려. 어린 나이에 원하지 않던 동생과 새엄마의 존재만으로도 충분히 괴로웠을 텐데 형은 처음부터 날 아무런 색안경 없이 받아 줬잖아."

유연의 학대가 시작되기 전까지 민준은 서준을 조금도 미워하지 않았다.

그 역시도 어머니의 품이 그리웠을 것이고 어느 날 눈앞에 나타난 서준의 존재를 부정할 법도 하지만 그렇지 않았다. 그저 어른스러운 모습으로 동생의 존재를 받아들였다.

"생생히 기억해. 관계가 틀어지기 전까지 우리가 어떻게 지냈었는지."

민준 역시 종종 그 순간들을 그리워했다. 유연의 폭력에 매일 밤 시달리면서도, 서준을 미워하는 마음을 품게 된 자신을 원망하면서 종종 그날들을 회상했다. 무거운 마음의 무게가 묵직하게 내려앉았다.

"너무 늦었지만 지금이라도 내 어머니를 대신해서 용서를 빌려고 해."

서준의 낮은 음성에서 진심이 묻어났다.

"다시 시작하자, 우리. 예전처럼."

이 말을 하기까지 너무도 많은 시간이 흘렀고, 그 안에서 많은 일들을 겪었지만 이제라도 진심을 전할 수 있어 다행이라고 생각했다.

"적어도 우리는……."

서준이 말끝을 흐리며 민준과 또렷하게 시선을 마주했다.

"우리는 대물려 주지 말아야 하잖아."

서준의 목소리에 떨림이 일었다.

"훗날 우리에게 찾아와 줄 아이들은 그런 상처 없이 사랑 속에서 자랐으면 해."

똑같은 악몽을 되풀이하고 싶지 않았다.

한 연구에 의하면 유년 시절에 가정폭력을 겪었던 아이들은 안타깝게도 그들이 자라 성인이 됐을 때 자식들에게 그러한 행동을 되풀이할 가능성이 크다고 한다.

부모가 겪은 상처가 자녀들에게도 대물림되는 경우가 많다는 것이다. 자신들의 상처가 제대로 아물지 않은 상태에서 미숙한 부모가 되어 버린 탓이라 생각했다.

"사랑이 어떤 건지 누구보다 잘 가르칠 수 있는 부모가 되고 싶어."

그 말을 끝으로 서준 역시 시선을 낮게 내리깔았다. 잠시 침묵이 흐르고, 민준은 불편한 손을 조심스럽게 뒤로 가져가 주머니 안쪽에서 무언가를 꺼내었다.

거친 손길 위로 담긴 건 직접 뜨개질한 작은 모자였다. 신생아들이 쓸 법한 사이즈의 털모자였다. 교도소에서 뜨개질을 배우면서 틈틈이 만들었던 것이었다.

"넌 할 수 있을 거야."

민준이 조심스러운 손길로 서준에게 모자를 내밀었다. 하윤의 임신 소식을 들은 뒤 무거운 마음으로 하루하루 떴던 모자였다. 놀란 듯 서준의 눈이 동그래졌다.

"누구보다 따뜻하고 자상한, 그런 아빠."

노란색 털모자를 바라보는 서준의 눈동자가 뜨겁게 일렁였다.

"……그리고 나도."

가슴이 따뜻해지는 그런 날이었다.

✝   ✝   ✝

출산이 가까워질수록 하루하루가 벅차게 느껴졌다. 하윤과 서준은 이른 시간부터 바쁘게 움직였다. 태교 여행 차 온 제주도에서 스냅 촬영이 있기 때문이었다.

32주에 접어든 시기인지라 배는 이미 만삭이었다. 배가 풍선처럼 부풀어 오른 탓에 거동이 힘들었지만 몇 주가 지나면 다신 못 보게 될 모습이었기에 사진으로 남겨 간직하고 싶었다.

"어제 잠은 잘 주무셨어요?"

섬세한 손길로 하윤의 얼굴에 메이크업을 하던 샵 직원이 잔잔한 목소리로 물었다.

"아기 때문에 많이 힘드시죠."

"잠자는 것도 보통 일이 아니더라고요. 30분마다 깨는 것 같아요."

덩달아 서준 역시 깊은 잠을 못 자는 날이 많았다. 부모가 되는 길은 결코 쉽지 않았다. 자궁이 폐를 압박해 숨을 쉬는 것조차 불편할 때가 많았고 잠에서 깨 화장실을 가는 일도 허다했다.

"다들 깊은 잠을 못 주무시는 것 같더라고요."

하윤을 다독이듯, 직원은 덩달아 울상을 지어 보였다.

"제주도엔 남편분이랑 놀러 오신 거예요?"

"네. 태교 여행 차 놀러 왔다가 여기서 스냅 촬영하면 좋을 것 같아서 예약했어요."

"오늘 날씨가 좋아서 야외 샷도 정말 잘 나올 것 같아요."

"그랬으면 좋겠어요."

직원과 함께 이런저런 얘기를 나누는 사이, 하윤의 메이크업은 어느덧 마무리가 되었다.

전문가의 손길을 받은 하윤은 어느 때보다 아름다웠다. 그녀는 웨딩 촬영 때만큼이나 설레는 마음으로 몸을 일으켰다. 허리에 묵직한 통증이 느껴졌지만 내색할 정도는 아니었다.

"원하시는 의상 말씀하시면 탈의 도와드릴게요. 체형에 맞게 몸에 자극을 주지 않는 선에서 제작된 거라 불편하실 일은 없을 거예요."

"다 너무 예뻐서 어떤 걸 골라야 할지 모르겠어요."

"피부 톤이 워낙 하얗고 투명하셔서 뭘 입어도 잘 어울리실 것 같아요."

신중하게 드레스를 고른 하윤은 직원의 도움을 받아 갈아입 었다.

숨이 가쁠 때가 있어 힘들긴 했지만 직원들이 잘 도와준 덕 에 어렵지 않게 갈아입을 수 있었다.

결혼식 이후로 이런 드레스를 입어 본 것은 처음이라 기분 이 묘했다. 새하얀 드레스를 입은 자신의 모습을 보니 가장 빛 나고 아름다웠던 시절로 돌아간 듯한 기분이 들었다.

"어머, 너무 예쁘세요."

"그러게요. 배 나온 것만 아니면 정말 새 신부 같으세요."

거울의 비친 하윤의 모습을 본 직원들은 아낌없이 칭찬을 쏟아 냈다.

✚   ✚   ✚

만삭 스냅인 만큼 거동이 힘든 임부를 위해 오늘의 촬영은 오로지 하윤에게 맞춰 진행될 예정이었다.

밖으로 나오자, 임부가 야외에서 편하게 이동할 수 있도록 마련된 작은 마차도 구비돼 있었다.

"남편분이 기다리고 계세요. 이쪽으로 오세요."

하윤은 직원들과 함께 밖으로 향했다.

따사로운 햇살이 곳곳을 예쁘게 비췄다. 푸르른 바다가 한 눈에 보이는 가운데 턱시도를 입고 서 있는 서준의 뒷모습이 보였다.

"서준 씨."

직원들의 부축을 받으며 걸어 나온 하윤이 잔잔한 음성으로 그를 부르자, 서준은 곧장 뒤를 돌았다.

"당신……."

뒤를 돌아 하윤의 모습을 직접 마주한 서준은 놀란 기색을 감추지 못했다.

"왜 이렇게 예뻐? 누가 보면 웨딩 촬영인 줄 알겠어."

"듣는 사람도 많은데 낯간지럽게……."

팔불출 같은 그의 모습에 민망한 듯 하윤이 얼굴을 붉혀 보였다.

그러나 이에 개의치 않는 듯 서준은 그녀에게서 좀처럼 시선을 떼지 못했다.

새하얀 드레스를 입은 하윤은 그날을 연상케 했다. 웨딩드레스를 입은 하윤을 처음 마주했던 그 순간처럼 벅찬 감동이 밀려왔다.

"당신 처음 드레스 입었던 그날 같다."

"우리 결혼 준비할 때요?"

"응. 그때처럼 말이 안 나와."

형용할 수 없을 만큼 벅찬 감동을 말로 표현할 재주는 없었다. 민망한 마음에 코를 찡긋거린 하윤은 부드럽게 그의 손을 잡았다.

촬영 장소는 드넓은 제주 바다가 한눈에 보이는 곳이었다.

"오늘 촬영은 처음부터 끝까지 우리 임부님께 맞춰서 진행이 될 거예요. 아무래도 만삭이라 거동이 불편하신 만큼 저희 직원들이 최대한 보조를 열심히 할 거고요. 오늘 저희가 정말 좋은 추억 만들어 드리도록 하겠습니다."

빠르게 설명을 마친 사진 기사는 광활한 바다를 배경으로 촬영을 시작했다.

고요한 가운데 파도가 철썩이는 소리와 카메라 셔터 소리가 조화롭게 어우러져 부드러운 선율을 만들어 냈다.

웨딩 촬영 때와 다른 점이 있다면 더 이상 둘이 아닌 '셋'이라는 것, 둘 사이에 눈에 넣어도 안 아플 어여쁜 생명이 함께하고 있다는 것이었다.

"자, 서로 마주 보고 서 보실 게요."

사진 기사에 말에 따라 그들은 서로를 마주 보고 섰다.

잔잔한 미소가 절로 새어 나왔다.

마주한 시선 속에서 반짝이는 푸른 물결이 은은하게 비춰 보였다.

"32주면 배 속의 아이가 우리 감정을 다 느낄 수 있대."

"정말요?"

"응. 이 시기에 많이 웃어 주고 표현해 줘야 한다고 그러더라."

"엄마 아빠가 이렇게 사랑해 주는데 우리 별이가 모를 리가 없죠."

"별아, 듣고 있어?"

서준이 부드러운 손길로 그녀의 배를 쓰다듬으며 말했다.

"엄마랑 아빠랑 우리 별이 많이 기다리고 있으니까 건강한 모습으로 나와야 해."

순간, 하윤이 몸을 움츠리며 눈을 동그랗게 떴다. 서준의 말이 끝나기가 무섭게 배 속에서 태동이 느껴졌기 때문이다.

"괜찮아?"

"별이가 당신 목소리 들었나 봐."

"태동이 느껴졌어?"

놀란 듯 하윤이 고개를 세차게 끄덕였다. 아빠의 목소리에 대답이라도 하려는 건지 별이는 제 존재를 확실하게 각인시켰다.

소중한 생명을 품고 있는 하윤의 배를 지그시 내려다보던 서준이 이내 고개를 들어 그녀의 입술에 입을 맞췄다. 기분 좋은 감촉이 입술 끝에 따뜻하게 맴돌았다.

"별아."

다시 한번 아이의 이름을 다정하게 불렀다.

"이 험난한 세상 속에서 네가 마음 놓고 뛰어놀 수 있도록 엄마 아빠가 최선을 다할게."

그러나 시선은 여전히 하윤의 눈동자에 고정시킨 상태였다.

"앞으로 네가 살아갈 세상 속에서 엄마 아빠 커다란 보호막이 될 거야."

마주한 눈빛이 뜨겁게 일렁였다.

"네가 어떤 길을 가고 어떤 선택을 하든 네 몫을 다하는 온전한 어른이 될 때까지 엄마 아빠가 너의 등대가 되어 널 지켜 줄게."

다정한 목소리로 배 속에 아이에게 전하는 고백에서 따뜻한 진심이 느껴졌다.

"그러니까 아프지 말고 건강한 모습으로 얼른 와 줘."

그가 다시 한번 입을 맞췄다.

이마에 한 번, 콧대에 한 번, 그리고 다시 입술에 한 번.

"사랑해."

또 한 번.

"진심으로 사랑해, 하윤아."

"나도…… 사랑해요."

멈추지 않는 현재에 살게 해 주겠다던 그의 고백은 지금 이 순간에도, 그리고 앞으로도 영원히 변하지 않을 것이다.

외전 1

나의 울타리

어느덧 영하의 날씨에 접어들었다.

찬 바람이 기승을 부리는 경우가 종종 있었지만 그럼에도 불구하고 흰 눈이 내리는 12월은 낭만적인 느낌을 풍겼다. 거리마다 캐럴이 울려 퍼졌고 곳곳엔 크리스마스 장식들이 눈에 띄게 늘어 있었다.

"서하야. 이 멜빵바지는 어때? 엄마가 보기엔 우리 서하랑 너무 잘 어울릴 것 같은데?"

"아니야!"

서하는 요즘 들어 사소한 것에 말꼬리를 잡는 버릇이 들었다. 하윤은 미운 네 살이라는 말이 왜 나온 건지 여실히 체감 중이었다. 어찌나 말을 잘하는지 서하는 그 조그마한 입술을 열심히 움직여 가며 얘기했다.

"나 오늘은 이 공주 옷 입고 싶어."

"음. 이것도 너무 예쁘고 좋긴 한데, 오늘은 친구들과 다 같이 모내기 연습하는 시간이 있는데 불편하지 않을까?"

그녀는 차분한 목소리로 서하를 설득했다. 레이스가 화려하게 달린 핑크색 원피스는 오늘 어린이집 활동에는 부적합했기 때문이었다. 대신 하윤이 고른 것은 야외 활동에 적합한 청색 멜빵 바지였다.

"치. 이건 별로 안 예쁜데."

"서하가 오늘 치마 입고 가면 많이 불편할 거야."

계속된 설득에도 서하는 마음이 내키지 않는지 연신 입술을 삐죽거리며 고민하는 얼굴이었다.

때마침 부엌에서 아침을 준비하던 서준은 다 됐다며 그들을 불렀다. 하윤은 결국 윗옷은 갈아입히지 못한 채 서하를 데리고 부엌으로 나왔다. 여전히 내복 차림인 서하를 보며 서준은 살포시 미소를 지었다.

"서하야. 아직도 옷 안 갈아입었네?"

"엄마랑 의견이 좀 안 맞아서 그래."

'의견'이라는 단어를 아무렇지도 않게 내뱉은 서하를 보며 하윤은 못 말린다는 듯 웃음을 터트렸다. 서준은 아이가 좋아하는 스크램블을 테이블 위에 내려놓으며 서하의 코끝을 톡 건드렸다.

"서하야, 의견이라는 단어도 쓸 줄 알아?"

"그럼. 아빠 나도 이제 네 살이야."

서하는 작은 손을 야무지게 펼쳐 네 살임을 깨알같이 알렸다. 행동 하나하나가 얼마나 사랑스럽고 예뻐 보이는지 서하 덕분에 요즘은 웃음이 끊이질 않았다. 가끔 말을 안 듣고 전에 없던 고집을 부릴 때도 종종 있었지만 이따금씩 애어른 같은 말투로 하윤과 서준을 기쁘게 하곤 했다.

"서하야. 오늘은 김치 몇 조각 먹을래요?"

"나는 다섯 살 어린이니까 다섯 개!"

"그럼 서하 여섯 살 되면 그 때는 여섯 개 먹을 거야?"

"응."

서하는 야무지게 대답했다. 하윤은 맵지 않게 물에 씻은 김치 다섯 조각을 작은 접시 위에 덜어 주었다.

몇 달 전까지는 젓가락질도 제대로 못 해 연습용 식기를 사용했는데 이젠 어른보다 더 똑 부러지게 젓가락질을 구사했다.

"당신. 입술 왜 그래?"

서하가 직접 음식을 먹는 것을 보며 밥을 먹던 서준이 불현듯 하윤의 찢어진 입술을 보곤 심각한 표정을 지었다.

"내 입술이 왜요?"

"요즘 많이 피곤했나. 텄네."

"진짜?"

그제야 옆에 달린 거울을 통해 확인하니 보기 싫게 터져 버린 입술이 눈에 들어왔다. 요 며칠 새 일이 많아 피곤하긴 했지만 그 정도는 아니라고 생각했다. 서준은 곧장 몸을 일으켜 거실 구급함에 있는 약품을 가져왔다.

"이따 내가 바르면 되는데……."

"결혼할 때, 앞으로 당신 아프게 할 일 없게 만들겠다고 약속했잖아."

서준은 흰색 젤 타입의 약품을 조금 덜어내 입술 위에 얇게 펴 발랐다.

날씨가 건조한 탓에 한 번 튼 입술을 바로 관리해 주지 않으면 오래가는 시기였다. 찢어진 입술 새로 약품이 스며드니 하윤은 한결 나아진 것 같다는 생각이 들었다.

"그 약속 아직도 잘 지켜줘서 너무 예쁘네."

하윤이 살포시 미소 지으며 대답했다. 그녀가 웃는 것을 본 서하는 덩달아 하윤의 웃음을 따라 하듯 눈이 휘도록 환하게 웃어 보였다.

누굴 닮아 이렇게 예쁜 짓만 하는지 서하는 그들에게 축복 같은 존재였다. 한 번의 아픔을 겪은 그들에게 기적처럼 찾아와 준 아이였기에 함께하는 이 순간순간이 얼마나 소중한지 말로 표현할 수 없었다.

"이따가 서하 등원시키고 제대로 피로 풀어야겠다."

"엄마, 아빠 오늘 놀러 간다고 했지?"

"응. 서하 오늘은 할아버지 댁에서 자기로 한 거 안 잊었지?"

"어제 할아버지랑 통화도 했어. 할아버지가 서하 주려고 이따만 한 곰돌이 인형도 갖고 오신대."

"정말?"

"응!"

눈에 넣어도 안 아플 손녀였기에 그토록 엄격하고 이성적으로 소문났던 강 회장 역시 서하의 앞에만 서면 무방비해졌다. 해 달라는 건 전부 다 해 주는 강 회장은 당장 서하의 이름으로 건물까지 사 줄 기세였다.

혹시라도 버릇이 나빠질까 싶어 번번이 서준이 제지하긴 하지만 그래도 강 회장의 손녀 사랑은 막을 수 없었다.

"서하 지난번에도 인형 받았잖아."

"그거는 악어 인형이잖아. 이번에는 곰돌이야."

"엄마가 보기엔 곰돌이 인형 생기면 서하가 악어 인형은 잘 안 놀아 줄 것 같은데?"

"둘 다 내가 꼬옥 안아 줄 거야."

"엄마가 서하 믿어 봐도 돼?"

"그럼요!"

대답하기가 무섭게 서하는 제 숟가락에 야무지게 올려놓은 밥 한 숟가락을 크게 입으로 밀어 넣었다.

또랑또랑한 눈빛으로 대답을 하긴 했지만 하윤은 얼마 지나지 않아 서하가 악어 인형에게 애정을 주지 않을 거라는 걸 잘 알고 있었다. 때가 되어 아이의 애정이 시들해지면 무료 나눔 기관에 이것저것 보낼 예정이었다.

"엄마랑 아빠는 오늘 뭐 할 거야?"

"우리 서하 어린이집 데려다주고 나서 아빠도 엄마랑 둘이 좋은 시간 보내야지."

"데이트하는 거야?"

"그럼. 맛있는 것도 먹고 재밌는 놀이도 하고."

"나도 준혁이랑 공원 가서 놀았을 때 재밌었는데!"

준혁이란 이름에 서준의 한쪽 눈썹이 움찔거렸다. 어린이집에서 가장 친하게 지내는 친구이자 서하의 남자 친구였다. 얼마 전 도시락을 싸 들고 함께 공원에 놀러 갔었다.

세상에서 제일 멋있는 남자가 '아빠'라고 했던 서하가 처음으로 아빠보다 준혁이가 더 좋다고 말했던 날이었다. 그날 적잖이 충격을 받았던 서준은 여전히 그 이름이 나오면 움찔하곤 했다.

"아빠가 준혁이 질투하나 봐."

"왜요?"

"서하가 아빠를 제일 좋아하는 줄 알았는데 준혁이를 더 좋아한다고 하니까 그런 거지."

"대신 아빠는 엄마가 있잖아."

서하는 말끝을 길게 늘어뜨리며 애교스럽게 웃었다. 누굴 닮아 사랑스러움이 이리 넘치는지 눈웃음 한 방이면 모든 게 해결됐다. 사소한 일상에 넘치는 행복이 찾아와 준 것 같아 하윤은 하루하루 너무나 감사했다.

"서하야. 그럼 이건 어때?"

생긋 웃으며 서하를 바라보던 하윤이 불현듯 입을 열었다.

"다다음주에 준혁이랑 우리 놀이공원으로 데이트 또 하러 갈까?"

"정말? 그래도 돼?"

"그럼. 엄마가 준혁이네 어머니랑 잘 얘기해 볼 테니까 대신 오늘은 공주 옷 말고 엄마가 골라 준 옷 입고 어린이집 가는 거야."

틈을 놓칠세라 하윤이 빠르게 파고들었다. 준혁이와의 데이트와 공주 옷 사이에서 갈팡질팡하는 듯한 서하를 앞에 두고 하윤은 다시 한번 말을 이어 나갔다.

"오늘 야외 활동하는 동안 공주 옷 입고 있으면 서하가 다칠 수도 있어서 그래. 레이스가 아래로 길게 내려와서 넘어지기가 쉽거든."

하윤은 또 한 번 차분한 목소리로 아이를 설득했다.

"서하가 넘어지거나 다치면 엄마랑 아빠가 얼마나 가슴이 아프겠어. 안 그래?"

"우움……."

엄마 아빠가 속상해하는 것은 원치 않았는지 서하는 한껏 진지해진 얼굴로 고민했다. 심각한 상황에 대면하거나 깊게 고민할 때면 미간을 살짝 찌푸리곤 했는데 그 습관마저 귀엽게 느껴졌다.

"좋아!"

마침내 결정을 마쳤는지 서하는 손뼉을 탁, 치며 입을 열었다. 초롱초롱한 눈빛을 반짝이며 하윤을 향해 눈높이를 맞췄다.

"그럼 오늘은 엄마가 골라 준 옷 입고 갈게."

✚　　　✤　　　✚

어린이집 앞에 도착한 하윤은 서하의 외투를 다시 한번 꽉 여며 주며 엉덩이를 토닥였다.

서하는 하윤과 서준에게 맛있는 거 많이 먹고 오라며 아이답지 않게 손을 흔들어 보였다. 부모님과 떨어지기 싫어 칭얼거리는 아이들과는 달리 어린이집 선생님의 손을 잡고 쿨하게 안으로 들어섰다.

점점 멀어져 가는 작은 뒷모습을 물끄러미 바라보던 하윤은 부드럽게 미소 지었다.

"어떻게 저렇게 사랑스러운 애가 나왔지."

"가끔은 진짜 놀라울 때가 많아. 네 살치고는 말을 너무 잘

해서."

"나도 가끔 깜짝깜짝 놀란다니까. 혹시 천재가 아닌가 싶어
서."

이맘때쯤 모든 부모들이 한 번쯤은 해 본 생각일 것이다.

혹시 내 아이가 아인슈타인의 뒤를 잇는 천재는 아닐까 하
는 생각. 단지 또래보다 행동 발달이 조금 빠르고 말이 능숙한
것뿐인데 쓸데없는 걱정은 꼬리의 꼬리를 물어 벌써 어떤 대
학에 보내야 할지 고민하는 경우도 허다했다.

갓길에 세워 둔 차에 올라탄 하윤이 옷매무새를 다듬으며
입을 열었다.

"곧 있으면 크리스마스인데 선물은 뭐 해 주지?"

"이번엔 좀 조심해야 돼. 서하가 은근히 의심하는 눈치잖
아."

"아. 작년 크리스마스 때?"

서준은 대답 대신 고개를 살짝 끄덕였다. 서하는 똘똘한 만
큼 눈치가 보통이 아니었다. 작년 크리스마스에 깜짝 이벤트
를 해 준답시고 산타 복장을 입고 서준이 집에 몰래 왔을 때도
목소리가 우리 아빠 같다며 의심의 끈을 놓지 않았다.

그 탓에 서준은 더운 인형 옷을 입고 자리에 앉아 30분간
취조를 당해야 했다.

산타 할아버지의 집은 어디인지, 함께 타고 온 루돌프는 왜
보이지 않는지, 루돌프는 다리가 몇 개인지 말이다. 그렇게 나
름의 검문을 거친 뒤에야 서하는 산타 할아버지라는 것을 인
정해 주었다.

"나는 당신 무슨 진술서 쓰는 줄 알았잖아."

당시를 회상하던 하윤이 고개를 내저으며 웃음을 터트렸다.

"나 그때 정말 진땀 뺐어."

"이번에도 산타 할아버지 올 걸 기대할 텐데."

"이번엔 진짜 철저하게 준비하고 분장해야지. 가능하다면 루돌프도 섭외해 볼 생각이야."

"마땅히 섭외할 사람은 있어요?"

"최 이사님도 계시고, 형도 있고, 그리고 아버지도……."

"에이, 아버님 연세에 루돌프를 하기엔 좀 그렇지 않아요?"

"말씀드리면 엄청 적극적으로 준비하실 거야."

아무리 중요한 안건이라도 서하의 일이라면 앞뒤 안 가리고 무조건 달려오시는 분이었다.

한 번은 중요한 회의 도중에 서하가 할아버지를 보고 싶어 한다는 연락을 받고는 새로운 기획안을 단번에 통과시켰다. 직원들이 얼마나 좋아했는지 모른다.

"그래서, 우리 오늘 어디 가요?"

"좋은 호텔 예약해 놨어. 그동안 서하 때문에 고생 많이 했는데 오늘은 가서 푹 쉬고 오자."

"고생은 당신이 했죠. 서하 육아하느라."

서준이 본격적으로 스스로에게 '육아 휴직'을 준 건 하윤의 출산 직후였다. 가정에만 몰두하고 싶다는 그의 바람대로 회사 일에서 잠시 손을 뗀 채 육아에 전념했다.

반면 하윤은 조리원에서 몸을 회복한 뒤 곧장 일을 나갔다. 그동안 쉬었던 기간이 꽤 되기도 했고 다시 자리를 잡으려면 하루빨리 일을 나가야 했기 때문이다.

"서하 목도 잘 가누지 못하던 시절에 당신 얼마나 고생했다고요."

"난 그때까지만 해도 애기들이 한 시간마다 깨서 우는지 몰랐어."

"서하 정도면 순한 편이라잖아요."

"그러게. 최 비서님 아들은 정말 10분 단위로 운다고 하더라."

갑작스럽게 결혼을 발표했던 현석은 임신과 출산 소식까지 일사천리로 알렸다. 이제 막 15개월에 접어든 동욱을 볼 때면 서하의 어렸을 적 모습이 떠오르곤 했다. 돌잡이에서 연필을 잡은 동욱 덕에 현석은 박사가 될 인물이라며 크게 기대를 하는 중이었다.

"우리 서하는 돌잔치 때 마이크 잡았었는데."

"절대 못 잊을 거야. 그 많은 돌잡이 물건들 중에서 사회자 마이크를 잡다니."

당시 서하는 돌이 되기 전에 이미 말문이 트인 상태였다. 불현듯 사회자의 마이크를 탁, 집더니 부정확한 발음으로 '감사합니다'를 외치던 그 순간을 평생토록 잊을 수 없었다.

"커서 연예인이 되려고 그러나?"

"뭐가 됐든 서하는 잘 해낼 거야. 당신 닮아서 똑 부러지잖아."

"오늘따라 왜 이렇게 예쁜 말만 해 줘요?"

"오늘은 우리 둘만을 위한 날이니까."

모처럼 하윤 역시 휴가를 내고 날을 잡았다. 서하가 태어난 후로 둘만의 시간이 통 없기도 했고 바쁜 나날 속에 좀처럼 휴식을 취할 시간이 부족했기 때문이다.

또래보다 두 배는 성숙한 서하 덕에 이제는 친구처럼 대화가 가능해졌고 엄마 아빠도 둘만의 시간이 필요하다는 말에 서하는 별말 없이 흔쾌히 허락해 주었다.

"근데 이렇게 다른 호텔에 가도 되는 거예요?"

"뭐 어때."

버젓이 유현그룹의 힐튼호텔이 있음에도 불구하고 서준은 다른 곳으로 예약을 잡았다.

어떻게 보면 이상한 그림이긴 했지만 서준은 쉬는 날까지 누군가의 간섭을 받고 싶지 않았다.

"보는 눈이 많잖아. 최 이사님도 그렇고, 직원들도 그렇고."

"서운해하시겠어요."

"공과 사는 확실하게 구분해야지."

그는 개의치 않는다는 듯 어깨를 으쓱였다.

✚ ✚ ✚

도란도란 이야기를 나누는 사이 어느덧 호텔에 도착해 있었다.

드넓게 펼쳐진 바다를 앞에 두고 위치한 이곳은 명성대로 황홀한 전망을 자랑했다. 바다 냄새가 물씬 풍겨져 나오자 하윤은 상쾌한 듯 기지개를 켰다.

"오랜만에 둘이 외출하니까 좋네요."

"우리 옛날에 연애할 때로 돌아간 거 같고 그러네."

"연애할 때도 진짜 바빴는데. 우리 둘 다."

"그랬었지."

달라진 게 있다면 더 이상 두려울 게 없다는 것 정도. 가정이 생긴다는 건 믿고 의지할 수 있는 울타리가 생겼다는 의미였다.

더는 불안해하지 않고 언제든 마음 편히 쉬어 갈 수 있는 안식처가 생긴 느낌이었다.

"가자."

다정하게 손을 잡은 그들은 호텔 안으로 들어섰다.

평일이라 그런지 사람들로 북적이진 않았다. 프런트에서 체크인을 마친 서준은 하윤과 함께 객실로 이동했다.

가장 높은 층이었기에 탁 트인 뷰가 한눈에 보였다. 테라스로 나가 보니 여유로움을 만끽하기에 좋은 분위기였다.

"근데 힐튼이 아닌 다른 곳에 있으니까 기분이 약간 묘하기도 하고……."

"신경 쓰지 마. 오히려 최 이사님은 내가 오면 불편해하실 분이야."

모시던 상사가 직접 방문하는 것만큼 불편한 일이 또 있을까.

서준은 가져온 짐을 내려놓으며 나지막한 목소리로 대답했다. 서하를 낳기 전만 해도 여행의 묘미는 새로운 걸 보고 느끼는 데에 있다고 생각했다.

그러나 지금은 아니었다. 아이를 낳은 후 급격하게 찾아온 신체의 변화 때문인지 하윤은 그저 아무 생각 없이 편히 쉬고 힐링하는 게 최고의 여행이라고 생각했다.

"오늘 이 호텔에서 안 벗어나는 게 목표예요."

"그럴 것 같았어. 레스토랑에서 식사하고, 스파랑 마사지도 받자. 당신 요즘 손발이 너무 찬 것 같아."

서준은 침대 위에 살포시 앉아 있는 하윤에게 다가섰다.

손을 잡아 보니 옛날보다 많이 차가워진 게 단번에 느껴졌다. 서준은 세지 않은 강도로 부드럽게 그녀의 손을 주물렀다. 출산 후, 그녀는 추위에 더 약해졌고 이따금씩 뼈 마디마디를 괴롭히는 통증에 시달리곤 했다.

"미안해."

손을 주무르던 서준이 나지막하게 입을 열었다.

"응? 뭐가요?"

"그냥. 내가 해 줄 수 있는 게 이런 것밖에 없어서."

"그런 말이 어디 있어요."

하윤은 아니라며 부드러운 목소리로 대답했지만 서준은 여전히 미안해했다.

한 사람의 인생과 맞바꾸는 일이었다. 아무리 자신이 옆에서 잘 보살펴 준다고 한들 임신과 출산으로 인해 너무도 많은 부분이 바뀌어 있었다. 어쩔 수 없는 불가항력적인 부분이었다.

"기억나?"

서준의 물음에 하윤은 그에게로 시선을 지그시 맞췄다. 마주한 눈동자 사이로 기분 좋은 온기가 느껴졌다.

"서하 재우고 나왔더니 당신이 거실에서 울고 있었잖아."

"내가요? 왜 울었지."

"당신이 음료수 뚜껑 돌리다가 손목 통증 때문에 그거 떨어트려서."

"아……."

그제야 기억난 듯 작게 벌어진 하윤의 입술 사이로 짧은 탄식이 흘렀다. 순간적으로 느껴진 통증과 더불어 별거 아닌 음료수 뚜껑조차 못 따는 제 모습에 당황스러워 눈물이 차올랐다.

하윤조차도 당황하긴 마찬가지였다. 아픔은 아주 잠깐이었을 것이다.

다만, 그 순간에 많은 감정이 오갔다. 망가진 손목 탓에 제 아이를 제대로 안아 주지도 못하는 스스로가 원망스럽기도 했고, 서하에게 미안한 마음도 들었다. 살면서 처음으로 느껴 보는 감정이었다.

"만감이 교차했어. 나는 충분히 신경 쓴다고 노력했는데도 많은 부분을 놓치고 있었구나 싶기도 했고."

그 뒤로 서준은 더더욱 열심히 육아에 전념했다.

"당신은 서하를 낳아 준 것만으로도 당신의 몫을 다한 거니까 이젠 내가 더 열심히 할게."

애틋함이 가득히 묻어나오는 목소리에 하윤은 무어라 쉽게 대답하지 못했다. 한 생명을 키운다는 건 정말 쉬운 일이 아니었다.

누구나 다 하는 결혼, 출산 그리고 육아.

많은 사람들이 당연하게 겪는 과정이라고 해서 힘들지 않은 건 아니었다. 축복처럼 찾아와 준 아이는 너무도 예쁘고 소중하지만, 그 이면엔 많은 희생들이 존재하기 마련이다.

우직하고 강하다고만 생각했던 서준 역시 어느 날엔가 갑작스럽게 찾아온 우울감에 힘들어했던 적이 있었다. 서하를 돌보며 반복되는 일상을 보내다 보니 자연스럽게 찾아오는 증상이었다.

내 인생에 나는 없고 내 아이만 남는 것 같은 기분.

그러니 서로는 서로를 기억해야 했다.

누군가의 엄마, 누군가의 아빠가 아닌 한 여자와 한 남자로
서의 서로를 기억해 줘야만 했다.

누군가는 그들을 하윤과 서준이 아닌 '서하 엄마'와 '서하
아빠'로 기억하더라도 그들 스스로는 이름을 불러 줘야 했다.
그러니 '함께' 하는 노력이 없으면 힘든 일이다.

"지금도 충분히 잘해 주고 있어요. 가끔 일이 바쁠 때 집에
서 서하랑 혼자 씨름하고 있을 당신 생각하면 너무 미안할 정
도로."

하윤은 제 손을 주무르는 서준의 손을 맞잡았다. 따뜻한 체
온이 서로의 살갗을 통해 고스란히 느껴졌다.

결혼에 대해서 후회한 적이 단 한 번도 없었다. 어쩌다 한
번 사사로운 감정싸움이 있을 때에도 그 순간 속이 상할 뿐,
그래도 이 사람과 결혼하게 되어 정말 다행이라는 생각이 들
었다.

"먼 훗날 서하도 알아줄 거예요. 우리가 서하한테 얼마나
큰 사랑을 줬는지."

"얼른 커서 서하랑 이런저런 얘기 많이 하고 싶다."

침대에 나란히 기대어 창밖을 바라보았다. 창문 너머로 끝
없이 펼쳐진 수평선이 가슴 한편에 남아 있던 무언가를 뻥 뚫
어 버리는 기분이었다.

더할 나위 없이 잔잔하고 고요했다. 폭풍이 휘몰아치고 간
후에 바다처럼 평온했다.

아무리 거친 파도가 덮쳐 와도 조금만 지나면 찾아올 평온을 알기에, 더 이상 불안하지 않았다.

어떤 상황에서든 믿고 기댈 수 있는 가족이 있다는 건 그런 느낌이었다.

"조금만 더 크면 엄마아빠보다 친구들이 더 좋다고 하겠지? 평생 내 품에 자식일 것만 같은데."

"지금도 준혁이 질투하는 거 보면 안 봐도 눈에 훤해요."

"초등학교, 중학교 들어가면 진짜 남자 친구도 사귀고 그럴 텐데."

아직은 생각하고 싶지 않은지 서준은 고개를 세차게 내저었다.

서하에게 남자 친구가 생기는 걸 아직은 받아들이기 힘든 모양이다. 서하가 중학교 들어갈 때쯤이면 얼마나 주책맞은 아빠일지 눈앞에 그려지는 듯했다.

"나중에 결혼할 남자 데리고 오면 아주 큰 일 나겠네."

"그런 말 하지 마, 벌써부터 서운해지려 하니까."

"서하는 나 닮아서 똑 부러지니까 분명히 당신처럼 좋은 남자 데리고 올 기예요."

하윤은 서준을 달래듯 그의 머리칼을 부드럽게 쓰다듬었다. 기분 좋은 손길에 그가 지그시 입꼬리를 말아 올렸다.

식사를 마친 뒤 예약해 놓은 마사지를 받기 위해 호텔 내에 위치한 스파룸으로 향했다.

탈의 후 지정된 가운으로 갈아입고 오라는 직원의 안내에 따라 하윤은 발걸음을 옮겼다.

"이쪽으로 오시면 됩니다."

직원은 가운을 입고 나온 그들을 커플 스파 룸으로 안내했다. 입구에서부터 기분 좋은 아로마 향이 물씬 풍겨져 나왔다. 안으로 들어오기만 했을 뿐인데도 머리가 상쾌해지는 듯한 기분이 들었다.

"스파실 내에 구비된 와인과 스낵은 이용하시면서 함께 즐겨 주시면 됩니다. 혹시 도움이 필요하시면 왼쪽 상단에 있는 버튼을 눌러 주시면 감사하겠습니다."

"네. 감사해요."

하윤은 직원을 향해 친절하게 대답했다. 적당한 온기를 머금은 물 위로 형형색색 조명에 반사된 거품이 차올랐다.

"온도는 괜찮으세요?"

"네."

"그럼 즐거운 시간 되시길 바랍니다."

마지막까지 세세하게 체크한 직원은 그제야 문을 닫고 자리를 비켜주었다.

서준과 둘만 남게 되니 마음이 한결 가벼워졌다. 가운을 잘 벗어 바구니에 넣어 놓은 뒤 조심스레 커다란 스파 욕조 안으로 발을 담갔다.

"조심."

서준이 하윤의 손을 잡으며 나지막하게 말했다. 하윤과 서준이 들어가고도 넉넉하게 자리가 남을 만한 욕조였다.

"따뜻한 물에 들어오니 몸이 노곤하네요."

"나도 그래. 우리가 요 며칠 새 피곤하긴 했나 봐."

"이따가 마사지 받다가 잠드는 거 아닌가 몰라요."

"잠들어도 괜찮아."

하루쯤 마음 편히 쉬려고 온 휴가였다.

오늘만큼은 아무것도 신경 쓰지 않고 오로지 둘만의 휴식을 갖고 싶었다.

그러나 몽글몽글한 거품을 손으로 들어 올리던 하윤은 불현 듯 서하 생각이 났는지 슬며시 미소를 지었다.

"서하는 말 잘 듣고 있겠죠?"

"요즘 서하 말하는 걸로 봐선 아버지랑 인생에 대해 깊은 이야기를 나누고 있을지도 몰라."

"가끔 나도 신기할 때가 있어요. 저런 단어를 어떻게 알고 쓰지, 싶을 때가 많더라고요."

내 배에서 태어난 아이가 맞나 싶을 때도 있었다. 없던 고집이 생긴 것도 말솜씨가 급격히 늘어나면서부터였다.

다행인 건 어렸을 때부터 많은 사랑을 받고 자란지라 낯을 가리지 않는다는 것이었다. 큰아빠인 민준의 집에서도 잘 놀았고 욱진은 말할 것도 없었다.

"우리 서하도 욕조에 물 받아 씻는 거, 참 좋아하는데."

"아무리 우리만의 시간을 보내려고 해도 잘 안 되네."

"그러게요. 어딜 가도 생각나고, 보고 싶고."

하윤은 서준의 품에 편하게 기대며 대답했다. 서하와 떨어진 지 하루도 채 안 됐지만 벌써부터 보고 싶은 마음이 들었다.

서준과 함께 길을 걸을 때도 맞잡은 손 사이에 서하가 있었다면 어땠을까 하는 생각이 가장 먼저 들었고, 밥을 먹을 때에도 서하가 있었다면 이걸 제일 좋아했을 텐데 하는 생각이 가장 먼저 들었다.

아이는 이젠 그들의 삶에서 떼려야 뗄 수 없는 너무나 큰 부분이었다.

"오늘 우리 없으니까 평소에 잘 못 먹게 했던 거 먹겠다."

"피자나 치킨, 이런 거요?"

"그렇겠지. 오늘은 서하한테도 자유의 날이니까."

그동안 고된 육아로 지친 그들에게만 자유의 날이 아니었다. 부모님과 떨어져 욱진과 하룻밤을 보내는 서하 역시 자유를 만끽할 수 있는 날이었다. 평소 기름진 것을 잘 먹이지 않는 하윤이었기에 아마 오늘을 틈타 먹고 싶었던 것을 먹지 않을까 싶었다.

"장난감도 한 아름 사 올 것 같고."

"아버지한테 너무 많이 사 주지 말라고 얘기했어."

"예뻐서 그러시는 건데요, 뭐."

첫 손주이니 그럴 만도 했다. 눈에 넣어도 안 아플 손녀였기에 해 달라는 것만큼은 전부 다 해 주고 싶었다.

"서하 태어나고 나서 아버지 성격이 바뀌었다고 회사에 소문이 자자해."

"정말요?"

"직원들이 안 믿긴다고 할 정도라니까."

무섭고 냉철하기로 유명했던 욱진은 서하가 태어난 뒤로는 눈빛부터가 180도 달라졌다. 카리스마 넘치던 눈빛에 매서운 인상은 인자하고 선한 분위기로 바뀌었다.

그 모든 게 서하로 인한 변화였기에 서하의 얼굴을 잘 알지 못하는 직원들도 그 이름은 잘 알고 있었다. 강 회장이 손녀딸로 인해 180도 달라졌다고 말이다.

"아주버님은 나중에라도 결혼 계획 없으시대요?"

"아직은 서하 큰아빠로 만족한대."

민준 역시 출소한 이후로 인생의 제 2막을 살고 있다. 과거에 대한 원망과 죄책감을 떨쳐 내기 위해 상담 치료를 병행 중이다. 더 이상 숨기고 싶지도 숨겨야 할 이유도 없는 일이었다.

몸이 아플 때 병원을 찾아가는 것처럼 마음이 아플 때도 병원에 찾아가는 게 지극히 당연한 일이다.

민준에겐 그저 시간이 필요했다. 스스로를 되돌아보고 보다 나은 삶을 살기 위해 의사의 처방을 받았을 뿐. 그는 유현그룹에서 연결해 준 유명한 상담 의사와 함께 하루하루 안정을 찾아가는 중이었다.

그때 일로 인해서 위기를 맞았던 유현그룹은 앞으로 어떤 사람들과 손을 잡고 어떤 방향으로 나아갈지 알 수 있는 계기가 되었다. 많은 사람들이 유현그룹에게 등을 돌렸다. 연달아 터진 수많은 사건으로 인해 뒤도 안 돌아보고 떠난 사람들이 여럿이었다.

그렇게 떠나는 이들을 보며 서준은 다시 한번 다짐했다. 회사가 바닥을 쳤을 때 제 곁에 남아 준 사람들만큼은 그 어떤 일이 있어도 책임지겠다고 말이다. '진짜' 제 사람들과 잡은 손은 어떤 상황에서도 놓지 않겠다고.

휘청했던 유현그룹은 스마트폰 J-10 발표에 이어 J-11까지 연달아 성공하면서 조금씩 자리를 잡기 시작했다. 원래의 자리로 돌아올 기미가 보이니 그제야 연락을 주는 사람들도 많았다. 그러나 한 번 어긋난 인연을 되돌리고 싶진 않았다.

"아버지도 형한테 결혼을 강요할 생각은 없으신가 봐. 지금은 그저 형이 진짜 자기 인생을 찾게 도와주고 싶어 하셔."

"모든 게 다 제자리를 찾은 것 같아서 다행이에요."

손으로 작게 물장구를 치던 하윤이 나지막하게 대답했다. 기댄 품이 든든한 덕일까, 그녀는 지그시 눈을 감았다. 길게 내려앉은 속눈썹 위로 따뜻한 온기가 감돌았다.

"이젠 정말 행복한 일만 남았을 거야."

서준이 긴 팔로 하윤의 허리를 감싸 안았다.

"당신이랑 나랑 서하 셋이서."

하윤의 입가에 부드러운 미소가 번졌다.

부드럽게 일렁이는 물결 사이로 서준의 손길이 느껴졌다. 어떤 상황에서도 단단하게 내 뒤를 받쳐 줄 것 같은 우직함이 너무도 감사한 하루였다.

✛　　　✜　　　✛

평소와 달리 어린이집 앞엔 검은색 고급 세단 한 대가 대기하고 있었다. 짙게 선팅되어 있는 차창이 내려가더니 인자한 얼굴로 웃고 있는 욱진이 보였다.

"할아버지!"

선생님의 손을 잡고 밖으로 나온 서하는 해맑은 얼굴로 차를 향해 뛰어갔다.

차에서 내린 욱진은 선생님을 향해 정중히 인사했다. 대기업 회장님이 어린이집 앞까지 오는 경우는 흔하지 않았기에 선생은 조금 놀란 얼굴로 조심스럽게 고개를 숙였다.

"오늘은 이 할애비 집에서 자야 하는데 괜찮아?"

욱진의 품에 안긴 서하는 대답 대신 세차게 고개를 끄덕였다.

"선생님한테 인사해야지?"

그는 서하를 잠시 땅에 내려놓았다.

"자. 우리 서하 배꼽 인사!"

"선생님! 안녕히 계세요."

"서하 조심히 들어가고 내일 또 봐요."

서하는 선생님의 말에 야무진 손동작과 함께 인사를 했다. 어린이집에서 다 같이 배운 인사가 있는 건지 일정한 박자에 맞춰서 또랑또랑한 목소리로 얘기했다.

그런 서하의 모습을 바라보던 욱진은 사람 좋은 웃음을 지어 보였다.

"이만 가 보겠습니다."

"네. 들어가세요."

선생님에게도 인사를 전한 욱진은 서하와 함께 곧장 차에 올라탔다.

오늘은 하윤과 서준 없이 하루를 보내는 날이었기에 평소에 해 주지 못했던 것들을 해 줄 생각이었다.

"우리 서하, 오늘 뭐 먹고 싶은 거 있어?"

"음……."

고개를 반쯤 기울인 서하는 심각하게 고민했다. 욱진은 재촉하지 않고 서하가 생각할 때까지 잠자코 기다렸다. 잠시 후, 고민을 마친 서하가 두 눈을 번뜩이며 입을 열었다.

"할아버지, 나 피자 먹고 싶어요."

"피자? 피자가 먹고 싶었어?"

욱진의 다정한 목소리에 서하는 고개를 세차게 끄덕였다. 욱진 역시 하윤과 서준이 서하에게 기름진 걸 잘 주지 않는다는 걸 알기에 잠시 고민하는 듯한 얼굴로 입을 열었다.

"피자 너무 많이 먹으면 조금 배 아플 수도 있는데?"

"오늘 하루만 먹을 건데……."

서하가 말끝을 흐리며 욱진을 올려다보았다.

평소 떼를 쓰는 성격이 아닌지라 무턱대고 앙탈을 부리지는 않았다. 그런 서하를 물끄러미 바라보던 욱진은 커다란 손으로 서하의 머리를 부드럽게 쓰다듬었다.

"그럼 오늘 할애비랑 같이 피자 먹었다고 해서 엄마아빠한 테 나중에 또 사 달라고 떼쓰거나 하면 안 돼요?"

"안 그럴 거예요!"

고개를 도리도리 내저은 서하는 당차게 대답했다. 특별한 날이니 하루쯤은 괜찮다고 생각한 욱진은 서준에게 저녁으로 피자를 먹겠다고 문자를 남긴 뒤 자택으로 향했다.

마당이 있는 집이 익숙한 서하는 뛰어노는 걸 좋아했다. 자택에 도착한 서하는 차에서 내리기가 무섭게 마당을 누비고 다녔다. 혹여나 넘어져 다치기라도 할까 싶어 욱진을 비롯한 경호원들은 계속해서 마당을 지키고 서 있었다.

특히나 욱진의 집에서 키우는 강아지 중 하나인 루시는 서하가 특별히 아끼는 친구였다. 본래 마당에서 키우는 진돗개인 동이도 아끼는 친구였지만 동이보다는 작은 사이즈의 말티즈인 루시를 더 좋아했다.

"할아버지 강아지 밥은요?"

"김 비서. 가서 아이들 사료 가지고 와."

"예, 알겠습니다."

서하가 욱진의 집에 오면 꼭 하는 일 중 하나였다. 작은 손으로 야무지게 강아지 밥을 챙기곤 했다. 서로 먹는 사료가 다른지라 김 비서는 두 개의 그릇에 사료를 담아 왔다.

마당 테이블 위에 올려놓은 그릇에서 사료를 한 주먹 쥔 서하는 말티즈에게 따라오라며 총총걸음을 옮겼다.

"동이는 기다려."

혹여나 동이가 서운해하지는 않을까 진돗개를 향해 손짓을 보내는 것도 잊지 않았다. 손바닥을 펴 루시에게 내밀었다. 제 손에 강아지 침이 덕지덕지 묻었지만 그런 건 개의치 않다는 듯 서하는 환하게 웃었다.

"이제 동이 차례."

루시가 사료를 다 먹으니 뒤이어 동이의 사료를 한 움큼 집어와 야무지게 건넸다. 놀러 올 때마다 알뜰살뜰 챙기니 강아지들도 서하를 친구처럼 여기며 잘 따랐다.

"서하야. 이제 집에 들어갈까? 조금 더 있으면 날이 추워서 감기 걸릴 수도 있어."

"친구들이랑 조금 더 놀고 싶은데……."

"마당에서 놀기엔 바람이 너무 차갑게 불어. 루시랑 동이 데리고 집에 들어가서 놀자. 강아지들도 추울 거야."

"……루시랑 동이도 감기 걸려요?"

"여기서 계속 있으면 그렇지."

"그럼 안에 들어가서 같이 놀래요!"

"그래, 그래."

마당에서 풀어 놓고 키우던 개들도 찬 바람이 부는 겨울이 되면 집 안에 들여놓았다. 목욕을 시켜야 하기에 함께 대기하던 경호원들이 동이와 루시를 안아 함께 집으로 들어섰다.

욱진은 서하를 번쩍 안아 들며 경호원들에게 동이와 루시를 안으로 들일 것을 명했다.

"강아지들도 목욕해야 하니까 그동안에 우리 서하도 씻을까?"

"엄마가 겨울에는 밖에 나갔다 오면 바로 씻어야 한다고 했어요. 감기 걸릴 수 있다고."

"오구, 누굴 닮아 이리 똑똑하고 예쁠까."

눈에 넣어도 안 아플 손녀가 똑똑하기까지 하니 욱진은 좀처럼 미소를 떠나보낼 줄 몰랐다.

✛　　　✤　　　✛

설레는 마음이 한껏 부풀었다. 크리스마스이브라는 단어만 들어도 가슴 한구석이 간질거리는 기분이었다.

몇 주 전부터 짬이 날 때마다 짜기 시작했던 목도리도 어느덧 완성되었다. 오른쪽 하단에 자그마한 사이즈로 'SH'라는 이니셜까지 넣은 하윤은 서하의 목에 정성스럽게 목도리를 둘러 주었다.

"이거 엄마가 만든 거야."

"정말?"

"응. 우리 서하 감기 걸리지 말라고."

"우와, 엄마 최고!"

서하는 하윤을 향해 엄지손가락을 번쩍 들어 보였다. 그 사랑스러운 모습에 한 땀 한 땀 열심히 목도리를 뜬 보람이 느껴졌다.

하윤은 휴대폰을 꺼내 서하의 사진을 몇 장 찍어 두었다. 한 해 한 해 지나갈수록 남는 건 사진뿐이라는 말이 정말 가슴에 와닿았다. 아이들이 어찌나 빨리 자라는지 하루하루 커 가는 게 눈에 보였기 때문이다.

"날씨가 엄청 추워서 따뜻하게 입어야 해."

"엄마도 따뜻하게 입었어?"

"그럼. 엄마도 서하처럼 따뜻하게 입었지."

준비를 마친 하윤과 서하는 거실에서 서준이 나오기를 기다렸다.

오늘은 크리스마스이브를 맞아 트리 용품도 살 겸 쇼핑을 가기로 한 날이었다. 커다란 크리스마스 트리를 꾸미면서 서하와 함께 설레는 마음으로 크리스마스 분위기를 한껏 뽐내볼 작정이었다.

"이제 갈까?"

미리 차고지에서 차를 빼 따뜻하게 데워 놓고 있던 서준은 준비가 다 된 하윤과 서하를 보며 손짓했다. 찬 바람이 부는 겨울이었지만 햇빛만큼은 그 어느 때보다 뜨겁게 내리쬤다.

하윤은 서하와 함께 뒷좌석에 탑승했다.

"서하 안전벨트 매세요."

출발하기 전, 하윤이 서하와 시선을 마주하며 말했다. 처음엔 스스로 안전벨트를 매는 걸 꽤 어려워하더니 이젠 능숙한 손길로 잘 찾아 꽂았다.

"아빠! 우리 오늘 크리스마스트리 사러 가?"

"그럼. 서하는 얼마큼 큰 트리 만들고 싶어?"

"나는 이렇게 큰 거!"

짧은 팔을 최대한 높게 들어 보이며 원하는 크기의 트리를 표현했다. 작년 크리스마스에는 서하가 어려서 혹시나 다칠까 봐 작은 모양의 간이 트리로 분위기를 대신했지만 이번엔 제대로 만들 생각이었다.

"트리 밑에 산타 할아버지가 선물 주고 가실 거잖아."

그 말인 즉 큰 트리여야 산타 할아버지가 선물을 놓고 가기 편하지 않겠냐는 뜻이었다.

"할아버지께 드릴 편지는 썼어?"

"응. 어제 유치원에서 그림도 그리고 색칠까지 다 했어."

"엄마 보여 줄 수 있어?"

"원래 아무한테도 안 보여 주려고 했는데 특별히 엄마만 보여 줄게."

고사리 같은 손으로 자신의 가방을 열어 보였다. 서하가 외출을 할 때마다 챙기는 보물 같은 가방인데 그 안에 편지를 챙겨 온 듯했다.

가방 속에서 작은 편지를 하나 꺼낸 서하는 조심스럽게 펼쳐서 하윤에게 내밀었다.

"엄마가 조용히 읽어 볼게."

하윤은 천천히 편지를 훑어 내려갔다. 삐뚤빼뚤한 글씨로 정성을 가득 담아 작성한 카드였다. 편지를 읽어 내려가는 하윤의 얼굴에선 좀처럼 미소가 가실 줄을 몰랐다.

"서하, 올해 별로 안 울었어요?"

"음……. 저번에 팔에 주사 맞을 때 조금 울긴 했는데……."

서하는 예방 접종 주사를 맞을 때 어쩔 수 없이 울음을 터트렸던 일을 회상하며 말끝을 흐렸다.

울지 않은 아이에게만 선물을 준다는 사실을 잘 알고 있었기 때문이다.

"아파서 운 건 산타 할아버지께서 이해해 주실 거야. 산타 할아버지도 아플 때는 우실걸?"

"할아버지도 우는구나."

"말 안 듣고 떼쓰는 어린이가 많으면 속상해서 우실 수도 있고."

"나는 엄마아빠 말 잘 들었지?"

하윤의 왼쪽 팔을 붙잡은 서하가 조심스럽게 물었다. 사랑스러운 얼굴로 대답을 보채는 서하가 귀여워 하윤은 잠시 고민하는 척 새침한 표정을 지었다.

"글쎄. 서하가 엄마아빠 말을 잘 들었었나?"

"아, 왜……."

미지근한 반응에 서하는 말끝을 길게 늘이며 발을 동동 굴렀다.

혹시라도 산타 할아버지가 선물을 주지 않을까 꽤 걱정되는 모양이었다.

"다친 데 없이 건강하게 1년 잘 보내 줬으니까 엄마가 산타 할아버지한테 우리 서하 말 엄청 잘 들었다고 꼭 말씀드릴게."

"정말?"

하윤의 대답에 눈을 동그랗게 떠 보인 서하는 기쁜 듯 어깨를 으쓱거렸다. 하윤은 꼭 받고 싶은 선물로 루루의 옷장 세트를 적어 놓은 서하를 보며 귀여운 듯 눈을 질끈 감으며 웃었다.

"우리 서하 루루의 옷장 세트 받고 싶어?"

운전을 하고 있는 서준에게도 들으라는 듯 하윤은 조금 크게 소리를 내어 얘기했다. 룸미러로 잠시 시선이 마주쳤다.

서준 역시 갖고 싶은 선물을 고사리 같은 손으로 적어 놓은 서하가 귀여웠는지 살포시 웃음 지었다.

"응. 루루 옷장 놀이 갖고 싶어."

"서하는 엄마아빠 말도 잘 듣고 착한 어린이니까 산타 할아버지가 분명히 소원 들어주실 거야."

"정말? 빨리 내일 돼서 산타 할아버지 보고 싶다."

"우리 서하 이만큼이나 더 큰 거 보면 기뻐하시겠다."

"나 편식도 안 하고 꼭꼭 씹어 먹었잖아."

서하는 찰나를 놓칠세라 깨알 같은 자랑을 늘어놓았다.

집에 돌아온 그들은 따뜻한 물로 목욕부터 마쳤다. 추운 날씨에 돌아다닌 탓에 서하에게 약간의 열이 있었기 때문이다. 깨끗하게 씻고 나온 서하는 잠옷으로 갈아입으며 식탁 위에 앉았다.

"아빠 약 주세요."

서하는 아기 새처럼 입을 벌리고 서준을 불렀다.

"응. 바로 약 먹자."

감기 기운이 있을 때마다 먹이는 생강차였다.

뜨거운 물에 생강을 담아 꿀과 함께 우려낸 것으로, 약을 먹이는 것보다 면역력을 키우는 게 더 알맞다고 생각했기 때문이다. 하지만 쓴맛이 나는 탓에 서하는 그것을 약이라 불렀다.

"아빠가 조금 식혀 놔서 뜨겁진 않을 거야."

먹기 좋은 온도로 식혀 놓은 서준은 서하의 손에 컵을 쥐여 주었다. 쓰긴 하지만 먹어야 한다는 것을 알기에 서하는 작은 입으로 천천히 생강차를 마셨다. 줄곧 미간을 찡그리면서도 남기지 않고 끝까지 다 마셨다.

"다 마셨으면 컵 아빠 주세요."

"여기 있어요. 아빠, 사탕 하나 먹어도 돼?"

약을 먹은 다음엔 꼭 사탕 한 개를 먹는 버릇이 있었다. 쓴 맛이 입에서 감돈다는 것을 알기에 서준은 고개를 끄덕였다. 사탕을 머금은 볼이 빵빵하게 부풀었다.

서하는 부엌을 벗어나 거실에 있는 하윤에게로 쪼르르 달려 갔다.

"약 다 먹었어?"

"응!"

"기특하네, 우리 서하."

함께 맞춘 잠옷인지라 서준과 하윤, 그리고 서하의 잠옷은 색만 다르고 같은 디자인이었다.

어느덧 완성된 트리 뼈대 위에 장식품을 걸어 꾸민 뒤 형형색색 불빛이 나오는 조명 띠를 예쁘게 두르기만 하면 완성이었다.

"서하야. 이거 어디에다가 걸고 싶어?"

"별 모양이니까 제일 꼭대기에 걸래."

"그래. 아빠가 안아 줄 테니까 서하가 직접 걸어."

"응!"

뒤따라 거실로 온 서준은 서하를 번쩍 안아 트리 꼭대기 위로 들어주었다.

서하는 손에 쥐고 있던 별 모양의 장식을 조심스럽게 가장 위쪽에 잘 걸었다.

"또! 또!"

서하는 장식을 트리에 거는 게 재밌었는지 곧장 다음 장식품을 향해 손을 뻗었다. 무지개색 막대사탕부터 산타 인형, 그리고 여러 가지 색의 방울과 양말 등 다양한 장식들을 하나하나 트리 위에 걸어 두었다.

장식을 마치고 나니 평범하던 트리에서 크리스마스 분위기가 물씬 피어올랐다.

마지막을 완성할 트리 전구를 설치한 서준은 색이 예쁘게 반짝일 수 있도록 겹치는 구간 없이 정갈하게 띠를 둘렀다.

"이제 불 끄고 여기 버튼 누르면 여기서 불빛이 반짝반짝하게 나오는 거야."

"우와아!"

서준이 불을 끌 준비를 하자 서하는 하윤의 품 안으로 쪼르르 달려갔다. 하윤은 제 품에 안긴 서하를 꽉 안아 주었다. 설레는 마음으로 불이 꺼지길 기다리던 그 순간, 서준이 거실 불을 끄자 잠시 어둠이 드리웠다.

몇 초 뒤, 크리스마스트리의 불이 환하게 켜졌다. 오색 빛으로 찬란하게 반짝이는 트리는 그 어느 때보다 아름답게 빛나고 있었다.

서준은 하윤의 품에서 두 눈을 꼭 감고 있던 서하의 곁으로 다가와 나지막하게 속삭였다.

"서하야, 눈 떠도 돼."

그의 말에 슬그머니 두 눈을 뜬 서하는 예쁘게 빛나는 트리를 보곤 환하게 웃었다.

"산타 할아버지가 트리 엄청 좋아하시겠다!"

작은 손을 맞부딪쳐 손뼉까지 쳐 보였다. 서하가 환하게 웃는 모습을 보니 서준과 하윤 역시 마음 한편이 따뜻했다.

"우리 집 트리가 제일 반짝반짝해서 산타 할아버지가 서하집 금방 찾아오실 거야!"

작은 손가락으로 트리를 가리킨 서하가 열심히 말했다. 트리에 불도 들어왔겠다, 서준은 아까 사 온 케이크를 꺼내 초를 꽂았다.

특별히 서하가 좋아하는 초코 맛으로 준비했다. 곧 12시가 다 돼 가는 시간이었다.

"서하, 근데 졸리지 않아?"

"응! 오늘은 꼭 산타 할아버지 굴뚝에서 내려오시는 거 보고 잘 거란 말이야."

잘 시간이 훨씬 지났음에도 아직까지는 쌩쌩해 보였다. 굴뚝을 타고 내려온다는 산타 할아버지의 전설을 두 눈으로 꼭 확인하고 싶었는지 잘 생각을 하지 않았다.

"아빠가 촛불 붙일 거니까 다 같이 후, 하고 분 다음에 소원 비는 거야. 알겠지?"

"응. 알겠어요."

서준은 다시 한번 잘 설명한 뒤 하트 모양 초에 불을 붙였다. 치지직, 소리와 함께 심지에 새빨간 불이 붙었다. 서준이 '하나, 둘, 셋'을 외침과 동시에 다 함께 입김을 불었다.

"자. 이제 눈 감고 다 같이 소원 비는 거야."

서하는 두 손을 조심스럽게 포개어 맞대었다. 그 위에 하윤의 손이 포개어지고, 또 그 위에 서준의 커다란 손이 포개어졌다. 다 함께 손을 모은 그들은 눈을 감고 조심스럽게 소원을 빌었다.

서준은 지금의 행복이 영원할 수 있게 도와달라고 간절히 바랐다. 하윤과 서하와 함께 소소한 일상을 함께할 수 있는 지금 이 순간이 너무나도 소중했기에, 이런 시간들이 영원히 지속될 수 있도록 도와달라고 기도했다.

앞으로 지금보다 더 힘든 순간이 찾아와도 털고 일어날 수 있는 지혜와 어떤 악한 상황 속에서도 서로를 의지할 수 있는 믿음, 그리고 그 모든 걸 누릴 수 있게 할 건강이 뒤따르기를 진심으로 소망했다.

"어?"

눈을 감고 소원을 빌던 그때 서하의 머리가 하윤의 가슴팍으로 팍, 떨어졌다.

그 소리에 서준과 하윤의 눈이 번쩍 뜨였다. 졸린 눈을 애써 뜨고 있었던 건지 눈을 감기가 무섭게 서하는 잠이 들었다.

"잘 시간이 한참 지나긴 했지."

"그러게요. 밖에 나갔다 와서 평소보다 더 피곤했을 텐데."

"좋은 꿈 꿔, 우리 서하."

서준은 편안한 모습으로 하윤의 품에 기대어 잠든 서하를 지그시 바라보며 작은 목소리로 속삭였다. 두 사람은 색색 숨을 내쉬며 잠든 서하를 잠시 말없이 물끄러미 바라보았다.

"하윤아."

서하에게 시선을 고정시키고 있던 서준은 고개를 돌려 하윤과 시선을 마주했다. 맞닿은 눈동자 사이로 서로를 향한 애틋함이 느껴졌다.

"올해도 내 옆에서 좋은 추억 많이 만들어 줘서 고마워."

"당신이 많이 고생했죠. 우리 서하 보느라."

"우리 평생 이렇게 행복하기만 하자."

서준이 하윤의 어깨를 부드럽게 쓰다듬었다. 그녀 역시 서준에게로 몸을 기대 체중을 실었다. 서로의 체온이 기분 좋게 스며들었다.

"10년이 지나도, 20년이 지나도. 영원토록."

진심이 담긴 목소리가 거실을 한층 더 따뜻하게 물들였다.

"사랑해."

"나도 사랑해요."

그 어느 때보다 따뜻하고 반짝거리는 크리스마스였다.

—*fin*